# Princesas Mortas não se Apaixonam

Raíssa Selvaticci

# Princesas Mortas não se Apaixonam

Outro Planeta

Copyright © Raíssa Selvaticci, 2023
Copyright © Editora Planeta do Brasil, 2023
Todos os direitos reservados.

Preparação: Elisa Martins
Revisão: Ligia Alves
Projeto gráfico e diagramação: Vivian Valli
Ilustração de capa: Jenifer Prince
Capa: Beatriz Borges

DADOS INTERNACIONAIS DE CATALOGAÇÃO NA PUBLICAÇÃO (CIP)
ANGÉLICA ILACQUA CRB-8/7057

Selvaticci, Raíssa
   Princesas mortas não se apaixonam / Raíssa Selvaticci. -- 1. ed. -- São Paulo: Planeta do Brasil, 2023.
   352 p.

ISBN 978-85-422-2206-7

1. Ficção brasileira I. Título

23-1844                                                       CDD B869.3

Índice para catálogo sistemático:
1. Ficção brasileira

MISTO
Papel produzido a partir de fontes responsáveis
FSC® C019498

Ao escolher este livro, você está apoiando o manejo responsável das florestas do mundo

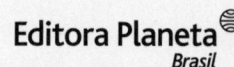

Editora Planeta
Brasil
20 ANOS
Acreditamos nos livros

Este livro foi composto em Dante MT Std, Barlow Condensed, Hummingbird, Good Karma e Amatic e Impresso para a Editora Planeta do Brasil em maio de 2023.

2023
Todos os direitos desta edição reservados à
EDITORA PLANETA DO BRASIL LTDA.
Rua Bela Cintra, 986 – 4º andar
01415-002 – Consolação
São Paulo-SP
www.planetadelivros.com.br
faleconosco@editoraplaneta.com.br

Para todas as princesas que sonham com a liberdade:
que vocês quebrem as suas torres,
os seus sapatos de cristal e
os seus armários.

# PRÓLOGO

## * Insira aqui aquela cena famosinha de *O sexto sentido*. *

Roma B. Wallen sempre quis viver um romance de cinema.

Talvez por isso segurasse aquela revista nas mãos, uma relíquia, que prometia transformar ficantes em namorados. Encontrara-a nos fundos da estante do seu quarto, enquanto organizava os livros para doação antes da viagem. Agora, estava impressionada com a quantidade de conselhos péssimos que uma adolescente podia receber de um bloquinho de papel aparentemente inofensivo.

Por curiosidade, lia a matéria de capa. Segundo o texto, havia cinco coisas que todo mundo precisa averiguar antes de decidir se quer ou não transformar um ficante em namorado.

A primeira delas era a aparência. Óbvio, previsível, fútil. O próprio texto reconhecia que julgar as pessoas pelo exterior era uma coisa negativa, mas inevitável. Roma sabia que passaria nesse quesito. As pessoas diziam que ela tinha uma beleza exótica por conta de seus olhos de cor violeta. Eram fruto de uma doença rara chamada síndrome de Alexandria. De tempos em tempos, a comunidade científica brigava para decidir se isso era ou não uma doença de verdade, mas, bem, seus olhos estavam ali, brilhando como ametistas.

A segunda era o nome completo, porque você não pode namorar alguém se os sobrenomes não ficam bem juntos. Roma mordeu o lábio, pensando que talvez não passasse nesse quesito. Afinal, Roma Borges Wallen não era uma combinação das mais sonoras, mas ela não tinha culpa de sua mãe ser brasileira e seu pai, britânico.

Sua ex-melhor amiga costumava chamá-la de "alien".

Roma revirou os olhos diante da lembrança e passou a página para ler o próximo tópico: "Onde essa pessoa pretende estar nos próximos cinco anos?". Era uma pergunta importante, considerando que a primeira paixonite adolescente de Roma tinha mudado de cidade do dia para a noite e ela nunca mais recebera notícias dela. Ela passou os olhos pelo avião silencioso ao seu redor, a maioria dos passageiros dormindo como pedra. Soube que reprovaria no terceiro ponto, porque tinha acordado na sexta-feira decidida a cursar o último ano do ensino médio em Londres, mesmo depois de já ter feito o primeiro semestre no Brasil. Uma sucessão de traumas culminara na sua decisão, mas ainda era algo repentino.

Quarto ponto: ficha criminal. Sendo filha de um dos detetives mais renomados da Scotland Yard, Roma sabia bem que namorar um criminoso estava fora de questão.

Na visão da garota, o quinto e último tópico era o mais interessante. Ela se ajeitou na poltrona para enxergar melhor e releu a frase no fim da página: "Você precisa saber uma coisa que ninguém mais sabe sobre ele". Roma tinha certeza de que reprovaria nesse. A maioria das pessoas tem segredos simples. Sem pensar muito, vários deles vinham à mente: babar durante o sono, comer casquinha do McDonald's com batata frita, ser viciada em livros de romance erótico ou ter uma coleção de unhas do dedão do pé. Coisas vergonhosas, algumas nojentas, mas todas simples.

O segredo de Roma era um pouco mais complexo.

Desde que conseguira se entender como um ser humano pensante, ela via gente morta.

E, com toda a certeza, esse é o tipo de informação que desclassifica qualquer pretendente.

## CAPÍTULO 1

### A Sociedade Brasileira de Psicologia adverte: às vezes o melhor é fingir que certas coisas nunca aconteceram.

### *Roma*

— Pai — Roma murmurou —, você precisa de um marido de aluguel.

Declan Wallen abriu um sorriso constrangido enquanto jogava uma almofada amarela em cima do buraco evidente do sofá da sala. As paredes pintadas de cor creme tinham rachaduras leves e, na opinião leiga de Roma, era questão de tempo até que uma infiltração aparecesse. O apartamento do pai era tão pessoal quanto a sala de uma escola: não fosse pelas garrafas de uísque no armário da cozinha, ela nem diria que alguém estava morando ali.

O visual desleixado do apartamento não condizia com o salário de chefe da polícia metropolitana de Londres, mas Declan era um detetive típico: bebida em excesso, uma ex-namorada morta no currículo e sérias dificuldades em demonstrar sentimentos. Deixava seu apartamento como deixava seu coração: empoeirado e sem perspectiva de visitas.

— Podemos comprar um papel de parede para o seu quarto — sugeriu, enquanto puxava uma das malas de Roma para dentro. O chaveirinho no formato do Cristo Redentor que enfeitava o puxador do zíper balançou, fazendo com que a garota duvidasse da sua escolha por quase um minuto inteiro.

— Não precisa — murmurou em resposta, um tanto receosa, colocando os fios de cabelo platinado atrás da orelha. — Na verdade, acho que não mencionei todos os meus planos quando conversamos pelo telefone. — E não era culpa dela, porque Declan tinha desligado o telefone depois de concordar com sua ida para Londres e dizer que precisava escalar policiais para um caso de roubo na Baker Street. — Me inscrevi em uma bolsa para Charterhouse.

— Charterhouse... — Declan repetiu, o tom de voz um tanto confuso. Ele apoiou as malas de Roma nos ombros e levou-as para dentro, deixando a garota em dúvida quanto a segui-lo ou não. — O colégio só para garotas?

— Começaram a aceitar garotos no ano passado — disse, sem saber se essa era uma informação positiva ou negativa na visão do pai —, eles têm um programa de esportes interessante. — Roma deu pequenas voltas pela sala e precisou pensar antes de continuar a conversa, o inglês enferrujado de anos sem praticar. — E alojamentos, o que significa que não vou tirar a sua privacidade. — Ela temeu estar sendo fria demais, então completou: — Mas eu posso vir para casa nos fins de semana.

Batendo as mãos uma na outra, o homem voltou para a sala.

— Charterhouse — ele repetiu, outra vez. Roma teve a impressão de que estava tentando ganhar tempo enquanto decidia se soltava ou não determinadas informações. O pensamento de um detetive é sempre assim: calculado. — Conheço uma garota de lá.

Roma fez uma careta.

— Você não está transando com colegiais, está? — Ela deu uma risadinha nervosa, porque sabia que era uma hipótese possível. Seu pai não era feio, tinha o corpo atlético e olhos claros. Ele só precisava de uma garota boba e com *daddy issues* o bastante para aceitar as inconveniências de namorar um homem da lei.

— Que horror, *Rome* — comentou, divertindo-se, cruzando os braços e apoiando o ombro no batente da porta. Roma sentiu algum conforto ao ouvir o apelido, lembranças da infância em Ilha Grande voltando à mente. Seus pais até tentaram ser um casal normal, mas não deu muito certo. Ela era fruto de um caso de uma noite só, a viagem de formatura da mãe culminando em um presentinho nove meses depois. Apesar disso, Declan se esforçava para visitá-la ao menos três vezes por semestre, número que foi diminuindo à medida que ela crescia e o trabalho na polícia aumentava. — É serviço de proteção — segredou.

— Os membros da família real estão em polvorosa desde que aconteceu um assassinato nos arredores de Buckingham.

— Aconteceu um assassinato nos...

— Sim — Declan a cortou. — Mas nós não vamos ter essa conversa. — Ele apontou para a estante de madeira empenada da sala. — Está vendo os DVDs? — Uma caixa de *CSI: Miami* era o que mais chamava a atenção. — É o mais perto que você vai chegar de um crime enquanto estiver aqui em Londres.

Roma revirou os grandes olhos de cor violeta. Por pura provocação, queria dizer ao pai que estavam em 2023 e boa parte das pessoas que usavam DVDs já tinha batido as botas, mas decidiu que seria atrito demais para as suas primeiras horas em terra britânica.

Desde pequena, ela dizia que seguiria os passos de Declan e se tornaria detetive da Scotland Yard. Era o único emprego mórbido o bastante para que o seu dom esquisito deixasse de ser um estorvo, mas seus pais não estavam de acordo com isso. Esse era um dos motivos para ter escolhido terminar o ensino médio em Charterhouse. Eles valorizavam os esportes e ela esperava se encontrar correndo atrás de bolas em vez de mortos.

Ela estava com uma resposta na ponta da língua quando o celular de Declan tocou, um arrepio descendo pela nuca da garota diante do som estridente. Ele recusou a chamada pressionando o botão de desbloquear duas vezes seguidas.

— Parece que o plantão de hoje vai ser cheio — disse ele, balançando o telefone, como se Roma não tivesse visto a ligação. — A casa é sua, Rome. Tem uns bares legais aqui na rua. Caso você queira jantar, fazer amigos ou sei lá.

Roma assentiu.

— Obrigada — disse. — Bom trabalho. Tente não morrer no processo.

Declan deu um sorriso antes de pegar sua carteira na mesa da sala e sair, as tábuas do piso rangendo com o seu peso. Essa era uma piada que Roma fazia sempre que o pai estava indo embora do Brasil, de volta para Londres.

*Aconteça o que acontecer, não morra no processo.*

O apartamento pareceu mais frio com a saída de Declan. Roma caminhou até as janelas e puxou as persianas para cima, o pôr do sol alaranjado invadindo o espaço e deixando a sala com um pouco mais de vida. O apartamento do pai era no oitavo andar e tinha uma vista bonita da cidade: de onde estava, ela conseguia enxergar parte da London Eye e uma faixa de água do rio Tâmisa. Um cheiro reconfortante de waffle e mel estava impregnado no ar, mas Roma não sabia de onde vinha.

Ela fechou os olhos, sentindo os últimos minutos de sol quente no rosto. Pela primeira vez em dias, se permitiu sentir um pouco de empolgação. Estava do outro lado do mundo, longe dos que a conheciam desde sempre. Poderia ser qualquer pessoa, fazer qualquer coisa. Todos os seus problemas estavam trancados dentro da mala, dentro do iPhone que Roma não pretendia ligar tão cedo.

Um cheiro desagradável de enxofre interrompeu sua paz, a mucosa das narinas ardendo diante do fedor repentino. Ela já sabia o que estava por vir, mas seu coração disparou quando abriu os olhos.

Encontrou o rosto deformado de uma garotinha de cabeça para baixo na janela. O cheiro de waffle se perdeu de vez, o fedor peçonhento se intensificando ao redor do corpo de Roma, como se fossem mãos tentando alcançá-la.

Roma levou uma das mãos até o peito e mostrou o dedo médio para a menina, que abriu um sorriso travesso, exibindo os dentes sujos de sangue.

Seu nome era Pietra.

Não era seu nome de verdade, mas o que Roma havia escolhido. Ela costumava nomear aqueles que apareciam com mais frequência, embora não soubesse nada sobre eles. Às vezes, cheiravam muito mal. Outras vezes pareciam pessoas de verdade e, não raramente, apareciam na forma hollywoodiana de fantasma: um espectro.

Depois de muitas reuniões espirituais, encontros com médiuns renomados, banhos de água-benta e até uma sessão de exorcismo, Roma aceitara a presença deles como aceitava que nunca teria mais que um metro e sessenta e dois de altura.

Ela fechou as janelas com um pouco mais de agressividade que o necessário. Depois que estavam fechadas, temeu que despencassem e ficou alguns minutos em silêncio, observando a madeira tremer suavemente. Quando teve certeza de que não cairiam, abriu um meio sorriso.

O que não tem remédio remediado está.

## CAPÍTULO 2

## Como já disse Taylor Swift: "I knew you were trouble when you walked in" (e me aproximei do mesmo jeito porque me falta senso de autopreservação).

*Amélia*

Com as pontas dos dedos, Holy puxou a azeitona para fora do seu copo de vodca, levando-a até os lábios pintados num tom exagerado de vermelho. Deu uma mordida na polpa verde e, sem terminar, mirou o caroço na lixeira mais próxima de onde estava sentada. Errou por muito e pensou que seria divertido se, por acaso, alguém tropeçasse nos restos da sua azeitona e caísse.

— Acho que as pessoas não se divertem mais como antigamente. — Holy fez um bico para Benjamin, que acabava de virar um gole de cerveja preta. Como de costume, o conde de Cambridge não se parecia com o conde de Cambridge naquela noite, os olhos azuis que chamavam tanta atenção escondidos atrás de óculos quadrados.

— É terça-feira — disse ele, a convicção invejável —, eu te falei que ninguém sai de casa às terças-feiras.

Ela soltou um suspiro frustrado antes de passar os olhos pelos clientes do bar, homens de meia-idade em sua maioria. Aos fins de semana, o espaço costumava ser ponto de encontro dos jovens de Londres, e aparentemente isso não se estendia aos dias úteis. A maioria ali tinha o rosto cansado e pouca vontade de festejar.

Holy apoiou as mãos no balcão do bar, jogando o banco onde estava sentada um pouco para trás. Uma gota de suor desceu por seu pescoço. A peruca escura com a qual escondia os fios ruivos deixava sua cabeça ardendo de calor.

— Pessoas que estão prestes a se casar saem às terças-feiras — protestou. — Você vai ver. É questão de tempo até que anunciem.

Benjamin moveu a cabeça, em negativa.

— Você ainda não tirou isso da cabeça.

— Não tirei nem vou tirar — disse ela, soltando o ar pelo nariz. — É óbvio, Ben, ligue os pontos. Addie Jones foi assassinada há duas semanas, nos arredores do palácio. O povo vai questionar. Se nem a família real está segura, quem está?

— E quem disse que a família real não está segura?

— Os policiais que estão nos seguindo para cima e para baixo, talvez? Minhas aulas começam na segunda e ninguém me autorizou a ficar sem um segurança.

— São protocolos oficiais.

— Protocolos — Holy virou o copo de vodca contra os lábios — que não eram seguidos há anos. Tem alguma coisa estranha acontecendo, e a rainha...

Benjamin abriu um sorrisinho irônico.

— Você quis dizer a sua avó.

Holy bufou, irritada com a interrupção.

— A rainha sempre usa o truque do casamento arranjado quando precisa tirar o foco de algum escândalo. Pão e circo. A população adora, se derrete. Enquanto nós colocamos sorrisos falsos no rosto e assistimos à nossa vida ser arrastada para o buraco.

— O que eu posso dizer? — Benjamin bebeu o último gole da cerveja. — Você sempre teve uma veia dramática, princesa *Amélia* — ele pronunciou cada letra do seu verdadeiro nome devagar, forçando um sotaque que não lhe pertencia. — Seria interessante relaxar e entender que só dessa vez as coisas não vão ser sobre você. Vamos.

Holy bufou antes de terminar sua dose de vodca, batendo o copo contra a superfície do balcão para demonstrar seu descontentamento. Atraiu a atenção de uma das garçonetes, mas a mulher não disse nada.

— Para onde?

— Para o lugar de sempre. — Benjamin se levantou do banco, deixando três notas de cinquenta libras na bancada. — Isso deve pagar — disse, e piscou para a garçonete, ciente de que aquele valor era muito mais do que tinham consumido na noite.

Holy mordeu o lábio. Seguiu o conde para fora do bar e esfregou os próprios braços, arrependendo-se amargamente de não ter saído com um casaco mais quente.

Benjamin e Holy tinham um segredo: um flat de poucos metros quadrados na Cleveland Street, onde guardavam todas as coisas que não podiam manter no palácio. A lista era longa, desde bebidas, drogas, roupas consideradas impróprias para os membros da realeza até casos amorosos. Era um lugar seguro onde podiam ser mais do que seus títulos de nobreza. Onde a princesa Amélia podia ser só Holy.

Cleveland Street havia sido uma escolha dela. Em 1889, a rua ficou conhecida pelo escândalo da Cleveland Street, quando um bordel exclusivo para homossexuais foi exposto pela polícia. Depois de descobrir que um antepassado da família real era frequentador do bordel, Holy decidiu que deveriam revogar o escândalo para si.

Ela gostaria de ter comprado o flat sozinha, mas, sendo maior de idade, Benjamin tinha mais facilidades burocráticas que ela. Com um temperamento esquentado, os dois viviam trocando farpas na maior parte do tempo, mas em geral até que se davam bem. Eram como irmãos: se amavam e estavam sempre implicando um com o outro. A amizade deixava os dias no palácio um pouco mais suportáveis. Desde que a rainha não descobrisse que a princesa estava festejando nos bares de Londres em vez de estudar ciências políticas nas horas vagas, não haveria problemas.

Benjamin ergueu o chaveiro do carro, apontando com a cabeça para o estacionamento a poucos metros.

— Vou esperar aqui — Holy sibilou, batendo as botas contra o chão num tique nervoso impaciente —, meus pés estão doendo.

Ben revirou os olhos antes de seguir o caminho. Esta era uma coisa de que ela gostava na sua relação com Benjamin: sempre aceitavam as mentiras um do outro, das mais simples às mais escabrosas. Podiam rir ou debochar, mas nunca questionavam. Tinha algo de agradável na liberdade de poder mentir e nunca ser pego, não porque as mentiras fossem boas, mas porque os ouvintes se conheciam o bastante para não se importarem. Não era indiferença. Era confiança: eles se conheciam tão bem que um sabia quando o outro estava mentindo, sabia os motivos de estar mentindo e não questionava, porque sabia que o outro teria dito a verdade se quisesse.

Isso servia tanto para as mentiras simples quanto para as complexas.

Holy observou o conde se afastar enquanto tateava os bolsos da calça em busca do celular, mas uma movimentação do outro lado da rua chamou sua atenção antes que pegasse o aparelho. O bar onde estava com Benjamin ficava em frente ao Green Park, ou, como os turistas gostavam de dizer, "o parque mais romântico de Londres". A maioria das pessoas não sabia que, muitos anos antes, os leprosos do hospital St. James eram enterrados naquele terreno.

Holy deixou uma risada baixa escapar, um arrepio percorrendo seu corpo quando as grades douradas do Green Park fizeram barulho. Ela se lembrou do motivo de estar olhando para o outro lado: a garota loira de cabelo curto que insistia em puxar as grades de ferro da entrada apesar de estarem, obviamente, fechadas.

Estava presa. Do lado de *dentro*, bem no horário em que as raposas estavam prestes a dominar o parque.

Holy cruzou os braços e pensou se deveria ajudá-la ou não. Ela usava um moletom com palavras em uma língua que Holy não conhecia, o que era incomum para o seu nível avançado em idiomas. Inglês era sua língua materna, mas ela também sabia francês, italiano e latim, além de arranhar um pouco no espanhol.

*Espanhol.* A frase no moletom se parecia com espanhol, Holy percebeu.

Julgando pelas bochechas rosadas, a garota não tinha chegado a Londres havia muito tempo. Os dias de chuva frequentes faziam com que todas as pessoas brancas adquirissem um tom de pele azedo, como se fosse uma doença. Era um costume de Holy passar camadas e mais camadas de blush para disfarçar sua palidez.

A ruiva decidiu que ajudaria.

Ela olhou para trás, procurando por algum sinal dos cachos escuros de Benjamin. O estacionamento ficava no fim da rua e o rapaz tinha passos lentos, o que lhe dava uma vantagem de mais ou menos dez minutos. Holy mordiscou a ponta do lábio inferior e atravessou a rua, satisfeita em poder observar a garota mais de perto.

Seus dedos ainda investiam contra as grades do Green Park, uma insistência esperançosa que fazia parecer que a carne tinha alguma chance contra o ferro. As dobras entre um dedo e outro começavam a ficar vermelhas; em pouco tempo ela se machucaria.

— O Green Park fecha às dez nas terças-feiras — Holy sibilou, forçando o sotaque norte-americano que sempre usava quando estava protegida por sua fiel peruca. A garota deu um pulo em resposta, os olhos disparando de susto.

Holy *quase* se sentiu ofendida.

Seus dedos abandonaram as grades. Ela coçou a nuca, confusa.

— Desde quando vocês falam? — Seu inglês era claro, mas arrastado.

Holy não entendeu. Procurou por Benjamin mais uma vez, mas estava sozinha.

— Desde os dois anos de idade, eu acho.

A loira moveu a cabeça em negativa.

— Falam *comigo*, eu quis dizer.

— Ah — Holy ainda estava confusa —, você é uma daquelas pessoas excluídas socialmente? Sem amigos?

Ela revirou os olhos nas órbitas, um suspiro irônico escapando dos lábios, a sobrancelha loira e perfeitamente arqueada marcada por um piercing. Foi quando Holy notou que seus olhos eram donos de um bonito tom de roxo. Não azul. Não verde. *Roxo*, como as violetas, os arabescos das louças finas que tinha herdado da mãe e as fotos de galáxia que compartilhava no Tumblr quando tinha treze anos.

E, na verdade, a garota era bonita demais para ser excluída socialmente.

A conversa entre as duas morreu. A loira não parecia satisfeita com o último comentário de Holy e ela logo se deu conta de que precisaria fazer algo a respeito, porque flertar com aquela garota era a única coisa que podia salvar sua noite catastrófica de terça-feira.

Com cuidado, Holy puxou um dos grampos que mantinham sua peruca no lugar. A educação de um futuro monarca é rígida, e desde pequena Holy havia aprendido dezenas de truques para burlar o castigo de ficar trancada no quarto. Aquele era um deles. Clássico, mas funcional.

— Como foi que você ficou presa aí dentro? — perguntou, abaixando-se para ver melhor a fechadura das grades. Agora, por mais que tentasse disfarçar, seu sotaque britânico parecia ainda mais forte se comparado ao da outra, que se esforçava para falar como as atrizes das séries norte-americanas.

— Eu estava correndo. Uma tentativa terrível de me exercitar — murmurou, um tanto mal-humorada. — O Google diz que fecha à meia-noite.

— Todo dia — Holy fez que sim —, menos às terças-feiras.

Ela soltou um muxoxo, pouco interessada. Holy deu de ombros, erguendo o grampo em direção à fechadura.

— Você não vai conseguir — disse. — Mortos não podem abrir... — Ela mordeu o lábio, então se corrigiu: — *arrombar* portas.

Holy franziu a sobrancelha. Sentia que a maquiagem da testa começava a ficar oleosa, culpa da quantidade anormal de base que usava para esconder as sardas sempre que saía à noite. Não era fácil disfarçar a aparência da princesa Amélia para se tornar só Holy.

— Você usou algum tipo de droga pesada ou esse é só o seu jeito de dizer que não me acha atraente? — Ela pressionou o grampo dentro da grade, empurrando os cilindros da fechadura para o lado oposto. Pequenos cliques foram ouvidos à medida que os cilindros destravavam. — Espero que seja a primeira opção. — Os lábios da garota se abriram no formato de um pequeno "O" mudo. Ela estava surpresa que Holy tivesse conseguido abrir as grades, ainda que não fosse uma habilidade tão impressionante assim. — Meu nome é Holy, a propósito.

Os olhos roxos analisaram Holy mais uma vez. Ainda desconfiados, mas com um pouco mais de interesse.

— Roma.

— Roma — Holy repetiu —, minha cidade favorita.

Os lábios de Roma se ergueram em um sorriso de lado.

— Já ouvi isso várias vezes — disse, então deu um passo à frente, saindo do parque.

Holy empurrou a grade para trás e voltou a usar o grampo para trancá-la. O que pouca gente sabia era que os grampos abriam e fechavam fechaduras, não as *arrombavam*.

— Péssimo jeito de flertar com uma garota que tem nome de cidade.

— Péssimo, mas funcional — Holy deu de ombros. — Acabei de te salvar de passar uma noite inteira presa no parque. E você sabe o que dizem sobre Londres...

Roma arqueou uma única sobrancelha, de novo.

— O que dizem?

— É a cidade dos assassinatos — disse. — A mãe de Jack, o Estripador. Eu ficaria em pânico aí dentro. — Holy apontou para o Green Park com a cabeça, o movimento preguiçoso. — Pega leve comigo. Ajudei você.

Roma riu.

— Holy — a voz de Benjamin interrompeu a conversa antes que Roma tivesse a oportunidade de responder. Estava com o carro parado do outro lado da rua, em frente ao bar —, estamos atrasados.

Holy fez que sim. Era sempre estranho vê-lo chamando-a pelo nome falso.

Benjamin achava arriscado que interagissem demais com as pessoas. Com a *plebe*, como ele gostava de dizer. Tinham um acordo: só se envolviam com quem parecesse desapegado o suficiente para ir embora sem se despedir depois de uma noite de sexo.

Roma não parecia ser essa pessoa.

Por algum motivo, Holy decidiu que valia a pena arriscar.

— Eu venho aqui todo sábado — disse, apontando para o letreiro em tons neon do bar. — Se minha cantada tiver dado certo... me encontra.

Holy não queria uma resposta imediata. Com um sorriso esperto no rosto, se afastou antes que Roma tivesse a oportunidade de responder. Atravessou a rua e abriu a porta do passageiro, acenando para a loira antes de entrar no carro de Benjamin.

— Certo, o que foi isso? — O conde fez uma careta, olhando-a de cima abaixo.

Holy deu de ombros.

— O quê? — disse, puxando o cinto de segurança. — Não achou meu novo investimento interessante?

Benjamin virou a cabeça na direção de Roma. Os vidros escuros do carro não permitiam que ela visse o movimento.

— Interessante — ele repetiu as palavras da amiga ao mesmo tempo que sua voz evocava desânimo —, mas não vale a confusão.

— Quem disse que eu vou arranjar confusão? — Holy abriu um sorriso. — Eu sei cuidar dos meus investimentos, Ben. — Ela ergueu o corpo para a frente, dando um soquinho no volante. — Vamos. A noite é uma criança e eu sinto que ainda não me diverti o suficiente para voltar para casa.

Os grandes olhos de Benjamin mergulharam em preocupação antes que ele ajeitasse a armação falsa dos óculos no rosto, pronto para acelerar e desaparecer noite adentro.

## CAPÍTULO 3

### EU TENHO UMA VIDA SECRETA, MAS ELA – TAMBÉM – É MUITO CHATA.

### *Roma*

Roma encarou o chip em seus dedos, a gavetinha do celular aberta e jogada em cima da mesa onde tomava um suco de maçã antes da sua primeira aula em Charterhouse. Ao lado do copo, jazia o chip antigo do telefone, sua vida no Brasil representada por um pequeno retângulo metálico. Se ela fosse um pouco mais madura, colocaria o chip de volta e responderia todas as mensagens entulhadas no fundo do seu WhatsApp, das mais tranquilas às mais ofensivas. No entanto, ela nunca fora boa em enfrentar os próprios problemas, e, agora que estava do outro lado do mundo, era muito mais confortável fingir que eles não existiam.

Quer dizer, tinha um ano letivo inteiro pela frente. Quando voltasse para o Brasil, se é que voltaria, as pessoas nem se lembrariam das fofocas a seu respeito. O ensino médio teria finalmente chegado ao fim. Ela completaria dezoito anos e o drama do amor adolescente não teria mais espaço algum em sua vida.

Roma não podia dizer o mesmo de outros dramas.

Ela fez uma careta de nojo quando dedos cadavéricos surgiram no extremo da mesa, tateando – ou tentando tatear – seu copo. Pela superfície transparente onde apoiava seus pertences, Roma conseguia ver o morto. Não tinha olhos. Um líquido negro e esquisito escorria pelas órbitas, molhando suas bochechas sem carne e seu pescoço. De repente, o clima agradável da manhã londrina tinha dado espaço a um frio cortante que só Roma era capaz de sentir.

Chamaria aquele de "Gosmento".

Ela colocou seu novo chip no telefone, jogou o antigo no lixo e se levantou, deixando o espectro de lado. Roma sabia pouco (ou nada) sobre o funcionamento do mundo dos mortos; nunca fora do seu interesse aprender sobre eles. Aos dez anos, pensava que era questão de tempo até que cansassem de assombrá-la.

Aos treze, tinha tentado remédios psiquiátricos, mas eles continuavam aparecendo. Agora, aos dezessete, via a presença dos espíritos como uma unha encravada: desconfortável, às vezes paralisante, mas sem muito o que fazer a respeito.

Roma deu um meio sorriso irônico ao perceber que tinha confundido a garota do parque com um deles na noite anterior. *Holy*. Não era culpa dela. Os mortos tinham jeitos diferentes de aparecer. Alguns nem sabiam que estavam mortos.

Roma ligou o celular. Foi um alívio ver seu WhatsApp vazio, nenhuma conversa aberta ou nova mensagem. Os britânicos não tinham a mesma familiaridade com o aplicativo que os brasileiros, o que significava que ela teria que se acostumar com o iMessage e as ligações. Não era uma reclamação. A vida das pessoas no Brasil parecia girar em torno daquilo que recebiam em grupos do WhatsApp.

Ela deixou a lanchonete para trás, caminhando pelo jardim do campus com o celular na mão e ideias pipocando na mente. Charterhouse era um dos lugares mais bonitos das proximidades de Londres, com um imenso espaço verde e construções que estavam de pé havia mais de setecentos anos. Tinha cinco prédios e todos eles se pareciam com castelos, com direito a fachadas de pedra, quadros de seus primeiros moradores – freiras em sua maioria – e telhados pontudos. O lugar respirava história, mas os alunos que cruzavam o espaço pareciam trazer consigo a dose exata de atualidade.

Roma mordeu o lábio antes de entrar no primeiro prédio. Tinha recebido um e-mail institucional dizendo que sua primeira aula do ano era literatura inglesa na sala 111, com um professor chamado George Brown, mas o senhor George Brown teria que esperar até que ela fizesse o que estava planejando desde o dia anterior: procurar por Holy nas redes sociais.

Subiu as escadas em direção ao primeiro andar e, na segurança do corredor relativamente vazio, digitou o nome de quatro letras no Instagram. Ela não queria parecer uma stalker esquisita, mas a garota passara a madrugada em seus pensamentos e nada mais justo que usar a internet a seu favor antes de decidir se iria ou não encontrá-la no fim de semana. Ela parecia a personificação da palavra "encrenca", exatamente o oposto do que Roma precisava, mas esta gostava de pensar que um beijo ou dois não matariam ninguém.

Ela ergueu uma sobrancelha loira quando o mecanismo de busca não exibiu nada além de uma marca de roupas chamada Holy Mary. Tentou no TikTok e encontrou uma página de cosplays. Sua última tentativa foi o Twitter, mas ela bloqueou o celular quando na tela surgiu um vídeo pornô.

Roma fez uma careta. Talvez estivesse enganada, mas, julgando pela aparência, Holy não devia ter mais do que vinte anos. Consternada, ela abriu uma página de pesquisa no Google e digitou "Adolescentes britânicos são tão viciados em redes sociais quanto os brasileiros?" em busca de uma justificativa que não fizesse parecer que aquela garota era uma criminosa procurada.

Não pôde ver a resposta. Foi atingida por outra aluna antes disso, uma bagunça de papéis e cadernos voando pelos ares. Uma voz grossa reverberou pelo corredor no instante em que Roma apoiou uma das mãos no bebedouro, evitando o tombo ridículo que poderia se tornar o mico do ano.

— Alteza, você está bem? — Os olhos de Roma encontraram um homem parecido com Declan em porte físico. Quase dois metros de altura, braços fortes e um distintivo da Scotland Yard no peito. — Quem é você? — Ele se virou para ela como um cão bravo, o tom de voz grosseiro.

— Fui eu que esbarrei nela, Peter. — Foi quando Roma notou a garota que tinha causado o acidente, ajoelhada no chão enquanto juntava seus cadernos. — Está tudo certo, sim? Obrigada por ser tão prestativo.

Roma se abaixou para pegar seu celular, mas ela foi mais ágil. Seus dedos se encostaram no processo, causando um instante de constrangimento.

— Não encoste na princesa — Peter rosnou.

A garota deu uma risada tímida enquanto se levantava, entregando o celular nas mãos de Roma.

— Erro meu, de novo — disse, colocando uma das mechas do cabelo ruivo e cacheado atrás da orelha, seus olhos azuis finalmente encontrando os de Roma. Ela franziu o cenho e aparentou alguns segundos de confusão antes de concluir. — Bom, eu já estou atrasada. Tenha um bom dia.

A ruiva deu um sorrisinho simpático ao sair, os olhos de boneca piscando. Seus cílios eram enormes e pareciam estar em completa harmonia com o restante do rosto, bochechas rosadas e boca pequena.

— Alteza, você está bem? — O comentário cheio de escárnio puxou Roma de volta para a realidade. A responsável por ele era uma garota baixinha, de longos dreads escuros e pele negra. — *Erro meu, de novo* — repetiu ela, revirando os olhos. — Você deve ser nova por aqui, mas é melhor se acostumar. Esse tipo de cena acontece com frequência quando se trata da princesa Amélia.

— É surpreendente que ela ainda queira estudar conosco, meros plebeus — ironizou o garoto ao lado dela. Eles faziam um contraste estranho, talvez pela diferença exagerada de altura. Não pareciam proporcionais. — Jay — ele apontou para si mesmo, o cabelo negro escorrido quase chegando à altura dos ombros; era dono de olhos verdes bonitos, que chamariam a atenção de Roma se ela gostasse de garotos — e Chinara — disse, meneando a cabeça para indicar a garota.

Roma quase revirou os olhos. Sabia que o rapaz estava sendo gentil, mas ela odiava toda a burocracia dos primeiros dias de aula. Precisar se apresentar, dizer três coisas de que gosta e três de que não gosta. Um verdadeiro filme de terror em looping, da primeira aula do dia até a última.

— Roma — respondeu, por fim, porque nada no mundo a salvaria das formalidades de ser a garota nova. — Então ela é tipo uma princesa de verdade?

Foi Jay quem assentiu em resposta.

— Com direito a coroa, seguranças reais, propriedades enormes, muito dinheiro...

Roma soltou o ar pela boca, incrédula.

— Pensei que esse fosse o tipo de coisa que só vemos nos filmes — disse. — Quer dizer, eu sempre soube da existência da família real britânica, só não esperava encontrar uma princesa na minha escola. Pensei que esse tipo de gente ficasse enclausurado em casa estudando com professores particulares.

— Ah, eles ficam. — Chinara riu, alisando um dos dreads com os dedos. — É estratégia política. Dizem que um dos príncipes da família surtou e agora ela é a sucessora ao trono. Basicamente, está tentando conhecer pessoas fora dos muros do castelo. Tem um milhão de pormenores dentro disso, mas eu não sou muito boa em história.

— De qualquer forma — Jay prosseguiu —, a rainha não vai morrer tão cedo. Acredito totalmente naquela teoria que diz que ela é uma reptiliana disfarçada. Você já deve ter ouvido falar.

— É claro — Roma respondeu, convencida. — Como brasileira, posso dizer que nós praticamente inventamos as teorias da conspiração. Avril Lavigne morta e substituída, esse tipo de coisa.

— Brasileira... — Chinara repetiu. — Seu inglês é bom. Tirando a gafe de não conhecer o rosto da princesa, você quase me convenceu de que era britânica.

Roma deu um meio sorriso. Não sabia se a garota estava sendo sincera ou educada. Estudava inglês desde pequena, mas, na falta de pessoas com quem praticar, não julgava sua pronúncia como grande coisa. Os rápidos telefonemas com Declan contavam como prática?

— Crianças. — Roma se virou na direção da voz rouca que interrompeu a conversa. Vestindo uma camisa social marrom, o homem de olhos castanhos e pele bronzeada carregava um diário de classe nas mãos como se fosse seu bem mais precioso. — Espero que tenham aproveitado as férias. Prontos para a primeira aula?

*George Brown? — pensou Roma. — Senhor George Brown?*

Chinara acenou na direção do homem.

— Você parece ter aproveitado bastante. Está mais radiante do que nunca, senhor Brown.

George sorriu para ela.

— É muita bondade sua, Chinara, mas saiba que isso não vai te dar pontos extras no fim do ano.

— Que pena — ela ironizou —, era meu plano desde o início.

George riu. Seus olhos passaram por Jay, então pararam em Roma.

— É sempre bom ver gente nova por aqui — comentou, virando-se para entrar na sala.

— Eu sei — Jay murmurou, quando o professor já estava longe. — Ele parece ter saído de uma série adolescente, daquelas que te fazem achar que seria ótimo ter um romance secreto com um professor.

Roma deu de ombros, seguindo os dois em direção à sala.

— Dependendo da orientação sexual de quem fala, *sim*, mas ele é casado. — Chinara a encarou. — Dedo anelar esquerdo — disse Roma, enrolando uma mecha de cabelo loiro nos dedos enquanto os dois a acompanhavam até a porta da sala. — Tem uma marquinha de sol no formato de uma aliança. Eu diria que ele sai de casa usando o anel, mas tira antes de chegar à escola. — Franziu o lábio. — Não que ele traia a esposa, mas a ideia de ser solteiro deixa o personagem professor do ensino médio gostoso muito mais atraente, de qualquer forma.

Jay fez uma careta.

— Você é uma espiã ou coisa assim?

— Minha mãe é psicóloga — disse —, meu pai é policial. Acho que eu reparo nos outros mais do que a maioria das pessoas.

Quando Chinara e Jay riram, Roma ficou agradecida por não tratarem sua observação com estranheza. Ela não era uma garota normal, mas doze meses não pareciam tanto tempo. Podia fingir. Ter o ano de formatura dos sonhos, evitando qualquer bizarrice que cruzasse seu caminho.

Assim que entrou na classe, ela escolheu se sentar em uma das carteiras dos fundos. Cada uma das mesas de tablado branco ostentava um notebook, os dizeres "Bem-vindos a Charterhouse" brilhando na tela. Chinara optou pela primeira fila e Jay acompanhou Roma nas últimas cadeiras, sentando-se à mesa à frente da sua.

— Crianças — George começou, e Roma teve a impressão de que enjoaria dessa palavra até os exames finais —, a diretoria de Charterhouse me encarregou de montar as duplas de trabalho que vão durar até o fim do ano. Eu poderia deixar vocês escolherem, mas decidi que não vou ser o professor bonzinho desta vez — zombou, arrancando suspiros descontentes. — Quero que escolham um destes clássicos da literatura inglesa — ele se virou para o quadro, usando o canetão vermelho para rabiscar uma lista — e escrevam o título junto do nome de vocês em um pedacinho de papel. Vocês vão passar muito tempo juntos ao longo do ano, e vai ser mais agradável ficar ao lado de pessoas com quem temos coisas em comum. — Ele desenhou estrelinhas ao lado de cada título. — Se não tiverem lido nenhum desses, aconselho que saiam da minha aula.

Ao som de risadas gerais, Roma cerrou os olhos para ler melhor suas opções: *Romeu e Julieta*, *Drácula*, *Mrs. Dalloway*, *Assassinato no Expresso do Oriente* e *O Senhor das Moscas*.

Ela se lembrava de ter lido *Drácula* aos treze anos, na mesma época em que, como toda adolescente, estava obcecada pela série *Crepúsculo* e tudo o que envolvia demônios atraentes que chupavam sangue. Também tinha lido *O Senhor das Moscas*, mas lembrava pouco ou nada da história.

Nunca tinha lido *Romeu e Julieta*, mas conhecia a história. E a achava bonita, na verdade. Gostava de histórias de amor trágicas, com começos terríveis e finais piores ainda.

Sem hesitar, arrancou a última página do caderno e escreveu o título ao lado do seu nome.

— Bom — George passou de carteira em carteira para recolher os papéis. Em alguns momentos, parava para cumprimentar um aluno ou fazer piadinhas internas. Sua camisa parecia dois números abaixo do tamanho ideal, o tecido fino deixando os músculos do braço em evidência. *Homens*. — Vamos ver o que o destino preparou para vocês. — Ele colocou todas as folhas em cima da própria mesa, viradas para cima. — Temos uma sala bem diversa em termos de gostos literários, eu diria — disse ele, sorrindo. — Chinara Saidi — leu —, *O Senhor das Moscas*, boa escolha. Vai fazer dupla com... — passou os olhos pelos papéis, lentamente — Harry Smith. — George grampeou os dois papéis.

De onde estava, Roma viu quando Chinara encolheu os ombros, pouco animada.

— Roma... Borges. — Ele teve alguma dificuldade para pronunciar e Roma se sentiu idiota por ter escrito seu sobrenome brasileiro em vez do britânico. Força do hábito. — *Romeu e Julieta*. Felizmente, nós temos outra grande fã das tragédias por aqui — ele pegou mais um papel —, Amélia Mountbatten Wales. Ou apenas Amélia, porque os membros da realeza não usam seus sobrenomes.

George ergueu uma das mãos na direção da garota e ela aceitou seu cumprimento. Ele abaixou a cabeça alguns centímetros e beijou a mão da princesa, que agradeceu o gesto com um sorriso. Amélia parecia ter acabado de sair de um filme da Disney, e Roma desejou revirar os olhos, porque aquele nível de perfeição era irritante. Até os cachos do cabelo ruivo pareciam milimetricamente calculados, como se ela tivesse passado horas fazendo babyliss em cada fio que saía da sua cabeça, que também tinha o formato ideal: oval, com as maçãs do rosto marcadas e o maxilar delicado.

    Roma tinha um problema com garotas bonitas *demais*. Se era inevitável se apaixonar por elas, era ainda mais inevitável terminar com o coração partido. Ela quase riu, porque a ideia de uma princesa lésbica – bissexual, pansexual ou o que fosse – era o tipo de coisa que deixaria a terra da rainha de cabeça para baixo.

    — Assassinato no... — George recomeçou, então fez uma pausa. Ele encarou a sala, uma das sobrancelhas arqueadas e o lábio inferior ligeiramente trêmulo — Assassinato no Palácio de Buckingham, escolha de Addie Jones. — Ele suspirou, levando os dedos em formato de pinça até o centro dos olhos, pressionando o osso que há ali. Roma não entendeu de imediato o que acontecia, mas os alunos trocaram olhares conspiratórios. O clima da sala agora estava pesado, como se todos estivessem sendo sufocados por uma verdade não dita. — Muito bem. Quem foi o engraçadinho?

    Roma inclinou o corpo para a frente.

    — Quem é Addie Jones?

Jay balançou o corpo na cadeira, os ombros tensos.

    — Uma colega — respondeu, seco, muito diferente do rapaz simpático de antes. — A presidente do nosso grêmio, na verdade. Foi assassinada nas férias — ele batucou na mesa com uma caneta —, nos arredores do palácio. A polícia já está investigando, mas... Bem, parece que ninguém sabe o que aconteceu. — Pelo reflexo na tela do notebook, Roma viu que Jay estava mordendo os lábios grossos. — Ela era... nossa garota de ouro, sabe? Ninguém aceitou muito bem a perda ainda.

    — Certo, o palhaço da turma não quer receber os créditos da brincadeira. — George revirou os olhos, a típica postura de professor contrariado. — Nesse caso, quero uma pesquisa completa sobre o autor do livro que vocês escolheram. Mínimo de cinco páginas escritas a mão, e, enquanto seus dedos estiverem vermelhos de tanto escrever, espero que reflitam sobre por que Addie Jones não deveria ser motivo de piada.

Uma garota de cachos loiros levantou a mão na primeira fila.

    — Professor, você não acha que...

    — Não — George cortou, sério. — Abram seus livros na página 15.

O clima tenso impediu qualquer protesto. Enquanto tirava seu livro da bolsa, Roma se lembrou da breve conversa que tivera com o pai, sobre um assassinato ao redor do palácio de Buckingham.

*Os membros da família real estão em polvorosa...*

Roma passou os olhos por Amélia, curiosa. Na primeira carteira, a ruiva esticava um cacho do cabelo com os dedos e então o enrolava de novo, num passatempo infinito. Ela já tinha aberto seu livro e, diferentemente do que seu pai dissera, não parecia preocupada.

Amélia notou seu olhar e Roma se sentiu constrangida por ter sido pega em flagrante. A princesa deu um sorriso simpático em sua direção e ajeitou o corpo na cadeira, pronta para anotar qualquer coisa que George escrevesse no quadro branco.

Sem alternativa, Roma se forçou a prestar atenção na aula.

Mas as sombras de um assassinato sugaram toda a sua concentração.

## CAPÍTULO 4

### NÃO É AGOSTO, MAS EU CANCELEI TODOS OS MEUS PLANOS SÓ PRO CASO DE VOCÊ LIGAR.

*Amélia*

Amélia apertou os olhos quando sentiu o líquido fumegante chegar perto do rosto. Ela abriu a boca e esperou ansiosamente pelo toque da colher de prata, que acabou demorando mais do que o esperado.

— Está quente — Kenji murmurou.

— Uma língua queimada é o máximo que pode acontecer. — Amélia sorriu, os olhos ainda fechados. — E você pode ser processado por queimar a língua da princesa, é claro, mas são ossos do ofício.

Mesmo sem ver, ela sabia que Kenji estava revirando os olhos.

— Vai — disse, aproximando a colher mais uma vez —, adivinha.

Ele colocou a colher em seus lábios e permitiu que ela experimentasse uma porção.

— Queijo — Amélia murmurou, o creme quente e salgado atingindo suas papilas gustativas.

— Qual queijo?

Ela pensou por um instante.

— Brie.

— Camembert — corrigiu Kenji, convencido —, mas foi uma boa aposta.

Amélia abriu os olhos.

— Sopa de queijo camembert — sussurrou, tentando memorizar —, minha favorita até você aparecer com alguma coisa ainda melhor.

Kenji abriu um sorriso:

— E você sabe que eu sempre apareço.

— É claro. — Amélia desceu da bancada onde estava, limpando a barra do vestido — Existe um motivo para você estar na cozinha do castelo e não em um restaurante britânico qualquer. — Era um caso claro de nepotismo, visto que a família de Kenji cozinhara para a rainha por décadas. Mesmo assim, ele era um chef talentoso. — Falando em britânico qualquer, eu tenho um trabalho de casa terrível para fazer. Por causa do meu professor. Que é um britânico qualquer.

Kenji arqueou uma das sobrancelhas, então deixou um riso baixo escapar. Às vezes ele esquecia que Amélia ainda estava no ensino médio. Ela tinha estudado em casa até o primeiro ano, e vê-la indo para Charterhouse todas as manhãs era quase uma novidade.

— Temos um professor estressado na primeira semana de aula?

— A culpa foi minha — disse ela, revirando os profundos olhos azuis, porque odiava admitir que estava errada. — Fiz uma piadinha sobre Addie Jones. — O rosto de Kenji se contorceu em uma careta. — Anonimamente, é claro.

Kenji se aproximou do fogo, a superfície do caldeirão de prata cheia de partículas de água, como se estivesse suando.

— E você sabe que foi uma péssima ideia, né? — Ele pegou mais alguns cubinhos de queijo e jogou dentro do líquido escaldante.

Amélia gostava de ver Kenji cozinhando. Seu cabelo preto estava escondido dentro da touca de cozinha, as unhas milimetricamente aparadas e o olhar calculista de um caçador. A tatuagem de leão que ele tinha nas mãos ficava exposta quando não usava luvas, mas isso não era um problema. Exceto por Amélia e Benjamin, a família real não tinha o costume de ir às áreas de serviço do palácio.

Na verdade, nem eles deveriam.

— Não foi esse tipo de piada. — Amélia suspirou. — *Hahaha, que engraçado* — forçou uma risada. — Eu não estava tentando fazer as pessoas rirem, estava tentando fazê-las *lembrarem*.

Kenji evitou o olhar da ruiva, agora cortando um maço de cebolinha.

— Não acho que tenham esquecido Addie.

— Ela foi *assassinada*, Kenji — discordou, balançando a cabeça de um lado para o outro —, e ninguém está falando disso. Eu não estou falando desse assunto porque as pessoas não sabiam que nós éramos... — a voz de Amélia embargou por um instante, então respirou fundo — próximas. Eu nem pude ir ao velório dela.

— Os alunos de Charterhouse sabiam que vocês eram amigas.

— Estou falando da mídia. O país inteiro, em linhas gerais.

— Amélia — ele deixou o caldeirão de lado, finalmente encarando seus olhos azuis. Na luz do fogo, seu cabelo ficava dois tons mais alaranjado, como se estivesse reluzindo —, é questão de tempo até a Scotland Yard descobrir o responsável pelo que aconteceu com Addie. E, tendo os contatos certos, eu sei que eles vão fazer essa pessoa sofrer pelo resto da vida. — Ele fez uma pequena pausa, esticando a mão para pegar uma faca. Amélia acompanhou o movimento com olhos atentos, como se os dedos tatuados dele fossem feitos para segurar superfícies afiadas. Era irônico, porque Kenji era uma pessoa doce na maior parte do tempo. — Vingança não traz ninguém de volta, mas costuma acalmar a maioria dos corações perturbados. Parece bom para você?

— Parece a minha única opção. — Amélia quase deixou um suspiro frustrado escapar, mas forçou um sorriso sarcástico antes que Kenji percebesse. Não baixaria sua guarda, por mais frustrada que estivesse. Como ela podia fazer parte de uma das famílias mais poderosas do mundo e ainda assim não ter *nada*?

Amélia já tinha pensado em ir embora. Imaginou a cena várias vezes: ela, no seu aniversário de dezoito anos, assinando um acordo onde abdicava de seus títulos e funções reais diante do olhar vexatório da rainha. Era uma mulher fria, sempre fora. Qualquer decisão que tomasse seria definitiva, porque a Coroa não aceita ninguém de volta.

Kenji destampou uma nova panela, o cheiro de carne assada e batatas preenchendo o recinto.

— Carne de pato — Amélia chutou, satisfeita em ter algo para dizer que não envolvesse o futuro de todos os seus descendentes —, com molho de maracujá, eu acho.

Ele assentiu.

— Você é melhor com o olfato do que com o paladar.

— Está dizendo que meu nariz é melhor que minha boca?

Os olhos de Kenji enrugaram quando ele sorriu, o que Amélia julgava adorável. De todos os funcionários do castelo, ela podia dizer com tranquilidade que ele era o mais bonito, com seus olhos grandes, tatuagens e ar inerente de rebeldia. Era mais bonito que Benjamin também, o que ela já tinha dito para o conde algumas vezes, na intenção de deixá-lo irritado.

— Você maliciou a minha fala.

— O que eu posso dizer? — Amélia aproximou-se alguns passos, apoiando as duas mãos no rosto pálido de Kenji. Ela passou os dedos pelos seus lábios e contornou seu sorriso, então depositou um beijo em sua bochecha. — É um talento natural — disse. — Enfim, vou parar de procrastinar. Trabalho insuportável, coisa e tal. — Revirou os olhos. — Mas eu quero uma xícara de chá preto mais tarde. Mais ou menos uma hora da manhã, no meu quarto, com biscoitos de canela.

Kenji fez que sim, os lábios se curvando em um sorriso malicioso.

— Como quiser, Alteza.

Amélia deu um sorriso antes de sair da cozinha pela porta dos fundos. Eram mais ou menos quatro da tarde e os jardins do castelo ficavam bonitos naquele horário, o canteiro de miosótis da mãe ainda intacto e florido. Eram as flores favoritas da mulher porque representavam a recordação, a fidelidade e o amor verdadeiro. Amélia se sentia grata pela avó não ter pedido que os jardineiros destruíssem aquela recordação também. A relação da mãe com a rainha nunca fora a melhor de todas, pelos mais variados motivos: Spencer tinha sede de liberdade que não se encaixava nos moldes da família real. O casamento entre ela e o príncipe Louis nunca tinha sido visto com bons olhos, e, nos anos 1990, os jornais tinham o costume de destruir a reputação de qualquer mulher que fugisse do benquisto e esperado.

No fundo, Amélia sabia que a avó e sua mãe nutriam algum carinho uma pela outra, mas a vida funcionava daquela maneira. Pessoas magoando pessoas que amam por causa de regras sociais – que tanto odeiam.

Spencer tinha morrido logo depois de Amélia nascer, e reconstruir a imagem da mãe era uma tarefa diária desde então. Havia a verdade, o sensacionalismo e as teorias da conspiração girando na cabeça de uma Amélia que não tinha ninguém imparcial o bastante para lhe dizer quem, de fato, Spencer fora.

A ruiva cruzou os jardins, parando algumas vezes para apreciar o tom verde da grama, os passarinhos da fonte e as flores despencadas no chão. O espaço inteiro tinha um cheiro agradável de rosas, o que ela não conseguia aproveitar desde que o corpo de Addie fora encontrado, a alguns metros dali.

Amélia balançou a cabeça, acenou para um guarda e entrou no hall principal do castelo, subindo os degraus com pressa até seu quarto. Ela fez uma careta para a cama de casal no centro do espaço, os lençóis de seda passados à perfeição. Não tinha arrumado nada daquilo antes de ir para Charterhouse, mas os empregados da rainha estavam prontos para ajeitar sua bagunça mesmo quando ela não pedia por isso.

Amélia se sentou na escrivaninha, levantando a tela do notebook. Jogou o nome de William Shakespeare no Google e rodou na cadeira, entediada.

Seu celular vibrou no mesmo instante, anunciando uma nova mensagem de Benjamin.

> **Ben (16:03) diz**: Glastonbury no fim de semana?

Amélia cerrou os olhos. Glastonbury era um festival de música que acontecia em uma cidadezinha a três horas de Londres. Era quase uma espécie de Rock in Rio britânico, com a diferença de que as pessoas costumavam acampar nas proximidades em vez de pagar por um hotel.

> **Amélia (16:04) diz**: Acho que vou preferir o bar de sempre.

Amélia se sentiu estúpida assim que enviou a mensagem. Seu único motivo para escolher o bar e não Glastonbury tinha cabelo loiro, olhos violeta e uma grande chance de jogar anos do seu disfarce impecável no lixo. Seu coração quase tinha saído pela boca ao vê-la em Charterhouse, derrubando seus livros e causando uma bagunça. Ela sabia que não tinha chance de Roma reconhecê-la: ao longo dos anos como Holy, tinha se tornado uma maquiadora profissional. Escondia suas sardas, mudava o formato do rosto e passava horas encaixando a peruca lace na cabeça, só para garantir que nenhum fio ruivo escapasse. Mesmo assim, era estranho ter a garota ali, tão perto.

Havia se tornado um hábito da princesa manter suas duas vidas delimitadas. Amélia e Holy eram faces de uma mesma moeda: não importava o movimento feito, elas eram incapazes de colidir. E, por segurança, Amélia se certificaria de que Roma quisesse manter distância. Ao menos em Charterhouse, quando não tinha um disfarce para se proteger da própria inconsequência, seria a menininha mais perfeita que poderia ser. O tipo de pessoa que garotas como Roma desejam atacar com uma pá.

> **Ben (16:04) diz**: Você ficou entediada na última terça.

Amélia mordeu o lábio. Viajar para o festival com Ben era o mais responsável a fazer. Ela nem tinha certeza se Roma iria ao seu encontro, mas a mera possibilidade parecia suficiente para valer o risco de um fim de semana tedioso. E, se Ben estivesse em Glastonbury, Amélia ainda teria o apartamento clandestino que dividiam exclusivamente para elas. Se Roma furasse, encontraria outra pessoa com quem passar a noite.

Antes de tomar uma decisão, Amélia digitou o nome de Roma na sessão de busca do Instagram. Os membros da família real não tinham autorização para ter redes sociais, motivo pelo qual Amélia havia criado uma conta fake. Ela dividia o perfil com poucos amigos e não postava fotos suas: adotara um estilo hipster, com fotografias dos seus livros de dark romance lésbico, sapatos, bebidas e paisagens.

Já tinha pensado em criar uma conta para Holy, mas tinha medo de que algum maluco da teoria da conspiração começasse a dizer que ela era muito parecida com a princesa Amélia. Se tinham acreditado que sua avó era uma reptiliana, emplacar uma história dessas seria ainda mais simples. Já conseguia imaginar as manchetes dos jornais expondo a vida dupla da realeza. Era melhor lidar com os *como-assim-você-não-tem-nenhuma-rede-social?* chocados que surgiam sempre que pediam um contato e ela negava.

Algumas páginas de turismo depois, encontrou o que procurava, e, para sua decepção, a conta de Roma era privada, com uma frase que Amélia não entendia na bio. Recordou-se do moletom que a garota usava no Green Park, com as palavras em um idioma que lembrava o espanhol. De qual país ela tinha dito que era?

Amélia mordeu o lábio. Deu zoom na foto de perfil, os olhos que lembravam duas ametistas fisgando sua atenção mais uma vez. Ela saiu do Instagram e digitou uma nova mensagem para Benjamin.

> **Amélia (16:09) diz:** Tenho um encontro dessa vez.

## CAPÍTULO 5

### Ninguém pode me culpar por ter curiosidade sobre uma garota morta, né? (né???)

#### *Roma*

Havia uma lojinha de quinquilharias místicas a poucos metros do apartamento do pai de Roma. Cheirava a incenso, era decorada com luzinhas de natal de cor âmbar e uma mulher gorda com vestes coloridas e feição simpática estava sempre na porta, segurando cartazes sobre leitura de tarô, clarividência e até feitiços. A oferta daquele dia era uma sessão espiritual com algum ente querido que já partira desta para melhor.

Roma achava engraçado como as pessoas – as normais – que não viam sob o véu, que tinham como limite o mundo dos vivos e não o dos mortos, eram obcecadas com aquele tipo de coisa. Quer dizer, por que queriam tanto falar com espíritos? O termo "descanse em paz" parecia cada vez mais um eufemismo. Ninguém *nunca* descansava de verdade.

— Boa tarde, mocinha. — A mulher deu um sorriso ao vê-la passar, o inglês muito arrastado, como se estivesse tentando montar uma conversa com frases soltas que ouvira em uma música norte-americana qualquer. Ela era bonita, com a pele lisa e intensos olhos castanhos cobertos por maquiagem amarela. Roma retribuiu o sorriso, porque o trabalho dela parecia difícil. Mais do que isso, parecia chato. — Alguém especial com quem gostaria de falar hoje?

Roma manteve o sorriso. Era evidente que se tratava de uma charlatona. Se estivesse no Brasil, estaria pelas praias oferecendo leitura de mão sem fundamento ou colando cartazes de "Trago a pessoa amada de volta em trinta dias" nos postes durante a madrugada. Roma estava tão acostumada a ver esses anúncios ao andar pelo Rio de Janeiro que era surpreendente se deparar com os postes limpos de Londres.

— Na verdade — Roma começou —, tem uma pessoa.

O sorriso da mulher se esticou ainda mais, as bochechas formando bolinhas salientes ao redor dos lábios.

— Me diga o nome e eu vejo o que posso fazer por você, querida.

Roma hesitou por um instante. Torceu para que a mulher não fosse uma fofoqueira de bairro ou, pior, amiga do seu pai. Declan a enfiaria no primeiro avião de volta para o Brasil se soubesse que ela estava por aí fazendo perguntas sobre uma garota assassinada.

— Addie Jones — disse.

A expressão da mulher se desmanchou.

— Addie Jones — repetiu. — A mesma Addie Jones que...

Roma completou a frase:

— Foi assassinada nos arredores do palácio há algumas semanas.

— Isso, ela mesma — disse a mulher, colocando alguns fios de cabelo cacheado atrás da orelha, nervosa. — Londres inteira está falando sobre ela, hein? Desculpe, querida, mas não vou poder ajudar. Tentar contato com o espírito de pessoas assassinadas é... perigoso.

O rosto de Roma se retorceu em uma careta, os olhos com um brilho de curiosidade. Talvez ela não fosse tão golpista assim, afinal.

— Por quê? — perguntou, ainda que tivesse uma ideia da resposta.

— São vingativos. E eles nem sempre sabem que estão mortos. — Roma já tinha lido sobre isso, em milhões de sites, quando ainda estava tentando entender sua própria maldição. — Precisam descobrir sozinhos. É um processo doloroso, e falar com eles só retarda as coisas. — Ela gesticulou, deixando em evidência suas enormes unhas de gel. — Além disso, a maioria dos espíritos não consegue identificar os criminosos. Podem induzir os vivos ao erro, culpando outra pessoa ou trazendo uma boa imagem do seu algoz. Alguns vivem por anos na companhia do próprio assassino até conseguir partir.

Roma torceu o lábio. Era possível que estivesse sendo precipitada, mas agora a mulher se parecia muito menos com uma golpista.

— Certo — disse, sem alternativa —, obrigada.

A mulher mordeu o lábio e hesitou por alguns segundos, até que desistiu de se conter.

— Você os vê também, não é?

Roma não respondeu. Tirando conversas periódicas com os pais em que seu maior objetivo era provar que não estava maluca, ela nunca falava sobre o assunto em voz alta. Quer dizer, ela já era estranha o suficiente *sem* mencionar os mortos. Com seus olhos roxos, um pai enfurnado no escritório da maior força policial de Londres e uma mãe analista, que era uma das poucas psicólogas de Ilha Grande e sabia os segredos de todo mundo. Em dezessete anos de vida, tudo que ela havia sido era o estereótipo da menina exótica. Aquela com quem as garotas queriam passar uma noite, mas nunca ter um encontro completo. A que era divertida, mas não a ponto de ser confiável.

Em Londres, ela estava disposta a ser normal. O mais normal possível, claro, considerando sua curiosidade sobre Addie Jones.

— Entendo... — A mulher interpretou seu silêncio como uma resposta. — Se quer um conselho, querida, deixe os mortos de lado. Os vivos já dão trabalho o suficiente.

Roma sorriu para ela, agradecida. Sem se despedir, atravessou a rua e enfiou as chaves no portão do prédio do pai, o celular vibrando no bolso da calça. Fez uma careta para a mensagem de número desconhecido e identificou o rosto sorridente de Chinara quando abriu a conversa.

> **Chinara (14:53) diz:** Vamos ser colegas de quarto :D

Na selfie que enviara, Chinara estava em frente à porta do alojamento de Charterhouse, uma plaquinha prateada com seus nomes gravados: Roma B. Wallen e Chinara Saidi.

> **Chinara (14:54) diz**: A administração me passou seu número quando colocou essa placa. Não pense que sou uma stalker maluca.

Roma achou graça. Guardou o celular de volta no bolso para responder mais tarde e subiu as escadas em direção ao apartamento de Declan. Quando abriu a porta, encontrou o pai sentado no sofá decadente, os olhos fixos nas fotos jogadas na mesa. Ele tinha tirado o dia de folga para ajudá-la a levar sua bagagem até Charterhouse, mas aparentemente isso não o impedia que trabalhasse de casa.

Declan esticou o corpo para digitar alguma coisa no notebook. Roma tentou se aproximar devagarinho para ver todos os documentos jogados na mesa, mas os olhos de Declan já estavam nela antes que suas retinas pudessem focar qualquer coisa.

— Bisbilhoteira. — Ele sorriu, virando três fotos para baixo. Não se preocupou em mexer nos documentos, porque Roma teria que se aproximar muito mais para enxergar o que havia em cada um deles.

Roma ergueu um dos ombros, fazendo pouco-caso.

— É sobre Addie Jones? — Declan não respondeu. — Como policial, o senhor foi muito ingênuo de pensar que eu não saberia. Quer dizer, uma garota de Charterhouse morreu há poucas semanas. Assunto fresco, todo mundo tá comentando.

Declan se manteve na defensiva, o que fez Roma revirar os olhos. Ela só estava curiosa, como qualquer adolescente ficaria depois de descobrir uma quase colega de sala morta.

— Addie Jones está aqui — disse Roma —, pronta para me dizer quem a matou. Você só precisa ser um pouco mais compreensivo.

Declan riu. Roma até passou os olhos pelo apartamento mais uma vez, como se temesse que sua mentira tivesse evocado a garota de alguma forma. Não havia como ela saber. Nunca vira Addie. Tudo que tinha era a imagem de um fantasma, o espectro de uma garota que nunca conhecera.

O apartamento do pai estava livre de espíritos, por ora.

— Muito engraçado. — Declan enfiou as fotos dentro de uma pasta e começou a recolher os documentos em seguida. Mudou bruscamente de assunto, o cabelo loiro caindo sobre os olhos. — Planos para o seu primeiro fim de semana em Londres?

— Possivelmente levar bolo de uma garota.

— Postura otimista para um primeiro encontro.

— Não é bem um encontro — Roma mordeu o lábio —, ela só... jogou no ar que estaria nos fins de semana no Berry, aquele pub em frente ao Green Park, caso eu quisesse encontrá-la. Misterioso demais para a filha de um policial?

Declan deu uma risadinha nervosa.

— Com certeza. Me diga o nome dela, só por desencargo de consciência.

— Holy — respondeu. — Ela não parece ser uma assassina, se quer saber. É uma daquelas garotas festeiras. Muita maquiagem, jaqueta de couro e roupa brilhante.

— Não sabia que era o seu tipo.

— Ela é engraçada... — Roma comentou, percebendo que não tinha bem um tipo. — *Engraçadinha*. E não vamos nos casar amanhã, eu só... queria esquecer tudo que aconteceu no Brasil. Me distrair.

Declan assentiu.

— Já falou com seus antigos colegas depois que chegou?

Roma fez que não.

— Na verdade, troquei de chip e não importei os contatos. Estou... incomunicável.

Os lábios de Declan se curvaram em uma careta. Seus ombros relaxaram e então ele sorriu:

— Garota, você é igualzinha ao seu pai.

Ela achou graça. Cruzou os braços enquanto caminhava em direção ao próprio quarto, pronta para vestir uma roupa confortável antes de pegar suas malas.

— Obrigada?

Declan se divertiu mais ainda.

— Não foi um elogio e você sabe — disse ele, curvando os lábios. — Eu fiz escolhas ruins o bastante para preencher a cota de todos os ascendentes e descendentes da família Wallen, então trate de falar logo com eles.

# CAPÍTULO 6
## Sirva veneno suficiente para dois.

*Amélia*

Sair sem Benjamin transformava boa parte dos movimentos de Holy em transações burocráticas. Era quase impossível conseguir uma bebida sem subornar o barman ou a garçonete de olhos pequenos que servia as mesas. Ela estava no seu quarto mojito da noite e todos custaram dez libras a mais do que o preço do cardápio, uma gorjeta generosa que ela não se importaria de dar se não estivesse tão frustrada.

Eram nove horas e ela precisava encarar a ideia de ter levado um bolo. Na verdade, Holy tinha sido idiota o suficiente para pensar que Roma iria ao seu encontro mesmo quando nada havia sido marcado, ao menos não com todas as letras. Tinha sido incisiva demais ou de menos? Não costumava ter problemas para conseguir encontros. Aquela seria a primeira – e, pelo amor dos deuses, que fosse a última – vez.

Holy revirou os olhos ao ver no Instagram mais um story de Benjamin em Glastonbury, disponível apenas para os amigos mais próximos. Era uma sequência longa deles: uma selfie em grupo, fotos com garotas desconhecidas, vídeos sem qualidade dos shows. Ben não tinha o costume de postar tanto, e Holy sabia que ele só estava tentando mostrar que se divertia muito sem ela.

Mas ela também podia se divertir muito sem ele.

— Mais um mojito, por favor — pediu, quando a garota de olhos pequenos passou por ela. A moça olhou torto para o seu copo ainda cheio e deu de ombros, como se estivesse dizendo para si mesma que não era da sua conta. O drinque ficou pronto em poucos minutos e Holy posicionou o novo copo ao lado do outro, afastando um pouco o corpo para tirar uma foto. Postou nos stories, apenas para os amigos selecionados. Poucos segundos depois, Benjamin respondeu com um emoji de risadinha.

> **@cbjmin** Pode ir parando, Amélia. Todo mundo sabe que você é encalhada. 😉

Holy encarou a tela, ultrajada.

Ela respondeu com um emoji mostrando o dedo médio e recebeu um coração em resposta.

— Acho que eu me atrasei. — Um vulto loiro e sorridente se sentou ao lado de Holy, fazendo a garota dar um pulinho e esconder a tela do celular — Se bem que nós não tínhamos marcado uma hora. Tive que levar minhas coisas para o dormitório. Meu pai foi comigo. Sabe como é difícil andar com um policial por aí sem que ele comece a indiretamente interrogar todas as pessoas com quem você vai conviver pelos próximos doze meses? Assustador.

Holy empurrou o segundo copo na direção de Roma. Sentiu-se feliz por tê-lo ali, para confirmar o que diria em seguida.

— Eu tinha certeza de que você viria, minha cidade favorita.

— Sua cantada foi ruim — Roma provocou, agradecendo a bebida com um aceno. — Eu só pensei que seria deprimente passar meu primeiro fim de semana em Londres em casa, então...

— Aqui estamos — Holy completou, um pouco mais empolgada do que pretendia. Ela deu uma olhada na tatuagem de cobra que cobria uma das pernas de Roma, curiosa.

— Aqui estamos — Roma repetiu, tirando um fio de cabelo que quase grudara no piercing da sua sobrancelha.

Holy se ajeitou no banco do bar e passou um dos dedos pela nuca, certificando-se de que a peruca não tinha saído da cabeça. Isso era um tique bobo seu, considerando que usava uma marca de produto feita por uma drag queen que durava horas com os fios sintéticos em perfeito estado.

— Por que Londres? — perguntou a ruiva, pescando uma folha de hortelã de dentro do copo com seu canudo.

— Eu nasci aqui — comentou, pouco entusiasmada diante do assunto —, no hospital St. Mary, Paddington, Londres, Inglaterra, 2006. Eu fui fruto de um caso de uma noite só, mas minha mãe quis ficar aqui até eu nascer. Meus pais até tentaram ficar juntos, mas não durou muito depois que eu nasci.

— Uma pequena agente do caos.

Roma achou graça.

— Fui para o Brasil com minha mãe quando tinha uns seis meses. Não lembro de nada daqui. As pessoas dizem que a primeira vez em Londres é mágica, então estou fingindo que nunca vim antes.

Holy riu.

— As pessoas romantizam demais esta cidade. Qual a magia de um lugar em que chove duzentos e oitenta e dois dias por ano? É deprimente.

— É bonito — Roma defendeu. — Melancólico, eu acho.

— Se eu pudesse escolher, ia preferir uma cidade feliz a uma melancólica. — Ela virou um gole longo de mojito. — Melancolia é pior que tristeza. É como um enorme bolo de nada. Você está sentindo uma coisa incômoda, mas não sabe bem o que é. Como são as coisas no... — Holy fez uma pausa, então riu — Brasil? — Ela tinha certa dificuldade em encontrar o tom certo. Enquanto Roma falava "Brazil", o seu soou mais como "Bracíl", porque estava pensando em espanhol enquanto falava.

— Todos os maiores de idade são deprimidos e sem perspectiva de vida — Roma zombou. — O país está passando por uma crise econômica fodida desde sempre, mas pelo menos nós temos algumas coisas boas. Como pão de queijo, vodca barata e brigadeiro. É onde sustentamos todo o nosso sistema emocional.

Holy arqueou uma das sobrancelhas.

— O que é brigadeiro?

Roma franziu o cenho.

— É difícil explicar — disse ela, fazendo um círculo com os dedos —, é uma bolinha de chocolate e leite condensado com uns granulados por cima.

A princesa assentiu.

— Vou pedir para o meu chef fazer para mim qualquer dia desses.

— Você tem um chef? Tipo, um chef de cozinha só seu?

— Não — Holy sentiu a saliva escorrer seca pela garganta. — O namorado da minha mãe é chef de cozinha — disse rápido, o cérebro treinado para pensar em mentiras com facilidade. Duas seguidas, considerando que sua mãe estava morta. — É uma piada interna. Ele gosta de cozinhar pra gente, então digo que é o meu chef. — Ela tirou a carteira da bolsa, disposta a encerrar o assunto. Colocou mais libras na mesa e acenou com a cabeça para a garçonete, indicando o dinheiro. — Bom, você não vai querer passar seu primeiro sábado em terras britânicas enfurnada neste cafofo. Vamos.

Roma encarou seu copo ainda cheio. Riu do jeito como Holy falava.

— Para onde?

— Londres não é mágica — disse ela, o tom convencido —, mas, na companhia das pessoas certas, até que pode ser. Vou te levar no ponto turístico mais clichê de Londres, mas você vai amar cada parte do passeio.

A loira virou um gole do mojito praticamente intocado antes de se levantar.

— Você tem a autoestima muito alta.

— Obrigada.

— Não foi um elogio — Roma zombou, lembrando da conversa com o pai mais cedo. — Deixa eu adivinhar. Castelo de Buckingham?

Holy sentiu uma pontada de nervosismo na boca do estômago. Mesmo estando no controle, aquele medo irracional surgia sempre que suas duas vidas ameaçavam se esbarrar, ainda que por meio de um simples comentário. Sua mente era muito boa em criar cenários catastróficos, quadros de um pesadelo do qual ela não podia escapar.

— Um segredo que não contam para os turistas. — Ela caminhou pelo bar, desviando de jaquetas de couro e copos de bebida pelo caminho, uma música de David Bowie tocando ao fundo. Quando chegou à saída, fez um sinal de silêncio, colocando um dedo em cima dos lábios. — O palácio não é tão bonito assim. E só é liberado para visitantes algumas vezes no ano.

Roma cruzou os braços, o vento do lado de fora fazendo seus fios de cabelo loiros balançarem. O tempo estava fechado, mas ela não conhecia o clima bem o bastante para prever as possibilidades de uma tempestade.

— Posso conseguir uma visita se eu quiser — disse, mas seu tom não era sério. — Sou colega de classe da princesa Amélia. — Roma riu. — Quase me sinto em uma versão de baixo orçamento de *O diário da princesa*.

Holy se forçou a rir também.

— E como ela é? Uma escrota? Uma maluca germofóbica? Estamos falando de colegas de escola ou de faculdade?

— Eu pareceria mais atraente se dissesse faculdade?

— Sim.

— Faculdade, então.

Holy revirou os olhos.

— E quantos anos você tem, garota que está na faculdade?

Roma moveu a cabeça em negativa.

— Quantos anos *você* tem?

— Dezenove — mentiu.

— Dezessete — Roma respondeu. — E no último ano do ensino médio em Charterhouse — disse, juntando as mãos na frente do corpo e fazendo um sinal de oração, acompanhado por um suspiro de alívio. — E, sobre a princesa. — Holy se sentiu satisfeita quando Roma retomou o assunto. Tinha algo de excitante em ouvir a opinião de uma pessoa sobre ela. Uma opinião totalmente sincera, mascarada pela falsa sensação de que aquele sobre quem se opina não está ouvindo —, ela parece triste.

Holy cerrou os olhos.

— Triste?

— É, sei lá. Não tive tempo de conversar com ela ainda. Essa é minha opinião baseada em um esbarrão no corredor e uma aula de quarenta e cinco minutos.

Eu meio que entendo. Deve ser uma responsabilidade muito grande. Herdeira de um trono aos dezessete anos? Eu mal sei o que quero comer no café da manhã. Imagina governar um país.

Holy deu um meio sorriso. Por mais absurdo que fosse, eram poucas as pessoas que pensavam como Roma. Sua avó, por exemplo, a tratava como adulta desde que tinha completado dez anos. Ela deveria se sentar à mesa como uma moça de verdade, usar cada talher da forma correta e nunca considerar a ideia de um babador infantil com personagens animados. Nunca tivera chance de ser criança ou adolescente, porque sempre fora princesa.

Ao menos – e graças a Holy – sua juventude não havia sido roubada por completo.

— Gosto do jeito como você pensa — Holy murmurou, no que era um comentário sincero —, mas, no geral, imagino que toda a realeza seja composta de gente cuzona. — E ela estava se incluindo nisso.

— Não é culpa deles. — Roma seguiu Holy pelo caminho de ruas sinuosas. Ela estava andando de costas para manter seus olhos na garota, as mangas da jaqueta grande demais para o seu corpo tampando parte dos dedos. — Quer dizer, eu também seria uma escrota se fizesse parte de uma das famílias mais influentes do mundo. Deve ser uma realidade paralela. Imagina só poder ir a qualquer lugar, ter qualquer coisa. Nada é demais para eles. — Roma deu um meio sorriso, como se estivesse imaginando se fosse com ela. — Mas, se eu pudesse escolher, preferiria ser uma Kardashian a um membro da realeza.

Holy riu. Ela queria dizer que não era bem assim. Que dinheiro e poder podiam comprar coisas, mas não sentimentos ou pessoas. Nos últimos dias, por exemplo, sentira muita falta de Addie. Sua conta bancária recheada, suas propriedades em Liverpool e seus títulos de nobreza não eram o bastante para trazê-la de volta. Nem sequer eram suficientes para alterar todas as coisas com as quais estava insatisfeita: seu pai tinha fugido do país sem dar explicações, a confiança do povo na rainha estava abalada e sua cabeça não parava de pensar.

— Estamos chegando. — Ela mudou de assunto, certa de que estava prestes a se tornar uma péssima companhia. Por aquela noite, estava disposta a ver o lado positivo das coisas. Era a primeira vez em meses que tinha um encontro com uma pessoa razoavelmente decente. Seu último encontro fora com um cara de Canterbury que nos primeiros vinte minutos de encontro quis saber as opiniões de Holy sobre canibalismo. Ela tinha dito que ia ao banheiro e nunca mais voltou para a mesa.

Esse era o lado bom de ser Holy. Poder desaparecer quando as coisas não corriam da maneira como ela queria.

— Bem-vinda ao meu lugar favorito em Londres — Holy apontou para o corredor de árvores pelo qual iriam passar, a roda-gigante London Eye brilhando logo atrás. O espaço inteiro parecia mágico, os troncos e folhas enfeitados com pequenas luzes azuis fluorescentes. O cabelo claro de Roma brilhava diante dos tons frios, em perfeita harmonia com seus olhos de galáxia.

Roma observou as árvores e deu um passo para a frente antes de tecer qualquer comentário.

— Eu achava que era uma roda-gigante de verdade.

— São cápsulas — divertiu-se Holy. — É mais seguro que as rodas gigantes "de verdade" — disse, fazendo aspas com os dedos. — Elas me dão agonia. Sempre sinto que vou despencar de lá de cima ou perder um par dos meus sapatos favoritos.

— Você deve ser uma grande fã de esportes radicais — zombou Roma.

— Lacrosse é meu máximo. — Holy soltou uma risada baixa enquanto caminhavam até a bilheteria. — Charterhouse tem um programa de esportes interessante — disse. Ao mesmo tempo que tinha medo de falar sobre sua vida de verdade, queria que ela visse que tinham coisas em comum. — Estudei lá quando era mais nova.

— Foi meu principal motivo para escolher essa escola. — Os olhos de Roma passaram pelas pessoas da fila, um misto de curiosidade e apreensão. — Mas ainda não sei se é isso que quero fazer. Esporte.

— A gente nunca sabe. — Holy ergueu um dos ombros. — Por isso prefiro pensar que não estamos no controle das coisas. Não totalmente. Pode ser que exista uma força maior... — Roma fez uma careta e Holy riu. — Sei lá. O universo sempre nos leva para onde deveríamos estar. Isso vale para cidades, empregos, pessoas. Pensar desse jeito tira um pouco do peso das nossas decisões. Eu poderia ficar horas divagando sobre escolhas mínimas que podem ou não ter mudado minha vida para sempre, mas só acredito que as coisas que são para ser minhas vão chegar até mim de alguma forma.

Os lábios de Roma se curvaram em um meio sorriso. A parte de cima da boca ameaçou se mover e Holy teve a impressão de que ela iria dizer alguma coisa, mas se deteve no meio do caminho, se dando conta de que palavras eram desnecessárias. Estava tudo nos olhos de Roma, fixos em Holy, como se ela tivesse acabado de fazer um discurso decisivo a favor da paz mundial.

— Você é muito interessante — disse, por fim, e virou-se na melhor direção para observar a roda.

Holy se pegou dando um risinho nervoso. Nunca tinham lhe dito isso antes, nem mesmo quando estava sendo Holy, e não Amélia. Bonita sim, interessante nunca. Ela se sentiu idiota por ter ficado sem jeito e, numa vontade desesperada de retomar o controle, murmurou:

— Vou agilizar os ingressos pra gente. — Sentiu necessidade de ser um pouco mais antipática, então completou: — Não gosto de filas.

Roma fez que sim. O seu conforto deixava Holy ligeiramente irritada, como se fosse um sinal de desinteresse. Talvez ela só estivesse aproveitando a liberdade de estar em um país novo sem conhecidos, praticamente sem passado. Holy já tinha pensado muito nisso. Se mudar para alguma ilha no Pacífico, com menos de cinco mil habitantes. Pintaria o cabelo e mataria a princesa Amélia.

*Não*, pensou. Tedioso demais.

Holy cruzou a fila, ajeitando a peruca preta numa espécie de tique nervoso. Na bilheteria, os olhos sagazes de Deva Kaur acompanhavam seus passos, um sorriso ladino despontando nos lábios grossos.

Deva terminou de atender um senhor de nariz longo e olhos pequenos, em seguida fez um sinal para que Holy viesse até ele. Diante dos protestos do próximo cliente, Holy se aproximou, apoiando as duas mãos em cima da bancada de bilhetes. As luvas no estilo munhequeira que usava por debaixo da jaqueta jeans chamaram a atenção de Deva.

— Namorada nova? — perguntou a funcionária, apontando para o relógio, sua forma de dizer que Holy precisava ser breve.

A ruiva negou.

— Você sabe que eu não namoro. — A conversa era ensaiada, porque Deva esperava por aquela resposta desde o começo — É uma... turista. Mais ou menos turista. Estou apresentando a cidade para ela.

Deva fez que sim.

— E, como uma boa anfitriã, não quer que ela enfrente filas — deduziu.

— Isso. — Abriu um sorriso. — Descola dois ingressos pra gente?

Deva revirou os olhos, mas suas unhas começaram a bater contra o teclado da máquina que imprimia as entradas. A mulher era uns vinte anos mais velha que Holy, tinha trabalhado com sua mãe em Buckingham e se demitido dias depois da morte da mulher, alegando que seu trabalho ali estava feito. Apesar disso, sempre fazia visitas para ver Amélia quando criança. Tinha se casado com uma mulher que trabalhava com mediunidade havia pouco tempo e, no geral, parecia levar uma vida feliz.

— Juízo. — Deva escorregou dois ingressos por entre as frestas de vidro da bilheteria, o cheiro de tinta atingindo o rosto de Holy. — E cuidado. Você viu as últimas notícias. — Era uma afirmação, e não uma pergunta. Qualquer um que fosse próximo da família real diria que eram como águias: sabiam de tudo que acontecia em Londres. Viam, ouviam, *controlavam*. Justamente por isso o assassinato de Addie era tão perturbador. Tinham perdido o controle.

Holy abriu um sorriso, sem se deixar abalar.

— Obrigada, Deva. Você sabe que esse é meu segundo nome.

Deva soltou o ar pelo nariz, uma risadinha irônica escapando dos lábios. Holy deu um último aceno para ela antes de voltar para o fim da fila, onde os olhos violeta de Roma a aguardavam com certa impaciência. A ruiva balançou os ingressos nas mãos, indicando a entrada da roda com a cabeça. Roma deu um sorriso ladino e caminhou até o ponto indicado enquanto Holy acompanhava seus passos com o olhar. Ela ergueu o indicador e moveu os lábios em uma frase, sem certeza de que Roma ouviria.

— Um minuto — disse, então cruzou a fila mais uma vez, seus passos esmagando algumas folhas secas pelo caminho. Encontrou o maquinista responsável pelo monumento atrás da bilheteria e se sentiu idiota por não ter ido ali antes. — Preciso que você feche as portas da cabine assim que eu entrar — pediu, o tom de voz afobado. O homem moveu os lábios para contestar, mas Holy enfiou uma nota de cinquenta libras no bolso do seu macacão, afastando as mãos rapidamente, temendo invadir seu espaço pessoal. — Sim?

O homem cerrou os olhos. Moveu a cabeça para enxergar ao redor de Holy, procurando por uma armadilha. Sem encontrar nada, ele amassou a nota de cinquenta libras contra os dedos e assentiu. Holy agradeceu com um aceno antes de sair. Ela nunca pediria um favor daqueles se estivesse sendo a princesa naquela noite, muito pelo contrário. Os membros da realeza deviam demonstrações públicas de humildade. Estavam sempre fingindo que se misturavam bem, que eram parte do povo.

Holy revirou os olhos.

— Pronto — disse ela, e sorriu para Roma quando chegou à entrada da roda, permitindo que a loira entrasse na cabine transparente primeiro. Seus olhos encontraram os do maquinista assim que a porta se fechou e Holy ergueu os dedos em um sinal de positivo.

Roma arqueou uma das sobrancelhas loiras.

— Você é algum tipo de celebridade local?

Holy achou graça.

— Só tenho dinheiro e cara de pau o bastante para subornar as pessoas — respondeu, dando de ombros — Na maioria das vezes funciona, então estou perto de acreditar que essa é a fórmula do sucesso.

— E como você tem tanto dinheiro?

— Tráfico de órgãos — Holy ironizou, sentando-se em uma das poltronas da cabine. O sol tinha se posto havia algumas horas. — Sério, você faz perguntas demais.

Roma deu de ombros.

— Sou filha de um policial — lembrou, dando um passo em direção às paredes transparentes. — Não tem como não fazer perguntas demais.

— E como ele é? — Roma fez uma careta diante da pergunta, então Holy continuou: — Sei lá. Eu não tenho um contato muito próximo com o meu pai, então... sou curiosa.

— Minha mãe costuma dizer que toda pessoa tem uma grande história — Roma começou. — Um acontecimento que define sua personalidade é a melhor forma de apresentá-la para um desconhecido. Meu pai comprou uma estrela para minha mãe no primeiro encontro deles.

Os lábios de Holy se entreabriram, então ela riu.

— Uma estrela? Tipo uma estrela de verdade?

Roma fez que sim. Ela se abaixou alguns centímetros para tentar localizar o ponto de luz no céu, sem resultado.

— A poluição acabou com o romantismo — protestou. — Mas, enfim, ele estava bêbado e tinha um cartão de crédito na mão. Parece um presente mirabolante e caro, mas foi menos de seiscentos reais. — Ela fez uma careta. — Isso dá umas cem libras. Meu pai não é mais o mesmo cara que comprou aquela estrela, de qualquer forma. Não é mais uma pessoa romântica.

— Acho que todo mundo acaba perdendo o romantismo ao longo da vida — disse Holy, dando um longo suspiro, e Roma logo entendeu que aquilo não era mais sobre seu pai, mas sobre ela.

— É triste, não é? — Roma tocou uma das paredes transparentes, seus olhos passando pelo prédio imponente do Big Ben. — A maioria das pessoas vive sem romantizar nada. Não se empolgam com as coisas do dia a dia, não fantasiam ao som de uma música da Taylor Swift. Só veem beleza nas coisas mais óbvias. Elas ficam... tipo, satisfeitas com a realidade? Como é ser assim?

— Chato. — Holy deu um sorriso resignado, então mudou de assunto. A maneira como Roma via as coisas era bonita. Quase mágica. Desejou, apenas por alguns segundos, poder ver o mundo daquela forma também. — Qual é a sua grande história?

Roma hesitou para responder.

— Acho que ainda não tenho uma.

Holy fez que sim, embora desconfiasse de que Roma estivesse mentindo.

— Talvez você só precise de alguém para te ajudar a escrevê-la.

Roma deu um sorriso para Holy, então se voltou para a imagem da cidade sob os seus pés.

— É — disse. — Talvez.

## CAPÍTULO 7

### É CLARO QUE EU SOU FANFIQUEIRA, SÓ VIM PRA LONDRES PRA ESBARRAR COM O HARRY STYLES NA PORTA DO STARBUCKS.

### *Roma*

— Então — a voz de Chinara soou empolgada, como uma criança que ouviu dos pais que ela pode ficar na casa do amiguinho até mais tarde. Ela estava sorrindo, os dreads do seu cabelo balançando de um lado para o outro — você saiu com uma garota misteriosa e ela te levou na London Eye? Parece enredo de uma fanfic para mim.

— Ou de um filme policial — disse Jay, arqueando uma das sobrancelhas. Estava sentado em uma das mesas do refeitório de Charterhouse, os dedos pressionando o tubo de uma caneta que parecia perto de explodir. Ele não tinha feito o trabalho do professor Brown e agora escrevia uma sequência de palavras sobre Agatha Christie como se a vida dele dependesse disso.

Roma não conseguia evitar um certo estranhamento. No Brasil, perdera as contas de quantos deveres de casa tinha deixado de fazer. Sua falta de atenção era punida com coisas mínimas: anotações na agenda, telefonemas da diretoria para sua mãe. Agora Jay estava ali, dizendo que perderia qualquer chance de entrar em Yale se George Brown assim quisesse.

Era impressão ou eles levavam as coisas a sério *demais*?

Chinara moveu a cabeça em negativa.

— Você é neurótico.

— Talvez. — Ele arqueou o canto dos lábios, um sorriso ladino despontando na face. Roma observou cada um dos seus traços, certa de que era um dos garotos mais bonitos do colégio. — Vocês não acham que é uma regra de sobrevivência válida? Não sair com pessoas misteriosas.

— Misteriosa é só maneira de falar. — Roma deu de ombros — Ela se chama Holy. E nós estávamos em um lugar público, não é como se ela fosse roubar meus rins ou algo do tipo.

Chinara e Jay trocaram um olhar curioso. A garota falou primeiro:

— Roubar seus rins?

— Vocês nunca ouviram falar do ladrão de rins? — Ela mordeu o lábio, então deu um soquinho na testa. — É uma lenda urbana. Era popular no Brasil, tipo, no tempo dos meus pais. Você está numa boate, então uma pessoa bonita te chama para ir a um lugar mais reservado. Vocês bebem, você apaga e acorda numa banheira de gelo. — Roma ficou em silêncio, acompanhando a reação dos dois. — *Sem* um dos rins — completou, abrindo um sorrisinho diante da reação assustada de Chinara.

— Nossa. — Ela balançou a cabeça em negativa. — Obrigada por destruir minha fanfic. E vocês, tipo, passaram a noite juntas ou algo assim?

Roma negou.

— Nem nos beijamos.

Jay tirou os olhos da papelada por um instante.

— Uau! — Voltou a escrever. — Aí está uma coisa rara de se ver em pleno século 21. Uma garota lenta.

Roma soltou o ar pelo nariz, achando graça. Era óbvio que elas queriam se beijar. Tinha pegado Holy olhando sua boca várias vezes na noite, mas nenhuma das duas havia tomado a iniciativa e Roma achava melhor assim. O fato de ser fruto de um relacionamento de uma noite só fazia com que não quisesse viver nada parecido. Além disso, aprendera com os seus últimos erros em terras brasileiras que nada de bom acontece quando você se envolve com alguém e tem pressa.

— Regra de sobrevivência. — Chinara ironizou. — Não beijar pessoas misteriosas. — Ela mordeu o lábio, como se estivesse em dúvida sobre continuar seu comentário ou não. Por fim, prosseguiu: — Principalmente quando tem um assassino à solta.

— Você é muito dramática. — Jay analisou o papel onde escrevia, passando os dedos por cada letra. — O que aconteceu com Addie... Sei lá. Não acho que seja um assassino. Na verdade, ninguém tem como saber.

Chinara cerrou os olhos, então se virou para Roma:

— Ela era uma garota estranha, sabe?

Roma sentiu um desconforto na beira do estômago e se esforçou para escondê-lo com um sorrisinho amarelo. Ela sabia muito bem o que era ser a garota estranha, cargo que ocupara por anos no Brasil. Não que houvesse qualquer coisa errada com sua aparência; na verdade, ela estava dentro do que chamariam de padrão, talvez até um pouco acima dele, mas, quando você é uma adolescente que vê mortos em todo canto, fica um pouco difícil se tornar alguém sociável.

A morte era sua principal companhia.

— Estranha como? — tentou ela.

Chinara suspirou:

— É complicado falar mal de uma pessoa morta

— Ela era cheia de segredinhos, só isso — Jay murmurou, desprendido. — Era uma presença constante nos eventos da família real, embora ninguém soubesse *quem* ela estava acompanhando. Tudo que sabemos sobre ela são boatos.

— Os mais maldosos dizem que ela e a princesa Amélia tinham... — Chinara baixou o tom de voz — uma amizade colorida. Sendo honesta, eu adoraria que isso fosse verdade. Quase consigo ver o palácio de Buckingham desmoronando ao som de "I Kissed a Girl", da Katy Perry. A rainha enfartaria em dois tempos.

— As pessoas adoram inventar mentiras sobre a realeza — disse Jay, dando um sorriso ao terminar de escrever a última palavra do seu trabalho. — A princesa Amélia parece do tipo... frígida. A Coroa vai ter problemas se quiser novos herdeiros.

Chinara moveu a cabeça em negativa.

— É um personagem — sugeriu. — Não acredito que uma adolescente possa ser tão centrada. Ela só não quer atrair olhares para a Coroa. Vocês devem se lembrar de como a mãe dela era escandalosa.

Roma precisou pensar por alguns instantes. Chinara e Jay pareciam ter uma enciclopédia sobre a família real no lugar do cérebro e ela não sabia dizer se eram só jovens sedentos por fofoca ou se esse era um costume londrino. Talvez a realeza fosse como as Kardashians para eles.

— A princesa Spencer?

Foi Jay quem respondeu, em afirmativa:

— Uma mulher muito à frente do seu tempo. As pessoas falam dela no Brasil?

— Falavam mais uns anos atrás — Roma murmurou. — Tivemos a nossa fase de obsessão por Londres, provavelmente por causa do One Direction. Toda adolescente tinha uma capinha de celular com a bandeira do Reino Unido.

Chinara riu.

— Uma coisa que nunca aconteceria na Nigéria — disse. — Vocês sabem... colonização britânica... Enfim. Voltando ao assunto da Addie, você ficou com a bolsa dela, não é?

Roma torceu o nariz. Ela não tinha certeza de como se sentia sobre aquela informação. Era estranho saber que só estava ali porque uma garota tinha morrido, mas a bolsa de estudos precisava ir para alguém. Se não fosse ela, seria outra pessoa.

Estava pronta para perguntar como Chinara sabia disso quando as portas do refeitório se abriram, o cabelo ruivo de Amélia chamando sua atenção antes de qualquer outra coisa. Estava acompanhada por quatro pessoas, de modo que sua simples chegada a Charterhouse parecia uma comitiva de imprensa. Seu segurança brutamontes, um rapaz que ela não conhecia, o treinador do time masculino de lacrosse e um *fantasma*.

Em uma forma bem fantasmagórica dessa vez.

Roma sentiu um arrepio descer por sua nuca, o refeitório se tornando aos poucos um lugar mais frio. Jay e Chinara passaram os olhos pelos três que podiam ver e teceram comentários que Roma não ouviu. Seus olhos estavam no fantasma, uma mancha translúcida com silhueta masculina que os acompanhava em passos lentos. A loira cerrou os olhos, desconfiada. Normalmente – e não havia nada de normal em ver mortos – ela conseguia visualizar olhos, narizes, boca, traços e expressões. Mas aquela face era vazia, como uma máscara de pano sem buracos.

— Você não acha? — Chinara perguntou, acordando Roma do seu transe e fazendo-a perceber que tinha perdido parte da conversa.

Ela se forçou a sorrir.

— Sim — disse, esperando que essa não fosse uma resposta vergonhosa para a pergunta que não ouvira. — Claro.

Jay não estava convencido.

— Ele vai treinar o time feminino de lacrosse este ano — comentou, fazendo pouco-caso, a cabeça apontando para o rapaz de cachos negros. — Eles deveriam ter vergonha de serem tão óbvios. Um conde treinando alunas do ensino médio. Se a rainha ajoelhasse e pedisse apoio público seria menos óbvio que isso.

Dessa vez Roma não resistiu a perguntar:

— Um conde?

— Benjamin — Chinara confirmou, mostrando o rapaz cacheado mais uma vez. — Tenho certeza de que receberam mais inscrições do que nunca. Falando nisso, você vai entrar?

Roma ergueu um dos ombros, sutilmente.

— Não temos lacrosse no Brasil. Quero escolher alguma coisa com a qual eu esteja mais familiarizada. Natação, talvez. Parece mais fácil, considerando que eu morava em uma ilha. Também pensei em tiro com arco, se eu quiser parecer mais interessante.

Chinara deu uma risada baixa. Roma não conseguiu identificar se ela estava rindo por educação ou rindo de verdade, mas não quis se apegar ao detalhe. Seus lábios se moveram, prontos para perguntar qual seria a opção de esporte extracurricular da colega, mas Amélia roubou sua atenção antes que pudesse proferir qualquer palavra.

Roma esticou o pescoço, tentando encontrar o fantasma sem rosto que tinha visto pouco antes. Seus olhos de ametista caíram em Benjamin e no treinador, sem encontrar nenhum sinal da figura aterrorizante que estava ali segundos atrás. Roma tinha curiosidade de saber para onde eles iam. Se tinham a capacidade de transitar entre o mundo dos vivos e o dos mortos – se é que existia um –, se podiam se teletransportar ou precisavam caminhar como pessoas comuns. Era horrível vê-los, mas não saber nada sobre eles era pior.

— Ei — Amélia estalou os dedos. Fez uma careta ao notar a direção dos olhos de Roma. — Se interessou? — Roma demorou alguns segundos para entender o que a ruiva dizia. — Benjamin é como um irmão para mim. Ele não sai com nenhuma garota que eu não aprove — disse, em tom de aviso. Em seguida, como se uma pequena chave tivesse virado dentro do seu cérebro, deu um sorriso amável.

Roma poderia dizer que não estava olhando para Benjamin, mas, por algum motivo que ainda não compreendia, a ideia de deixar a princesa irritada parecia irresistível.

— Eu não usaria o termo "como um irmão" nesse caso. A família real tem um histórico de incesto terrível.

Chinara apoiou uma das mãos na frente dos lábios, disfarçando um sorriso. Jay foi um pouco menos discreto, o som irônico da sua risada reverberando pelo refeitório.

Amélia não pareceu se importar tanto com o comentário grosseiro de Roma. Ela revirou os olhos e apoiou os dedos finos na clavícula, recuperando sua pose de garotinha graciosa.

— O incesto foi proibido alguns séculos atrás — disse, como se o comentário de Roma tivesse cunho científico e não vexatório. — Me diga se precisar de ajuda com história. — Sorriu, o melhor sorriso falso que a loira tinha visto em anos. — Você está livre na sexta à tarde? Queria convidar você para ir à minha casa. Para fazermos aquele trabalho do professor Brown.

Roma suspirou, desinteressada.

— Sim. Pode me mandar seu endereço.

Amélia achou graça.

— O palácio de Buckingham, bobinha. Se você jogar no Google, vai descobrir onde fica. — Ainda que o tom da princesa não fosse de todo sarcástico, Roma se sentiu idiota por não ter pensado naquilo. Por acaso se lembrou de Holy e seu comentário ácido sobre o palácio não ser tão bonito assim. — Vou enviar uma ficha de cadastro para o seu e-mail de Charterhouse. Não deixamos estranhos entrarem sem identificação.

Jay assentiu, como se o comentário fosse direcionado a ele. Então, alfinetou:

— Depois do que aconteceu, eu também não deixaria ninguém entrar.

Amélia deu uma risadinha sem graça.

— Sexta à tarde, sim?

— E eu tenho outra opção?

A ruiva sorriu.

— Bem pensado — animou-se, simpática. — Não tem.

## CAPÍTULO 8

### Que Deus elimine a rainha. Ilumine✱✱✱

*Amélia*

O salto dos sapatos da rainha Olívia fazia barulho cada vez que ela cruzava as pernas, fazendo questão de tocar a ponta deles no chão. Estava sentada na melhor cadeira do centro de conferências, um olhar entediado que, de tempos em tempos, destinava a alguma pessoa em específico. Não ostentava sua fiel coroa, mas um chapéu lilás que cobria boa parte do cabelo e da testa. Dez anos no passado, ela estaria usando a coroa, ainda que fosse pesada em exagero e causasse uma terrível dor de cabeça.

A rainha Olívia estava ficando velha, ainda que se recusasse a admitir tal fato.

— Esqueceu seu chapéu? — Benjamin provocou, a pergunta óbvia.

— Uma pequena dose de rebeldia antes das dez da manhã — Amélia sorriu, irônica. — Eles têm sorte que eu não tenha vindo de pijama.

A regra do chapéu era mais uma das inconveniências da família real. Todas as mulheres acima de doze anos deveriam usar chapéus em eventos públicos, enquanto noivas e casadas usavam tiaras ou coroas. Com a desculpa de que aquele não era um evento, mas uma reunião, Amélia tinha descido as escadas do palácio com seus cachos à mostra.

Sentado do lado dela, Benjamin moveu a cabeça em concordância. Mudou de assunto de forma brusca, notando que Amélia não estava disposta a falar sobre chapéus.

— Aquela garota do Green Park — murmurou, os olhos acompanhando a movimentação na frente da sala. Dois policiais da Scotland Yard conversavam, preparando-se para a reunião que aconteceria em instantes. — Está estudando em Charterhouse?

Amélia deu de ombros. Não queria que Benjamin pensasse que era uma questão importante.

— Sim.

— Eu estaria sendo arrogante em presumir que o seu encontro da outra noite...

— Não — disse ela, baixando os olhos e afundando o corpo na cadeira. — Não estaria.

Benjamin batucou os dedos nas coxas.

— Está quebrando as nossas regras.

— Foi uma coincidência infeliz, só isso — garantiu. — Ela não desconfiou de nada. Ainda estou no controle da situação.

— *Ainda* — sibilou ele, irritado. — Você sabe que pessoas na nossa posição não podem lidar com essa palavra. Ainda, talvez, coisas do tipo. Se quer o meu conselho...

— Não quero — Amélia cortou. — Você é neurótico demais. Não tem nada que uma adolescente possa fazer contra a princesa da Inglaterra.

— A princesa da Inglaterra também é uma adolescente. — Ben estava com sua postura de irmão mais velho. — Você ficaria surpresa se soubesse das coisas cruéis que adolescentes fazem.

Amélia soltou o ar pela boca.

— E você se acha muito adulto, não? Preciso lembrá-lo que você não é meu pai. Sei o que estou fazendo.

Benjamin passou os dedos pelas têmporas, apertando o centro entre um olho e outro.

— Só quero evitar que você tome péssimas decisões como a Spencer fez.

— Ben — os punhos de Amélia cerraram —, não fale sobre a Spencer. — Era estranho como ela não conseguia chamar a mulher de mãe perto de outros membros da família.

— Crianças — a voz de Olívia percorreu a sala, doce como veneno. — Querem compartilhar a conversa com o restante de nós?

Amélia passou os olhos pela sala. Os policiais tinham terminado de organizar seus documentos no centro do espaço, prontos para passar a próxima meia hora falando sobre Addie e os prováveis responsáveis pela sua morte precoce.

— Uma bobagem qualquer sobre sabores de chá — Benjamin gesticulou, sem hesitar. Amélia segurou o ímpeto de dar um sorriso na direção dele, a irritação e o alívio se misturando na boca do estômago. Sabia que aquela era a maneira de Ben deixar as coisas claras: não estava em seus planos delatá-la. — Por acaso o senhor Kenji teria alguma coisa para acalmar nossos ânimos?

Amélia fez uma careta. "Senhor" era um exagero, considerando que Kenji tinha recém completado vinte anos, apenas dois a menos que Benjamin. Ao menos ele não havia usado o termo "vassalo" dessa vez.

Do outro lado da sala, alguns metros distante da rainha Olívia, Kenji deu um meio sorriso. Estava atrás de um carrinho de doces, sucos e chás. Amélia sabia que ele estava ansioso para que a reunião terminasse: ele odiava aqueles eventos, quando precisava ser simpático e servir as pessoas. Suas tatuagens estavam todas escondidas debaixo de luvas sintéticas e golas altas.

A rainha gostava da sua presença. Era uma forma silenciosa de mostrar que era uma pessoa livre de preconceitos, mesmo que isso nem sempre fosse verdade. Amélia mordeu o lábio. Ela sempre ficava refletindo, sem saber se sua avó era uma pessoa ruim. Suas atitudes questionáveis eram um fato, mas, se ela fosse rainha da Inglaterra, não faria de tudo pelo bem do seu país?

Amélia passou os dedos pela nuca, desconfortável. A maioria dos seres humanos podia se dar ao luxo de pensar "E se eu fosse a rainha da Inglaterra?" sem o peso de saber que, de fato, um dia ocuparia aquele posto.

— Maracujá — a voz suave de Kenji atravessou os ouvidos de Amélia. Ela levantou a cabeça para observá-lo, surpresa ao ver que tinha se aproximado durante os seus devaneios. Segurava uma bandeja de prata com um pequeno bule de vidro no centro, fumaça escapando pelos bocais e duas pequenas xícaras no entorno.

Amélia sorriu para ele, erguendo os dedos para pegar uma xícara. Kenji virou o chá contra a louça e olhou bem no fundo dos olhos dela, como se questionasse a discussão que estava tendo com Ben segundos antes. Ele nunca tinha dito com todas as letras, mas era evidente que não gostava do conde. Seu corpo dizia, embora ela não tivesse certeza se seu nervosismo quando Ben estava perto era um sinal de irritação ou de atração. Amélia era muito boa em analisar a linguagem corporal das pessoas. Nenhuma mentira costumava lhe escapar, mas às vezes era difícil interpretar todas as nuances que lhe eram dadas.

Ela assentiu, indicando que estava tudo bem.

Kenji se virou na direção de Benjamin e ofereceu uma xícara, despejando o chá sem o mesmo cuidado que tivera com Amélia. Depois de receber um aceno de cabeça como agradecimento, voltou para onde estava anteriormente.

— Acredito que estejamos prontos para começar — a rainha Olívia murmurou, apoiando as mãos nas pernas cobertas pelo vestido colorido de cetim.
— Senhor Wallen?

Amélia pousou os olhos no homem que deu um passo à frente. Chutando, ela diria que tinha seus quarenta e poucos anos, mas o tempo não lhe havia castigado. Seu cabelo loiro era brilhante e parecia haver muitos músculos escondidos debaixo da farda. Tinha uma postura séria e uma cicatriz em cima da sobrancelha esquerda.

Amélia piscou, dando-se conta de onde já tinha visto aquele cabelo loiro antes. *Wallen*. O mesmo sobrenome de Roma.

— Aos que não me conhecem, meu nome é Declan Wallen. Chefe da polícia metropolitana de Londres. Estou responsável pelo caso Addie Jones, que aconteceu a algumas quadras daqui. — Acenou para o seu parceiro com a cabeça. A apresentação de slides foi iniciada. — Devo dizer que o caso de Addie foi tomado como prioridade máxima dentro da Scotland Yard, mas não tivemos muitos avanços. Sabemos que ela era uma garota querida, presidente do grêmio estudantil, cheia de projetos de caridade... Alguns professores a chamavam de "garota de ouro". — Amélia sentiu um aperto na garganta. — O que nos deixa sem entender a motivação do crime. Ela foi morta por uma pedra de jardim de mais ou menos três quilos — disse ele, apontando para os slides e mostrando a imagem dos jardins de Buckingham. — Existem pedras como essa nos jardins de toda Londres, então não temos certeza se ela saiu daqui. Addie foi atingida do lado esquerdo da cabeça. Não encontramos a pedra em questão, o que nos faz pensar que o responsável se livrou dela.

— Senhor Wallen. — A rainha não pareceu satisfeita. — A população está em polvorosa. Você deve saber que um crime contra uma criança sempre choca mais do que qualquer violência praticada contra adultos. — Amélia fez uma careta para a maneira como a palavra "criança" estava sendo usada. Addie tinha dezessete anos, quase dezoito. — Não precisamos saber como ela foi morta, mas punir os responsáveis.

Foi o parceiro de Declan quem respondeu:

— Estamos trabalhando nisso.

Olívia ralhou:

— É tudo que vocês têm para me mostrar?

— Não encontraram nada nos arredores do palácio? — Amélia questionou, tentando dissipar a irritação da avó. Sabia que precisavam de respostas, mas investir contra os policiais era o pior que poderiam fazer. — Nem uma pista?

— As testemunhas disseram que Addie estava com uma pasta de documentos na última vez que foi vista. Não a encontramos com ela.

— Descartaram a possibilidade de um crime por motivo torpe? — Benjamin questionou. — Um assalto, por exemplo.

— Não descartamos nenhuma hipótese — Declan explicou. — Não sabemos se tinha algo de valor nessa pasta.

— Certo. — Olívia suspirou. — Quero que façam uma coletiva de imprensa ainda hoje. Digam a todos que estão perto de prender o assassino de Addie Jones. Tranquilizem a população.

— Majestade...

— Senhor Wallen — seu tom de voz era frio —, já ouviu falar de Maquiavel? — O homem assentiu. — Com um povo hostil, um príncipe nunca pode estar em segurança. Faz tempo que as pessoas deixaram de ver a polícia com bons olhos. — Amélia segurou um suspiro, porque era evidente que a rainha falava da própria família real, usando os policiais como pretexto. — Não são tão queridos quanto eram há dez anos. — Ela soltou o ar pela boca, saudosa. — Não podemos dar espaço para mais... raiva. Manter a população segura é nossa obrigação. — Então estalou os dedos. — Quero revisar os novos protocolos de segurança. A princesa Amélia acabou de terminar sua primeira semana de aula. Tivemos alguma questão?

— Eu estou bem aqui. Posso responder sua questão, *vovó*.

O olhar fulminante de Olívia dizia tudo. Demonstrações de afeto familiar na frente de qualquer um era algo proibido, uma forma de demonstrar fraqueza na linguagem da Coroa. Amélia tinha feito de propósito.

Declan fingiu não notar.

— Sem problemas em Charterhouse. Temos uma lista com o nome de todos os amigos próximos da princesa. Poucos alunos se aproximam e nossos homens ficam em estado de alerta sempre que o fazem.

— É muito gentil da parte de vocês — Amélia alfinetou. — Sempre me fazendo parecer uma bomba-relógio.

Olívia não perdeu a oportunidade de provocar a neta:

— Sem mais saidinhas noturnas?

Declan assentiu:

— Sem mais.

Amélia segurou uma risada. Havia aprendido a driblar os seguranças fazia tanto tempo que parecia uma piada que a rainha Olívia não soubesse disso ainda. No fundo, achava que a mulher não se importava o suficiente para observar o que acontecia nos corredores do palácio. Eram raros os dias em que Benjamin e Amélia estavam ali depois das onze da noite.

— Sou uma garota exemplar, vovó — zombou, de novo. — Nunca lhe contaram?

— Amélia — Olívia a encarou —, se continuar se comportando de forma rude, não terei outra escolha se não proibir você de participar das reuniões sobre o caso da Addie. O que seria muito justo, considerando que é menor de idade.

O tom irônico desapareceu dos lábios de Amélia. A ruiva afundou na cadeira, frustrada. Era um golpe muito baixo que sua avó usasse essa carta, ainda que ela não soubesse disso.

Não poder participar das reuniões seria como perder Addie mais uma vez. Olívia insistiu:

— Tudo bem?

Amélia mordeu a parte interna das bochechas.

— Sinto muito, Majestade.

— Perfeito. Senhor Wallen, podemos continuar.

A princesa respirou fundo, usando toda a sua força de vontade para não sair correndo e se trancar no quarto, como uma criança mimada faria. Notando sua irritação, Benjamin apoiou uma das mãos em cima da sua, solta na cadeira como se não fizesse parte de seu corpo.

— Relaxa — ele sussurrou. — Você sabe como ela é.

*Sim, eu sei*, Amélia pensou.

Mas, em alguns dias, ela gostaria de não saber.

## CAPÍTULO 9

### TAVA NOS MEUS PLANOS TE ODIAR, MAS MULHERES COM FLECHAS SÃO O MEU PONTO FRACO.

*Roma*

Os dormitórios de Charterhouse eram extremamente britânicos.

Britânicos, ou pelo menos a visão brasileira do que era uma coisa britânica. As paredes não tinham cheiro de mofo ou pintura desgastada, mas era como se as coisas entrassem ali e se tornassem velhas no mesmo instante. Como se um filtro vintage estivesse cobrindo cada centímetro de vida, fazendo parecer que estavam em 1984.

*Muito específico*, Roma pensou, encarando o chuveiro elétrico que despejava água morna em cima do seu cabelo loiro. Eram sete da manhã, e a escolha dos esportes extracurriculares aconteceria às oito. Não gostava de estar adiantada, porque o tempo que tinha vago era um atestado da sua insônia. Não conseguira dormir durante a noite. Sua mente parecia inquieta, assombrada por vários pensamentos e lembranças que se misturavam, criando coisas novas.

Estivera pensando em Holy, nas pessoas que tinha deixado para trás em Ilha Grande, no espírito sem rosto que avistara no refeitório – sendo essa última a mais preocupante delas. Roma sempre fora apenas espectadora do mundo dos mortos, e ver uma coisa nova acontecendo causava uma irritação na beirada do estômago. Não entendia nada sobre eles, mas, se os vivos tinham capacidade de fazer mudanças, parecia lógico que os mortos também pudessem. Só era desagradável não saber *se* e *como* tais mudanças a afetariam.

Roma girou o registro do chuveiro, observando as gotas de água pararem de cair aos poucos. O dormitório inteiro estava em silêncio, e ela gostava da impressão que a calmaria passava, quase a fazendo acreditar que era a única pessoa viva num raio de quinhentos metros. Ela tirou a toalha que tinha apoiado na porta do boxe e se enrolou, deixando um rastro de vapor preencher o vestiário. Aproximou-se da pia em frente ao espelho e, com os dedos, desenhou uma pequena carinha feliz no vidro embaçado.

Apoiado na pia, seu celular vibrou, chamando sua atenção. Na tela, um número desconhecido brilhava de forma insistente. Ela tirou a escova de cabelo de dentro da nécessaire que tinha levado consigo e começou a escovar os fios, ignorando o telefone. O DDI 55 era suficiente para que ela não quisesse atender.

Ignorou a ligação por um, dois, três minutos. Na quarta tentativa, se sentiu derrotada e arrastou o botão verde para o lado, dando um longo suspiro. Não disse nada, esperou que o responsável se identificasse. Colocou o telefone no modo viva voz e o largou na pia, concentrada em desembaraçar os fios finos do cabelo.

— Roma? — Ela ergueu os dedos em direção à tela quando ouviu seu nome, o ímpeto de desligar e bloquear o número. — *Alien*.

O apelido amoleceu sua postura.

— São três da manhã no Brasil — Roma murmurou, meio irritada, meio… confusa? Brava? Puta da vida? Roma não sabia como estava se sentindo no momento. — Você deveria estar dormindo.

— Eu sei que você acorda de bom humor — ela respondeu. — Tinha mais chance de você me atender às sete da manhã.

— Atendi porque não sabia quem era.

— Considerando que você mudou para o outro lado do globo terrestre só para me evitar… Bom, eu deveria estar esperando por isso.

— Como conseguiu meu número novo?

— Pedi para a Esmeralda.

Roma respirou fundo.

— Eu disse para a minha mãe que não queria conversar com ninguém.

— Como terapeuta, acho que ela não concorda muito com as suas últimas atitudes. Tipo, sei lá. Se isolar num internato em Londres parece uma coisa que gente pirada faria.

— Eu não tenho direito de ser um pouco pirada depois do que aconteceu?

Silêncio do outro lado. Roma conseguia imaginar os dedos de Manuela percorrendo os próprios fios de cabelo curtos, sem saber o que dizer por um instante.

— Foi mal.

— Foi mal?

— Eu estava com ciúme — sussurrou. — Reconheço meu erro, tá? O que fiz foi péssimo, mas eu só... Não sei. Queria que as pessoas parassem de te dar tanta atenção. Queria que o seu foco fosse eu, assim como o meu estava sendo você. Foi uma atitude idiota, mas as pessoas fazem coisas idiotas quando estão apaixonadas.

— Você contou pra todo mundo que eu via gente morta. — Roma revirou os olhos, dando passos pelo banheiro, irritada. — As pessoas começaram a me chamar de esquizofrênica. Não que seja uma ofensa, mas, porra. Tem noção de quantos folhetos de clínicas psiquiátricas eu recebi? Você foi uma das únicas pessoas com quem eu me senti confortável de falar sobre isso. Não me venha falar de paixão quando desde o começo nós duas concordamos que não teríamos nada sério.

— Certo. — Manuela tamborilou os dedos contra alguma superfície dura. Roma achou estranho saber que ela estava no seu quarto, com uma parede de pôsteres de bandas de rock atrás dela. Também sabia que Manu provavelmente tinha aberto as janelas antes de ligar, para que o seu gato Fred pudesse dar um passeio noturno. Apostava que a garota estava deitada, dormindo com um top de academia e short largo que escorriam pelas pernas quando levantava. Suas unhas deveriam estar cobertas de preto, provavelmente descascadas. — Foi mal — repetiu.

Roma segurou um suspiro. Era essa a parte ruim de brigar com alguém: você se torna um estranho que sabe demais.

— Você nem consegue dizer a palavra "desculpa" — disse Roma, deixando uma risada irônica escapar. — Por Deus, Manuela. Você não se ajuda.

— Desculpa, então. — Estava revirando os olhos, Roma tinha certeza. — Não posso voltar atrás e mudar o que eu fiz. Se não quiser ficar de boa...

— Eu não quero — cortou. — É minha vez de ser uma escrota. Eu estou em Londres e a mínima possibilidade de você estar me esperando quando eu voltar para o Brasil me deixa enjoada. Esquece. Nossa amizade, nosso rolo, qualquer outra coisa que tiver para ser esquecida.

— Alien...

— Não tem conversa — enfatizou.— Se me ligar de novo, vou trocar de número. — Ela se aproximou da pia, deslizando o botão vermelho para o lado antes que Manuela pudesse contestar.

Roma respirou fundo, vapor de água invadindo seu nariz.

Ela era tão dura quanto um pedacinho de manteiga.

Queria voltar atrás, falar com a garota de novo. Não porque gostava dela, mas porque gostava das lembranças que tinham.

Sentir nostalgia era quase como sentir dor física.

Roma apertou o celular contra as mãos. Teria discado o número de Manuela de novo se uma coisa mais assustadora que uma ex-amizade colorida ligando às sete da manhã não tivesse chamado sua atenção.

Ao lado da carinha feliz que tinha desenhado, um pequeno "oi" escrito em inglês tinha surgido, limpando parte do vapor do espelho. Roma se virou, procurando pelo sinal de qualquer outra pessoa dentro do espaço – viva ou morta. Um risinho nervoso escapou dos seus lábios quando não encontrou nada. Estava sozinha no vestiário, mas alguém tinha escrito uma mensagem no vapor – e esse alguém não era ela.

Roma largou o celular em cima da pia e, com passos apressados, caminhou até o banco onde tinha deixado suas roupas esportivas. O uniforme de Charterhouse tinha um tom feio de verde e fora deixado em seu quarto na noite anterior por uma mulher de olhos grandes e pele enrugada. Como uma pessoa que pouco se importava com horários, aquela era a primeira vez em que se vestia com pressa. Sutiã, uniforme, casaco, todos passando em dois segundos pela sua cabeça.

Roma deixou a toalha no cesto de roupa suja coletivo e saiu do vestiário, o coração batendo alto no peito. Não pela primeira vez naquela semana, sua caminhada apressada teve o pior dos desfechos, seu corpo colidindo contra o de alguém tão distraído quanto ela. Roma soltou um grunhido de indignação quando sentiu o café quente cair em cima do seu tênis, molhando suas meias.

Ela conseguiria chegar viva até o final do ano?

— Opa. — O responsável pelo café deu um sorrisinho envergonhado. — Desculpa. Eu estava com pressa e...

— Não me viu — Roma cortou, um tanto irritada, ainda que aquela explicação também se encaixasse no seu caso.

— Não vi você. — Ele deu uma risadinha, os cachos negros balançando diante do gesto. — Você deve ser Roma Wallen.

Uma das sobrancelhas loiras de Roma se arqueou. Ela torceu os fios de cabelo molhados e os apoiou em um dos ombros, surpresa que já tivessem chegado àquele tamanho. Sacudiu os pés antes de responder, tentando tirar os resquícios de café.

— Como você sabe meu nome? — Ela fez uma careta quando se deu conta. — Ah, espera. Eu vi você no refeitório outro dia. Benjamin. *Conde* Benjamin.

Ele balançou a cabeça de um lado para o outro.

— Essas nomenclaturas ficam ainda mais estranhas no ambiente escolar. — Abaixou-se para recuperar o copo de café derrubado. — Só Benjamin, por favor. Eu sei o seu nome porque... é curioso. Uma garota com nome de cidade.

Roma ignorou seu último comentário. Era sempre a primeira coisa que reparavam sobre ela.

— Tudo bem, Benjamin-só-benjamin, a que devemos a presença de um conde nos dormitórios de Charterhouse?

Ele moveu a cabeça de um lado para o outro.

— Não tem um jeito menos idiota de dizer isso... — Estalou os dedos, passando o copo plástico de uma mão para a outra. Benjamin abriu um meio sorriso. — Me indicaram a máquina de café no terceiro andar e eu consegui chegar até lá, mas me perdi no caminho de volta. Sei que estou parecendo burro agora, mas os corredores deste lugar são praticamente todos iguais.

Roma achou graça. O sorriso de Benjamin era bonito, ela notou.

— Você aprende a se deslocar pelos quadros — ela explicou. — Ainda não decorei porque sou nova aqui, mas minha colega de quarto diz que nunca falha: vire à esquerda depois do Leonardo da Vinci e vai estar no jardim de inverno — disse, apontando para uma das pinturas que decoravam o corredor, usando de exemplo. — Estamos na ala de Salvador Dalí. Acho que consigo levar você até a quadra sem maiores danos — sugeriu. — E não estou dando em cima de você, só pra deixar claro.

Benjamin riu.

Roma fez que não com a cabeça.

— É sério. Você deve conviver bastante com esse tipo de assédio e eu não quero que pense que eu...

— Não, tudo bem — Benjamin a tranquilizou. — E, na verdade, não estou acostumado com nada. Acho que o hype da família real passou faz tempo.

Roma deu de ombros, um meio sorriso no rosto.

— Acho que não dá para passar a vida inteira fingindo que não é um colonizador. — Seu celular vibrou. Com o canto dos olhos, ela viu uma mensagem de Chinara perguntando onde estava. Não respondeu. Elas se encontrariam na aula em no máximo quinze minutos. — Ou neto de alguns deles.

Os cantos dos lábios de Benjamin se arquearam em um meio sorriso.

— Uma inimiga declarada da família real — alfinetou ele. — Devo informar seu nome aos seguranças?

— Eu não faria isso se fosse você. — Bloqueou a tela do celular. — Considerando que está perdido e sou a única pessoa que pode levá-lo de volta para a civilização. Uma coisa meio... dormindo com o inimigo.

Benjamin não perdeu o bom humor.

— Certo, parece que temos um acordo.

Roma cruzou os braços na frente do corpo, indicando o primeiro lance de escadas com a cabeça. Enquanto andavam até lá, os olhos minuciosos da loira tentaram encontrar qualquer sinal de outra pessoa vagando pelos corredores do dormitório, sem resultado. O dia começava silencioso, adolescentes resmungando em suas camas e adiando ao máximo o momento de sair do quarto.

Por um instante, ela até chegou a desconfiar que Benjamin fosse o responsável pela mensagem no espelho, mas logo percebeu o quanto estava sendo ridícula. Ele era um rapaz de quase um metro e oitenta, tinha braços grandes e seus tênis borrachudos faziam barulho enquanto andava. E, mesmo que por um milagre ele conseguisse ser discreto, com qual objetivo teria deixado um recado?

Roma revirou os olhos. Era muito mais provável que fosse um espírito torrando a sua paciência, mas, se esse era o caso, por que não o tinha visto? Desde quando eles podiam tocar em coisas?

Quando chegaram às escadas, Roma tamborilou os dedos contra os corrimões, impaciente. Chegou a considerar que seu dom estava indo embora e até se permitiu sentir uma pontada de alívio. Se, do dia para a noite, ela não conseguisse mais contato com o mundo dos mortos, não iria reclamar. Na verdade, ficaria bem satisfeita.

— Já sabe para qual esporte vai se inscrever? — Benjamin perguntou de repente, afastando os pensamentos de Roma como se fossem feitos de poeira.

Ela negou.

— Minhas opções não são muitas — Ela ergueu quatro dedos. — Não faço ideia de como segurar um taco de lacrosse. — Abaixou um deles. — Corro o risco de decapitar alguém no tiro com arco, embora eu goste da ideia. — Mais um dedo abaixado. — Não gosto de futebol e... — Ela manteve apenas um dedo levantado. — Sei nadar razoavelmente bem. É o que sobrou.

— Ensinar as alunas a segurarem um taco de lacrosse é basicamente a minha função aqui.

Roma deixou uma risada escapar.

Benjamin não entendeu.

— O quê?

Ela se forçou a endurecer a expressão ao notar que, para um britânico, a expressão "Ensinar as alunas a segurarem um taco" não era tão engraçada.

— Senso de humor brasileiro — justificou-se. — É melhor eu não explicar.

Benjamin franziu o cenho, mas, como um rapaz educado, não insistiu. Eles continuaram a descer os lances de escada enquanto ele fazia comentários ocasionais sobre sua experiência com o lacrosse. O conde parecia uma pessoa decente. Roma geralmente não se sentia confortável com estranhos, mas ele sabia conduzir uma conversa sem colocá-la no centro do assunto – o que, para alguém que não gostava de ser notado, era o ideal.

Eles chegaram ao térreo e atravessaram o pátio até os fundos de Charterhouse, onde as quadras esportivas e os campos de grama sintética os aguardavam. Aos poucos, o internato começava a ficar mais cheio, alunos e professores saindo de todos os cantos. Roma apontou para um dos bebedouros com o polegar, permitindo que Benjamin entrasse na quadra antes dela. Pressionou os lábios contra a água gelada e esperou, certa de que não ser vista com um conde pelos arredores era o melhor que podia fazer.

Seu plano *quase* tinha dado certo.

— Ele é uma gracinha, não é? — Ao lado do bebedouro, uma garota de cabelo loiro comprido sorriu para Roma, enrolando uma mecha no dedo. Deu um sorriso antipático e incisivo, como se estivesse esperando que Roma parasse de beber água para responder, o que não aconteceu. Irritada com a atitude da garota, ela se afastou na direção da biblioteca, contra o fluxo de alunos que ia para a quadra.

Roma fez uma careta.

O som do apito do treinador roubou sua atenção. Ela quase engasgou com a água que saía do bebedouro, molhando o queixo com o líquido gelado. Secou o rosto com a barra da blusa e apertou o passo em direção à quadra descoberta, onde boa parte dos alunos do último ano estava sentada em círculo. Roma se acomodou ao lado de Chinara e procurou por Jay com os olhos, sem resultado.

— Ele sempre se atrasa para a educação física. Estava fazendo velas ontem à noite e dormiu tarde — comentou Chinara, como se pudesse ler mentes. — Onde você estava?

Roma apontou para o próprio cabelo molhado.

— Banho. Quase perdi a hora. — Sorriu, perto de estar satisfeita com sua meia-verdade. Era ótimo estar em uma cidade onde tinha a opção de contar sua própria história, omitir e revelar o que bem entendesse. Sua colega de quarto não precisava saber sobre Manuela, por exemplo. Era como ser a narradora em um jogo de tabuleiro: as pessoas só sabiam o que ela contava.

Chinara assentiu, voltando sua atenção para o vídeo que passava na tela do seu celular, em volume baixo. Alguma blogueira que Roma não conhecia fazia uma trend do TikTok que Roma também não conhecia.

Entediada, ela apoiou o rosto nas mãos e observou o treinador Parker andar de um lado para o outro da quadra, procurando por sua lista de presença. Alguns metros distante dele estavam Amélia e Benjamin, parados como estátuas do Madame Tussauds.

Ainda que Benjamin fosse muito atraente, Amélia era um espetáculo à parte. A beleza da garota era incômoda e destoava do resto dos outros alunos, dando a impressão de que ninguém deveria ser bonito daquele jeito. Ela parecia uma boneca, os olhos azuis enormes brilhando no centro do rosto, acompanhados por cílios avermelhados e igualmente grandes. O cabelo laranja estava preso em um rabo de cavalo, com um único cacho atrevido descendo pela nuca, sem que a garota percebesse. Uma de suas mãos estava coberta, do punho até o cotovelo, por uma luva grossa.

Roma não entendeu.

— Bom dia, alunos do último ano de Charterhouse. — O treinador sorriu, finalmente com sua lista em mãos, uma fiel prancheta segurando o papel. — Espero que estejam animados para o nosso primeiro dia. Sei que muitos de vocês tratam nossa aula como horário livre, mas eu prometo que o programa de esportes que montamos este ano vai fazer cada um aqui pensar diferente. — Ele olhou para Amélia, depois para Benjamin. — Antes de mais nada, quero agradecer o apoio da família real, que cedeu dois ótimos instrutores para o nosso time, sendo uma delas nossa colega Amélia. — Alguns alunos animados bateram palmas. Roma revirou os olhos, deduzindo que eram amigos da princesa. — Vamos começar pelo tiro com arco, depois lacrosse e, por último, natação e futebol. Vocês vão poder escolher o esporte no qual querem se matricular diretamente comigo depois da aula — explicou. — Alteza. — Ele fez uma pequena reverência para Amélia, que deu um sorriso agradecido e caminhou até o banco de reservas, de onde tirou um arco longo.

Chinara estava tão impressionada quanto Roma, e ainda que não tivessem tocado tantas vezes no assunto, a antipatia pela família real era algo que tinham em comum. A garota deu uma risadinha antes de perguntar, o tom digno de uma menina malvada:

— Ela realmente sabe mexer com aquele troço?

Roma riu, mas não respondeu, porque estava hipnotizada pelos próximos passos de Amélia. A ruiva posicionou uma flecha no arco e Roma finalmente entendeu o motivo da luva que usava: era uma espécie de proteção, para evitar queimaduras entre a flecha e o punho.

Com cuidado, ela caminhou pelo campo de grama sintética, parando muitos metros distante do alvo que o treinador tinha montado.

— Posso? — perguntou, a voz ingênua causando risadinhas gerais.

Parker fez que sim, abrindo um sorriso encorajador.

Roma deixou um suspiro debochado escapar. Enquanto Amélia cerrava os olhos e posicionava as pernas, ela duvidou que a garota fosse acertar a maçã de isopor colada no cavalete de madeira, tão longe que mal conseguia enxergar. Mais que duvidou, ela *torceu* para que não conseguisse.

Amélia parecia ouvir o pensamento de todos. A princesa abriu um sorriso confiante e dedilhou os aros do arco, gerando mais expectativa. Não soltou a flecha de imediato. Ela sabia que todos os olhos daquela turma estavam presos nela e era evidente que essa simples informação a deixava muito satisfeita. Gostava de estar no controle.

Finalmente, ela soltou a flecha.

O silêncio foi geral.

Depois, vieram as glórias.

— Ela acertou! — uma aluna sentada ao lado do treinador comemorou, batendo uma pequena salva de palmas. Seu nome era Lily, se Roma não estivesse enganada.

A loira cerrou os olhos para enxergar melhor, um pouco incrédula, pronta para apontar erros na vitória evidente de Amélia. A maçã de isopor tinha sido destroçada, um pequeno pedaço vermelho jazia preso à flecha, bem no centro do cavalete. A princesa tinha acertado o alvo, mas Roma sentia que quem tinha levado uma flechada era *ela*.

— E aí? — Amélia sorriu para o grupo, batendo palmas também. — Acharam impressionante? — perguntou, como se a salva de palmas não fosse o suficiente. Seus olhos azuis passaram por Roma. *Pararam* em Roma, e de repente não havia mais aula, grama ou oxigênio disponível. A loira sentiu que estava muito perto de um ataque de nervos.

Foi Roma quem desviou o olhar primeiro. E percebeu tarde demais que era uma competição, porque um sorriso travesso imediatamente coloriu os lábios de Amélia quando ela notou sua falta de jeito.

Roma deu um tapinha na testa. Se procurassem por "gay panic" no dicionário, teriam a gravação daquela cena disponível antes mesmo da definição.

E, ainda que levasse um tempo para admitir, tiro com arco havia se tornado uma das suas opções de matrícula.

## CAPÍTULO 10

### Quando Olivia Rodrigo disse *"I love people I don't like"*, eu senti, senti mesmo.

*Amélia*

A piscina do palácio estava fria, mas a pele de Amélia se acostumaria nos minutos seguintes.. Ela prendeu a respiração e tentou ficar embaixo d'água o máximo de tempo que seus pulmões permitiam, contando os segundos até o peito começar a arder e a vista a embaçar.

Um, dois, três... Trinta e sete.

Era o seu recorde.

— Alteza — uma voz masculina chamou a atenção de Amélia. Era um dos funcionários do palácio, e, de dentro da piscina, ela sorriu para ele mesmo sem saber seu nome. Era humanamente impossível decorar quem eram todos os empregados de Buckingham – eram mais de oitocentos e estavam sempre demitindo e contratando gente nova, depois de entrevistas de emprego minuciosas. — Sua colega de colégio, Roma Wallen, acabou de chegar.

— Obrigada.

— Devo mandá-la para a sala de visitas?

— Não. — Amélia cruzou a piscina e apoiou os dois braços na borda. — Pode dizer que estou aqui. Está um dia bonito. Vai ser agradável fazer nossas atividades ao ar livre.

— Como queira, Alteza.

Amélia agradeceu com um aceno. Mergulhou de novo, agora mais concentrada, disposta a quebrar seu próprio recorde. A área das piscinas ficava logo atrás do jardim de inverno, e, com ajuda de algum guarda, Roma demoraria cerca de dez minutos para chegar até ali. A ruiva quase riu de nervosismo, porque interagir com a garota era sempre uma experiência à parte. Holy tinha toda a simpatia de Roma, e, ao mesmo tempo, Amélia tinha todo o seu desprezo. Ela conseguia ver a antipatia brotar em seus olhos violeta cada vez que interagiam, como se sua simples existência fosse uma ofensa grave.

A maioria das pessoas de Charterhouse gostava de Amélia. Orgulhavam-se de estar estudando com a princesa, de cruzar com ela nos corredores e de poder observá-la de perto. Roma não. Ela não ligava. Achava Amélia triste, como havia mencionado no encontro, e, de resto, não se importava.

Por mais masoquista e estranho que soasse, Amélia estava fascinada.

A voz confusa de Roma reverberou dentro da água:

— Oi? — De imediato, Amélia perdeu as contas de quantos segundos estava sem respirar e, frustrada, deu um impulso para voltar à superfície. Foi recebida com um olhar crítico. — O que estava fazendo?

— Respirando debaixo d'água — Amélia zombou. — Como todas as sereias fazem. — Roma não esboçou nenhuma reação perante sua piadinha infame. Diante da expressão de puro tédio da colega, Amélia prosseguiu: — Achei que seria legal fazer o nosso trabalho ao ar livre. Está um dia bonito. — Ela deu de ombros, passando os dedos pelo cabelo laranja. Não fez menção de sair da piscina.

Roma deu um longo suspiro, apontando para o jeans rasgado que contornava suas pernas, acompanhado de coturnos militares. Os olhos de Amélia passaram pela tatuagem de cobra e quase ficaram tempo demais ali, admirando o desenho.

— Você devia ter me avisado. Eu usaria alguma coisa mais adequada.

— Ah, não. — Amélia fechou os olhos quando uma gota de água escorreu pela testa. O cloro fez sua íris arder. — Você teria que fazer uma dúzia de exames antes de botar os pés numa piscina real.

Roma demorou alguns segundos para responder, como se estivesse estudando todas as formas de interpretação do comentário da princesa. Por fim, deu uma risadinha irônica.

— Então é assim que você é quando ninguém está olhando. — Não era uma pergunta. — Típico.

— Assim como?

Ela mordeu o lábio antes de murmurar:

— Uma garotinha malvada.

Amélia teve a impressão de que ela estava se segurando para não dizer "vadia" em vez de "garotinha". Achou divertido.

— Errada de novo. Minha avó é uma senhora de mais de sessenta anos, e vírus é um assunto levado a sério neste palácio. — Ela impulsionou o corpo para fora da água. Roma se afastou um passo, e o movimento foi tão rápido que Amélia não soube dizer se a garota estava com medo de se molhar ou se não a queria por perto de jeito nenhum. — Nem tudo é sobre você, certo? Além disso, eu não teria motivos para ser malvada. Estou feliz que escolhemos o mesmo livro. Sinal de que temos muita coisa em comum.

— Eu e você? — Roma passou os olhos por ela, dos pés à cabeça. Amélia usava um biquíni de tamanho normal, mas que ficaria grande demais comparado aos padrões brasileiros. Tinha uma pequena coroa na parte de cima, o que Roma achou adorável, ainda que não estivesse disposta a comentar em voz alta. — É meio surreal pensar que tenho coisas em comum com a princesa da Inglaterra. Nós somos de culturas diferentes. Classes sociais diferentes.

Amélia tomou o comentário de Roma como um desafio.

— Seu filme favorito?

— *Ilha do medo*.

— Leonardo DiCaprio foi o príncipe da festa de dezesseis anos da minha mãe — disse, enquanto caminhava até uma das espreguiçadeiras ao redor da piscina. — É quase um amigo próximo da família.

Roma riu.

— Isso não significa que nós temos coisas em comum, significa que você tem dinheiro e contatos.

— Ok, música favorita.

— Não tenho.

— Eu também não. Série favorita?

— Não assisto a séries — disse ela, cruzando os braços. — O TDAH não me deixa focar em uma coisa por muito tempo.

— Eu também tenho TDAH.

Roma levantou os olhos.

— Tudo bem, mentira. — A loira baixou a guarda por um instante, deixando uma risada escapar. — Viu? Eu fiz você rir. Além disso, eu sei que você gostou da minha apresentação de tiro com arco. Talvez estivesse um pouco decepcionada por eu não ter errado, sim, mas gostou do que viu. É óbvio que nós temos coisas em comum.

— Foi uma risada de reflexo — justificou-se, evitando o assunto do tiro com arco.

Talvez Roma tivesse uma queda por garotas com arcos.

Ela insistiu, dona de uma confiança quase nojenta:

— Você gostou, não gostou?

Roma passou a língua pelos dentes de cima, recusando-se a responder.

— Podemos começar nosso trabalho, *Alteza*?

— Podemos. — Com a cabeça, Amélia apontou para a mesa mais distante da piscina, coberta por um guarda-sol vermelho estampado com brasões. — Mas, antes, duas coisas. — Ela se divertiu fazendo um pouco de mistério, trabalhando com a expectativa de Roma. — Primeiro, me chame de Amélia. Segundo, seria interessante saber de onde vem a sua antipatia por mim.

Roma ignorou o comentário sobre como preferia ser chamada, aproveitando a deixa para caminhar em direção à mesa. Ouviu passos molhados a seguirem de perto e se limitou a resmungar:

— Eu não gosto de muitas pessoas.

— Você se enturmou rápido — Amélia argumentou. — Com a Chinara e o Jay.

— Ela é minha colega de quarto. — Parecia óbvio que, sendo uma garota estrangeira nas terras da rainha, fazer amizade com sua roommate era inteligente e saudável. — E Jay é... Sei lá. Divertido. Ele faz velas. Uma pessoa que faz velas com certeza é inofensiva, mas não nos conhecemos muito. — Roma puxou uma das cadeiras coloridas. Quando se sentou, Amélia continuou de pé, insistente. — Você já leu Percy Jackson?

A princesa confirmou.

— Aquela cena quando o Percy acabou de chegar ao acampamento Meio-Sangue e a Annabeth disse: "Definitivamente tenho sentimentos fortes por você, só não decidi ainda se são negativos ou positivos". — Ela batucou os dedos contra a mesa. — Quando olho para você, sinto como se a gente já se conhecesse. Eu só sou incapaz de entender a nossa relação.

— Estou certa de que essa cena só aconteceu nos filmes da saga, que são horríveis — Amélia provocou. — Mas me avise quando descobrir — disse, a mesma fala que Roma se lembrava de ter escutado ao assistir ao filme pela primeira vez, quando ainda era criança.

— Você será a primeira a saber — respondeu, também seguindo o script imaginário que tinham estabelecido. Segundos depois, riu. — Mas desencana. Sou só uma camponesa.

Amélia cerrou os olhos.

— O que quer dizer com isso?

— Você é a princesa da Inglaterra.

— E?

— Quero dizer que minha opinião não deveria ser tão importante. Sou só uma garota qualquer na sua sala da escola. — Ela tirou um caderno da mochila que carregava. — Você tem viagens, carros, palácios...

Finalmente, Amélia se sentou. Segundos depois, um dos empregados trajados em smoking apareceu, oferecendo-lhe uma toalha de banho.

— As pessoas têm uma visão errada sobre o que ser da realeza significa — murmurou, enrolando-se no tecido.

É como nascer com uma dívida que você não fez e nunca poder pagar por ela, Amélia completou, dentro da própria cabeça.

— E o que significa?

— Responsabilidades — Amélia passou a toalha pelo cabelo. — Às vezes muito maiores do que podemos carregar.

Roma assentiu. Seus olhos estavam aéreos, focados no jardim vazio atrás da piscina, como se pudesse ver algo que ninguém mais via. Ela demorou algum tempo, mas voltou sua atenção para Amélia.

— Se pudesse escolher — a loira evitou o olhar dela, como se soubesse que a pergunta que estava prestes a fazer era muito difícil —, deixaria de ser princesa?

Amélia suspirou. Queria dizer que sim e que, na verdade, podia escolher, mas logo se deu conta de que isso era algo que Holy faria. Era arriscado demais usar as respostas afiadas de Holy quando estava na pele de Amélia. Precisava ser mais contida.

Mais educada.

Mais tediosa.

O tipo de garota morna por quem Roma não se interessaria.

— É claro que não — respondeu, então puxou o caderno de Roma para o seu lado da mesa. — Ano de 1564, Stratford-upon-Avon, Reino Unido. Foi quando e onde Shakespeare nasceu. Podemos começar por aqui.

Roma arqueou uma das sobrancelhas. A mudança brusca de comportamento da princesa a incomodou, mas ela não disse nada.

— Tudo bem. Eu espero que sejamos rápidas.

— Tem algum compromisso?

— Não. — De novo, ela olhou para o jardim. — Só não acho que o palácio seja um lugar agradável.

Amélia roubou uma caneta da loira.

— Você é a primeira que diz isso.

Recebeu uma risada sem graça em resposta.

Não pela primeira vez naquela tarde, a princesa sentiu que Roma sabia demais. Sabia mais do que ela mesma, o que se encaixava no tipo de pessoa que sua avó rotularia com círculos vermelhos e uma etiqueta de perigo.

Um perigo para a família real, mas, felizmente, não para Holy.

# CAPÍTULO 11
# O TÉDIO COMO METÁFORA.
## *Roma*

Roma não esperava que houvesse tantos mortos acomodados no palácio de Buckingham, mas, se analisasse friamente, diria que era burrice não ter previsto tal coisa. Quando tinha quinze anos, fora em uma excursão da escola para Ouro Preto e se surpreendeu com a quantidade de espíritos nas igrejas, nos museus, nas vielas e nos pontos históricos. Lugares com muita vida, mas cheios de *morte*.

Se Amélia era uma pessoa singular, sua casa era mais ainda. Foram horas desconfortáveis de uma Roma focada em terminar a primeira parte do trabalho e não se deixar distrair pelos mortos, enquanto a princesa fazia as coisas no seu próprio tempo. Roma tinha se levantado para ir embora no instante em que sua caneta escreveu o último ponto-final, e Amélia fez questão de dizer que ela estava sendo grosseira, depois de dar uma risadinha amável que, na cabeça da loira, apenas princesas conseguiriam dar.

Não que Roma estivesse com medo.

Ela via o "outro lado" havia tanto tempo que o pavor tinha se dissipado ao longo dos anos, dando lugar a um desinteresse soturno. Mesmo assim, agora que estava em Londres, as coisas pareciam diferentes. Ela queria saber mais. Sentia que precisava saber mais, ainda que encarasse seu desejo repentino como algo sem lógica.

Talvez aquela cidade fosse assombrada.

Isso explicaria por que estava folheando os livros da sessão de história da The London Library, colhendo informações nem tão úteis sobre todas as pessoas que tinham morrido em Buckingham. O secretário do rei Eduardo VII, major John Gwynne, tinha se suicidado em um dos escritórios do primeiro andar, e essa nem era a história mais macabra que encontrara ao longo da sua pesquisa. Segundo uma lenda urbana, antes de ser um palácio, o local abrigara um mosteiro onde vários monges tinham morrido, acorrentados em suas celas. Se eram monges, Roma não entendeu o motivo de estarem acorrentados.

Ela suspirou, colocando o livro de capa grossa de volta na estante. Uma fina camada de poeira voou em seu rosto, causando uma crise de espirros que a deixou irritada. A garota não sabia por que, exatamente, estava pesquisando sobre aquelas coisas. Não era nada que pudesse ajudá-la a entender seu dom – maldição –, mas não fazia ideia de por onde começar.

Seus olhos observaram o jovem sentado atrás do computador antigo da biblioteca. Era um daqueles modelos velhos com monitores brancos gordos que logo ficavam amarelados. O teclado fazia um barulho insuportável cada vez que ele digitava, o que parecia terrivelmente inapropriado para uma biblioteca. Roma deu um passo à frente, então parou. Ela não sabia que ajuda esperava receber de um atendente, nem como poderia explicar o que procurava.

*Oi, tudo bem? Eu sou só uma garota que vê os mortos procurando livros sobre o assunto. Qual a sua melhor indicação?*

Roma deu um soquinho na testa. A pior parte de ser alguém diferente do resto do mundo é que você não pode esperar que as pessoas te entendam. Havia quem tivesse uma visão de mundo empática: abrace as diferenças, coisa e tal. Na opinião de Roma, existia uma escolha clara de quais diferenças poderiam ser abraçadas, e, com toda certeza, ver mortos não era uma delas.

Ela soltou um suspiro irônico ao imaginar como seria uma Parada do Orgulho Médium ou coisa parecida. Roma nem sabia se poderia se considerar uma médium, visto que eles falavam com espíritos e, bom, os mortos não falavam com ela. Não que ela soubesse, pelo menos.

O garoto atrás do computador pareceu notar seus movimentos hesitantes. Ele levantou os olhos escuros na sua direção e arqueou uma das sobrancelhas, como se perguntasse o que ela estava fazendo ali parada, entre uma estante de livros e outra. Roma sorriu. Se esforçou para usar um pouco do charme que, ela sabia, estava perdido em algum canto do seu corpo.

— Oi. — Roma sorriu. — Eu estava procurando... — Ela estalou os dedos. — Alguma coisa sobrenatural.

O rapaz fez que sim.

— Stephen King, na sessão 3C.

— Não... — Ela mordeu a carne das bochechas, já arrependida de ter aberto a boca. — Alguma coisa *de verdade*.

Ele demorou alguns segundos, então estalou os dedos. Roma enxergou o vislumbre de um crachá preso em seu uniforme, o nome "Paul" em evidência.

— Não ficção?

— Isso.

Paul se ergueu atrás do computador. Roma pensou que ele se parecia muito com o estereótipo dos nerds norte-americanos desengonçados que usavam óculos fundos de garrafa, não conseguiam dar mais de dois passos sem tropeçar. Ela ficou curiosa para saber por que ele tinha se levantado. Era um assunto do seu interesse ou Roma tinha exagerado e jogado charme demais?

— Sessão 5E — explicou ele, atravessando as estantes da biblioteca depois de fazer um sinal para que a seguisse. — Mas tem de tudo nesses livros. Rituais xamânicos, experiências de quase morte, reencarnação...

— Eu esperava encontrar alguma coisa sobre pessoas que enxergam os mortos — murmurou, a hesitação ainda presente. — É para um trabalho da escola.

Os olhos escuros de Paul passaram por ela.

— Charterhouse?

Roma passou os dedos pela saia, sem encontrar nenhum sinal do colégio interno em suas vestes. O rapaz percebeu sua confusão e se aproximou, apontando para o cartão de identificação que quase caía para fora da sua bolsa.

— Pensei que eles fossem passar um tempo longe de temas mórbidos depois da Addie.

O interesse de Roma naquela conversa aumentou.

— Conhecia a Addie?

— É Londres e eu tenho menos de vinte anos, todo mundo nessa categoria *sabe* da Addie. — Ela desconfiou do jeito como Paul usou o termo "saber" no lugar de "conhecer". — Ela estava sempre nos lugares mais populares. Como o pub Firestarter, por exemplo. Depois de um tempo, foi inevitável que se tornasse meio famosinha.

Roma fez uma careta.

— Pub Firestarter?

— Você é nova aqui? — Paul cerrou os olhos. — Todo mundo conhece o Firestarter. É um bar polêmico, tem mais de duzentos anos. Foi aberto em 1700 e alguma coisa. O nome é uma homenagem de mau gosto, por causa do grande incêndio de Londres em 1666. É um bar de elite: se não tem contatos, você não entra.

Ela sentiu que estava prestes a fazer uma pergunta idiota, mas não se conteve. O rapaz era a primeira pessoa que falava de Addie sem fazer Roma sentir que tinha acabado de chegar a um enterro.

— E como ela entrava?

— Os boatos são muitos. — Ele se aproximou da estante, tirando a poeira de um livro qualquer. — Um sugar daddy dentro da família real, chantagem, uma herança perdida... Os clientes assíduos do Firestarter vão saber lhe dizer melhor que eu. Mas, como eu disse, você precisa de contatos para entrar. E desconfio que uma garota morta não seja o assunto favorito da elite londrina. Você deve imaginar. Gente rica gosta de polêmica, mas não gosta de se comprometer.

— Paul fez uma pausa. — Eu não acredito muito nessas duas primeiras teorias. Addie era uma garota... Bom, *legalzinha*. Mais legal que a grande maioria das pessoas, se a gente for comparar. Fazia caridade, essas coisas.

Roma moveu a cabeça em afirmativa.

Paul continuou:

— Ela era chamada de "garota de ouro" por algum motivo.

Os dedos de Roma tocaram a lombada de um livro de capa dura, como se ela sentisse necessidade de mantê-los ocupados. Não o retirou da estante. Era óbvio que Amélia era seu passaporte de entrada para o pub Firestarter, mas não sabia até onde a princesa era alguém fácil de barganhar. O que de tão irresistível ela poderia oferecer para uma garota que tinha tudo? Amélia não era só uma menina rica. Fazia parte de uma das famílias mais influentes do mundo.

— Então — Paul estalou os dedos, chamando a atenção de Roma —, algum motivo especial para tantas perguntas sobre a Addie? Além do seu trabalho sobre falar com os mortos, é claro. É uma daquelas malucas viciadas em true crime do Reddit e do 4chan?

Roma fez uma careta. Considerou contar a verdade, porque qualquer coisa seria melhor do que ser vista como uma "doida do 4chan". Além disso, Paul parecia inofensivo, como bibliotecários de modo geral pareciam. Ela ensaiou meios de dizer que seu pai era o policial responsável pelo caso de Addie, mas não encontrou uma forma casual de soltar a informação.

Acabou desistindo. Talvez investigar a morte de uma garota que nunca conhecera não fosse tão casual quanto ela queria fazer parecer, no fim das contas.

— É só curiosidade — disse, mordendo o lábio. Não era de todo mentira, mas agora ela sentia que seu interesse pelo assassinato de Addie era inadequado. Estava em Londres, longe da ilha, longe de qualquer rótulo que as pessoas pudessem ter colocado em suas costas ao longo dos seus dezessete anos de vida. Podia escolher ser qualquer pessoa, e queria ser a garota obcecada por um crime, aparentemente, sem solução? — Sei lá. Só foi estranho chegar a Charterhouse e saber que estava no lugar de uma garota morta. A bolsa de estudos dela veio para mim.

Paul fez uma careta.

— Está aí uma coisa que eu não gostaria de saber. Vocês são fisicamente parecidas também — disse ele, analisando o rosto de Roma. — Magrelas, o mesmo formato de rosto... Eu te mostraria uma foto, mas a família deletou o Instagram dela. Aliás, você usa lente de contato?

Roma negou. Ela se sentia como um cosplay de baixo orçamento quando faziam essa pergunta.

— Síndrome de Alexandria.

Ele demorou alguns segundos para entender.

— Ah, aquela doença misteriosa que ninguém sabe se de fato é uma doença? Ela assentiu.

— Acho que já ouvi meu pai falando sobre isso. Ele é médico. — Fez uma pausa. — É bonitinho. — Paul deu uma última olhada na estante. — Os olhos.

— Se está tentando dar em cima de mim, *bonitinho* é a última palavra que deveria usar. — Roma deu um meio sorriso, sua técnica para parecer mais simpática do que realmente estava sendo.

Como romântica incurável, ela se enquadrava naquela categoria de pessoas que sempre esperavam mais. Talvez estivesse sendo iludida em pensar que um dia encontraria alguém que a faria se sentir como numa música da Taylor Swift, num livro da Jane Austen ou num filme do Guillermo Del Toro, mas ela não se importava. Gostava da expectativa, de viver pela esperança.

Roma pensou em acrescentar que não tinha interesse em garotos, mas achou que seria estranho ou grosseiro dizer em voz alta. Nunca tinha dito antes, talvez porque aceitar seu gosto por mulheres fosse mais fácil do que encarar seu desgosto por homens.

Paul riu. Ele não confirmou que estava dando em cima dela, mas também não fez questão de negar, o que parecia uma resposta por si só. Em vez disso, mudou de assunto:

— Se descobrir alguma coisa relevante sobre a Addie — ele ficou na ponta dos pés para tirar um exemplar de *Confissões do crematório* das prateleiras mais altas —, seria muito abuso pedir para você me contar?

Roma mordeu o lábio.

— Depende — disse, cerrando os olhos. — Era amigo dela?

— Todo mundo era amigo da Addie. — Paul deu um meio sorriso, apoiando o livro contra o peito. Ele se virou para voltar à sua mesa, então parou no meio do caminho. Olhou para Roma mais uma vez. — Mas ela não era amiga de ninguém.

Ela sentiu um arrepio percorrer sua espinha. Ficou paralisada no centro da sessão 5E enquanto seus olhos acompanhavam Paul até a mesa. Era uma frase que exigia interpretação. Roma quis perguntar o que ele queria dizer, mas, como se fosse um sinal divino, seu celular tocou, uma chamada irrecusável de Declan Wallen.

— Oi — ela atendeu, movendo-se para a sessão de romances sem escolher nenhum livro. Roma se sentia incapaz de investigar o passado de Addie e o mundo dos mortos ao mesmo tempo. Um caso bizarro por vez.

— Almoço no Soho — Declan anunciou do outro lado, a voz um pouquinho mais animada que a de costume. — Te encontro em vinte minutos em Chinatown. Não morra no caminho até aqui.

Declan desligou antes que Roma pudesse pedir mais informações. Ela deu um sorriso, porque as ligações corridas eram uma caraterística imutável do pai. Quando mais nova, costumava se irritar com elas. Agora, como uma pessoa que odiava falar ao telefone, entendia totalmente.

Roma buscou por Chinatown no Google Maps e caminhou para fora da biblioteca, disposta a deixar Addie, os mortos e todos os outros assuntos mórbidos que permeavam sua cabeça longe do horário de almoço.

## CAPÍTULO 12

### É QUE EU SOU MUITO INTENSA (DISSE ALGUÉM NO TWITTER DEPOIS DE AGIR QUE NEM UMA PSICOPATA).

*Amélia*

O quarto de Amélia estava escuro. Seus olhos azuis eram iluminados apenas pela tela do notebook, onde uma pesquisa sobre *Romeu e Julieta* tomava conta da página principal.

— Ao matar os protagonistas — ela leu —, Shakespeare criou a obra definitiva sobre o amor sem limites e cem por cento humano. Se os dois não tivessem morrido, a civilização ocidental não teria tomado os rumos que conhecemos hoje. — Amélia torceu o nariz.

Ela não estava mais certa dos seus motivos para ter escolhido *Romeu e Julieta* na aula do professor Brown. Tinha lido a peça aos quinze anos, encenado aos dezesseis em um evento público e agora aos dezessete o texto perdia um pouco da sua mágica. Tinha algumas boas lembranças da história, como quando Addie estava no seu quarto ajudando a passar as falas de Julieta e fazendo o papel de Romeu. O primeiro beijo delas fora com o pretexto de ensaiar para a peça e, analisando agora, parecia ainda mais trágico, mas a questão não era essa.

Amélia julgava hipócrita que seu livro favorito fosse a maior história de amor de todos os tempos se ela nunca tinha se apaixonado, nem chegado perto disso. Conseguia sentir a ironia de uma princesa com as portas fechadas para o amor correndo pelo seu sangue, mas não era sua culpa se, na vida real, não conhecia sequer um casal "feliz para sempre". Os casamentos da realeza costumavam terminar em divórcio – ou guerra.

Amélia deu um pulinho na cadeira quando ouviu batidas à porta. Ela olhou o celular, só para o caso de ter perdido alguma mensagem de Benjamin, mas não encontrou nada. Havia duas semanas que não saíam juntos, e a falta da presença do conde só podia ser sinal de uma coisa: estava saindo com uma garota nova. Mesmo assim, ele ainda se preocupava em mandar mensagens perguntando se Amélia precisava de alguma coisa. Se estava bem. Tinha deixado um croissant surrupiado das cozinhas do palácio na sua porta duas noites antes.

A princesa se levantou, girando a maçaneta com cuidado. Passava das onze da noite e ninguém visitava seu quarto tão tarde. Estava certa de que isso ia contra algumas das regras de segurança da rainha Olívia, o que automaticamente fazia qualquer pessoa ser mais do que bem-vinda.

— Boa noite — disse Kenji, forçando uma reverência de maneira irônica. Ele estava fora do seu tradicional uniforme de chef, o cabelo cheirando a pêssego. — Chegou um carregamento de frutas vermelhas na cozinha e eu tive a brilhante ideia de fazer a sobremesa favorita de Vossa Alteza.

Amélia riu do jeito como ele falava.

— Pudim de verão?

— Com pão branco. — Kenji sorriu, erguendo a pequena cesta térmica que carregava consigo. — Também tem vinho. E outras receitas, mas vou deixar você descobrir sozinha.

Amélia mordeu o lábio, pegando a cesta das mãos dele. Pudim de verão era a comida favorita de sua mãe, isso segundo os livros de história e os sites de fofoca. Deva dizia que essa era uma mentira que Spencer contava para parecer mais divertida, já que tinha algo de especial em gostar de um doce que só podia ser feito em momentos específicos do ano, mas Amélia queria tanto ter algo em comum com a mulher que ignorava essa parte.

Talvez ela também estivesse tentando parecer divertida.

— Não vai comer comigo?

Kenji torceu a boca.

— Tenho um compromisso. É coisa de família, inadiável. Esse tipo de chatice.

Amélia deu um risinho sem graça.

— Você vem aqui, me enche de comida e me deixa sozinha?

— Pensei que pudesse dividir com aquela garota que estava saindo.

— Roma?

Kenji assentiu.

— Não que você tenha me passado qualquer atualização nos últimos dias, mas gosto de ser otimista e pensar que ainda não tiveram uma briga colossal.

— Não tivemos. — Ela balançou a cesta de um lado para o outro, devagar o bastante para não comprometer a comida. — Mas também não saímos de novo. Quer dizer, nos vemos todos os dias, mas... — A ruiva revirou os olhos. — Você sabe.

Ele estalou os dedos.

— Ela estuda em Charterhouse, não é?

Amélia fez que sim.

— Você devia fazer uma surpresa.

Ela arqueou uma das sobrancelhas.

— Uma surpresa?

— Tem comida suficiente para duas pessoas. — Kenji usou a cabeça para apontar a cesta.

— E o que você sugere? Um piquenique noturno como em *O diário da princesa*? — O rapaz confirmou, então Amélia riu. — Eu não sou esse tipo de garota romântica, Kenji.

— Ah, sim, você e seu coração de pedra.

— Estou me protegendo de uma decepção óbvia — ela retrucou, cruzando os braços. — Não posso fingir ser a Holy para sempre. Em algum momento a mentira vai ficar insustentável.

— E o que você pretende?

Amélia ergueu um dos ombros. Desviou do olhar cortante de Kenji.

— Por que eu sinto você que está me julgando antes mesmo de ouvir o que eu tenho para dizer?

— Não estou. — Kenji apoiou uma das mãos no batente da porta. — É só que... Sei lá. Você parece que vai fazer besteira.

— Uma besteira tipo desaparecer quando meu teatro deixar de ser divertido e se tornar um fardo? — Ela soltou o ar. — Ah, de jeito nenhum. Não estou planejando nada disso.

— Cruel, fria e mal-intencionada.

— Não é minha culpa, tá? Não tenho outra opção. E nem ouse sugerir contar a verdade, porque Roma é do tipo que odeia a família real e tudo que a monarquia representa. — Amélia deu uma risadinha. Voltou a morder o lábio, como uma criança espevitada. — Na verdade, essa é uma das coisas que me atraem nela. É divertido ver que ela me observa com desprezo quando estou sendo a princesa da Inglaterra e me olha como se eu fosse uma pintura quando finjo ser uma garota comum.

Kenji apoiou uma das mãos no topo da cabeça de Amélia, achando graça.

— Já pensou em terapia?

A ruiva revirou os olhos, dando um tapinha nos seus dedos.

— Você não ia embora?

— Eu vou — disse ele, dando um passo para trás. — Mas pense na minha ideia, sim? Pudim de verão fica melhor quando você come em dupla.

Amélia passou a língua pelos lábios.

— E quem disse isso?

— Eu disse — respondeu, erguendo o nariz. — E faz todo o sentido, porque *eu* cozinhei.

— Não empine o nariz para mim, eu te ensinei esse truque.

— Tenha um ótimo encontro. — Kenji riu, afastando-se e seguindo caminho pelo extenso corredor.

Amélia foi abraçada pelo silêncio. Um pequeno sorriso ainda estava no canto da sua boca, pensando no que Kenji havia acabado de sugerir. Ela fechou a porta, colocou a cesta de doces em cima da cama e se sentou de volta à escrivaninha, encarando-a. Não fazia ideia de quando teria a oportunidade de ver Roma de novo, ao menos não enquanto estivesse como Holy. Ainda não tinha conseguido pensar em uma forma segura de comunicação e sentia que sua ausência poderia ser interpretada pela loira como falta de interesse. A noite na London Eye fora, com toda a certeza, alguma coisa, mas não tinham conversado de novo.

Amélia apoiou a testa na escrivaninha, os olhos encarando os próprios pés. Não sabia o que fazer. Na verdade, estava com medo. Uma pontada de frio na barriga, os pés formigando e o coração acelerado. Ela levantou a cabeça, disposta a interpretar aquele sentimento de um jeito diferente. E se não fosse medo, mas uma sensação adolescente normal?

Amélia puxou uma pelinha morta do lábio. Nem tinha certeza se era capaz de se sentir como uma adolescente normal. Adolescentes normais nascem com o peso do vestibular nos ombros, enquanto ela tinha nascido com o peso de um *reino*. Vidas inteiras que dependiam de suas boas ou más decisões. Parecia idiotice pensar que podia ser como eles, mesmo que por uma hora ou duas. Que podia ser como Roma e comer um pudim de verão nos jardins de Charterhouse, escondidas dos guardas noturnos.

Ela não podia, *nunca*.

Mas Holy estava bem ali, e era livre como um pássaro.

Amélia pegou seu celular e digitou uma mensagem para Benjamin.

> **Amélia (23:21) diz:** Estou saindo.
> Me dá cobertura?

A mensagem foi visualizada poucos segundos depois, mas a ansiedade da princesa fez parecer que estava havia horas esperando por uma resposta.

> **Benjamin (23:21) diz:** R?

Uma das sobrancelhas ruivas de Amélia se arqueou. Levou alguns segundos para ela entender..

> **Amélia (23:22) diz:** Cobertura, por favor?

A ideia de assumir que estava saindo com Roma deixava seus instintos alertas. Não que Benjamin já não soubesse. Ela só não queria deixar registrado.

> **Benjamin (23:23) diz:** Precisa voltar antes das três da manhã. Os guardas da ala oeste não fazem mais hora do jantar. Vai ter que passar por eles.

Amélia moveu a cabeça concordando, como se Benjamin pudesse ver seu gesto. Pulou para fora da escrivaninha e se enfiou dentro de um jeans rasgado, soltando um risinho ao imaginar a cara da avó ao vê-la naquela roupa. Vestiu uma blusa de gola alta para suportar o frio do lado de fora do palácio e uma jaqueta de couro larga demais para o seu tamanho, o que ajudaria a disfarçar sua silhueta dos olhos dos guardas.

Sentou-se de novo, então começou o ritual que conhecia tão bem: várias camadas de base para esconder as sardas, pó compacto para manter a maquiagem por mais tempo, rímel nos cílios e nas sobrancelhas até que ficassem pretos como carvão, um delineado exagerado e artístico que disfarçasse o formato dos seus olhos e, claro, o cabelo ruivo minuciosamente preso atrás da cabeça.

Quando seu rosto estava parecido mais com o de Holy e menos com o da princesa Amélia, ela caminhou até o armário, encontrando a peruca escura e lisa, tão diferente dos seus fios naturais. Como sempre, abriu o tutorial de uma drag queen no YouTube e seguiu todo o passo a passo para colocar a peruca. Àquela altura era mera formalidade. Ela sabia tirar e colocar perucas melhor que um cabeleireiro profissional. Mesmo assim, não tinha confiança para fazer todo o processo sozinha. Ela até gostava da voz da influencer servindo de som ambiente enquanto colocava seu cabelo real dentro de uma touca e procurava pela cola de peruca no meio da sua penteadeira desarrumada. Cerca de quarenta minutos depois, Amélia estava pronta.

Ela arranhou a garganta. O frio tinha castigado suas amígdalas, mas ela ainda conseguia falar normalmente. Não seria um empecilho para a voz forçada de Holy, carregada de um sotaque norte-americano muito diferente do da princesa.

Observou a cesta que Kenji havia preparado mais uma vez. Pensou em dar uma olhada em tudo que o chef tinha separado, mas decidiu que o melhor seria não perder tempo. Benjamin havia dito que voltasse antes das três e agora ela se sentia em uma versão liberal de *Cinderela*.

Amélia caminhou até a janela do quarto e observou os jardins, sem encontrar ninguém nas proximidades. O palácio parecia ainda mais belo à noite, a grama reluzindo à luz da lua e a neblina se misturando nas paredes com anos de história. Amélia não podia negar que havia algo reconfortante em chamar aquele castelo de casa, ainda que os dias bons não fossem maioria. O melhor que podia fazer era seguir em frente, torcendo pelo momento em que eles seriam.

Com cuidado, ela puxou a escada que escondia ao lado da janela. O material estava tão velho e coberto por musgo que ninguém a notava ali, e, quando notavam, duvidavam que alguém fosse capaz de se equilibrar nela. Felizmente, Amélia era magra em excesso, o que lhe dava o privilégio de passar por aqueles degraus pútridos sem cair.

Ela deu uma última olhada no quarto e, segurando a cesta de Kenji com o máximo de cautela para que não despencasse, desceu até os jardins.

# CAPÍTULO 13

## Sim, Selena Gomez, guarde o seu conselho, porque eu não vou ouvir.

### Roma

O que está havendo com os mortos em Londres?

Roma cerrou os olhos, sentindo o corpo afundar no colchão fofo do dormitório de Charterhouse. A luz do celular agredia seus olhos sensíveis enquanto os comentários em um chat sobre casos sobrenaturais rodavam na tela. "O que está havendo com os mortos em Londres?" era o título do tópico de discussão, as letras grandes e desproporcionais em comparação com o resto da página.

Roma gostava daqueles sites tanto quanto seu pai gostava de podcasts de *true crime*, e Declan ameaçava cortar as orelhas fora cada vez que ouvia a voz de um *host* popular. No geral, o Reddit servia para reunir pessoas solitárias, desinformadas e com necessidade de aprovação que faziam qualquer coisa por uma dúzia de likes, principalmente na aba de casos sobrenaturais. Uma vez ou outra, no entanto, era possível encontrar alguém que sabia do que estava falando.

Roma avaliava se esse era o caso de @iseeghosts37, criador do post que stalkeava havia alguns minutos. Aparentemente ela não era a única que procurava uma explicação lógica para as mudanças que vira nos espíritos nas últimas semanas. Era como se algo os incomodasse e, de repente, eles sentissem necessidade de parecer ainda mais hostis para os humanos desafortunados que os enxergavam. Como uma onça machucada, que precisa mostrar as garras para se defender.

A loira deixou o celular despencar em cima da própria barriga quando Chinara entrou no quarto, dentro de um roupão felpudo amarelo que deixava o tom da sua pele ainda mais escuro. Suas mãos estavam ocupadas por vários potes de produtos de beleza, os dreads presos no topo da cabeça em um coque prestes a despencar. Uma hora tinha se passado desde o momento em que se levantara para tomar um banho – sim, Roma tinha contado.

— E aí? — Chinara a encarou. — O que vai fazer hoje?

Roma ergueu um dos ombros.

— Rodar a timeline do Twitter e chorar cada vez que ver uma foto do Harry Styles, porque ele está ficando careca. — Ela afundou a cabeça no travesseiro, então riu. — Assistir a *Operação Cupido* pela décima vez, organizar minhas roupas por cor... Não tenho muitas opções empolgantes, como você deve ter notado.

Chinara torceu o nariz.

— Precisa sair mais. Você é uma intercambista em Londres e está aí... — disse ela, apontando para a cama de Roma — só existindo numa sexta à noite?

— Existir é exaustivo — justificou ela, rodando o corpo na cama. Recebeu um olhar feio da colega de dormitório em resposta. — Estou brincando, tá? Só... Não sei. Tem muita coisa me preocupando no momento.

— Por exemplo?

— Meu pai. — Roma se sentou na cama. — Ele é um dos melhores detetives da Scotland Yard, e, bom, temos um assassino à solta. Ele não descobriu o que aconteceu com a Addie ainda. Eu sei que não a conhecia e não devia me importar, mas a última vez que meu pai demorou tanto para resolver um caso... — Ela parou bruscamente de falar. — A namorada dele terminou morta.

Chinara a encarou, pesarosa.

— Credo — disse. — Então está com medo de sair de Charterhouse?

— Não. — Roma revirou os olhos. — Eu sei me defender. Só é chato que meu cérebro fique indo e voltando nesse assunto — disse ela, apontando para as próprias têmporas, irritada. — Já aconteceu com você? Ficar obcecada com alguma coisa e não entender o motivo?

— Você só está preocupada com o seu pai — respondeu a colega, dando de ombros. — O trabalho de policial não é o mais seguro do mundo, principalmente se tem um assassino de garotinhas à solta.

Mas, segundo as teorias sobre as quais Paul comentara, uma garotinha era tudo que Addie *não* parecia.

— E é estranho, de qualquer forma — Chinara continuou —, chegar para o primeiro dia de aula e descobrir que alguém que seria sua colega de sala morreu. E que você ficou com a bolsa dela. O ser humano é meio mórbido. — Ela caminhou até sua cama, deixando seus produtos em cima do colchão. — A desgraça nos atrai.

Roma mordeu a carne das bochechas, segurando o desejo de dizer que, no seu caso, não só a desgraça, mas também a morte. Antes que desse com a língua nos dentes, ouviu batidinhas à porta.

— Está esperando alguém? — perguntou, em vez de dizer algo estranho e fora de mão.

Chinara negou.

Roma se levantou da cama. Enquanto caminhava até a porta, percebeu que a parte do quarto que pertencia a Chinara se parecia muito mais com um lar do que a sua. Ela tinha colocado vinis do BTS – sua boyband favorita – na parede, junto com polaroids dos pais, dela mesma e de amigos próximos. Sua mesa de estudos estava cheia de perfumes e maquiagem. Um pacote de biscoitos e um kindle tomava boa parte do espaço do móvel de apoio ao lado da cama e até o seu lado do armário parecia, de alguma forma, mais vivo que o de Roma.

Ela culpava sua viagem de última hora por isso. Tudo que tinha levado para decorar o quarto era um pôster de *Crepúsculo* autografado pelo elenco, presente que tinha ganhado do pai no seu aniversário de quinze anos. A adolescente viciada em filmes de romance que era havia ficado em êxtase na época, mas, agora, se assumir como uma maluca romântica parecia muito mais vergonhoso do que dois anos antes.

Quando Roma abriu a porta, Holy estava com uma das mãos erguidas em direção à madeira, pronta para bater de novo. Ela deu um sorrisinho e recolheu os dedos, enfiando-os dentro do bolso da jaqueta.

— Oi.

Roma a encarou, incrédula, sorrindo quase que por reflexo.

— Oi?

— Lembra que eu comentei sobre o namorado da minha mãe? Por acaso ela fez uma cesta de doces para mim — soltou, casualmente. — E por acaso eu precisava de alguém para comer comigo, então pensei em um piquenique noturno. Pode parecer loucura eu aparecer aqui do nada, mas eu não tenho o seu número e você disse que estudava em Charterhouse, então, oi, de novo.

Roma passou a língua pelos dentes, sem saber o que dizer.

Holy continuou:

— Você acha que eu sou maluca? Porque posso ir embora e fingir que nunca tive essa ideia.

— Não! — Roma cortou. — Quer dizer, não. — Ela deu risada, censurando o próprio tom. — Eu só fiquei, hum, surpresa? Como você achou meu quarto?

Holy deu de ombros.

— Ex-aluna, lembra? Nós conseguimos algumas vantagens tendo um sistema eletrônico que não foi atualizado nos últimos vinte anos.

A voz de Chinara ecoou pelo quarto:

— Quem é?

Roma olhou para Chinara, então para Holy.

— Holy.

Os lábios de Chinara se abriram em um "O" mudo. Ela levou uma das mãos até a boca quando entendeu, reprimindo uma risada. Se conteve.

— Vai — disse, sem permitir que as palavras tivessem som. — Ela trouxe comida para você, case com essa mulher imediatamente.

Roma puxou a ponta da manga da blusa, apenas para ter alguma coisa com o que ocupar os dedos. Ela não era do tipo que perdia a postura com facilidade, mas não esperava ver Holy por ali naquela noite, quase como se tivesse ouvido sua conversa com Chinara e se materializado para que Roma não perdesse mais uma de suas limitadas noites em Londres.

— Vou só pegar um casaco — avisou, encostando a porta.

Manteve-se em frente ao batente por mais alguns segundos, ainda impressionada. Todos os seus relacionamentos tinham sido um fracasso, e, ao longo daqueles dezessete anos, tinha entendido que nunca seria uma daquelas garotas em vestidos de baile vivendo grandes encontros. A culpa não era da sua personalidade ou da sua aparência, mas do seu dedo podre. Todas as pessoas com quem tinha ousado se relacionar se mostraram terríveis depois de algum tempo.

— Boa noite — disse Chinara, entregando a ela a jaqueta vermelha que estava jogada em um canto do quarto. — Sugiro que se beijem dessa vez — zombou.

Roma revirou os olhos. Agradeceu com um aceno e vestiu a peça antes de sair do quarto. Holy estava ali, encostada na parede, balançando sua cesta de piquenique de um lado para o outro.

— Pronta para conhecer Charterhouse *de verdade*?

Roma arqueou uma das sobrancelhas loiras.

— Um internato com décadas de existência? Você não poderia ter escolhido lugar melhor para um piquenique.

Holy revirou os olhos, então deu um sorriso esperto.

— Não desdenhe. Charterhouse é cheio de história. — Apontou para as escadas do dormitório com a cabeça. — E todo lugar fica mais interessante quando se conhece a história por trás dele.

— Certo, historiadora, me convença.

— Você sabe o que dizem sobre Londres, não sabe?

— O quê?

— Não existe nenhum lugar que nunca tenha sido um cemitério, um hospício... — Ela deu uma risadinha. — Ou os dois. Como Charterhouse.

— Charterhouse não era um cemitério.

— Não? — Holy desceu um degrau da escada. — Como pode saber, garota brasileira e pouco interessada em história? — Ela disse "brasileira" em português e sua pronúncia era um desastre, o que fez Roma rir antes de responder.

— Cemitérios e hospícios, mesmos os que foram encerrados, sempre deixam um rastro de mortos vagando para trás. Não é o caso desta escola.

Holy a encarou.

— E como você sabe? — Seu tom era incrédulo, bem como Roma queria que fosse. — Tem experiência no assunto?

— Ah, sim. — A galáxia dos seus olhos encontrou o oceano dos olhos dela. Os corredores estavam escuros naquele horário, mas o olhar de Holy tinha luz própria, como se as órbitas fossem feitas de topázio líquido. — Vejo gente morta o tempo inteiro.

Holy sustentou o olhar de Roma sem dizer uma palavra. Ela não parecia assustada, mas tampouco demonstrava ter acreditado nas palavras da loira. Mesmo assim, era reconfortante poder dizer em voz alta, fingir que aquele era um detalhe simples sobre si mesma. Um detalhe que qualquer um aceitaria.

— Engraçado. — Holy apoiou os cotovelos no corrimão, deixando que as costas tocassem na superfície fria. Ergueu uma das mãos e balançou a pequena trança nos cabelos de Roma, como se fosse um brinquedo. Fez questão de quebrar o silêncio entre elas, mas não o contato visual. Em algum momento, aquela conversa tinha se transformado em uma competição de quem desviaria primeiro. — E eu sou a princesa da Inglaterra.

Roma se obrigou a manter o tom sério.

— Ah, é? — perguntou, e Holy assentiu. — Me conte alguma coisa sobre a realeza. Alguma coisa que ninguém sabe.

Holy achou graça do pedido.

— Os palácios de Buckingham têm túneis secretos — murmurou, e de alguma forma aquela era a informação mais sexy que Roma já tinha ouvido na vida. — E a rainha é realmente um réptil.

Roma se manteve encarando por mais alguns segundos, mas não conseguiu conter uma risada. Desviou o olhar do dela.

— Perdi — reclamou. — Nossas conversas sempre terminam na realeza de uma forma ou de outra. Podemos não falar deles? Gosto de pensar que sou legal demais para essa coisa de príncipe e princesa. Alguém que seria chutado do palácio.

Foi a vez de Holy rir.

— Sua relação com a princesa Amélia não está sendo das melhores, eu presumo.

Roma deu de ombros.

— Na verdade, estamos fazendo um trabalho sobre as obras de Shakespeare juntas. Ela também vai ser minha instrutora de tiro com arco. Se eu ignorar o passado escravagista da família, *quase* consigo gostar dela.

Os lábios da garota se arquearam suavemente, o cabelo escuro brilhando na meia-luz do corredor. Elas voltaram a descer as escadas, em silêncio dessa vez, o som dos seus sapatos servindo de trilha sonora.

Roma sentiu um arrepio percorrer sua nuca assim que pisou no primeiro andar do dormitório. A temperatura caiu bruscamente e as paredes pareceram se transformar em gelo, o que fez com que a loira afundasse dentro da jaqueta. Holy notou sua reação, mas não o frio repentino.

Não só repentino, *assombrado*.

Ela não demorou a entender o que acontecia. Nos fundos do corredor, uma criatura de olhos vazios vagava, alheia à presença das duas. Como no dia em que estava no refeitório, não conseguiu enxergar nada além de um vulto no lugar onde deveriam estar suas expressões.

— Você está bem? — Holy perguntou, apontando para as próprias bochechas. — Ficou pálida de repente.

Roma forçou um sorriso. De jeito nenhum ela deixaria um fantasma destruir seu encontro de filme dos sonhos.

— Minha pressão caiu — respondeu, se esforçando para soar descontraída enquanto indicava a cesta de piquenique na mão da outra garota. — Nada que uma boa dose de sal não resolva.

Mas o fantasma também não estava disposto a deixá-la destruir sua assombração. Tinham chegado perto da secretaria do dormitório quando a figura disparou em direção às escadas, numa velocidade que Roma nunca tinha visto antes. De novo, Holy não pareceu ter notado, totalmente alheia ao mundo dos mortos, bem como deveria ser.

Seria mentira se Roma dissesse que não tinha pensado em ir atrás daquela coisa. Diferentemente do que os filmes de terror mostravam, fantasmas não tinham costumes agressivos. Irritantes, assustadores, malvados em alguns casos, mas não agressivos, o que a levava de volta para a primeira pergunta da noite: o que está havendo com os mortos em Londres?

— Vocês têm isso no Brasil?

Roma piscou, percebendo que a garota acabava de engatar um novo assunto na conversa. Ela passou a língua pelos próprios lábios e sorriu, envergonhada.

— Não estava prestando atenção — Holy concluiu. — Estou ofendida por não ser a coisa mais interessante que você tem para ver em um corredor cheio de velharia.

— Não, desculpa — disse a loira, balançando a cabeça em negativa. — Eu só… tenho TDAH. — Usar essa carta era um golpe baixo, mas Roma não se importou. — Meu foco se perde fácil, mas prometo que só vou mandar uma mensagem e passar a noite inteira obcecada por você.

Holy riu.

— Ótimo. Eu gosto de gente obcecada.

Sua cabeça se moveu em uma afirmativa, e, com os dedos aflitos, Roma escreveu uma mensagem para Chinara.

**Roma (23:57) diz:** Se ouvir alguma coisa estranha do lado de fora, fique no quarto.

> **Roma (23:57) diz:** Just sayiinnnnnnng. Devo ter visto filme de terror demais, sei lá.

Roma colocou o celular de volta no bolso da jaqueta, abrindo um sorriso para Holy. Sua cabeça era um looping de uma frase só: *Não estrague tudo, não estrague tudo, não estrague tudo.*

— Vocês têm isso no Brasil... — Roma recapitulou a frase da garota. — Do que estava falando?

— Pudim de verão. — Holy balançou a cesta na frente do corpo — É feito de pão de forma e frutas vermelhas. Tem esse nome porque elas só florescem no verão.

A loira assentiu.

— E o fato de florescerem apenas no verão faz delas uma coisa especial.

— Uma coisa hipervalorizada. — Holy riu, e parecia estar rindo de si mesma. — Mas prefiro ficar com a explicação poética. São especiais.

— Nós temos pudim de pão — Roma contou. — Mas é feito com pão velho e não tem um nome bonitinho.

— Um ponto para a Inglaterra, zero para o Brasil — a ruiva alfinetou, um sorriso convencido tomando conta do rosto.

Roma ergueu o dedo médio na direção dela.

— Você não vai querer entrar numa competição com uma brasileira. — Balançou a cabeça em negativa enquanto caminhavam até os fundos da instituição. — Nossa principal regra é que só os brasileiros podem falar mal do Brasil. Gringos não podem. E, se estamos falando de pontos, vocês perdem um por misturar chá no leite. Chá é para ser feito com água.

Roma dividiu sua atenção entre Holy e a grama verde que consumia cada centímetro do espaço. O toque de recolher já tinha passado havia algumas horas, mas ainda se viam alunos caminhando pelos jardins. A diretoria de Charterhouse era muito diferente do que se costumava ver em qualquer colégio. Não eram rígidos, mas prezavam pela segurança dos seus alunos, o que fazia Roma pensar: *Se Holy tinha entrado ali com tanta facilidade, o que impediria um assassino de fazê-lo?*

A loira ignorou o pensamento. Addie fora assassinada perto de Buckingham, a várias quadras de distância dali. Declan costumava dizer que os assassinos tinham um raio de ataque, então não havia nenhum motivo para desconfiar da segurança de Charterhouse.

Ou sim, se você pensasse que os arredores de Buckingham deveriam ser os lugares mais seguros de toda a Europa.

— Você só está dizendo isso porque nunca bebeu chá com leite. — Holy deu de ombros, o nariz empinado. — E, se é esse o caso, vocês perdem um ponto por beber cerveja gelada.

Roma torceu o nariz.

— Cerveja é ruim sendo gelada ou quente.

— Seu comentário me faz pensar que você não sabe beber — disse Holy. A loira revirou os olhos para ela. — Minha culpa por sair com garotinhas de dezessete anos.

— Você fala como se dezenove fosse muita coisa.

— Dois anos. Somos quase de séculos diferentes.

Roma soltou o ar pelo nariz, num deboche sutil com o qual Holy não se importou. Elas cruzaram o prédio principal de Charterhouse e caminharam mais um pouco, até encontrarem um pequeno campo de xadrez. Duas mesas redondas tinham sido pintadas com tabuleiros em preto e branco e ficavam embaixo de uma faia esplendorosa de vários metros de altura. A árvore tinha folhas acastanhadas que, na luz dos lampiões, ficavam ainda mais vermelhas.

Roma não entendia por que insistiam nos lampiões.

Holy colocou a cesta em cima de um dos tabuleiros.

— É minha árvore favorita — disse, apontando para a faia. — Elas vivem quase trezentos anos. Já pensou em quantas coisas aconteceram aqui, diante dela? — Seus olhos admiraram a grandiosidade do tronco por alguns segundos. — As pessoas não dão a devida atenção às árvores. São uma parte incrível da natureza.

— Você vinha muito aqui? — A pergunta de Roma parecia ter pego Holy de surpresa, então ela recapitulou: — Quando estudava em Charterhouse.

— Ah, sim. Tipo, entre uma aula e outra. — Holy enfiou uma das mãos dentro da cesta, tirando as vasilhas que Kenji havia preparado e posicionando-as de maneira meticulosa. A garrafa de vinho ficou por último, mas ela não fez questão de abri-la. — E você? Estudar em Londres é como você esperava ou suas expectativas se perderam pelo meio do caminho?

Roma deu de ombros. Observou Holy enquanto ela servia um pedaço de pudim de verão em um prato descartável.

— Ainda é difícil dizer, mas fico feliz só de não estar no Brasil. É como se eu finalmente pudesse respirar em liberdade. — Seus dedos se tocaram quando Roma pegou o prato. — Ao mesmo tempo... Sei lá. Não me sinto em casa. Meu pai tem se esforçado, mas acho que sou uma garota da ilha, no fim das contas.

Holy mordeu o lábio.

— O que aconteceu no Brasil?
— Como assim o que aconteceu?
— Foi uma mudança repentina, não foi? Ninguém acorda de repente e decide pegar um avião para o outro lado do mundo. Alguma coisa aconteceu.

Roma colocou uma das tranças do cabelo atrás da orelha.

— Digamos que eu tinha um segredo. Um dos escabrosos. — Ela pressionou o lábio superior no inferior, hesitante. — Contei para uma amiga, que contou para todo mundo. Eu sei que parece que tive uma reação desproporcional, mas... Eu sempre fui muito fechada. Não gosto de falar da minha vida para os outros. Meus segredos são *meus* segredos. Quando uma coisa ruim acontece, a maioria das pessoas desabafa com os amigos, eu só engulo a tristeza e espero o problema passar.

— Você fugiu — os olhos de Holy demonstravam que ela sabia que aquela não era a melhor palavra — porque estava se sentindo vulnerável.

— É. — Roma pegou uma colher dentro da cesta. Encarou o próprio reflexo na superfície de prata, um pequeno brasão familiar brilhando na ponta. Ela ficou satisfeita por ter um novo assunto, o medo das conversas profundas demais atacando seu estômago. — Seus talheres têm um brasão? — Roma riu, passando o dedo polegar pela superfície. — Que tipo de herdeira é você?

Holy tossiu. Enfiou um pedaço de pudim na boca, postergando sua resposta.

— É falso — respondeu, colocando uma das mãos na frente da boca cheia. — Minha mãe deve ter comprado em uma loja de lembrancinhas. Tenho certeza de que os cantos estão enferrujados, se você olhar bem — desdenhou. — O pudim, gostou?

Roma arqueou uma das sobrancelhas. Seus olhos passaram pela colher mais uma vez, sem encontrar os sinais de ferrugem que Holy indicava. Não quis discutir, então assentiu, finalmente levando um pedaço de pudim até a boca

— Surpreendente para um doce europeu — provocou. — Brincadeira. É muito bom, na verdade. Foi o namorado da sua mãe quem fez?

Holy engoliu um suspiro antes de responder.

— Sim.
— Você parece desconfortável quando falamos da sua mãe.
— Você parece desconfortável quando falamos sobre o Brasil.
— *Ai* — Roma dramatizou. — Justo.

Holy apoiou uma das coxas na mesa, colocando os pés no espaço vago ao lado de Roma, no banco de pedra.

— Nós podemos ficar só com as partes boas de ter um... sei lá, relacionamento — disse, sugestiva. — Sem cobranças. Sem essa necessidade de se abrir demais. Se algum assunto for delicado, não vamos falar sobre ele.

Roma comeu mais um pedaço de pudim. Enquanto saboreava o doce, pensou que sua mãe seria incapaz de ouvir aquela conversa sem traçar uma lista de diagnósticos para Holy: comportamento evitativo, personalidade esquiva, ansiedade. Evitar assuntos era uma péssima maneira de começar qualquer relação. Roma sabia disso.

— Você tem uma tatuagem de polvo? — perguntou a loira, analisando a pequena silhueta que coloria seu pulso de preto. Tinha menos de três centímetros.

— Assunto sensível — Holy respondeu, puxando para cima uma das pulseiras que usava, tampando a tatuagem. Contornou o queixo de Roma com os dedos, fazendo com que olhasse para ela. — Não ignore a minha proposta. É só que... — Holy fez uma breve pausa. — Você é uma aluna de intercâmbio. Vai embora quando se formar no ensino médio, eu não vejo por que gastar seu tempo aqui falando sobre nossos piores lados. Um ano inesquecível é tudo que eu tenho para oferecer.

— E depois?

— E depois... *Nada*. Vamos ser lembranças boas na vida uma da outra.

Roma riu.

— Esse tipo de coisa nunca dá certo. Alguém sempre se apaixona.

— Eu não sou do tipo que se apaixona — disse Holy, afastando os dedos do rosto de Roma. — Nunca me apaixonei.

— E você diz isso em voz alta como se fosse uma coisa positiva — Roma zombou. — Ser desapegado é muito brega, mas as pessoas sempre fazem parecer o contrário. — Holy achou graça. Roma continuou: — É sério, os emocionados sempre saem como os ridículos da história. — Ela apontou para a garrafa de vinho esquecida no canto da mesa, pedindo que Holy a entregasse. — Mas você já parou para pensar nisso? Não tem nada mais ridículo do que viver com medo de gostar de alguém.

Holy tomou posse da garrafa, girando a tampa com cuidado.

— Isso quer dizer que não aceita?

Roma se levantou, esticando um dos braços para alcançar os copos dentro da cesta. Só estava tentando se ocupar antes de dar uma resposta, mas seus ombros esbarraram nos de Holy assim que pegou um dos copos e ela riu, subindo uma das mãos até o seu pescoço, os dedos como uma pequena serpente.

Deixou a garrafa de vinho de lado.

— Não aceita? — insistiu, com um sorriso ladino que dizia que, quando se tratava de relacionamentos, nunca tinha recebido um "não" na vida. Por alguns segundos, Roma considerou ser a primeira.

Mas ela não seria.

Não seria, porque os olhos de Holy eram lindos mesmo com uma quantidade absurda de delineador preto e borrado ao redor deles. Porque ela sabia como passar sombra escura no côncavo de um jeito que fazia parecer que tinha acabado de sair de um show grunge e do salão de beleza ao mesmo tempo. Porque tinha alguma coisa nela que deixava Roma com vontade de fazer besteira. Um quê de Liv Tyler no clipe do Aerosmith, o correspondente feminino de James Dean.

Roma estava disposta a deixar suas convicções de lado por uma noite.

Talvez por muito mais tempo que isso, se ela não parasse de olhar para sua boca daquele jeito descarado, como se não houvesse mais nada melhor em Charterhouse para ser visto.

Roma segurou o copo de vidro com um pouco mais de força. A outra mão desceu até a cintura de Holy, que reagiu quase de imediato, abrindo as pernas e permitindo que os quadris de Roma ficassem entre suas coxas. Foi Roma quem a beijou, e ela não estava acostumada a tomar a iniciativa, mas a maneira como os lábios de Holy se moveram contra os dela a fez se sentir segura.

Aquele beijo parecia a coisa mais certa que tinha feito desde que colocara os pés em Londres.

E pareceu mais certo ainda quando os dedos de Holy subiram por sua nuca, se embrenhando em seu cabelo loiro e puxando parte dos fios para baixo. Roma perdeu a concentração por um instante, o que foi suficiente para causar um estrago: o copo em sua mão escapou, colidindo contra o banco de pedra e se transformando em milhões de pedaços cortantes.

Certo, Roma tinha pedido um encontro de filme, mas ela não precisava ser a protagonista desastrada que destrói todas as coisas que toca.

Roma segurou um palavrão. Estava pensando em enfiar a cabeça debaixo da terra quando Holy riu, acariciando sua nuca.

Não era uma risada por educação. Ela parecia achar engraçado e, mais que isso, parecia *satisfeita*.

— Você é adorável — Holy murmurou, selando os lábios contra os dela por mais um segundo. — E acho que isso serve como resposta.

— A resposta é sim. — Roma a empurrou para a lateral da mesa de pedra, afastando o corpo de Holy dos cacos de vidro. — Sim, aceito. Porque sou masoquista. Não tem chance alguma de isso dar certo.

Holy segurou seu rosto com as duas mãos, dando um último selinho em sua boca. Ela deu uma mordida leve no lábio inferior de Roma antes de se afastar.

— Quando você estiver voltando para o Brasil com ótimas recordações na mala, vou lembrá-la de que a ideia foi minha.

— E, quando estiver trancada no seu quarto chorando porque as coisas entre nós não correram como você esperava, vou lembrá-la de que eu avisei.

Holy esticou uma das mãos para pegar a garrafa de vinho esquecida.

— Um brinde — disse, então arremessou a tampa para longe dos limites do jardim. — Ao nosso ano inesquecível.

— Aos nossos corações partidos — Roma corrigiu, pegando a garrafa de suas mãos e virando um gole.

## CAPÍTULO 14

### ESSAS SÃO AS PESSOAS MAIS NORMAIS QUE EU JÁ CONHECI NA VIDA.

*Amélia*

Na presença dos seus colegas de escola, Amélia se sentia mais sozinha do que quando estava trancada em seu quarto, isolada de fato. Era sempre o mesmo sentimento de não pertencimento, como se todas aquelas pessoas fossem muito diferentes dela. Só que não eram. Tinham a mesma idade, as mesmas aulas, a mesma pátria e alguns até uma aparência parecida, mas alguma coisa impedia a princesa de se identificar com eles. Por mais irônico que soasse, a realeza não tinha um papel nisso. Ela se sentia estranha. *Sozinha*. E provavelmente se sentiria da mesma forma se um título de nobreza invisível não flutuasse acima da sua cabeça.

A solidão é sempre mais assustadora quando se está cercada de gente.

— Então — a voz da sua colega Lily interrompeu o fluxo de pensamentos de Amélia. Ela falava alto e estava sempre se alongando nas vogais, fazendo suas falas parecerem um eterno teatro. — Você já sabe como vai ser?

Amélia deu um sorriso, encarnando o papel da princesa doce e simpática que todos diziam que ela deveria ser.

— O quê?

— Sua festa de dezoito anos — foi o namorado de Lily, Patrick, quem completou a pergunta.

*Ah, sim.*

Seu aniversário estava chegando.

Amélia precisou se esforçar para que seu desgosto não ficasse aparente.

— Não sei se quero uma comemoração. — Deu de ombros. — As festas da realeza não são tão divertidas quanto vocês pensam. Talvez um jantar especial para os parentes mais próximos, mas é só.

— A princesa da Inglaterra não quer fazer uma festa de arromba? — Jasper, que caminhava ao lado de Patrick, zombou. — Isso deveria ser um pecado, Alteza.

Amélia deu um sorrisinho. Se estivessem alguns séculos antes, Jasper seria o tipo de pessoa que a ruiva teria prazer em mandar para a guilhotina.

— Quem sabe eu não convido vocês para um brunch nos jardins de Buckingham — sugeriu, mas Lily pareceu a única empolgada com a ideia. Atrás do grupo que caminhava pelos corredores, o segurança Peter parecia tenso com os rumos da conversa, ciente dos problemas que uma festa causava nos protocolos de segurança reais.

Se a decisão fosse de Amélia, de fato, não teriam uma festa. No entanto, ela sabia que as coisas não eram tão simples assim. A rainha Olívia veria no evento uma oportunidade de colocar a família real nos holofotes mais uma vez, agora por um bom motivo. A fuga do pai de Amélia, o assassinato de Addie nos arredores do palácio, o povo clamando por mais segurança. As últimas notícias sobre a realeza eram qualquer coisa menos bonitas.

— Amélia?

Sua caminhada no corredor foi bruscamente interrompida pela voz urgente. A ruiva se virou na direção do som, encontrando uma Roma sem fôlego. Tinha acabado de subir as escadas correndo e, pelo jeito como olhava para o relógio em seu pulso, Amélia deduziu que dormira mais do que a cama.

— Podem ir na frente — Amélia passou os olhos azuis por Lily, Patrick e Jasper, satisfeita em encontrar uma desculpa para dispensá-los. Terminou com a cabeça erguida na direção do segurança. — Você também, Peter.

— Protocolos reais, Alteza — ele murmurou. — Não estou autorizado a perdê-la de vista enquanto estiver em Charterhouse.

Amélia deu um longo suspiro, se despedindo do trio de colegas com um aceno.

— Pode falar — disse, se virando para Roma, cansada.

— Estou com uma cólica terrível — a loira comentou, percebendo o desconforto da princesa diante do segurança. — Podemos conversar enquanto vou ao banheiro?

Amélia se virou para Peter. Um sorriso irônico quase dançou em seus lábios, mas ela se conteve.

— Me espere aqui, sim? São problemas de garota e o banheiro fica no final do corredor. Você não vai me perder de vista.

O segurança cruzou os braços, receoso. Ele encarou Roma por alguns segundos, parecendo analisar se ela era ou não uma ameaça. A conclusão de Peter foi negativa, o que era óbvio. Qualquer um que olhasse para Roma enxergaria uma garota delicada. Seu tamanho médio, seus olhos grandes. Nem mesmo a tatuagem de cobra nas pernas ou o piercing na sobrancelha a fariam parecer ameaçadora.

— Não demore mais do que dez minutos.

— Obrigada, Peter.

Amélia seguiu pelos corredores ao lado de Roma. Era um alívio poder andar livremente sem ouvir os passos grosseiros do segurança atrás dela, pronto para desferir um soco em qualquer um que quebrasse os protocolos de segurança. Ao mesmo tempo, era estranho estar ao lado de Roma sabendo que tinham feito um piquenique noturno nos jardins de Charterhouse na noite anterior – e que Roma não sabia disso.

Roma não sabia que pudim de verão era o doce favorito de Amélia, não sabia que tinham feito o acordo de um ano inesquecível uma para a outra, não sabia que a tatuagem de polvo que vira de relance estava bem ali, no pulso de Amélia, coberta por uma camada grossa de maquiagem. Não sabia que Amélia gostaria de tê-la beijado mais vezes, mas estava se fazendo de difícil, não sabia que ela tinha escapado de um dos guardas reais por pouco, não sabia que Holy, de fato, nunca teria seu coração partido por ela, mas por motivos diferentes do que pensava.

Amélia não conseguia se sentir culpada por esconder tantas informações. Se pensasse a fundo, era um privilégio para a loira que ela pudesse pegar só as partes boas de Amélia para si através de Holy, enquanto o resto do mundo ficava com o *resto*.

— Obrigada por se livrar do segurança — a ruiva agradeceu. — Foi uma jogada inteligente. — Elas entraram no banheiro, e, de relance, Amélia viu que Peter ainda estava onde haviam deixado. — Quer falar sobre o trabalho do professor Brown?

Roma se sentou na pia do banheiro, balançando as pernas. Moveu a cabeça em negativa.

— Na verdade... — Ela mordeu o lábio — Eu queria chamar você para sair.

O coração de Amélia deu um pulo. Ela sentiu um desconforto na beira do estômago, o nervosismo de quem está prestes a entrar numa montanha-russa e tem medo de altura.

Desconfiou que fosse uma pegadinha.

Roma tinha descoberto sobre Holy e queria dar o troco.

— Me chamar para sair? — As sobrancelhas ruivas se encontraram no meio da face. Ela manteve a calma. — Eu acho que não. Tem uma lista bem longa de príncipes, duques e condes esperando pela chance de casar comigo. Você deve imaginar. *Herdeiros.*

Os olhos de Roma reviraram.

— Sair, de um jeito não romântico.

— Da última vez que falamos você não parecia interessada em ser minha amiga — Amélia continuou na defensiva. — O que mudou? Alguém contratou você para me sequestrar ou algo do tipo?

Roma parou de balançar as pernas. Desceu da pia e, por instinto, Amélia deu um passo para trás, temendo que a garota chegasse muito perto e descobrisse as semelhanças entre ela e Holy.

— Deixa de ser dramática. Eu só queria ter uma chance de te conhecer melhor — disse, dando de ombros. — E aí ter certeza de que não vou com a sua cara.

Amélia cerrou os olhos, desconfiada.

— Podemos ir ao Firestarter.

A ruiva ficou em silêncio por um instante, então seus lábios se abriram em um sorriso malicioso.

— Ah! Então é disso que se trata. Por que não disse antes?

— Disse o quê?

— Me ofende saber que você pensa que eu sou tão burra. — Amélia suspirou. — Passou as primeiras semanas de aula me destratando, agora aparece e resolve me chamar para sair. E o lugar que sugeriu é justamente um dos pubs mais exclusivos de Londres. Sabe, se eu fosse um pouquinho mais maldosa diria que você está tentando usar minha influência para liberar sua entrada. — Ela deu uma volta pelo banheiro, encostando os quadris na pia onde antes Roma sentara. — Porque uma garota meio *latina* não conseguiria entrar lá sozinha.

Roma cruzou os braços.

— Essa é a sua forma de ser preconceituosa de um jeito discreto?

— Você é branca. — Amélia arqueou uma das sobrancelhas. — E não eu, eles. Esse pub foi feito para britânicos riquinhos com complexo de superioridade que querem se sentir especiais. É por isso que não deixam praticamente ninguém entrar.

Roma não respondeu. Seus olhos reviraram por um momento e então caíram na entrada do banheiro, como se estivesse pensando em ir embora. Amélia já tinha notado o seu costume de encarar fixamente lugares vazios. Só não entendia o que a garota tanto observava.

— Eu não sei quem lhe falou desse lugar, mas é sem graça. Você não perde nada por não poder entrar. — Amélia percebeu que tinha perdido a atenção de Roma, então continuou: — E, mesmo que eu quisesse ir, não posso. Membros da realeza não frequentam casas noturnas. E eu não tenho idade para isso. — Ela estalou os dedos, só então dando-se conta. — Nem você.

— Duvido muito que um bar de elite tivesse coragem de barrar a princesa e sua acompanhante.

— Sabe quantos pubs existem em Londres? Por que você está obcecada logo com esse?

Roma tirou os olhos da porta. Deu um longo suspiro, como se aquela conversa sugasse sua energia. Encarou os próprios pés, depois subiu os olhos até Amélia.

— Ouvi dizer que era um lugar que Addie frequentava.

Não era a resposta que Amélia estava esperando.

— E daí?

— Meu pai está investigando o caso...

— Seu pai, não você.

— Ouvi dizer que você e a Addie eram próximas.

— Parece que você ouviu dizer muita coisa — a princesa reclamou. — Ninguém nunca te ensinou a não dar ouvidos aos boatos sobre a família real? — Amélia revirou os olhos, irritada. — Tenho certeza de que também ouviu dizer que nós somos reptilianos. Ou alguma teoria idiota sobre a rainha ter mandado matar a princesa Spencer.

Percebendo sua raiva, Roma apelou para o bom humor:

— Acho a teoria dos reptilianos bem plausível, na verdade. Eu duvido que você tenha como me provar que não é um réptil.

A piada pegou Amélia de surpresa. Em um primeiro momento ela ficou quieta, sem esboçar reação. Depois, deixou uma risadinha escapar e balançou a cabeça em negativa, incrédula.

— Preciso ir para a aula. — Em seguida, falou mais baixo: — Antes que o Peter venha aqui ver se você não tentou me matar afogada no vaso sanitário.

Amélia se virou, mas Roma segurou um de seus braços antes que pudesse se afastar. Foi uma coincidência que os dedos da garota pousassem bem em cima da sua tatuagem, um detalhe sórdido que a loira era incapaz de perceber.

— Nós vamos ao Firestarter para tentar descobrir alguma coisa sobre a Addie e eu nunca mais toco nesse assunto se não der em nada. Prometo.

— Eu já disse que não posso...

— Fala sério, você nunca deu uma escapada do palácio?

Amélia bufou.

— Me dê um bom motivo para essa sua curiosidade sobre o que aconteceu com a Addie e eu vou.

Roma ergueu um dos ombros.

— Meu pai nunca demorou tanto para solucionar um caso. Eu só... *sinto* que tem algo de errado acontecendo. Sei que pareço uma maluca tocando nesse assunto dessa forma tão indelicada, mas não seria desse jeito se você tivesse simplesmente aceitado sair comigo.

— Mil desculpas por te dar um fora.

— Não foi um convite de verdade.

— Seria um convite de verdade se eu quisesse que fosse.

— Por que os britânicos são tão narcisistas?

— Por que os brasileiros são tão intrometidos? — Amélia revirou os olhos de maneira dramática. Ela caminhou até a porta do banheiro mais uma vez e, por alguns instantes, Roma acreditou que estava prestes a ir embora. Não foi. — Olha. Eu vou te provar que não sou essa pessoa horrível que você pensa que eu sou.

Roma arqueou uma das sobrancelhas finas.

— Vai me levar ao Firestarter?

— Não. — Pareceu feliz em quebrar as expectativas da outra. — O Benjamin vai.

— Benjamin. O cara do incesto, você diz?

Amélia ergueu uma das mãos. Roma notou que sua intenção era mostrar o dedo médio, mas se conteve.

— Não testa a minha paciência, tá? — pediu, respirando fundo. — Te espero amanhã à noite nos fundos do palácio. Ele entra com você e eu fico no carro. O ideal é que vocês tentem ser discretos, mas sempre existe a possibilidade de vazarem umas fotos. Nada que a Coroa não possa dar um jeitinho. — Ela se aproximou do espelho e passou os dedos pelos cachos ruivos — Vestido e batom vermelho.

— O quê?

— Benjamin gosta de garotas que usam vestido e batom vermelho — explicou. — Se você corre o risco de ser vista com ele, é melhor que esteja no padrão de mulheres com quem ele costuma sair. Maquiagem, menos de cinquenta quilos. É uma forma de chamar menos atenção. Quanto mais comum, melhor.

Roma arranhou a garganta. Enfiou as mãos no bolso do moletom que usava e encarou os próprios sapatos. Agora, ela achava a ideia de ir ao Firestarter horrenda.

— Você odiou. — Amélia deu uma risadinha.

— Menos de cinquenta quilos? Ele quer sair com uma garota ou com um... esqueleto? E, falando sério, acho que nunca passei um batom vermelho na vida.

— Vamos resolver isso agora.

O sorriso de Amélia não era mais maldoso. Ela apoiou sua mochila rosa pastel na pia e demorou alguns segundos com a cara enfiada dentro da bolsa, diante dos olhos analíticos de uma Roma desconfiada.

— Se chama vermelho russo. — Ela segurou o batom de embalagem preta entre o indicador e o polegar, girando a matéria escura para cima. — Preciso que você faça assim. — Os lábios de Amélia se contorceram no formato de uma letra "O", movimento que Roma imitou. Os dedos da princesa subiram até suas bochechas e ela segurou seu rosto enquanto deslizava o batom por cima dos seus lábios rosados. — Essa cor combina com seu tom de pele.

Roma segurou o ímpeto de morder o lábio e estragar o trabalho de Amélia. Havia um motivo óbvio para que os olhos azuis da princesa estivessem fixos em sua boca, mas isso não deixava o momento menos desconcertante. Daquela distância, ela conseguia enxergar cada detalhe do rosto de Amélia e, na verdade, eles eram muitos: as sardas que salpicavam a pele inteira como pequenas constelações na aurora boreal, os cílios ruivos tão claros que quase desapareciam no meio do rosto, o jeito como ela torcia o nariz como um pequeno esquilo cada vez que errava um traço do batom. Tinha uma beleza rebelde, um olhar de revolução.

Roma se sentia intimidada na presença dela, e sua única forma de lidar era com um pouco de rispidez.

— Ficou grudento — reclamou, numa mentira descarada. O batom era mais confortável do que o rímel que passava todos os dias, tentando fazer que com que seus cílios parecessem mais grossos. Roma deu um passinho para trás e acabou batendo o quadril na pia, incapaz de fugir do olhar de Amélia sem parecer uma completa idiota.

— É sua cor. — A princesa abriu um sorriso, sem se deixar abalar. — Considere um presente. — Ela fechou um dos olhos e arremessou o batom na mochila de Roma, acertando em cheio o bolso principal. — Nos encontramos às nove. Não se atrase.

Amélia fechou sua mochila, apoiando-a nos ombros. Usou uma das mãos para acenar para Roma, que se limitou a mover a cabeça na direção dela em um gesto que a princesa entendeu como "Combinado". Quando saiu do banheiro, sentiu-se aliviada por não dar de cara com Peter atrás da porta, bisbilhotando sua conversa.

Tirou o celular da bolsa e mandou uma mensagem para Benjamin antes de entrar na sala.

**Amélia (09:34) diz:** Preciso de um favor seu.

> Amélia (09:34) diz: Mais um.

## CAPÍTULO 15

### A GENTE NÃO VAI PODER SAIR HOJE, MINHA TERAPEUTA NÃO DEIXOU (E ELA TEM RAZÃO).

### *Roma*

Roma fez uma careta ao enxergar seu reflexo nas grades do memorial da rainha Victoria, bem em frente ao palácio de Buckingham. O vestido preto minúsculo que tinha enfiado na mala por pura insistência da mãe parecia uma ótima escolha na temperatura agradável do seu quarto, quando o aquecedor estava ligado e Chinara abria um sorriso malicioso para perguntar se veria Holy de novo naquela noite. Agora, sozinha no meio da rua, parecia uma escolha estúpida. Como se seu cérebro tivesse travado e ela não soubesse que estava em Londres, não em Ilha Grande, onde os dias e as noites eram igualmente abafados.

Ela cruzou os braços, abraçando o próprio corpo. Mesmo no Rio, ela tinha algum costume de sentir frio. As temperaturas ficavam mais baixas quando os espíritos se aproximavam dela. Não à toa o senso comum diz que os calafrios acontecem quando mortos atravessam o corpo humano.

Roma tirou o celular da bolsa de festa que Chinara tinha lhe emprestado. Eram oito e quarenta e cinco da noite, então ela precisaria esperar mais alguns minutos para cruzar a rua e ir até os fundos do palácio, onde se encontraria com Benjamin e Amélia. Como indicado pela ruiva, seus lábios estavam pintados de vermelho e a maquiagem não era a coisa mais pegajosa em Roma naquela noite.

A imagem de Amélia no banheiro, perto demais para que ela não pudesse sequer respirar sem ser notada, ficava dando voltas na sua cabeça. Se pudesse contabilizar pensamentos em minutos, Roma teria um filme de uma hora e meia de Amélia passando batom na sua boca. As cenas pós-créditos seriam cheias de momentos de Roma tentando se convencer de que não tinha interesse na princesa.

Era mentira, óbvio.

Amélia era uma garota bonita. Qualquer pessoa teria interesse físico nela, mas Roma não estava disposta a lidar com as consequências políticas e sociais que uma noite com a neta da rainha da Inglaterra causariam. Além disso, romances de uma noite só não faziam seu tipo.

Roma deu um tapa na testa ao perceber que seu caso com Holy se enquadrava na categoria "romance de uma noite só". Ainda que ficassem juntas por mais tempo que isso, era um casinho com prazo de validade e possível fim traumatizante. Elas nem tinham transado ainda e Roma já estava pensando em como explicar aquela história para sua terapeuta.

Um arrepio cruzou a espinha de Roma quando os sinos do Big Ben tocaram, anunciando que tinham acabado de chegar às nove da noite. O relógio mais famoso do mundo tinha deixado de tocar em 2017 e voltado naquele ano, o que Roma tomou para si como um sinal do universo: ela era bem-vinda em Londres e não tinha nada de errado com a sua mudança repentina. Roma assumia ser hipócrita: acreditava nos sinais do universo quando lhe convinha acreditar.

Uma horda de crianças que visitava o monumento fez barulho, batendo palmas para o relógio. A mãe de uma delas balançava os dedos para baixo, insistindo que ficassem quietas. Roma deu um sorrisinho antes de se afastar, atravessando a rua até a entrada do palácio. Seus olhos notaram um dos guardas de chapéu enorme e jaqueta vermelha na porta, parado como uma estátua. O detalhe a fez pensar se aquele era o caminho que Addie tinha feito na noite em que morreu e, em caso positivo, como nenhum guarda tinha visto quando foi atacada.

A rua se tornou mais escura quando se direcionou para os fundos de Buckingham, contornando o palácio ao lado das suas grades de ferro. Roma tirou o celular da bolsa e ligou a lanterna, numa tentativa de ver mais do que os próprios pés.

Ainda conseguia ouvir as crianças eufóricas e o Big Ben, mas agora os sons pareciam parte de um universo do qual ela estava cada vez mais distante. Seus passos reverberavam pela rua e voltavam até os ouvidos, causando uma sensação estranha de claustrofobia, como se estivesse presa em uma caixa. Ela sentiu uma pitada de alívio quando viu uma garota contornando a rua do palácio, cabelo loiro comprido e sapatos de salto. Roma teve a impressão de que já tinha a visto antes em Charterhouse, tecendo comentários sobre Benjamin ser bonitinho.

No fim da rua, Benjamin e Amélia esperavam do lado de fora do carro, como combinado. Apoiado na porta com seu quase um e oitenta de altura, Benjamin era, de fato, *bonitinho*, mas facilmente apagado pela garota ao seu lado. Naquela noite, Amélia se parecia com a namorada de um rockstar mundialmente famoso: seus olhos estavam contornados por delineador marrom, ressaltando o formato de concha. Usava um vestido rosa brilhante com uma blusa de malha fina por baixo e uma jaqueta de couro muito maior que o seu tamanho nos ombros.

— Está dez minutos atrasada — Amélia reclamou, cruzando os braços.

Roma revirou os olhos.

— Não recebo um boa-noite, Alteza?

— Amélia é obcecada com horários — Benjamin zombou. — Você está linda esta noite.

Ela se lembrou da conversa com a princesa no banheiro e imediatamente sentiu uma pontada de raiva. Batom vermelho, cinquenta quilos. Benjamin parecia um rapaz simpático, mas ela não conseguia deixar de pensar que ele não seria tão gentil se ela não fosse tão bonita.

— Obrigada — Roma murmurou, e sorriu, porque entrar no Firestarter sem mais complicações parecia mais importante do que sua moralidade. Não importava, porque não era um encontro de verdade.

— Ele é um galanteador. — Amélia soltou o ar pela boca. — Diz isso para todas.

— Então você não concorda?

A ruiva a encarou, parecendo subitamente entediada.

— Nunca disse que discordava. — Ela tirou a jaqueta dos ombros, erguendo-a na direção de Roma. — Você vai congelar sem nada por cima disso aí.

Roma analisou cada centímetro da jaqueta antes de aceitá-la. O cheiro doce de Amélia invadiu seu olfato assim que os braços entraram dentro da peça. Era agradável e lembrava frutas frescas. Era diferente do cheiro marcante de Holy, por exemplo, que usava um perfume masculino que grudava nas roupas por dias a fio.

Roma não sabia por que sua mente insistia em traçar comparações entre as duas, mas a forma como eram perfeitas opostas a deixava intrigada. Enquanto Amélia era a perfeição, Holy era a bagunça. Se ficassem frente a frente, o desentendimento seria imediato.

— Obrigada — Roma murmurou pela segunda ocasião na noite, dessa vez para Amélia.

— É melhor a gente ir — disse Benjamin. Ele tinha um sorrisinho no canto dos lábios, como se estivesse se divertindo com a interação das duas. — Quanto mais tarde, mais jornalistas. Existe uma chance de passarmos despercebidos chegando antes das onze.

Amélia suspirou.

— Seja honesto, Ben, essas chances são mínimas.

— O que eu posso dizer? — Benjamin ergueu um dos ombros, então se aproximou do carro, abrindo a porta de trás para que Roma entrasse. — Sou um cara que acredita em boa sorte.

Agora dentro do carro, Roma quase sorriu. *Sorte*. Ela tinha passado boa parte da vida sem acreditar em boa sorte. Quando tinha quinze anos, costumava assistir àquele filme da Lindsay Lohan em que a sorte podia ser roubada através de beijos e fazer pequenos cálculos mentais a fim de descobrir quem poderia ter levado a sua. Nunca descobriu, mas a personalidade amargurada deixou de fazer sentido e em algum momento ela decidiu que, mesmo sendo a garota que via os mortos, faria a própria sorte.

Amélia sentou-se no banco do carona. Roma se sentiu acolhida quando Benjamin tocou nos botões do rádio do carro e deixou que a música de uma estação qualquer ressoasse pelo veículo. Eles não tinham muito assunto, os três. Benjamin e Amélia ainda podiam engatar uma conversa, mas Roma não fazia parte daquela equação.

A loira mordeu a ponta do polegar, com cuidado para não borrar o batom. Observou a rua passar correndo do lado de fora do veículo, lembrando-se de quando era só uma criança e pensava que a lua era capaz de correr atrás dos carros. Não conseguia definir se ir ao Firestarter era uma escolha certa, mas pensou que Holy gostaria de ir junto.

Era bem a cara dela.

Se dissesse que estava stalkeando uma garota morta, ela acharia engraçado.

Roma revirou os olhos. Naquele momento, gostaria de ter o celular de Holy para mandar uma mensagem e perguntar o que estava fazendo, mas, já que não tinha, ficaria feliz por não fazer papel de emocionada. Por algum motivo, uma relação distante era tudo que Holy podia oferecer. E Roma tinha aceitado seus termos, mesmo não concordando com eles.

O carro de Benjamin desacelerou diante de um sinal amarelo. Correndo os olhos pela rua, Roma notou que estavam em Whitehall, passando pelo que tinha sobrado do antigo palácio de mesmo nome onde a família real morara até 1698. O grande incêndio de Londres não o tinha destruído por pouco.

Ela viu quando uma das mãos de Benjamin se apoiou na coxa de Amélia. Foi um movimento sutil, rápido, quase como se ele tivesse esquecido de que Roma estava ali, observando os dois. Um sorriso coloriu o rosto da ruiva e, tão rápido quanto a mão do conde havia voltado para o volante, ele desapareceu.

Roma não duvidava de que o rapaz fosse um dos pretendentes de Amélia. Ele era bonito e, acima de tudo, *conde*, o que era obviamente indispensável. Não duvidava de que a realeza tivesse o hábito de listar todas as vezes em que alguém resolveu brincar com a plebe e as coisas acabaram mal. Além disso, quem iria querer um bastardo se podiam ter um herdeiro de verdade?

Ainda assim, o sorriso de Amélia para Ben não parecia malicioso. Parecia fraterno, como se o gesto fosse um carinho e não um toque.

Roma não sabia o que pensar da relação dos dois.

— Chegamos.

O cérebro de Roma travou por alguns segundos enquanto seus olhos observavam Benjamin estacionar na mão inglesa. Ao lado dele, Amélia se concentrava na fachada do pub Firestarter, pouco confortável.

Era bonito. Diferente. A palavra "Firestarter" estava estampada em um painel luminoso acima da porta, onde cada letra brilhava em um tom neon diferente. Laranja, vermelho, amarelo, às vezes branco, mas sempre cores que remetessem ao fogo. Atrás da palavra, um holograma de chamas crepitantes dançava entre tons menores e maiores, iluminando a fila de pessoas que aguardavam para entrar. Roma viu quando o primeiro da fila, um rapaz de seus vinte anos, se aproximou do segurança que autorizava as entradas e recebeu um não como resposta.

*E se não a deixassem entrar?*

— Relaxa — Amélia murmurou. Tinha visto a mesma cena que Roma e, agora, era como se pudesse ler seus pensamentos.

— Eles negam nossa entrada hoje, nós compramos o espaço amanhã. Não seriam tão burros — Benjamin explicou, abrindo as portas do veículo — Não quer mesmo vir com a gente?

A ruiva enrolou um cacho nos dedos, empurrando o banco do carona para trás.

— Uma polêmica envolvendo meu nome é tudo que eu não preciso esta noite. Divirtam-se, mas não demorem muito. — Seus olhos alternaram entre Ben e Roma. — Boa sorte com... *aquele* nosso assunto de garota.

Roma cerrou os olhos. Antes que pudesse contestar, Amélia deitou no banco e tirou o celular da bolsa, encerrando o assunto. Era evidente que algumas coisas não estavam claras entre a princesa e o conde, mas não seria Roma a responsável por esclarecê-las.

Ela aceitou a mão de Benjamin quando ele ofereceu ajuda para que saísse do carro. Deixou que ele colocasse os dedos em sua cintura e, enquanto caminhava até o começo da fila do pub, quase se sentiu uma acompanhante convincente.

— Amélia não costuma ser tão gentil com os forasteiros — ele sussurrou. Roma era alguns centímetros mais baixa que ele, o que fazia com que precisasse se abaixar ligeiramente para que conversassem de forma discreta. — Isso me faz pensar que você tem alguma coisa diferente. Alguma coisa especial, talvez.

— Você acha que ela estava sendo gentil comigo? — Roma zombou, incrédula. — Estamos fazendo um trabalho em dupla. Eu disse que faria as partes dela até o final do ano se vocês me trouxessem aqui. — Ela se lembraria de contar essa mentira para Amélia mais tarde.

Benjamin achou graça.

— A rainha não ficaria nada feliz em ouvir isso.

— Imagino que não, mas os fins justificam os meios.

— E quais são os fins? — questionou ele. — Londres é uma das cidades com a vida noturna mais movimentada do mundo. Você poderia escolher qualquer outro pub para passar a noite.

Roma deu de ombros.

— Sou uma garota ambiciosa. É só para mostrar para mim mesma que eu posso. Nunca quis fazer parte de alguma coisa?

— Eu ganhei o título de conde no meu aniversário de dez anos. Acho que já nasci fazendo parte de alguma coisa.

Ela riu.

— É um jeito arrogante de ver as coisas, conde Benjamin.

— Excelência — a voz do segurança interrompeu a conversa. O título serviu para chamar a atenção das poucas pessoas na fila que ainda não olhavam para a dupla. — A que devemos a sua visita?

Benjamin respondeu com tranquilidade e pouco interesse. Talvez não fosse sua intenção, mas o conde tinha um jeito despreocupado que fazia todas as pessoas parecerem menos interessantes do que ele.

— Vim trazer uma amiga.

O segurança olhou para Roma.

— E a sua amiga tem idade para entrar?

— Você não sabe quem ela é? — Ele soltou o ar pelo nariz, frustrado. — Que falta faz um serviço decente. — Benjamin observou o segurança, seus olhos indo de cima para baixo. — É a princesa de Liechtenstein. O que os seus superiores vão achar se eu disser que você estava prestes a barrar alguém da realeza?

O segurança não pareceu convencido por completo, então Roma decidiu que era hora de intervir.

— Eu te disse, Ben. — Ela estalou os dedos. — Algumas pessoas não levam a realeza de outros países a sério... Sugiro irmos em outro pub. Um que tenha funcionários que sejam mais simpáticos com os turistas.

— Alteza — o homem deu um sorriso amarelo, sem jeito —, me dê um instante para verificar...

Benjamin moveu a cabeça em negativa.

— Você vai deixar uma princesa esperando?

Roma mordeu o lábio. Se o cara não cedesse, teriam que voltar outro dia, e ela não estava nada otimista sobre o que Amélia acharia disso.

— Já disse, Ben, nós podemos ir em outro lugar...

— Perdoem a minha gafe — o segurança cortou. — Podem entrar.

Roma deu um sorriso para Benjamin, aliviada por parte da sua missão estar completa. O segurança deu espaço para que a dupla passasse e foi uma ótima sensação não ter mais dúzias de olhos curiosos pregados em suas costas.

— Você foi boa — Benjamin elogiou, um sorrisinho presunçoso nos lábios. — Posso presumir que está acostumada a ir a festas que não autorizam sua entrada?

— Adolescentes brasileiros nascem com esse costume. — Roma achou graça. — Ainda tenho minha identidade falsa em algum canto do meu quarto, mas nunca tinha mentido que era uma princesa antes.

— Espero que as pessoas da fila não tenham ouvido — divertiu-se Ben. — Não quero problemas com a família real de Liechtenstein.

— Por alguns segundos eu duvidei que esse país realmente existia. Tenho certeza de que nem sei falar o nome desse país.

— É uma das regras essenciais do idioma alemão. — A entrada do pub era um corredor escuro. Roma ouviu uma música animada na pista de dança, tão alta que fazia as paredes tremerem. — Você nunca pronuncia certo, só torce para as pessoas entenderem.

Roma deixou uma risadinha escapar. Ela acompanhou Benjamin em silêncio até o bar, onde ele pediu uma margarita e um refrigerante.

— Acho melhor você não beber. — Ele deu de ombros, como quem se desculpa. — Eu já teria problemas se soubessem que coloquei uma menor aqui. Uma menor alcoolizada...

Roma torceu o nariz.

— É um absurdo sem tamanho que você negue uma bebida para a princesa de Liechtenstein — ela zombou, mas no fundo se sentia um tanto incomodada com a situação. Ela não sabia de onde tiraria coragem para abordar as pessoas e perguntar sobre Addie sem nenhuma gota de vodca no sangue. Roma não era tímida, só não era extrovertida. Estava presa no limbo do meio-termo, entre as pessoas que vomitam antes do primeiro dia de aula e as que subiriam no palco de uma boate lotada sem nenhum problema.

Em segundos a garçonete de tranças estava de volta, com uma margarita e uma Coca-Cola zero que Roma não tinha certeza se queria. Em pouco tempo de observação, ela percebeu que Benjamin era articulado o suficiente para engatar conversas com qualquer um: segurança, garçonete, talvez até tivesse longas sessões de bate-papo com a rainha. Agora ele falava com a garota de tranças sobre a vez que tinha tomado uma margarita numa boate no México e ela parecia encantada por cada palavra que saía dos lábios cheios do rapaz.

Não era para menos.

Ele era um conde.

Bonito, viajado, inteligente.

Tudo que uma garota podia querer.

— Vou dar uma volta — Roma murmurou para Ben, enfiando um canudinho na lata de Coca-Cola antes de partir para a exploração do pub. Ela se sentiu uma criança ao notar todos os drinques, cervejas e vodcas saborizadas nas mãos dos clientes e jogou seu canudo fora antes de subir as escadas para o primeiro andar.

O pub Firestarter não era um lugar para pessoas jovens. Parte dessa informação era óbvia, visto que só permitiam a entrada de maiores de vinte e um anos, mas logo Roma entendeu que o ambiente estava acima de permissividades.

Pessoas jovens não tinham dinheiro para gastar em um lugar como aquele. A elite londrina era, em sua maioria, velha, o que a deixava ainda mais curiosa. Ela queria saber o que Addie fazia gastando sua noite entre homens e mulheres de meia-idade, bebendo uísque superfaturado.

Roma se aproximou das grades de segurança que protegiam o primeiro andar, os olhos violeta varrendo a pista de dança no térreo. A música que saía dos alto-falantes tinha um ritmo comum dos anos 1980 que ela não conhecia, mas com certeza de que seu pai sim. Quase quis mandar uma mensagem para ele e perguntar o que achava do Firestarter, mas um superior da Scotland Yard nunca ficaria satisfeito em ver sua filha quebrando regras tão descaradamente.

Um tanto entediada e sem saber o que fazer, ela se sentou em uma das mesas próximas da grade. Pegou seu celular e ameaçou atualizar o feed do TikTok, mas um homem ocupou a segunda cadeira da mesinha antes que pudesse. Era isso que ela odiava nas festas noturnas: a inconveniência.

— Boa noite? — Apesar da pergunta, seu tom era neutro. Estando em um local onde todos eram mais poderosos que ela, parecia idiotice ser grosseira.

O homem abriu um sorriso. Roma não era boa em identificar idades, mas presumiu que ele estava chegando aos cinquenta. Sua barba era grisalha e ele usava um pequeno broche em formato de fogo na camisa social. Se Roma não estivesse enganada, era o logo do Firestarter.

— Boa noite. — Ele acenou, como se não estivessem a poucos centímetros um do outro. — Meu nome é Teddy. — A loira mordeu o lábio, segurando o ímpeto de dar uma risadinha. No Brasil, era um nome muito comum em ursinhos de pelúcia. — Sabe, é bem raro eu ver alguém neste pub que eu não conheça. Esse detalhe me chamou atenção.

— Não sou daqui — explicou ela, sem dizer o próprio nome. — Sou de Liechtenstein. Você é um frequentador assíduo da casa? — emendou a pergunta, evitando falar de si mesma. — Teddy assentiu, então Roma continuou: — Uma amiga minha costumava vir muito aqui. Talvez você a conheça.

Roma temeu ter sido direta demais, mas ele sorriu.

— Conheço todas as garotas frequentes. — Roma não entendeu por que ele considerava isso uma coisa boa. — Qual é o nome dela?

— Addie.

A expressão de Teddy se fechou de imediato. Ele tentou disfarçar quando forçou uma tosse e Roma fingiu acreditar nela quando empurrou a lata de Coca-Cola em sua direção. Teddy recusou.

— Ela deve ter vindo uma vez ou duas — comentou, a garganta arranhando pela tosse falsa. — Você sabe. As garotas gostam de dizer que vêm muito aqui, por causa do status. A maioria delas paga uma grana absurda para entrar uma vez e tira fotos para usar o resto da vida.

Roma cerrou os olhos.

— Não. Tenho certeza de que Addie vinha muito aqui.

— Estranho. Nunca ouvi falar de nenhuma Addie.

— Ela morreu há algumas semanas — soltou. — Está em todos os jornais, não ficou sabendo?

Teddy se manteve na defensiva.

— Não, mas é uma lástima. Sempre fico chateado quando vejo garotas jovens partindo tão cedo.

Roma concordou.

— Uma tragédia mesmo. — Ela apontou para sua lata de Coca-Cola. — Pode trazer uma bebida para mim?

Os lábios de Teddy se abriram em um meio sorriso. Ele passou os dedos pelo cabelo grisalho antes de assentir, levantando-se e deixando Roma sozinha.

Ela esperou que o homem descesse as escadas até o térreo antes de se levantar. Seus passos a guiaram até o banheiro feminino numa rapidez impressionante e ela só percebeu que era mais inteligente descer as escadas e encontrar Benjamin quando já estava com o corpo encostado na porta.

Teddy dizia não conhecer Addie.

Mas Teddy sabia que se tratava de uma garota jovem.

Roma tinha dito que era sua amiga, mas nunca disse que era jovem.

Podia se tratar de uma dedução. Era óbvio que garotas novas não costumavam ser amigas de idosas, mas parecia uma coincidência tão grande que Roma sentiu desconforto. A música na pista se tornou lenta aos poucos, e batidas à porta do banheiro deixaram seu corpo tenso. Roma levou uma das mãos até a maçaneta, o coração pulando contra a caixa torácica. Teddy a tinha visto correr para o banheiro?

— Céus, abra a porta.

Roma franziu o cenho. Ela deu um passo para trás e deixou que a porta fosse aberta, sem entender o que Amélia fazia dentro do pub.

— Parece que alguém desistiu de ficar no carro.

— Vi o meu... — Amélia entrou no banheiro, então deu um tapinha na própria testa. Parecia prestes a esconder alguma coisa. — Vi um dos funcionários do castelo entrando no pub. Fiquei curiosa para saber o que ele fazia aqui.

— Um funcionário num pub exclusivo?

— Deve ter entrado graças ao acompanhante. Está em um encontro.

— Você veio bisbilhotar a vida do seu funcionário?

— Pare de dizer a palavra "funcionário". O nome dele é Kenji. — A ruiva revirou os olhos. — E nós somos amigos.

— A princesa Amélia veio nos prestigiar esta noite! — Do lado de fora do banheiro, uma voz aguda reverberou, misturando-se com a música. Roma tinha quase certeza de que se tratava da garçonete que atendera Benjamin, mas não quis abrir a porta para confirmar.

— Parece que o meu plano de ser discreta acaba de ir por água abaixo. — Amélia deu um sorriso amargo. Ela passou os olhos pelo banheiro e puxou uma cadeira que estava largada em um canto, travando a porta. — Precisamos ir embora. Vai ser um inferno se alguém tirar uma foto minha aqui.

Roma concordou.

— Como você conseguiu entrar?

— Porta dos fundos.

— Você *invadiu* o pub?

— De jeito nenhum! — Amélia suspirou, impaciente. — Paguei o segurança que estava cuidando da porta dos fundos para ele me deixar entrar. Meu plano era encontrar um disfarce na despensa, mas... Bom, não deu certo. — Ela revirou os olhos, então murmurou para si mesma: — Um chapéu de cozinha seria suficiente.

Roma andou de um lado para o outro, suas botas de salto grosso fazendo barulho contra o chão. Era a segunda vez em menos de uma semana que se via trancada em um banheiro junto com Amélia.

— Eu não quero te estressar, mas...

— Nem continua. — Amélia ergueu o indicador, pedindo silêncio. — As pessoas sempre dizem coisas estressantes depois de um "Eu não quero te estressar". O que me faz pensar que, na verdade, sim, *querem*.

— Certo. — Roma decidiu que a princesa não a tiraria do sério naquela noite. — O que você sugere?

Amélia massageou as têmporas. O jeito como cruzava os braços indicava que estava prestes a dar uma péssima ideia – e sabia disso.

— Podemos ficar aqui até os clientes do pub irem embora.

— Tenho certeza de que ninguém vai se importar com o banheiro fechado a noite inteira. Você sabe, quem precisa de sanitários e higiene básica?

Amélia não discutiu. Tirou o celular da bolsa e se sentou na pia, balançando as pernas num ritmo nervoso.

— Vou ligar para o Ben.

Roma assentiu. Caminhou até o outro extremo do banheiro e apoiou as costas na parede.

— Ele é tipo seu fiel escudeiro, não é?

Com o telefone apoiado em um dos ombros, Amélia arqueou as sobrancelhas.

— O que você quer dizer com isso?

— Sei lá, todo mundo tem alguém para recorrer quando as coisas apertam. Ele parece ser essa pessoa para você.

— Ele é. — Amélia tirou o celular do ouvido. — Mas aparentemente não hoje. Telefone sem bateria.

— *Perfeito*.

Roma se aconchegou dentro da jaqueta emprestada por Amélia, esperando que a princesa surgisse com uma solução. Ela não queria se meter. Dar uma sugestão atravessada e causar problemas para a realeza. Ir atrás de respostas sobre Addie fora uma das suas piores ideias desde que chegara a Londres.

Amélia continuou sentada, balançando as pernas. Roma olhou para cima, observando a luz da lua entrar por uma das janelas do banheiro, deixando sua pele e seu cabelo mais brancos que o de costume. Do lado de fora, a noite seguia tão calma quanto os mortos.

— E se a gente sair pela janela?

Roma encarou Amélia, então riu.

— Não estamos no térreo.

— Não é muito alto. No máximo vamos ralar os joelhos.

— Cara. — Roma olhou para a janela, então se voltou para a ruiva. — *Cara*.

— O que essa palavra significa?

— *Dude* — disse Roma, voltando ao inglês. — Usamos quando alguém está prestes a fazer merda.

— Você não está vendo as coisas pelo lado positivo.

— O que tem de positivo em pular de uma janela?

— Pular de uma janela, com uma princesa, fugindo das câmeras. — Amélia sorriu, então desceu da pia. Aproximou-se da janela e colocou as mãos no parapeito, tentando enxergar o que tinha lá embaixo. — Você precisa aprender a romantizar a própria vida.

De imediato, Roma se lembrou de uma das conversas que tivera no seu primeiro encontro com Holy, mas não era um momento adequado para a lembrança.

— Eu *romantizo* a minha vida. Mas garanto a você que existem formas de fazer isso sem precisar quebrar uma perna.

Amélia ficou na ponta dos pés.

— Recolheram as folhas da rua hoje — disse, apontando para uma montanha de folhas secas alguns metros abaixo. — Vai amortecer nossa queda. — Percebendo que Roma não parecia convencida, ela continuou: — Preciso que você confie em mim.

— Honestamente? É uma péssima ideia.

Do lado de fora, alguém forçou a porta.

— Seria tão ruim se uma foto sua aparecesse nos jornais?

— Está perguntando se uma foto da princesa menor de idade em um pub para maiores seria *tão* ruim? Pergunte de novo, por favor.

Roma suspirou.

— Tudo bem, já entendi.

A loira caminhou até uma das lixeiras de metal do banheiro, passando os dedos pela superfície quadrada que contornava o bocal. Olhou para Amélia, tentando estimar seu peso, desconfiando que a garota não tinha muito mais do que sessenta quilos naquelas coxas magras. A lixeira parecia resistente, e, se não fosse, não tinham nada a perder. O que é despencar de uma lixeira de alguns centímetros para quem está prestes a se atirar de um prédio? Roma empurrou a lixeira até a janela.

— Você vai primeiro.

— Quanta gentileza da sua parte — provocou Amélia.

— A ideia foi sua, nada mais justo que você faça o teste.

— Como vou ter certeza de que você vai pular depois de mim?

— E que diferença faria se eu não pulasse?

Amélia deu de ombros.

— Sei lá, só não quero ter que fazer isso sozinha. A merda parece menos merda quando fazemos com outra pessoa.

— Então você assume que é uma ideia péssima?

Amélia revirou os olhos enquanto tirava os sapatos.

— Vai pular ou não?

Roma suspirou.

— Vou.

A princesa abriu um sorriso ao subir com cuidado na lixeira, temendo que seus pés escapassem das tiras de metal que contornavam o saco plástico preto. Jogou os sapatos pela janela e os observou cair bem em cima das folhagens, exatamente como esperado.

Roma fechou os olhos quando ela pulou. Amélia desapareceu no monte de folhas secas, e, por um instante, a loira se arrependeu de não ter ido primeiro.

— Estou bem! — ela bradou, então percebeu que não deveria estar gritando. — Estou viva — disse, mais contida dessa vez.

Roma deu uma última olhada na porta. Assim como Amélia, jogou seus sapatos primeiro e, quando deu por si, tudo que tinha ao seu redor eram folhas e fantasmas curiosos, pensando terem se deparado com um suicídio.

Ela soltou o ar pelo nariz, irritada com a crueldade de alguns deles. A maioria dos espíritos gostava de ver as pessoas morrendo. Ficavam em hospitais, pontes, ruelas perigosas. Diferentemente dos humanos, estavam sempre preparados para a morte.

— Não foi tão ruim — Amélia murmurou, convencida, e Roma estava prestes a concordar quando um flash brilhante disparou na direção delas.

## CAPÍTULO 16

### "SÓ SE VIVE UMA VEZ" É SÓ UM JEITO SOCIALMENTE ACEITÁVEL DE JUSTIFICAR A MERDA COLOSSAL QUE VOCÊ PRETENDE FAZER.

*Amélia*

— Você cantou vitória cedo demais.

— É mais um ditado brasileiro?

Roma fez que sim, seu cabelo loiro voando contra o rosto enquanto corriam pela rua adjacente ao Firestarter. Precisavam ser honestas: não faziam ideia de aonde estavam indo, mas sair em disparada pareceu a opção mais segura quando um homem surgiu das vielas escuras, com um celular na mão. Amélia tinha empurrado o aparelho no concreto, mas não ficou para contabilizar o estrago. Agora ela tinha que lidar com um cara que talvez tivesse uma foto sua no meio de folhas secas e lixo urbano.

*Maravilha.*

Amélia continuou correndo. Não tinha certeza se alguém estava atrás delas, mas parecia mais inteligente continuar até que encontrassem um lugar seguro. Um lugar cheio de outras pessoas e apropriado para princesas menores de idade. Àquela altura, já tinha desistido de sair completamente ilesa das manchetes, mas que ao menos tivessem algo de positivo para dizer entre um escândalo e outro.

*Por favor, não quero ver um "Princesa em fuga" na capa de todos os jornais amanhã.*

Aos poucos, Amélia e Roma pararam de correr. A ruiva prendeu os cachos em um rabo de cavalo, incomodada com os fios que grudavam em sua boca. Aquilo era resultado do gloss de fruta que tinha passado nos lábios – antes de sair de casa, parecia uma grande ideia; agora, era só enjoativo e irritante.

Ela pensou em puxar algum novo assunto com Roma enquanto caminhavam, mas a garota parecia distante, enfurnada nos próprios pensamentos. Olhava para as árvores com curiosidade, como se estivesse prestes a caminhar até uma delas e analisá-la mais de perto. Às vezes, gastava tempo demais olhando para um mesmo ponto fixo, e essa era uma característica em que Amélia já havia reparado antes. Talvez fosse uma pessoa imaginativa demais.

Elas continuaram caminhando lado a lado, deixando que o silêncio da noite as engolisse por completo. O calor abandonou o corpo de Amélia à medida que a corrida ficava mais distante, as pontas dos dedos se tornando frias. Ela não quis pedir sua jaqueta de volta para Roma, então abraçou o próprio corpo, cruzando os braços.

A verdade era que Amélia estava incomodada. A noite prometera respostas e só trouxera mais perguntas: por que Kenji frequentaria um lugar como o Firestarter? Por causa do seu encontro, *certo*, mas o simples fato de Kenji estar saindo com alguém da elite de Londres fazia pouco ou nenhum sentido.

"Eu odeio essa galera rica", ele dissera, mais de uma vez, enquanto preparava alguma receita mirabolante no balcão da cozinha real. "Menos você. É a minha rica de estimação."

Ela balançou a cabeça, confusa.

No dia em que lhe oferecera aquela cesta, também estava indo para um encontro. Seria o mesmo cara com quem estava indo ao Firestarter? Com quantas pessoas Kenji estava saindo?

Amélia sentiu as têmporas doerem. O Firestarter era um lugar aonde Addie gostava de ir, e parecia desrespeitoso que Kenji estivesse frequentando o pub em segredo, sem dizer nada para ela. Não que ele precisasse de permissão, mas...

Amélia deu um tapinha na testa.

Estava sendo maluca.

Como Kenji falaria? "Oi, estou indo ao pub favorito da sua amiga morta. Quer ir também?"

— Desculpa — a voz de Roma invadiu seus pensamentos, quebrando a atmosfera silenciosa.

— O quê?

— Você disse que não podia ir no pub. — Ela mordeu o lábio, esfregando as palmas das mãos uma na outra, respirando mais fundo que o necessário. — Eu insisti e agora você tem um problemão para resolver.

Amélia deu de ombros, abrindo um sorrisinho. Ela estaria mentindo se dissesse que não achava o cuidado de Roma um pouco fofo.

— Já me meti em encrencas piores. As notícias da família real não chegam ao Brasil? — questionou, desconfiada. — Os jornalistas eram bem obcecados comigo um tempo atrás. Quer dizer, ainda são, mas teve uma época em que *tudo* que eu fazia acabava virando notícia. Como se tivesse um espião vigiando meus passos ou algo do tipo.

— Estamos ocupados com as nossas próprias celebridades. — Roma achou graça. — E, acredite, elas são muito mais polêmicas do que qualquer coisa que você possa fazer.

— Por exemplo?

— Ano passado tivemos o caso de um modelo que era padre.

Amélia quase engasgou.

— O quê? Padre?

— Ele trabalhava em um hospital, despachando os pacientes terminais — contou. — Mas uma dessas agentes que cuidam da vida de gente famosa acabou fazendo uma proposta para ele. Pelo que eu entendi, o cara precisava do dinheiro. Não sou muito de acompanhar as fofocas, mas a bomba estourou no começo do ano, quando ele mesmo resolveu contar tudo. Ninguém sabia sobre... o seu casamento com Jesus Cristo.

— Ele foi excomungado?

— Largou a batina antes de ser. Ele também estava namorando uma garota.

— Um padre namorando uma garota?

— E não uma garota qualquer. Uma *herdeira*. Tenho a impressão de que as pessoas abraçaram a história de amor proibido, porque ele é um modelo muito requisitado hoje em dia. Vai para a semana de moda de Paris e tudo. É bonitinho, não é?

Amélia franziu o cenho.

— Um padre largando a batina? É... sei lá.

Roma bufou.

— Um padre largando a batina por *amor*. Não foi você que disse que eu deveria romantizar mais a minha vida?

— Está romantizando a vida dos outros. — Amélia deu de ombros. — Mas, tá, digamos que seja fofinho. É um milagre essas histórias de amor proibido darem certo. Com o perdão da palavra "milagre".

— Está sendo amarga.

Amélia suspirou.

— Manter um relacionamento normal é complicado. Manter um relacionamento que você não deveria ter é mais ainda. Na maioria das vezes esses casais não ficam juntos, só assistem à pessoa amada ser feliz com outra pessoa. O que também é bonitinho, mas sou egoísta demais para ficar feliz pela felicidade do outro.

Roma riu.

— O que foi? — perguntou Amélia.

— Eu também. — A loira encolheu os ombros como uma criança travessa. — Acho que isso é coisa de filme. Sinto que a pessoa de que eu gosto deveria ser feliz comigo, não com outra pessoa. Se ela também gostar de mim, é claro. — Ela soltou o ar pela boca, sorrindo. — Não costumo falar em voz alta, porque as pessoas provavelmente pensariam que sou uma escrota, mas, sei lá. Isso parece... altruísmo além da conta para mim.

— Com certeza é altruísmo além da conta. — Amélia riu. — E eu adorei essa frase, mas você seria cancelada no Twitter se falasse algo assim, digamos, publicamente. Eu já consigo ver as threads chamando você de tóxica.

— Eu só quero um amor verdadeiro que seja tão tóxico quanto eu, é pedir muito? — Roma ironizou. — As pessoas são tóxicas. Era melhor que todo mundo aceitasse de uma vez.

— Você diz isso, mas parece... — Amélia começou, então fez uma pausa.

Roma viu seus dentes caminharem pelo lábio inferior, hesitante.

— O que você ia dizer?

— Nada de mais. Acho você muito angelical para ser tóxica. Sério, olha para você. É tipo um anjinho que às vezes tem mau humor. Um cupido, talvez. Deve ser um saco cuidar da vida amorosa dos outros, o que justificaria o estresse.

Roma abriu um sorriso, incrédula.

— Se eu sou um cupido, acho que perdi minhas flechas.

— Não está saindo com ninguém?

— Uma garota, mas... — respondeu, torcendo a boca. — É complicado. *Tóxico*, eu acho.

As duas soltaram uma risada quase ao mesmo tempo, o que fez com que rissem ainda mais. Caminharam mais um pouco, até que Amélia percebeu que estavam de volta ao Green Park. Irônico, considerando que tinha se encontrado pela primeira vez com Roma ali, como Holy.

O parque ficava lindo naquele horário, com as luzes alaranjadas iluminando as árvores e quem passava por baixo delas. Alguns metros perto das grades de entrada, um pequeno coreto tinha sido montado, atraindo a atenção de quem passava. Uma música antiga do Justin Bieber tocava ao fundo e os olhos de Amélia logo localizaram um simplório karaokê dentro da copa oval, um grupo de adolescentes entre catorze e quinze anos revezando o microfone.

Amélia voltou sua atenção para Roma.

— Não deu em nada, né?

— O quê?

— Sobre a Addie. — Ela suspirou. — Nossa busca, se é que estávamos fazendo uma.

— Você tinha razão. — Roma soltou o ar pela boca, frustrada. — Meu pai é quem está investigando, e não eu. Eu não deveria me meter. Ganhei a bolsa de estudos dela, tudo bem, e daí?

— Você foi a única pessoa que *quis* se meter. — Amélia levantou os olhos enquanto se aproximavam do coreto. — É muito difícil lidar com o caso de uma adolescente assassinada. Todo mundo acha mais simples fingir que nunca aconteceu. Que ela nunca existiu, entende? Mais agradável, eu acho. Se encontrarem o responsável, ótimo. Se não encontrarem, que pelo menos engavetem tudo e não falem mais nisso. Não querem justiça, querem que ela deixe de ser um problema.

— Vão encontrar o responsável uma hora ou outra.

— Não é essa a questão. — Amélia suspirou. — É sobre se importar, eu acho. Independentemente dos seus motivos, obrigada por se importar com a Addie.

Roma deu um sorriso meio triste.

Elas caminharam mais alguns metros e pararam em frente ao coreto, observando uma garota de cabelo preto cacheado cantarolar as estrofes de "Good 4 U".

— Vamos esquecer esse assunto por hoje — pediu Amélia. — Desde que Addie morreu, tenho sentido falta de ser eu mesma. Não lembro da última vez que passei vinte e quatro horas sem pensar em protocolos de segurança.

— Os armários não estão seguindo você esta noite — Roma provocou. — Não tem nada que faria você se sentir... mais com você mesma?

— Agora?

— Agora.

Amélia encarou o coreto. As luzes do parque deixavam seu cabelo ruivo mais próximo do laranja, como uma fogueira crepitante. Sem iluminação, seus cachos pareciam mais próximos do tom de um tapete de folhas secas.

— Subir naquele palquinho e cantar minha música favorita como se eu não fosse quase uma autoridade máxima do país.

— Então faça isso — disse Roma. Amélia a encarou com a cabeça tombada para o lado, como se estivesse duvidando do que ela tinha acabado de sugerir. A loira deu de ombros. — Só se vive uma vez.

Ela cruzou os braços e moveu a cabeça em negativa.

— Se você soubesse quantas pessoas fazem merda usando essa frase como desculpa...

— Eu sei. — Roma repetiu o gesto. — Mas dividir um karaokê com meia dúzia de adolescentes não parece uma merda tão grande assim.

Amélia mordeu o lábio. A menina em cima do coreto terminou sua apresentação e digitou uma sequência de números no notebook onde as letras das músicas eram passadas, sorrindo para os amigos. Eles trocavam um ou outro olhar na direção de Amélia, parecendo desconfiados sobre quem se tratava.

— Eu canto — disse, em tom de sugestão. — Se você cantar comigo.

— E quem falou que eu sei cantar?

— A graça dos karaokês é essa. — Amélia ergueu um dos ombros. — *Ninguém* sabe cantar.

Roma encarou o coreto.

— Não — disse. E riu, nervosa. — Eu passava mal antes de apresentar meus trabalhos na frente da escola quando tinha doze anos, não existe nenhuma chance de eu...

Amélia revirou os olhos, a falta de paciência para o desenrolar daquela conversa ficando clara. Seus dedos envolveram o pulso de Roma e a puxaram até as escadinhas do coreto, num gesto que a garota repreendeu com um suspiro mal-humorado.

— Não sei por que estou deixando uma princesinha chata me arrastar para cima e para baixo.

— Porque você me meteu em encrenca e agora está se sentindo culpada. — Amélia arqueou uma das sobrancelhas ruivas, a postura típica de sabe-tudo enquanto subia as escadas. Só largou o pulso de Roma quando já estavam em cima do palco e parecia tarde demais para que a loira fugisse. Amélia apoiou as duas mãos nas coxas e sorriu para a garota que tinha acabado de cantar, parecendo-se muito com uma daquelas princesas alegres dos parques da Disney. — A gente pode cantar?

— Você é a princesa Amélia?

Ela hesitou por um instante, a hipótese de responder com uma negativa correndo por seus olhos azuis.

— Sim.

— Meu pai sempre diz que príncipes e princesas são malditos colonizadores — comentou a garotinha, que parecia não entender a conotação negativa das palavras. Amélia não a culpava. Parecia ter cerca de doze anos, talvez menos que isso. Era jovem demais para entender contextos políticos. — Bem-vinda! Nunca tinha visto uma princesa ao vivo antes. E quem é ela? — Os olhos escuros caíram em Roma. — Outra princesa?

Roma deu um sorriso ladino e cruzou os braços, movimentando a cabeça em negativa. Amélia percebeu que ela achava a ideia absurda, como se não tivesse os pré-requisitos necessários para ser uma princesa, ou ser vista como uma.

Os olhos escuros da garota passaram da princesa para a loira.

— É namorada dela, então?

A postura descontraída de Roma desapareceu.

— Não — respondeu, a expressão beirando a seriedade. — De jeito nenhum. Fui obrigada a estar aqui. Pelos malditos colonizadores — alfinetou.

— Os malditos colonizadores vão fazer você cantar agora. — Amélia soltou o ar pelo nariz, esforçando-se para demonstrar o mínimo de irritação. — Posso escolher a música?

A garotinha sorriu, apontando para o notebook no canto do coreto. Colocou o microfone nas mãos de Amélia e desceu as escadas correndo, pronta para assistir ao espetáculo ao lado dos amigos.

— É sério — Roma tentou mais uma vez. — Não sei cantar.

Amélia não respondeu. Seus dedos passaram pelas teclas do notebook procurando por uma música específica. Ela bateu palmas para si mesma quando encontrou.

— Você está em Londres para viver novas experiências, não? — Amélia murmurou, o tom sugestivo. — Não precisa ser a mesma garota que era no Brasil. A garota que não conseguia apresentar trabalhos aos doze anos.

Roma revirou os olhos. Na luz do parque, sua pele pálida até parecia um pouco bronzeada.

— As pessoas têm dito muito isso ultimamente.

— Então você deveria escutar. — Amélia pegou um dos microfones sobressalentes e entregou para ela. — Vai. Se ficar nervosa, é só olhar para mim.

A contragosto, Roma aceitou.

— Não vai ser uma daquelas ceninhas fofas de karaokê de filme porque eu ainda não gosto de você.

— Então você já decidiu que seus sentimentos fortes são negativos? Bom saber. — Ela ligou o próprio microfone. — Mas não parece.

— Acho que sou uma pessoa difícil de ler. — Roma deu de ombros, movendo os lábios sem deixar que qualquer som saísse da boca.

— Está dizendo isso para parecer misteriosa. — Amélia fez o mesmo, tomando o devido cuidado com o microfone já ligado. — Mas não parece — repetiu, agora com um pouco mais de deboche. Ela apertou uma última tecla no notebook e se virou para a pequena plateia de crianças e adolescentes enquanto os primeiros acordes de uma música começavam a rodopiar pelo parque.

Com o canto dos olhos, Amélia observou as reações de Roma diante da música. Era antiga, da época em que ninguém compunha com estrofes curtas para que se encaixassem em vídeos do TikTok. Mais precisamente, era de 2008, quando Amélia tinha pouca idade e rodopiava pelos corredores do palácio dizendo que queria ser bonita como a Taylor Swift naquele clipe. Na época, a cantora também tinha o cabelo cacheado como o dela e havia sido uma referência importante em algum momento do qual ela não se lembrava com clareza.

Amélia esperou pelos quinze segundos de instrumental antes de a música de fato começar. As primeiras estrofes de "Love Story" apareceram na tela do notebook e Roma deu um sorrisinho mínimo, finalmente reconhecendo a música. Não era um dueto, mas nada impedia que as duas cantassem ao mesmo tempo. Amélia só não queria estar sozinha caso as coisas dessem errado, e, quando se era parte da família real, "dar errado" podia significar qualquer coisa. De uma unha quebrada até um ataque terrorista.

Ela esperou que Roma começasse a cantar, e, de forma tímida, a loira pegou o microfone e soltou algumas palavras, descompassadas e fora de ritmo, mas com um tom de voz agradável e melódico. Amélia a acompanhou, preenchendo as estrofes em que sua voz falhava e cantando mais devagar ou mais rápido dependendo do que Roma entregava. A princesa já tinha feito aulas de música no castelo. Poucas, mas o suficiente para perceber que suas vozes combinavam. Seriam uma boa dupla se Roma tivesse um pouco mais de prática, mas Amélia não estava pensando nisso. Não queria que a música ficasse boa. Ela queria *sentir*.

Sentir os acordes da canção que saía meio estranha por causa da pouca qualidade do computador. Sentir a brisa noturna e o cheiro de comida indiana que vinha de um restaurante ali por perto. Sentir sua garganta arranhando nos momentos em que cantava alto demais porque estava frio e sua voz era sensível. Sentir o olhar das pessoas que passeavam pelo parque se perder pelas árvores e depois parar nela. Acima de tudo, sentir vontade de beijar a garota à sua frente e sentir obrigação de afastar o desejo, porque essa era uma coisa que só poderia fazer quando estivesse protegida pelo disfarce de Holy.

— *So I sneak out to the garden to see you.* — Amélia encarou Roma por um instante enquanto a frase saía de seus lábios e ecoava pelo parque. — *We keep quiet 'cause we're dead if they knew.*

Enquanto a música passava de uma estrofe para a outra, ela se perguntava como seria se Roma soubesse que a garota que lhe havia prometido um ano inesquecível em Londres estava ali, cantando com ela. Que era uma farsante, mas uma farsante com boas intenções. Seria inesquecível, de fato. Um *trauma* inesquecível.

— *So close your eyes* — Roma murmurou, sua voz um tanto mais afinada que antes. Ela usou o canto dos olhos para ver a plateia que crescia, mas Amélia não permitiu que o nervosismo crescesse em seus olhos. Apoiou uma das mãos em seu rosto e fez com que continuasse olhando para ela. — *Escape this town for a little while.*

De repente, elas não estavam mais cantando sozinhas. Uma pequena multidão se aglomerava na frente do coreto, cantarolando a letra da música junto com elas. Alguns sabiam mais, outros menos, mas, diante do coro embolado de vozes, Amélia percebeu que estava no centro das atenções mais uma vez.

Diferentemente do usual, ela se recusou a sentir medo. Medo, vergonha, aquela vontade doida de sair correndo quando seu estômago congelava. Ela queria estar ali. Não estava fazendo nada de errado.

Palmas vibraram pelo parque quando a música chegou ao fim. Agora havia tantas pessoas que Amélia nem sequer conseguiu localizar na plateia a garotinha que cantara antes dela. Ela sorriu para Roma, verdadeiramente agradecida.

— Obrigada — disse, dando um passo para a frente. — De novo.

Roma passou os olhos pela plateia. Amélia não precisava pegar suas mãos para saber que estavam geladas, mesmo assim ela manteve a postura.

— Pelo quê?

— Por deixar uma princesinha chata arrastar você para cima e para baixo.

— Ah. — Riu, agora mais descontraída. Seus olhos violeta encontraram os de Amélia, não pela primeira vez naquela noite, e eles pareciam se dar muito bem juntos, como uma galáxia em construção. — Sempre que precisar, Alteza.

— Amélia — ela retrucou, tocando naquele assunto não pela primeira vez. — Pra você, é só Amélia.

# CAPÍTULO 17

## NA MINHA OPINIÃO, BARBIE EM *A PRINCESA E A PLEBEIA* SEMPRE FOI UM FILME SÁFICO.

### Roma

— Bom dia, loira misteriosa.

Roma levantou a cabeça aos poucos. As luzes brancas da sala de aula incomodaram seus olhos, pequenos pontos cintilantes agredindo as pupilas. Faltavam vinte minutos para as aulas começarem e ela não sabia bem por que tinha saído do dormitório tão cedo. Talvez estivesse tentando evitar as perguntas de Chinara sobre seu último encontro, porque parecia humilhante dizer que Holy não queria nada sério. Era coisa da sua cabeça, Roma sabia, o desejo iminente de ser alguém *apaixonável*. Não queria namorar Holy, mas queria que Holy pelo menos quisesse namorá-la.

Porque Holy era diferente. Conquistá-la parecia um prêmio de primeiro lugar, daqueles que até podem ser pintados de dourado, mas não são ouro de verdade e acabam perdendo o brilho com o passar do tempo.

— Bom dia, senhor Brown. — Roma sorriu ao localizar o professor se ajeitando na mesa, alinhando suas canetas milimetricamente ao lado do copinho de café. Ela demorou alguns segundos para entender do que ele tinha a chamado. — De onde tirou isso?

O professor cerrou os olhos.

— Acordou cedo e não leu as notícias?

Roma deu um soco na própria testa. Estava tentando evitar *aquilo* também. Sua busca por pistas sobre Addie havia sido um fracasso, e, como se isso não fosse suficiente, ela tinha esquecido um mísero detalhe: um fracasso ao lado de uma princesa logo se torna uma notícia.

George não esperou pela resposta de Roma:

— Acredito que vocês tenham se aproximado por causa do trabalho que estão fazendo juntas — ele comentou, orgulhoso. Era uma conversa meio desconfortável, porque não existe um jeito bom de ver um professor falando sobre sua vida pessoal. — Fico feliz de ter alguma parte nisso. A princesa Amélia parecia sempre amuada nos últimos tempos, algo como… uma depressão sazonal? Acho que todos estávamos um pouco entorpecidos com a morte da Addie. Até pensei em falar com a família dela, mas — deu um sorriso triste — a mãe morreu e ninguém sabe o paradeiro do pai.

Roma fez uma careta.

— O pai dela não é um príncipe ou coisa assim?

— É o herdeiro do trono, teoricamente. — George juntou as duas mãos na frente do corpo, numa mania que Roma já tinha visto em muitos professores antes. — Mas ele... bom, desapareceu, acho que podemos falar assim, há uns dez anos. Não aguentou a pressão. Se a rainha morrer — e sua forma de falar era indelicada, em se tratando de uma senhora. Idosos batem as botas o tempo todo —, ele precisa ser dado como morto antes que Amélia possa assumir. — George abriu sua maleta cheia de pequenas pastas em cima da mesa, os olhos vasculhando o interior da bolsa como se procurasse por tudo e nada ao mesmo tempo. De onde estava, Roma conseguiu ver um pequeno broche em formato de fogo brilhar no fundo de um compartimento de couro. Igual ao broche que tinha visto com Teddy na noite anterior. — Aqui está. — Ele sorriu, empurrando seu iPad na direção dela. — As notícias do dia.

Roma deu um meio sorriso. Esticou um pouco o pescoço, tentando conferir se o broche era mesmo o que ela estava pensando, mas os dedos grossos de George logo tamparam sua visão. Ele tirou um livro de dentro da maleta, apoiando-a no chão em seguida. Roma suspirou, frustrada, e voltou seus olhos para o iPad.

*A princesa e a plebeia?*
*A princesa Amélia Mountbatten Wales não pareceu se afetar pela onda de impopularidade pela qual a família real passa nos últimos meses. Semanas depois do assassinato de uma adolescente a algumas ruas de Buckingham, a princesa foi vista ontem próxima ao Firestarter, pub conhecido por ser palco de grandes escândalos da elite de Londres. Apesar de não ter autorização legal para entrar em um estabelecimento para maiores, esse não foi o ponto alto da noite da princesa: ela também fez uma aparição no Green Park, onde cantou em um karaokê de rua ao lado de uma loira misteriosa.*
*Segundo informações de um insider, a garota seria uma colega de sala de Amélia, estudante do colégio Charterhouse. Ainda não temos confirmação de nada, mas a química nas fotos que recebemos é inegável.*

— Que... — "ridículo", "idiota" e "imbecil" eram as palavras que estavam na ponta da língua de Roma — *infame* — ela murmurou, julgando o termo mais adequado para uma conversa com um professor. — Eu e a Amélia somos colegas, no máximo.

George deu de ombros, um sorrisinho presunçoso nos lábios.

— A vida amorosa dos meus alunos não é da minha conta.

Roma soltou o ar pela boca.

— Não, é sério. Eu não ficaria com ela nem se estivéssemos em um daqueles filmes com ambientação pós-apocalíptica onde duas pessoas são as últimas sobreviventes do mundo e precisam repopular o planeta Terra. Sinto que vou ter um colapso nervoso só de ver as pessoas imaginando que estamos apaixonadas uma pela outra.

— Espero que o seu colapso seja fatal — a voz de Amélia preencheu a sala. Roma afundou o corpo na cadeira, percebendo que sua boca grande, mais uma vez, tinha piorado as coisas. — Me desculpe, senhor Brown. — Ela sorriu para o professor. — Tem sido uma semana difícil.

— Eu soube. — George deixou uma risada simpática escapar. Se Roma não estivesse em uma sala de aula, diria que eram íntimos. O professor Brown tinha uma capacidade inexplicável de se enturmar com os alunos, como se fizessem parte de um mesmo grupo. — Mas, se serve de consolo, você tem uma voz linda.

Roma teve a impressão de que ele elogiaria outras coisas além da voz se não tivesse medo de perder o emprego. Ou de levar um soco dos três seguranças parados na porta. Bastara uma manchete para que eles se multiplicassem.

Roma cerrou os olhos. Ela sentiu seus lábios tremerem e demorou alguns segundos para perceber que não eram três, mas dois. O terceiro estava do *outro lado*. Era aquela presença enorme e sem rosto que tinha visto no refeitório dias antes. Naquela ocasião, não tinha conseguido discernir quem a figura fantasmagórica acompanhava, mas agora era claro que se tratava de Amélia.

Ela não parecia notar sua presença. Tranquilamente, tirou seu caderno da bolsa, as unhas pintadas de nude combinando com os tons pastel dos espirais. Ela era a harmonia. A calmaria, a perfeição. Era entediante, na verdade, e Roma nem estaria olhando em sua direção se não fosse… Bem, sua beleza em primeiro lugar. O monstro atrás dela em segundo.

Roma mordeu o lábio. A figura não parecia interessada em fazer mal, mas estava ali parada, ao lado dos seguranças, como se pudesse ter sido contratada para fazer o mesmo serviço que eles. Não era um encosto. Era uma presença mais forte que isso.

E se…

Roma balançou a cabeça em negativa, esforçando-se para afastar o pensamento. Quis visitar a loja de quinquilharias místicas perto do apartamento do pai de novo, e fazer perguntas sobre Amélia dessa vez. Quais eram as chances daquele espírito estar ali porque a princesa estava *morrendo*?

Roma olhou para ela mais uma vez. Parecia perfeitamente saudável: sem olheiras, bochechas rosadas, magra mas não desnutrida.

Sem muitas alternativas, escolheu apelidar aquele fantasma como Slenderman até que soubesse, de fato, o que ele era.

Seu celular vibrou na mesa.

> **Amélia (07:42) diz**: Se não parar de me encarar, vou acabar pensando que esse papo de "eu não ficaria com ela nem se fosse para repopular o planeta Terra" é uma mentira deslavada.

Roma fez uma careta.

> **Roma (07:43) diz**: Como tem meu número?

Amélia jogou o cabelo para trás, como as vilãs dos filmes da Disney dos anos 2000 fariam.

> **Amélia (07:43) diz**: Sou a princesa da Inglaterra. Tenho o número de quem eu quiser.

Roma revirou os olhos.

> **Roma (07:44) diz**: Está puta da vida porque eu disse que não ficaria com você?

Do outro lado da sala, Amélia riu antes de digitar.

> **Amélia (07:44) diz**: Não estou puta da vida. E esse é um termo bem mal--educado, se quer saber minha opinião.

E jogou o celular dentro da mochila, dando a conversa por encerrada. Roma mordeu a parte interna das bochechas, subitamente irritada. Olhou para Slenderman, olhou para Amélia e decidiu que, se ela estivesse... *partindo*, nem seria tão ruim assim.

*Deixa de ser escrota*, Roma pensou, levantando-se da carteira. Seus lábios se moveram para dizer que estava indo beber água, mas a aula não tinha começado oficialmente e o professor Brown parecia muito interessado no próprio trabalho para querer qualquer justificativa da parte dela.

Receosa, Roma passou ao lado da figura sem rosto. A pele luminosa se tornava mais translúcida quando estava perto, como um tecido de renda. Ela pensou em pegar um lápis da mesa de Amélia e atirar contra ele só para ver o que aconteceria, mas temeu estar provocando um vespeiro.

Slenderman não reconhecia a presença dela. Era um fantasma sendo um fantasma, alheio ao fato de que Roma podia vê-lo. Em momentos como aquele, ela se sentia uma intrusa. Estranha demais para o mundo dos vivos, normal demais para o mundo dos mortos.

Uma sensação de alívio preencheu o peito de Roma quando ela saiu da sala, desembocando nos corredores antigos de Charterhouse. A temperatura parecia ter aumentado dois ou três graus, o ambiente se tornando mais ameno à medida que se afastava da classe e da *coisa*. Ela pensou em seguir caminho até os bebedouros, mas acabou tomando a direção contrária, indo direto para os campos de lacrosse, onde o time feminino do segundo ano treinava jogadas por conta própria.

O tempo estava feio. Nuvens cinzentas se acumulavam no céu e, como na maioria dos dias em Londres, parecia prestes a chover. De onde estava, ela viu uma garota de cabelo loiro e olhos grandes sentada no banco, um casaco de moletom apoiado em seu colo enquanto lágrimas gordas escorriam pelo rosto. Roma tinha a visto na noite anterior, nos arredores do Firestarter.

A capitã do time de lacrosse ameaçou se aproximar. Com uma expressão de poucos amigos e certa má vontade, a garota no banco rolou a garrafinha de água mais próxima pelo chão de terra, dando um meio sorriso quando a capitã a segurou, virando-se e voltando para o jogo. Por mais que Roma quisesse ser prestativa e perguntar se precisava de alguma coisa, era evidente que ela queria ficar sozinha.

Não que a ideia de ficar sozinha em um campo cheio de gente fosse boa, para começo de conversa.

— E aí, loira misteriosa?

Roma bufou. Respirou fundo antes de se virar na direção da voz que a chamava, encontrando um Jay bem-humorado.

— Loira misteriosa. — Ela mordeu o lábio, o tom irritado de protesto. — Todo mundo sabe disso? Que inferno.

Um sorriso divertido pintou os lábios de Jay.

— Você saiu com a princesa da Inglaterra, hein? Somos obcecados com a família real, é claro que todo mundo sabe. Ela não é frígida, no final das contas?

— Primeiro, eu acho que ela é hétero. Ela tem energia de gente hétero, sei lá. Segundo, isso tudo foi um mal-entendido. Eu a chamei para sair...

Jay arqueou as sobrancelhas grossas. Naquela manhã, usava um boné com as costas para a frente, marcando a testa e escondendo seu cabelo escuro. Os olhos verdes estavam alertas.

— Chamou a princesa para sair e não contou para mim e para a Chi?

— Eu não a chamei para sair tipo *chamei para sair* — Roma tentou explicar e Jay riu da sua confusão. — Eu... — Roma tocou a própria nuca com os dedos. Não sabia se era uma boa ideia entrar naquele assunto com Jay, mas sentia que era uma boa oportunidade para desabafar. — Queria saber mais sobre a Addie. Fui numa biblioteca aqui da rua e o cara que trabalha lá...

— Paul.

— Isso! Paul. Espera, como você sabe que ele se chama...

— Ele era meio obcecado pela Addie. — Jay deu um risinho nervoso. — Todo mundo era, *um pouco*. Mas admito que, quando soube do assassinato, pensei que... Sabe? Eu não quero acusar ninguém, é só que... ele é um tipo estranho.

Roma pressionou os lábios superiores contra os inferiores e concordou.

— Ele me disse que a Addie costumava ir num pub de elite, então convenci Amélia a me levar até lá. Foi uma merda, não descobri nada, saímos correndo porque ninguém podia vê-la num ambiente para maiores... Saímos andando e acabamos no Green Park.

— E cantaram "Love Story" no karaokê na frente de uma multidão?

— Isso.

— É, parece o tipo de coisa que um casal não faria.

— Cara... — Roma balançou a cabeça em negativa, certa de que o que estava prestes a dizer era ridículo. — Eu sei que a gente parecia um casalzinho apaixonado naquelas fotos, mas foi uma coincidência infeliz. Ela não queria cantar sozinha, então eu cantei com ela, por livre e espontânea pressão. Não estávamos tentando recriar *High School Musical* nem nada do tipo.

— Ela olha para você como olhava pra Addie.

Roma apontou para ele.

— E a Addie acabou morta, então é melhor eu tomar cuidado.

Jay deixou uma risada escapar.

— Você é péssima.

— Só estou interessada em outra pessoa.

— Ah, sim. A famosa Holy, que aparece no seu quarto de noite e leva você para piqueniques noturnos.

— A Chinara te contou?

Jay deu de ombros, divertido.

Roma deu um sorrisinho.

— É meio ridículo. Não sei nada sobre ela. Só sinto que é o tipo de pessoa que poderia ser o amor da minha vida ou partir meu coração em pedaços tão pequenos que eu nunca mais seria capaz de me apaixonar de novo.

— Você é dramática. — Jay bebeu um gole da garrafa que passava de uma mão para a outra. — Amo isso, todos os brasileiros são assim?

— Só os adolescentes em pico hormonal — zombou. — Eu não tenho nem o telefone dela.

— Já pensou que... — Ele desviou o olhar por um instante. — Ela pode ter outra pessoa? Um namorado, uma namorada. Isso explica o mistério.

— Ela não parece ser do tipo que trai.

— Você acabou de dizer que não sabe nada sobre ela.

— E não sei. — Roma suspirou. — Mas se ela fosse uma traidora eu saberia.

Jay cerrou os olhos.

— Essa afirmação não faz sentido. Deve ser coisa de gente apaixonada.

— Apaixonada não. — Ela sentiu necessidade de corrigir. — *Emocionada*. Desesperada para sentir coisas, para ser mais exata. É como em *Um dia de chuva em Nova York*: estar em Nova York não é suficiente. Você até pode conhecer os lugares, mas são os sentimentos que fazem ser memorável. — Roma deu de ombros, demonstrando segurança em sua ideia. — De qualquer forma, eu cresci lendo fanfics sobre garotas que viajavam até Londres e encontravam o grande amor da vida delas. É claro que, nesses casos, elas se apaixonavam pelos caras do One Direction, mas estou no meu direito de querer viver alguma coisa. Por via das dúvidas, quando tiver um filho, não deixe que ele cresça lendo fanfics. O sistema emocional dele vai acabar defasado como o meu.

— Se quer minha opinião — Jay mordeu o lábio, e Roma percebeu que era uma coisa que ele costumava fazer quando estava prestes a soltar uma fala absurda —, você e a Amélia parecem um casalzinho de fanfic. Estariam na tag de *enemies to lovers*, mas os leitores reclamariam porque sua implicância com a Amélia é infundada.

— Historicamente falando, tenho todos os motivos do mundo para não gostar dela.

— E se ela não fosse uma princesa?

— Mas ela é. — Roma revirou os olhos, fazendo parecer óbvio. — Eu gosto de trabalhar com fatos, não com possibilidades. De qualquer forma, não é como se eu a odiasse. Ela é tipo... um pato.

— Um pato?

— Você nunca vai conhecer alguém que odeia patos, mas eles são meio irritantes.

— Se ela te ouvisse dizendo isso, acho que você seria deportada.

— Ah, relaxa, estou trabalhando nisso. — Um apito barulhento anunciou o fim da partida de lacrosse. A garota loira no banco de reservas não estava mais ali. — Amélia me pegou dizendo pro professor Brown que eu nunca na vida ficaria com ela, então acho que a deportação está mais perto do que nunca. Mas a família real não me assusta. — Roma ergueu um dos ombros, despreocupada. — Se meu pai souber que eu estava fuçando no caso de Addie Jones, a coisa vai ficar bem feia.

E, como se Declan fosse um fantasma pairando entre eles, o celular de Roma tocou. Ela ergueu o aparelho na direção de Jay, mostrando o contato salvo como "Pai" brilhar na tela.

— Está escrito "pai" em português.

Jay deu um sorriso complacente.

— Ele deve ter acabado de ver o jornal.

Roma não atendeu. Permitiu que o celular tocasse repetidas vezes, a voz melódica de uma banda de pop-rock deixando de ser agradável e, aos poucos, se tornando um suplício. Declan mandou uma mensagem, assim como ela imaginou que faria.

> **Declan (08:23) diz:** Quero que venha me ver o quanto antes, mocinha.

Roma suspirou.

— Parece que o detetive-chefe da Scotland Yard está de olho em mim.

— De loira misteriosa para loira procurada. — Jay achou graça. — Sua estadia em Londres não poderia ser mais emocionante.

## CAPÍTULO 18

### Oiiiiiii (na intenção de arruinar seus planos, bagunçar sua vida e virar a ex maluca de quem você fala mal pros amigos).

*Amélia*

O cheiro de chocolate e canela atingiu as narinas de Amélia assim que ela abriu as portas do flat. Estava se sentindo preguiçosa naquela manhã, o que explicava por que não tinha se dado ao trabalho de fazer uma maquiagem decente. Dispensou os seguranças com a desculpa de uma dor de garganta insuportável e escondeu pilhas de roupa embaixo das colchas, para parecer que estava dormindo. Depois, enfiou a peruca escura de Holy na cabeça e saiu pelos fundos do palácio, a escada de sempre servindo como sua fiel escudeira.

Sabia que tinha sido vista por um funcionário ou dois, mas a rainha Olívia estava mais estressada que nunca e Amélia duvidava que algum subordinado fosse enfrentá-la apenas para delatar uma princesa. Além disso, a noite anterior tinha dado assunto o bastante para os fofoqueiros do palácio se ocuparem. Não precisavam de um novo burburinho.

Amélia trancou a porta e foi direto para a cozinha minúscula do flat, ciente da única pessoa que poderia encontrar ali. Benjamin estava em frente à bancada, as mãos sujas de massa de biscoito, adicionando confeitos coloridos à mistura. Vestia uma blusa do System of a Down que Amélia não o via usar fazia anos. Se estivesse certa, ele tinha deixado de usar aquele tipo de roupa por influência da rainha Olívia, que, até dois anos antes, estava convencida de que bandas de metal eram responsáveis por tudo de ruim que acontecia no mundo.

Amélia sentou-se à mesa. Ficou alguns instantes em silêncio, então perguntou:

— Cookies?

— Cookies — respondeu ele, dando um sorriso ameno. — Peguei a receita com o Kenji, mas não deve ser grande coisa.

— Você falou com o Kenji?

— Minha forma de me desculpar pelo nosso... *desencontro* no pub. — Franziu o cenho. Parecia arrependido. — Eu sei, surpreendente.

Amélia fez que sim.

— E ele pareceu, tipo, normal?

— Dentro do possível.

— Ele estava no Firestarter — Amélia murmurou. — Foi por isso que eu entrei no pub.

Benjamin cerrou os olhos. Parou de mexer na massa por um instante.

— Um cozinheiro...

— Chef — corrigiu.

— Um chef de cozinha no Firestarter. — Benjamin voltou a mexer a massa com as mãos. — É surpreendente, de fato. Já sabe o que ele foi fazer lá?

Amélia subiu os ombros, então deixou que despencassem.

— Um encontro, eu acho. É estranho que ele tenha encontros num dos lugares favoritos da Addie ou eu estou sendo exagerada?

Benjamin mordeu o lábio.

— A Addie não comprou o lugar, então...

— Mas ele não tem contatos. Não é o tipo de pessoa que entraria lá sem um convite.

O rapaz deu uma risadinha cruel.

— Agora *você* está sendo escrota.

— Realista. — Amélia bufou. — Tá, eu reconheço que estou exagerando. — Ela se levantou, roubando um pedaço de massa direto da tigela de Benjamin. Não era tão gostosa quanto as coisas que Kenji fazia, mas ele tinha se esforçado. — É só que... Parece que tem séculos que a Addie morreu. E ninguém sabe o que houve. É frustrante ficar no escuro. Às vezes eu só quero culpar qualquer pessoa e seguir em frente.

Benjamin assentiu.

— Sua avó está pressionando os caras — garantiu. — Sei que parece conversa-fiada, mas ninguém no mundo está mais interessado em descobrir o que aconteceu do que ela. E não por causa de você, mas porque ela não aguenta mais as indiretas passivo-agressivas dos jornais dizendo que Londres não é mais uma cidade segura.

— O palácio de Buckingham deveria ser o lugar mais seguro do país — disse Amélia. — Se alguém morreu nas proximidades dele, significa que os jornais não estão errados.

— A algumas ruas de distância dele — corrigiu.

Amélia pegou mais massa de biscoito. Seus olhos caíram no forno, onde os cookies jaziam prontos. Não quis pegar um. Desde criança, preferia comer coisas cruas. Ela esperava que isso não fosse sinal de algum transtorno alimentar.

A princesa mudou de assunto:

— Olívia disse alguma coisa sobre...

Benjamin foi mais rápido que ela:

— Você e Roma?

— É.

— Como eu posso dizer...? — Ele tirou um pouco de massa da tigela e fez bolinhas achatadas. — Ela passou a manhã inteira conversando com os gestores de crise. Aquela história de casamento arranjado acabou reacendendo.

Amélia revirou os olhos.

— Eu sabia. Um deslize e as pessoas querem te enforcar com uma aliança no dedo.

— Não acho que ela vá levar isso adiante — tranquilizou. — Talvez arranje para você um namorado falso, no máximo. Mas, de verdade, você escolheu a pior hora para se envolver em um escândalo. Essa história toda da violência e agora os boatos de uma princesa lésbica... É tudo de que a gente não precisava.

— Eu só estava cantando.

— Agiu fora do decoro — Benjamin pontuou. — E se envolveu em atividades comuns com uma garota do povo.

Amélia soltou o ar pela boca, irritada.

— Se soubesse que iam fazer esse show todo, eu a teria beijado em praça pública e queimado a bandeira do país em seguida.

Benjamin segurou uma risada;

— Você sabe como essas coisas são, Amélia. Você sempre soube. Foi por isso que nós criamos a Holy, lembra? — Ele ergueu uma das mãos, apontando as paredes do apartamento. — É por isso que nós temos esse flat. Essa é a nossa liberdade.

Amélia balançou a cabeça em negativa. De repente, o cheiro de chocolate deixou de ser agradável.

— E se criar a Holy tiver sido um erro? — Ela enrolou uma mecha da peruca preta nos dedos, dando pequenas voltas pela cozinha. — Uma mentira nunca foi capaz de me fazer livre. Só me fez mais solitária.

Benjamin hesitou. Ele buscou todo o ar que podia, então suspirou. Seu olhar era triste, chateado, quando disse:

— Você deveria parar de ver essa garota.

Amélia negou.

— Ela é só uma diversão. Como todas as outras que vieram antes. Uma obsessão descartável.

— Ela faz você pensar que é uma garota normal. — Benjamin terminou de enrolar os biscoitos, sentando-se na única cadeira próxima da mesa. — A Holy era um meio de te dar as experiências de uma jovem qualquer e deu certo. Nós fizemos isso e agora você tem tudo. Propriedades, viagens, dinheiro, festas... uma vida dupla. Por que você está sempre insatisfeita? O que mais você quer?

Amélia respirou fundo. Colocando daquela forma, ela não parecia menos do que ingrata.

— Quero o direito de ser eu mesma.

O semblante de Benjamin parecia uma interrogação. Ele se levantou da cadeira e se aproximou de Amélia, tirando sua peruca com cuidado.

— Você é uma princesa. — Ele balançou a peruca nas mãos. — E *isso* não faz parte das condutas reais.

Amélia pegou a peruca de volta. Seu gesto foi ríspido e ela quase sentia o próprio sangue borbulhar. A pior parte daquela conversa era saber que o ponto de vista de Benjamin não era errado. Cada uma das suas palavras estava coberta de razão.

— Se quer meu conselho — ele começou, hesitante —, você deveria contar a verdade pra Roma. Colocar um ponto-final no rolo de vocês duas. Não era pra ser.

— Eu conto pra ela e ela conta pra todo mundo. Brilhante solução.

Benjamin não estava convencido.

— E quem acreditaria? É uma história absurda. Se ela não tiver provas...

Amélia deixou uma risada escapar enquanto balançava a cabeça em negativa.

— De jeito nenhum — disse, impassível. — Não vou partir o coração da Roma.

— Você parece preocupada demais com os sentimentos da sua obsessão descartável.

— Não é disso que se trata. — Amélia sabia que estava se contradizendo. — Prometi um ano incrível e é isso que eu vou dar. Daqui a alguns meses ela volta pro Brasil e segue a vida sem nunca saber que eu menti descaradamente.

— Se ela ficar sabendo por outra pessoa...

— Você e o Kenji são os únicos que sabem. — Amélia colocou a peruca de volta na cabeça. — Como ela ficaria sabendo por outra pessoa? — questionou, incisiva.

— Amélia — ele passou os dedos pelos cachos escuros do cabelo, cansado —, sou seu melhor amigo há anos. Não aja como se eu estivesse contra você. — Ben a encarou. — Eu *nunca* estaria contra você.

— Quero ficar sozinha — retrucou ela. — Seu tempo no flat acabou.

Benjamin respirou fundo. Amélia teve a impressão de ver seus olhos azuis revirando, mas não quis intensificar o clima desagradável entre eles. Não disse nada. Cruzou os braços e observou enquanto o conde se movia para fora, sem paciência para discutir.

— Sua festa de aniversário é daqui a duas semanas. Os convites chegaram no palácio ontem à tarde. — De imediato, Amélia fez uma careta, porque não se lembrava de ter aprovado nenhum convite. — Sua avó fez uma lista de convidados... *desejáveis*. Entregue para as pessoas certas e não vamos ter problemas. Temos uma reunião com a Coroa na sexta.

— Eu soube que Charterhouse está organizando um dia de caridade — Amélia comentou. Benjamin já estava na sala, mas ela ouviu seus passos pararem para acompanhar o que a princesa tinha a dizer. — Talvez seja legal que eu participe. Vender sorvete para arrecadar dinheiro para os pobres. — Deu de ombros, como se ele pudesse ver. — Ajuda a limpar a imagem.

— É um evento perto de uma praça pública. Nossos seguranças intimidariam as pessoas — vetou. — Precisa que cubra você no palácio?

— Não deixem entrar no meu quarto — pediu. — Dispensei os seguranças com a desculpa de que estou doente e o resto você sabe. Travesseiros e colchas.

Benjamin riu.

— Clássico.

O som da porta se fechando encerrou a conversa. Amélia ficou um tempo encarando as bolotas de biscoito em cima do tabuleiro, sem coragem de colocá-las dentro do forno quente. Por fim, saiu da cozinha, tirando o celular do bolso da calça. Ela não queria ter que voltar ao palácio e lidar com a ideia de que havia fotos suas estampando todos os principais jornais do país, então se limitou a jogar o corpo no sofá da sala.

E a tomar mais uma decisão estúpida.

Amélia entrou na área do aluno do site de Charterhouse e procurou pelo nome de Roma na lista de chamada. *Roma Borges Wallen*, sendo mais exata. A maior parte da sua ficha era bloqueada para não funcionários, mas ela conseguiu encontrar o que buscava: um endereço de e-mail.

Amélia copiou o e-mail de Roma e deslizou a tela do telefone para abrir um novo aplicativo. Criou uma conta nova: *itsholyholy@gmail.com*. Colocou uma imagem de Marceline no perfil e deu um sorriso. Parecia minimamente convincente. Tinha personalidade, pelo menos.

Afundou o corpo no sofá e escreveu uma mensagem.

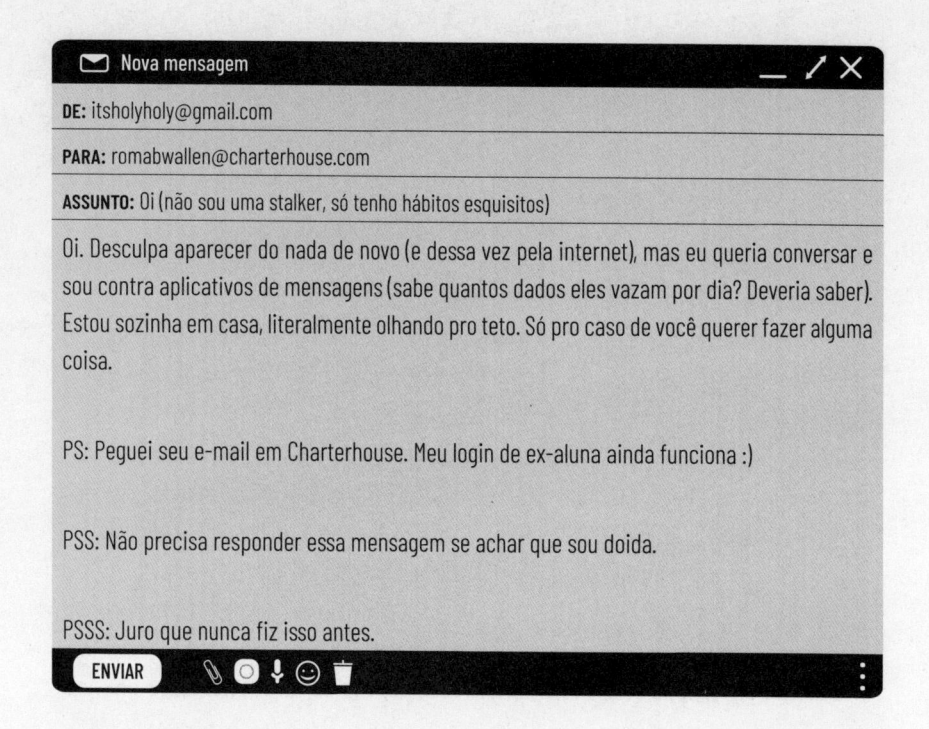

> **✉ Nova mensagem**
>
> **DE:** itsholyholy@gmail.com
>
> **PARA:** romabwallen@charterhouse.com
>
> **ASSUNTO:** Oi (não sou uma stalker, só tenho hábitos esquisitos)
>
> Oi. Desculpa aparecer do nada de novo (e dessa vez pela internet), mas eu queria conversar e sou contra aplicativos de mensagens (sabe quantos dados eles vazam por dia? Deveria saber). Estou sozinha em casa, literalmente olhando pro teto. Só pro caso de você querer fazer alguma coisa.
>
> PS: Peguei seu e-mail em Charterhouse. Meu login de ex-aluna ainda funciona :)
>
> PSS: Não precisa responder essa mensagem se achar que sou doida.
>
> PSSS: Juro que nunca fiz isso antes.
>
> **ENVIAR**

Amélia mordeu o lábio antes de enviar. Com o rascunho do e-mail aberto, ela caminhou até o banheiro e conferiu se seu nécessaire de maquiagem de emergência ainda estava ali. Caso Roma dissesse sim, ainda tinha tempo de se maquiar e esconder qualquer coisa que a incriminasse.

Amélia apertou o botão, deixou que a internet fizesse seu trabalho. Voltou para a cozinha e comeu mais alguns pedaços soltos de massa de biscoito, sentindo as partículas de açúcar grudarem nos dentes. Aquele era o lado ruim dos e-mails: é socialmente aceito que as pessoas demorem *muito* para responder. Talvez Roma nem usasse aquele endereço.

Amélia largou o celular. Considerou baixar algum aplicativo de relacionamento e fazer um perfil descartável para Holy, mas parecia arriscado demais envolver mais uma pessoa naquela bagunça. Além disso, naquela tarde, ela precisava de um pouco mais que sexo.

O celular tremeu na bancada. Amélia se sentiu vitoriosa quando viu o logo do aplicativo de e-mails brilhar na tela. Desbloqueou em segundos:

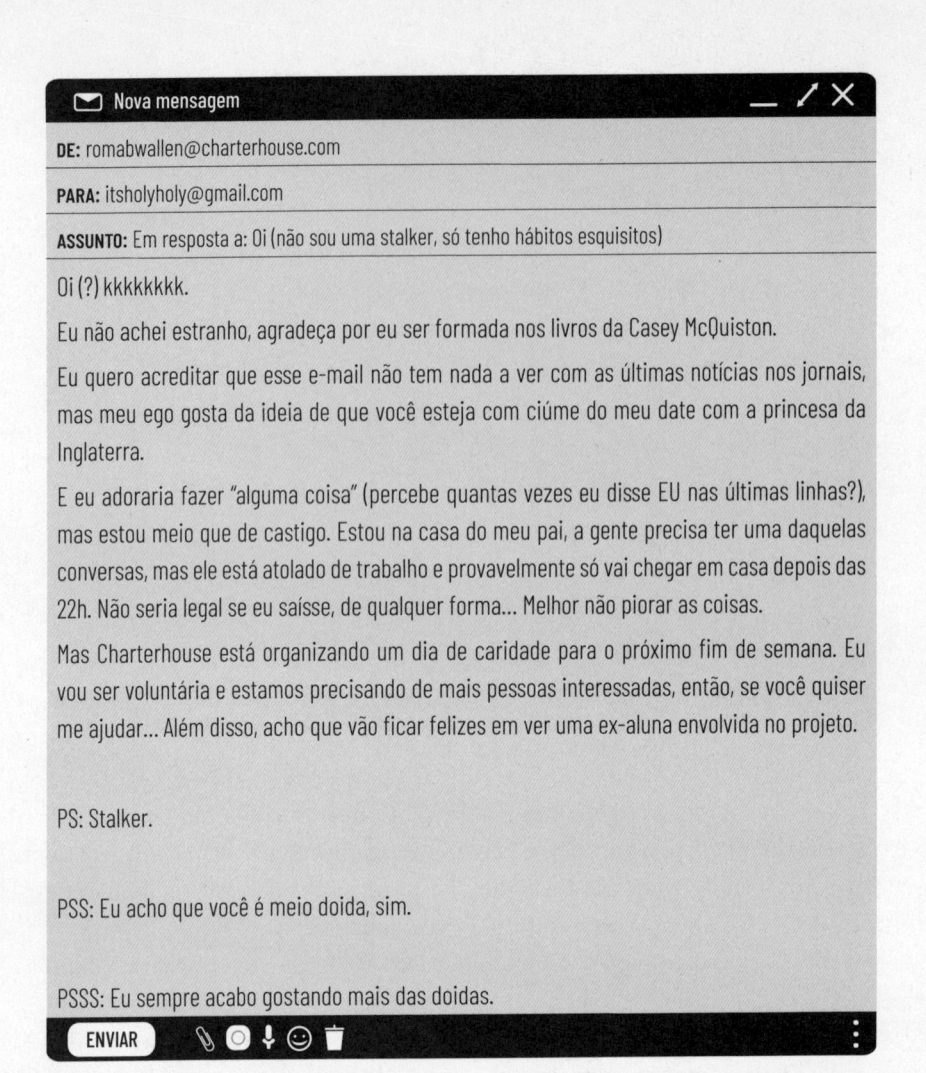

> **Nova mensagem**
>
> **DE:** romabwallen@charterhouse.com
>
> **PARA:** itsholyholy@gmail.com
>
> **ASSUNTO:** Em resposta a: Oi (não sou uma stalker, só tenho hábitos esquisitos)
>
> Oi (?) kkkkkkkk.
>
> Eu não achei estranho, agradeça por eu ser formada nos livros da Casey McQuiston.
>
> Eu quero acreditar que esse e-mail não tem nada a ver com as últimas notícias nos jornais, mas meu ego gosta da ideia de que você esteja com ciúme do meu date com a princesa da Inglaterra.
>
> E eu adoraria fazer "alguma coisa" (percebe quantas vezes eu disse EU nas últimas linhas?), mas estou meio que de castigo. Estou na casa do meu pai, a gente precisa ter uma daquelas conversas, mas ele está atolado de trabalho e provavelmente só vai chegar em casa depois das 22h. Não seria legal se eu saísse, de qualquer forma... Melhor não piorar as coisas.
>
> Mas Charterhouse está organizando um dia de caridade para o próximo fim de semana. Eu vou ser voluntária e estamos precisando de mais pessoas interessadas, então, se você quiser me ajudar... Além disso, acho que vão ficar felizes em ver uma ex-aluna envolvida no projeto.
>
> PS: Stalker.
>
> PSS: Eu acho que você é meio doida, sim.
>
> PSSS: Eu sempre acabo gostando mais das doidas.

Amélia cerrou os olhos, o celular entre os dedos. Supondo que participasse do projeto, quais eram as chances de os funcionários de Charterhouse comentarem com Roma que ela não era uma ex-aluna? A loira parecia próxima do professor Brown, mas Amélia sabia que ele não participava dos eventos de caridade, porque viajava para o clube de equitação nos fins de semana e era egocêntrico demais para abrir mão do seu lazer em prol de uma tarde com os pobres.

Além disso, Charterhouse era um dos maiores colégios de Londres. Funcionários estavam em constante rotatividade e não seria estranho se, por acaso, alguém não se lembrasse de uma ex-aluna.

Mais confiante, Amélia voltou a digitar:

> 📩 **Nova mensagem**     _ ╱ ✕
>
> **DE:** itsholyholy@gmail.com
>
> **PARA:** romabwallen@charterhouse.com
>
> **ASSUNTO:** Em resposta a: Em resposta a: Oi (não sou uma stalker, só tenho hábitos esquisitos)
>
> Oi (de novo),
>
> Nunca entendi por que os brasileiros gostam de rir usando "K", LMAO.
>
> Enfim, sinto muito pela situação com seu pai. Parece uma merda. Espero que ele não te prenda (sendo filha de um detetive, essa é sempre uma possibilidade). Brincadeira. Não sei se deveria brincar com esse assunto, mas enfim (enfim de novo).
>
> Sobre as notícias, eu não tinha visto, mas obrigada por me avisar que está saindo com outra garota 😖. Saiba que não estou irritada, porque sei que não era um date de verdade (vai precisar de mais do que isso para me deixar com ciúme). Se me levar a um karaokê qualquer dia desses, eu até posso te perdoar.

  Amélia parou de digitar por um instante. Era estranho pensar que Roma achava que ela estava com ciúme... *dela mesma*. Não conseguiu evitar um risinho culpado, então terminou de escrever:

> Sobre o evento de caridade, eu topo :D. Me manda o endereço e onde eu te encontro.
>
> PS: Eu só tenho bons contatos.
>
> PSS: Se eu sou doida, você é pior por estar saindo comigo.
>
> PSSS: Isso vai acabar te matando.
>
> [ ENVIAR ]  📎 ◉ 🎤 ☺ 🗑

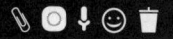

## CAPÍTULO 19

## PEÇO DESCULPAS A TODOS QUE PRECISAM CONVIVER COM A MINHA TOTAL FALTA DE HABILIDADE SOCIAL.

### *Roma*

Declan Wallen sempre fora um homem calmo.

Antipático, alguns diriam, porque ele tinha constantemente um olhar analítico de "nenhum problema é tão grande que eu não possa resolver" no rosto retangular. A mãe de Roma sempre dizia que não era essa a questão.

"Então qual é?", Roma tinha perguntado certa vez, depois que Declan precisou cancelar uma viagem para o Dia dos Pais por causa de uma investigação de última hora.

"Ele é um homem... com dificuldades." Esmeralda deu de ombros, e, naquela época, Roma se lembrava de ter a sensação de que a mulher não lhe contava tudo. "Mas se recusa a aceitar o sofrimento. Como uma viga que se recusa a ceder. Os problemas não lhe importam porque, no final do dia, ele vai continuar fingindo que as coisas estão bem."

Mas, naquela manhã, Declan não parecia disposto a fingir que as coisas estavam bem.

Roma tinha dormido no apartamento do pai e, numa tentativa meio frustrada de puxa-saquismo, até comprou croissants de flor de sal, os favoritos de Declan. Como previsto, o detetive tinha chegado tarde e não tiveram a oportunidade de conversar. Agora, estavam na recepção da Scotland Yard e falariam assim que Vicent Jones desalugasse a cabeça de Declan.

— Você sabe — Vicent começou, não pela primeira vez. Ele tinha um vício naquelas duas palavras, que repetia cada vez que precisava fazer uma pausa para respirar e retomar a conversa. — Já se passaram mais de trinta dias. Como pai da vítima, acho que tenho o direito de receber mais que frases genéricas como "Estamos investigando".

Declan coçou o pedaço de pele entre os dois olhos. Seu cabelo estava amassado, o que Roma entendeu como um sinal de que tinha virado na cama muitas vezes durante aquela noite.

— Eu entendo sua frustração, senhor, mas a Scotland Yard disponibilizou seus melhores homens para o caso da Addie. Descobrir o que aconteceu com sua filha é nossa prioridade máxima no momento.

A cabeça de Vicent se moveu um pouco para o lado, dando uma espiada no ambiente. O funcionário da recepção folheava um exemplar de *Cem gramas de centeio*, fazendo-se alheio à conversa. Na porta, dois policiais dividiam uma caixa de donuts. O clima era ameno. Roma entendia por que Vicent não acreditava nas palavras do pai.

— Tem muita gente trabalhando lá dentro — comentou Declan, percebendo sua movimentação. — Posso garantir que teremos respostas concretas em breve.

Roma teve a impressão de que Declan havia odiado a coincidência: ele queria afastá-la do caso de Addie e agora ela estava ali, ouvindo o pai da garota morta divagar por vários minutos seguidos. Ela aproveitou a oportunidade para analisar as feições de Vicent: tinha olhos grandes e curiosos, pele negra como o céu em dia de tempestade e um cabelo afro escuro que parecia uma coroa. Roma tentou imaginar como aquelas características se encaixavam em Addie: se sua pele era mais clara ou mais escura, se os olhos seriam inquisitivos ou doces. Ela já tinha procurado por fotos da garota na internet, mas a Coroa britânica parecia muito preocupada com a privacidade das suas vítimas de assassinato. Todos os perfis de Addie tinham sido derrubados e nenhum portal de notícias tinha autorização para usar sua imagem.

Sem muito esforço, Roma podia contar mais de um caso de fotos de corpos chegando ao WhatsApp sem sua autorização no Brasil, o que fazia desse posicionamento algo bem inteligente da parte da realeza.

Ela não podia reclamar.

Em várias oportunidades, sua curiosidade quase a fizera perguntar sobre a aparência de Addie para Chinara ou Jay. A questão dançava em sua língua sempre que o nome da garota era citado, mas, se fosse com ela, Roma acharia bizarro que alguém estivesse perguntando coisas sobre uma colega de classe morta. Quer dizer, o que mudaria? Seu corpo estava enterrado. Não importava se seus olhos eram azuis ou castanhos.

— Sugiro que o senhor vá para casa — Declan murmurou, fazendo Roma perceber que tinha perdido parte da conversa enquanto divagava. — Beba um pouco de chá, tente relaxar. Vamos continuar dando nosso melhor por aqui.

Vicent moveu os lábios para contestar, mas Declan já tinha se afastado, abrindo com seu cartão de acesso a porta que separava os corredores da Scotland Yard da recepção. Roma deu um sorrisinho complacente para Vicent e seguiu o pai, um tanto impressionada com o cheiro de álcool dos corredores brilhantes.

Roma não viu nenhuma figura fantasmagórica, o que, na sua opinião, era impressionante. Se ela fosse um fantasma, não perderia a oportunidade de acompanhar as investigações da sua própria morte. Talvez os espíritos tivessem ocupações mais divertidas, ou, como a moça da lojinha mística já tinha dito, nem soubessem que estavam mortos.

Declan não parou para conversar com nenhuma das pessoas que falavam com ele no caminho. Ele assentia ou negava com a cabeça e continuava andando, às vezes usando o canto dos olhos para ver se Roma o acompanhava. Chegaram a um elevador espaçoso e subiram até o décimo quinto andar do prédio da Scotland Yard, onde Declan finalmente começou a andar mais devagar. O homem só relaxou de verdade quando entrou na sua sala, os olhos caindo em Roma assim que ela se sentou.

— Você está com problemas — ele murmurou. — E não pode me comprar com croissants.

Roma suspirou.

— O que eu fiz? — Partir para a ingenuidade era sua melhor opção. Ela não tinha ideia de *quanto* Declan sabia.

— Por onde quer começar? — Ele andou de um lado para o outro da sala, ansioso. — Sair com a princesa da Inglaterra já seria rebeldia o suficiente por uma noite, mas você estava em um pub para maiores. A filha de um detetive entrando de forma ilegal em um pub. Você sabe como essas coisas são ruins para a minha reputação?

Ela mordeu o lábio. Ele estava bem informado.

— Não sabia que essa parte tinha ido parar nos jornais.

— E não foi, porque a Scotland Yard mexeu os pauzinhos. — Declan apoiou as duas mãos na mesa, o braço esticado. — Eu sei que você não é do tipo que faz essas coisas para chamar atenção. É o seu momento de se explicar.

— Fiquei sabendo que Addie Jones costumava frequentar aquele pub. — A expressão de Declan se fechou, e, de imediato, Roma soube que contar a verdade fora uma péssima escolha. — Pensei que podia descobrir alguma coisa útil indo até lá. Você sabe. Pras investigações…

Ele suspirou.

— O que aconteceu com o nosso acordo?

— Qual deles?

— Aconteça o que acontecer, não morra no processo.

— Bom, eu não morri.

— Você se colocou em risco — pontuou. — Esse é um caso complicado, Roma. As investigações estão indo devagar porque tem muitas pessoas poderosas envolvidas. Você é uma garota meio latina num país que não é o seu. — Declan mordeu o lábio. — Só precisa de um deslize para as pessoas decidirem que não é mais bem-vinda.

— E o que esses ricaços vão fazer? Me deportar?

— Eles não. — Ele arqueou uma das sobrancelhas loiras. — Mas *eu* posso muito bem colocar você em um avião de volta para Ilha Grande se achar que está se colocando em perigo.

— Eu estava tentando ser útil. — Roma bufou. — Não pode me culpar por sentir uma conexão estranha com esse caso. Vocês deveriam usar o meu dom… — ela hesitou. Odiava tocar no assunto em voz alta. — A favor de vocês.

— Está fora de cogitação, Roma. Eu não posso entrar numa sala de investigadores e dizer que minha filha *médium* de dezessete anos quer ajudar no caso. — Roma odiou a forma como a ideia parecia absurda saindo da boca do pai. — Quero que você se concentre em Charterhouse. No programa de esportes, em se formar com boas notas. E, se possível, que fique longe da princesa.

— Nós não estamos juntas, pai — garantiu. — Se te tranquiliza, eu estou saindo com outra pessoa. Uma garota sem conexão nenhuma com a realeza e que não vai me fazer virar manchete de jornal.

— Ótimo. — Declan se obrigou a dar um sorriso. Por alguns instantes, tudo que a sala ouviu foi silêncio. — Foque nela também. E, por favor, esqueça o caso da Addie. Eu não quero que você termine… — Ele parou, pesaroso. — Bom… que o pior aconteça. Estar na polícia nem sempre significa que podemos proteger as pessoas que amamos, então, por favor…

Roma mordeu o lábio.

— Vou ficar longe de problemas, pai. Prometo — disse, mas estava cruzando os dedos quando o fez.

★ ★ ★

A aura preocupada de Declan parecia ter seguido Roma até os corredores de Charterhouse. Ela sentia cada músculo do seu corpo enrijecer, como se só agora caísse a ficha de quão tenso havia sido o tom da conversa com o pai. Queria acreditar que o detetive estava exagerando, mas ele parecia especialmente abatido naquela manhã.

Pensou em digitar um e-mail para Holy, mas desistiu. Ainda não tinha respondido sua última mensagem, numa tentativa ridícula de se fazer de difícil. Ela não costumava fazer aquele tipo de joguinho besta, mas sua animação quase infantil diante da possibilidade de trocarem e-mails frequentes fez com que tomasse medidas drásticas. Além disso, não tinha certeza se queria falar sobre Declan. Não havia nada mais humilhante no mundo do que falar sobre seus problemas em voz alta. Ou, no caso de um e-mail, em voz *digitada*.

Roma se sentou em um dos banquinhos de pedra do jardim do internato, observando as poucas pessoas que passavam. Eram mais ou menos duas da tarde e ela já tinha perdido todas as aulas do dia, o que lhe conferia uma quantidade notável de tempo livre. Mandou uma mensagem para Chinara:

> **Roma (14:13) diz**: Tá no dormitório?

A resposta foi mais rápida do que ela esperava:

> **Chinara (14:13) diz**: Vim no centro com o Jay. Ele continua animado com aquela coisa das velas... Viu uma garota no TikTok usando uma técnica diferente e agora quer comprar materiais para testar. É um desocupado.

Roma segurou uma risada.

> **Chinara (14:14) diz**: Quer encontrar a gente em algum restaurante? Ainda não almoçamos.

Roma assentiu em afirmativa, como se garota pudesse ver do outro lado. Estava prestes a pedir uma sugestão de restaurante quando seus olhos localizaram Amélia cruzando o campus, o cabelo ruivo preso num rabo de cavalo e um arco de madeira apoiado nos ombros. Ela se parecia com a protagonista de um livro de fantasia, pronta para matar qualquer um que machucasse o seu interesse amoroso.

Roma mordeu o lábio. Odiava admitir que Amélia era a garota mais bonita do campus. E odiava admitir que se sentia atraída por ela, pelo menos o suficiente para recusar o convite de Chinara e ir vê-la treinando.

Porque observar Amélia era como observar arte. A história sendo escrita bem diante dos seus olhos.

> **Roma (14:15) diz:** Vou ficar pelo campus. Colocar meus deveres de casa em dia. Avise ao Jay que também quero fazer velas!!!!!

Ela se sentiu tão idiota mandando aquela mensagem que quase deu um grito, mas se conteve. Roma enfiou as mãos dentro da mochila e catou o primeiro livro que seus dedos encontraram, porque ela seria ridícula assim: se sentaria na arquibancada da quadra ao ar livre onde Amélia estava treinando e fingiria não reparar nela.

Roma jogou o celular dentro da mochila e fez o mesmo caminho que Amélia tinha traçado minutos antes. Uma corrente de adrenalina correu por seu sangue, como se estivesse prestes a cometer um crime: arrombar as portas do castelo, sequestrar a princesa ou algo parecido.

Seu pai a mataria.

Felizmente, ela só estava indo ver um treino de tiro com arco.

Roma balançou a cabeça em negativa, sentindo-se idiota mais uma vez. Seus olhos vasculharam as quadras de tiro com arco, que dividiam espaço com um pequeno lago de água doce, onde peixes pulavam de tempos em tempos.

Os alvos ficavam à esquerda, lado a lado com o lago. Nos dias de sol, costumava ser uma visão bonita para quem estivesse na arquibancada, porque a luz do sol refletia na água, resultando em pequenos arco-íris sarapintados. O fato de que não tinham sol na maioria do tempo era só um detalhe. Naquele momento, por exemplo, parecia prestes a chover uma tempestade.

Amélia notou sua presença assim que Roma sentou-se na arquibancada. Ela arqueou uma das sobrancelhas ruivas e cruzou os braços, como se sua chegada fosse um insulto.

— Não se preocupe comigo — Roma murmurou, erguendo o livro. — Só estou lendo.

— Charterhouse é grande o suficiente pra gente não precisar se esbarrar.

— Gosto de ler ao ar livre.

— Acho que você gosta de esbarrar em mim. — Amélia revirou os olhos.

Roma deu de ombros. Colocou toda a sua atenção no livro e esperou que a princesa começasse seu treino, o que ela não fez.

— Já que está aqui, desça. Vamos ver se consigo te ensinar alguma coisa.

A loira negou.

— Meu treino é só na segunda.

— Não me leve a mal, mas você tem cara de que não tem coordenação motora. — Amélia enrugou o nariz quando sorriu, como se, de fato, não estivesse tentando ser maldosa. — Quanto antes a gente começar, melhor.

Roma segurou o ímpeto de revirar os olhos. Aquilo nem era importante, para começo de conversa. Só tinha escolhido o tiro com arco porque era, como diriam no Brasil, *gado* de mulher bonita.

Ela fez questão de soltar um longo suspiro antes de deixar o livro e a mochila na arquibancada, demorando mais que o necessário para descer os degraus.

— Esqueceu de marcar a página do livro em que estava — Amélia provocou.

Roma passou a língua pelos dentes, irritada com o próprio deslize.

— Tenho uma ótima memória.

— Ah, você tem, sim. O que estava lendo?

— Uma fantasia genérica com cenas de sexo em excesso. Nada que valha muito a pena, vi na internet que a protagonista fica com o mocinho no final.

Amélia franziu o cenho. Passou os dedos pelas flechas que carregava, analisando algum ponto do equipamento que Roma não conseguia entender.

— Como deveria ser, eu acho.

— Não. — De cabeça, ela tentou calcular quanto de força precisaria para acertar o último alvo, muitos metros distante. — Eu gosto quando elas ficam com os vilões.

— Entendi. Você é masoquista.

— É lógica. — Roma ergueu um dos ombros. — Os mocinhos sacrificariam você para salvar o mundo, e os vilões destruiriam o mundo para ficar com você.

Os lábios de Amélia se moveram.

— Pode até fazer sentido, mas é uma opinião estranha do mesmo jeito.

— Nada é estranho demais para a garota que tinha uma paixonite pela rainha má de *Branca de Neve*.

Amélia riu, balançando a cabeça em negativa.

— Sou mais a Angelina Jolie em *Malévola*.

Roma fez que sim, *aquela* pergunta quase escapando da boca. Não tinha como perguntar. Não tinha motivos para perguntar, considerando sua última conversa com o professor Brown. Ela encarou os três alvos, deixando sua curiosidade de lado.

— Vai. — Amélia ergueu uma das mãos, oferecendo o arco para Roma. — Tenta acertar um dos três.

— Como assim *vai*? Eu nunca fiz isso antes.

— Não tem como eu ensinar você a fazer certo se nunca a vi fazendo.

Roma coçou a nuca. Pegou o arco com as duas mãos, temendo que fosse tão pesado quanto parecia. Ela demorou alguns segundos para recuperar o equilíbrio: era como se seu corpo fosse tombar em cima do arco a qualquer momento.

— Essas flechas são sem ponta — a ruiva explicou. — Se for um desastre total, pelo menos não corre o risco de matar ninguém.

Roma assentiu. Segurou o arco com mais firmeza e deu um passo para a frente, cerrando os olhos para enxergar melhor o primeiro alvo. Já tinha visto as pessoas fazerem aquilo na televisão uma centena de vezes antes e podia dizer com certeza que parecia muito mais fácil.

Ela tentou puxar a parte elástica do arco, uma careta de dor tomando conta do rosto de imediato.

— Merda — Roma reclamou. — Acho que cortei o dedo.

Amélia deu um tapa na própria testa.

— Eu esqueci das luvas de proteção. — Ela torceu a boca, como quem pede desculpas. — Servem pra dar estabilidade. E, tipo, pra evitar que coisas assim aconteçam. — Ela se abaixou, tirando mais equipamentos da mochila. Moveu a cabeça para baixo, indicando que Roma apoiasse o arco nos pés para calçar as luvas. Antes de entregá-las a ela, pegou uma caixa de curativos da Hello Kitty.

Roma arqueou uma sobrancelha.

Batom vermelho, karaokês em parques e curativos da Hello Kitty. Roma tinha certeza de que aquelas três coisas a fariam se lembrar de Amélia, independentemente do contexto. A princesa se levantou antes de pegar a mão machucada de Roma, abrindo a embalagem do curativo com agilidade.

— Eu me machuco o tempo inteiro — explicou, enquanto enrolava o curativo rosa no dedo de uma Roma hipnotizada por cada movimento. — Pronto. Novo em folha. Agora, as luvas.

Roma empurrou a mão machucada na direção dela mais uma vez, fazendo-a rir.

— Está me pedindo para calçar as luvas em você?

Roma deu de ombros.

— Não quero correr o risco de colocar errado e me machucar. *De novo.*

— Que a Coroa não veja uma coisa dessas. — Ela pegou as luvas no chão e abriu o velcro da primeira, deslizando o material de couro pelos dedos de Roma.

— Falando na Coroa, não vi sinal dos seus seguranças hoje.

— É dia de reunião no palácio. Teoricamente, eu deveria estar trancada no meu quarto e não aqui, mas prefiro acreditar que a escola é um lugar seguro.

A loira fez que sim. Amélia pegou sua outra mão, dessa vez calçando a luva de trava, que cobria dos dedos ao antebraço. O silêncio tomou conta do espaço entre elas. Agora, Roma conseguia ouvir os peixes pulando na água do lago e os trovões que em breve se tornariam tempestade.

— Pronto.

Roma agradeceu com um aceno. Voltou a se posicionar da mesma forma que antes, e dessa vez seus dedos não queimaram em contato com a corda. Mesmo assim, a flecha não foi impulsionada da maneira certa, porque não chegou nem na metade do percurso que precisaria fazer para alcançar o alvo. Fez uma trajetória torta e despencou no meio do caminho.

Amélia deu uma risadinha.

— Seu braço está alto demais — pontuou. — Vai, se arruma como se fosse atirar de novo.

Roma seguiu as instruções, um tanto frustrada. Ela sabia que seria um fracasso, mas não um fracasso *tão* grande.

Amélia se colocou atrás de Roma e, por um instante, ela parou de respirar. A princesa apoiou uma das mãos em seu cotovelo, abaixando-o até a altura dos ombros.

— O segredo é colocar a mão na boca — disse, empurrando o pulso de Roma um pouco para a frente, até que encostasse em seu rosto. — Vai.

Roma não soltou a flecha. Ela não sabia como dizer para Amélia que ela estava mais atrapalhando que ajudando. Seu toque, seu cheiro doce, tudo servia para esvair a concentração da garota.

Amélia subiu uma das mãos até seu ombro, tocando a pele com um pouco mais de insistência.

— *Vai.*

Roma respirou fundo. Seus dedos impulsionaram a corda por mais alguns centímetros e então largaram a flecha, deixando que cruzasse o jardim. Ela não acertou o centro do alvo, mas conseguiu acertar a beira, o que, segundo a marcação, contava dez pontos.

— Viu? — Amélia murmurou, o tom comemorativo. — Muito melhor.

Roma deu um meio sorriso. Quase agradeceu, mas a princesa ainda estava perto demais e sua presença ainda a deixava desconcertada. Sentia que ia gaguejar ou dizer alguma coisa idiota se arriscasse abrir a boca, mas o fez mesmo assim:

— Ainda está puta comigo? — perguntou, de repente.

As primeiras gotas de chuva começaram a cair.

Roma abaixou o arco, mas a princesa não se moveu.

— Magoada — ela respondeu. — Essa é a palavra mais certa.

— Por quê?

— Por que o quê?

— Por que você se importa com o que eu falei pro professor Brown? — As gotas de chuva começaram a se acumular nos cílios de Roma, seu delineado derretendo aos poucos. — Tenho certeza de que algumas pessoas matariam pra ficar com você.

Amélia deu um sorriso triste. A água se infiltrava nos cachos volumosos do seu rabo de cavalo, fazendo seus fios de cabelo murcharem.

— Esse é o grande drama da realeza, não é? Nós temos tudo... — Seus olhos desceram até os lábios de Roma. O tom rosado começava a se tornar roxo por conta do frio. — E vivemos para conquistar o que nunca vai ser nosso.

Roma a encarou com um pouco mais de atenção. Estavam tão perto que ela conseguia ver cada detalhe do seu rosto, das sardas que se espalhavam pela pele até os pontos mais escuros dos seus olhos azuis.

Roma sentia-se com doze anos mais uma vez, quando estava nos fundos da arquibancada da escola com uma garota e não sabia se deveria beijá-la ou não. E, quando beijou, não tinha certeza de como continuar. Mais língua, menos língua, onde seus dedos deveriam ficar e por que tudo parecia tão estranho quando se tem doze anos e se beija pela primeira vez.

Amélia deixava o sistema de Roma em pane, como se ela fosse uma pré-adolescente de novo.

Quando se deu conta, o arco tinha despencado de suas mãos relapsas. Roma suspirou, tentando ver através daquele mar azul, numa tentativa de entender se Amélia estava pensando em tantas coisas quanto ela. Era uma cena ridícula para quem visse de fora: as duas paradas na chuva, se encarando feito estátuas, sem dizer meia palavra.

Ela viu quando um dos cachos ruivos de Amélia se soltou do rabo de cavalo, indo parar na testa. Roma cedeu ao impulso de tocar sua pele e empurrar os fios laranja para trás, os dedos descendo até as bochechas cheias de sardas da princesa. Inclinar o rosto na direção dela foi quase um movimento automático.

Amélia deixou que a outra se aproximasse. Seus lábios estavam a menos de um centímetro de distância quando ela deu um passo para trás, segurando a mão que Roma apoiava em seu rosto.

— É melhor a gente deixar as coisas do jeito que estão — ela murmurou, segurando a mão de Roma por mais tempo que o necessário. — Me entrega as luvas depois.

Amélia não deu tempo para que Roma dissesse mais nada. Ela se virou e correu em direção ao prédio dos dormitórios de Charterhouse, de repente parecendo muito preocupada com a chuva que não a afetava minutos antes.

Roma deu um soquinho na própria testa, uma risada incrédula escapando dos lábios. Tinha acabado de levar um toco de uma pessoa com quem, para começo de conversa, ela nem queria se envolver?

Ela voltou para a arquibancada, irritada. Seu livro havia sido aberto nas primeiras páginas pela ventania da tempestade. A autora tinha escolhido uma música como epígrafe, e Roma leu cada uma das letras molhadas:

*They are the hunters, we are the foxes. And we run.*

## CAPÍTULO 20

### ISSO AQUI SÃO MEUS PROBLEMINHAS DE CABEÇA FALANDO.

*Amélia*

> Roma Wallen quase me beijou
> Roma Wallen quase me beijou
> Roma Wallen quase me beijou
> Roma Wallen quase me beijou
> Roma Wallen quase me beijou

Amélia encarou a página, a mesma frase repetida várias vezes no final de um caderno que usava como diário quando tinha quinze anos. A folha tinha manchas ao longo da sua extensão, porque seus dedos tinham ficado sujos de tinta azul e em nenhum momento havia se preocupado em limpar a pele. Não sabia o que estava esperando quando começou a rabiscar, mas sentia que precisava encarar os acontecimentos da tarde anterior de um jeito mais... aprazível. Escrever parecia ótimo.

Destruir o que tinha escrito, melhor ainda.

Amélia tateou o interior da gaveta da cômoda, encontrando um isqueiro antigo coberto de pequenos arranhões. Ela se lembrava de tê-lo usado em um festival de música com Benjamin e, por causa do seu estado um tanto alcoolizado, vivia caindo nas pedras ou na terra. Ela ficou feliz ao ver que ainda funcionava.

Arrancou a página do caderno e a colocou próxima do bocal do isqueiro, acendendo a chama em seguida. O fogo não demorou a se alastrar pelo nome de Roma, o papel em branco aos poucos se tornando escuro e retorcido. Amélia tossiu diante do cheiro e da fumaça cinzenta que agora empesteava seu quarto, mas jogou o papel em cima de um pires e deixou que queimasse.

Ela se sentia como aquela folha. Contorcida, queimada, laranja incandescente e prestes a enlouquecer.

Amélia não sabia dizer quando viver por meio de Holy havia deixado de ser suficiente. As linhas entre sua vida real e seu passatempo sempre tinham sido bem delimitadas, mas a presença de Roma ameaçava transformar cada uma das suas regras pessoais em borrões. No fundo, sentia inveja dela. Da sua liberdade, dos seus amigos, das opiniões que podia expor. Sentia inveja, porque Roma era tudo que Amélia nunca poderia ser: uma garota normal, livre para amar qualquer um e ser qualquer pessoa.

Não sabia se tinha algo mais. Se realmente nutria algum carinho pela garota ou se era só mais um caso de "ela não quer ficar comigo, então eu quero ficar com ela". Em momentos como aquele, Amélia sentia falta de ter alguém com quem pudesse ser totalmente vulnerável. Benjamin costumava ser essa pessoa, mas ele não parecia entender sua questão com Roma.

A chama se apagou aos poucos, deixando um rastro de papel queimado e fuligem para trás. A princesa deu um longo suspiro, encarando a silhueta de polvo tatuada no pulso, agora coberta por uma fina camada de maquiagem. Deva havia lhe contado que era o animal favorito da sua mãe, porque tinha três corações. Desde então, era seu animal favorito também.

Ela tentou imaginar o que sua mãe diria sobre a situação com Roma. Foram necessários poucos minutos para se dar conta de que não conhecia a mulher o suficiente para saber qual seria sua opinião sobre o assunto. Talvez Spencer fosse como a rainha Olívia: fechada, austera, sem paciência para opiniões que não fossem as suas próprias. Ou como Benjamin, que tentava dar bons conselhos, mas acabava finalizando toda conversa com um tom passivo-agressivo que denunciava sua falta de habilidade para contornar problemas.

Batidas à porta interromperam seu fluxo de pensamento. Ela cobriu a pequena tatuagem com a pulseira de prata que enfeitava seus pulsos, murmurando um "pode entrar" sem ânimo.

— Alteza — um dos funcionários do palácio anunciou, a dicção perfeita. — Seus colegas de escola acabaram de chegar. Lily, Patrick e Jasper estão lá embaixo. — *Os três cavaleiros do Apocalipse*, Amélia pensou, já arrependida de tê-los convidado. — Presumo que tenham vindo para ajudá-la na escolha do bolo.

Ah, os bolos.

Se fizessem um incêndio inspirado em comemorações de aniversário da realeza e ela pudesse escolher uma única coisa para salvar, seriam os bolos. Era tradição da Coroa fazer bolos cheios de pompa, com as mais diversas cores e ingredientes. Buddy Valastro, do *Cake Boss*, era um confeiteiro básico perto das extravagâncias açucaradas da rainha Olívia – o que, desde criança, Amélia adorava.

No ano anterior, tinha prometido a Kenji que ele seria o responsável pelo seu bolo de dezoito anos. Na época, ela estava certa de que não havia segredos entre eles e que, depois de Benjamin, Kenji era a pessoa que mais a conhecia no mundo. Não tinha como errar: ele faria algo extravagante como era do desejo da rainha, mas não correria o risco de fazer Amélia odiar a sobremesa.

Ela suspirou, sentindo-se frustrada mais uma vez. Um milhão de dúvidas sobre a visita do chef ao Firestarter circulavam sua cabeça, mas Amélia não queria invadir a privacidade dele com uma pergunta não solicitada. Kenji tinha uma vida fora dos muros do castelo e não seria justo usar sua posição para questionamentos sem precedentes. Além disso, a Scotland Yard tinha interrogado todos os funcionários do castelo depois da morte de Addie, alguns mais de uma vez. Se Kenji estivesse envolvido de alguma forma, eles saberiam.

*Saberiam, não saberiam?*

— Peça que esperem na sala. — Amélia sorriu para o funcionário prostrado na porta. — Vou passar na cozinha para ver quais sabores Kenji preparou.

Ele fez uma reverência exagerada em resposta.

— Como desejar, Alteza.

Amélia encarou a folha de papel queimada, garantindo que não restava nenhum sinal de Roma Wallen na página carbonizada. Antes de sair do quarto, ela pegou o celular e viu que tinha recebido um novo e-mail:

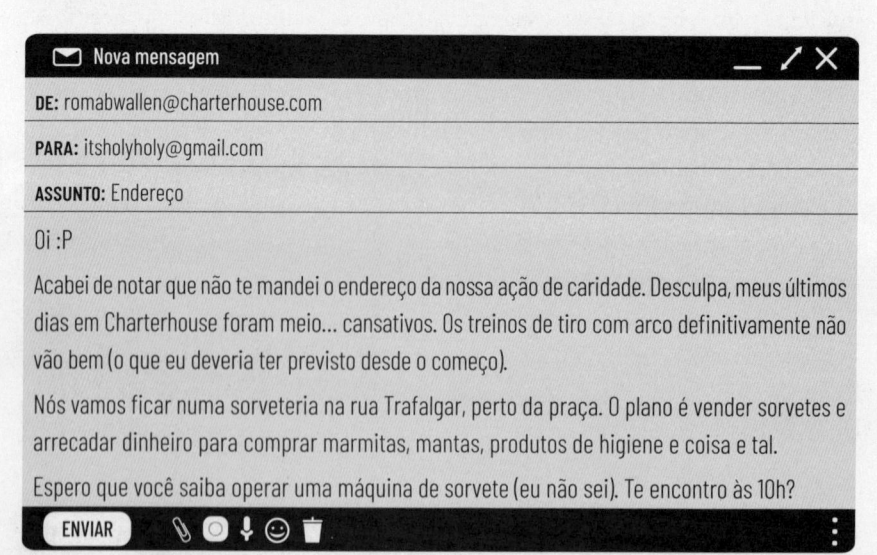

---

**✉ Nova mensagem**

**DE:** romabwallen@charterhouse.com

**PARA:** itsholyholy@gmail.com

**ASSUNTO:** Endereço

Oi :P

Acabei de notar que não te mandei o endereço da nossa ação de caridade. Desculpa, meus últimos dias em Charterhouse foram meio… cansativos. Os treinos de tiro com arco definitivamente não vão bem (o que eu deveria ter previsto desde o começo).

Nós vamos ficar numa sorveteria na rua Trafalgar, perto da praça. O plano é vender sorvetes e arrecadar dinheiro para comprar marmitas, mantas, produtos de higiene e coisa e tal.

Espero que você saiba operar uma máquina de sorvete (eu não sei). Te encontro às 10h?

[ENVIAR]

Amélia mordeu a parte interna das bochechas, um pouco irritada pelo comentário sobre os treinos de tiro. Ela também não sabia como operar uma máquina de sorvetes, mas nada que algumas horas de tutorial no YouTube não resolvessem.

Abriu uma nova janela na tela do aparelho e começou a digitar uma mensagem.

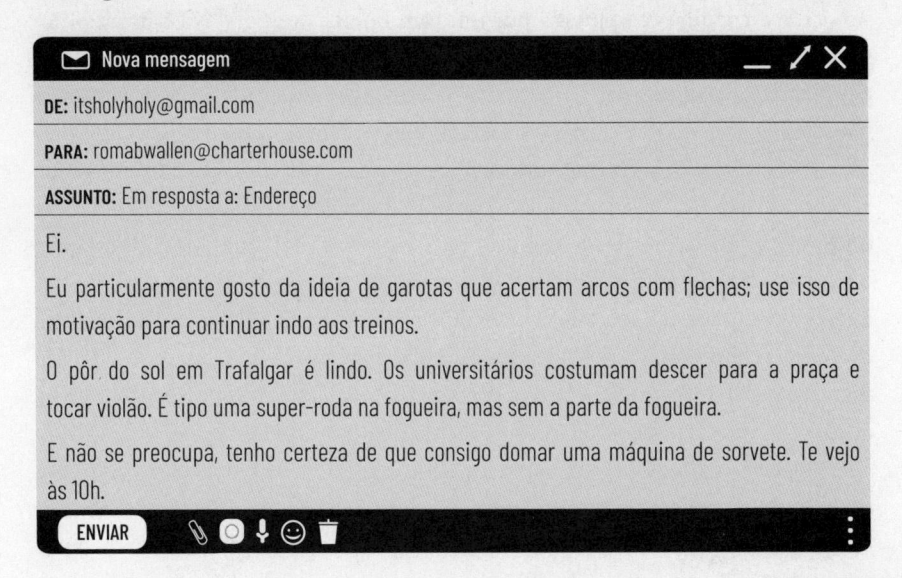

---

✉ **Nova mensagem**      _ ╱ ✕

**DE:** itsholyholy@gmail.com

**PARA:** romabwallen@charterhouse.com

**ASSUNTO:** Em resposta a: Endereço

Ei.

Eu particularmente gosto da ideia de garotas que acertam arcos com flechas; use isso de motivação para continuar indo aos treinos.

O pôr do sol em Trafalgar é lindo. Os universitários costumam descer para a praça e tocar violão. É tipo uma super-roda na fogueira, mas sem a parte da fogueira.

E não se preocupa, tenho certeza de que consigo domar uma máquina de sorvete. Te vejo às 10h.

[ ENVIAR ]

---

Ela ficou encarando a tela depois de enviar, como se a resposta de Roma pudesse ser tão instantânea quanto uma mensagem em aplicativo. Bloqueou o celular e deixou em cima da cômoda antes de sair do quarto e descer as escadas do castelo. Lily, Patrick e Jasper estavam sentados no sofá da sala de recepções, exatamente nessa ordem. Enquanto a primeira passava os dedos pela interminável timeline do TikTok, os outros dois discutiam sobre o último jogo do time masculino de lacrosse.

Eles eram tão… *básicos*. Amélia não tinha certeza se essa era a palavra certa, mas eles pareciam viver a vida no modo de esforço mínimo, como um jogo de videogame sem nenhum obstáculo. Nada de dramas que deixam você sem dormir durante a noite ou uma paixão daquelas avassaladoras que faz você questionar o sentido da vida. Estavam apenas seguindo os planos dos pais. Passo 1: estudar em um bom colégio; passo 2: cursar Direito ou Medicina na faculdade; passo 3: casar com um colega e ter dois filhos – porque um seria muito pouco, mas três faz parecer que falta uma televisão em casa. E passo 4: nunca ser feliz de verdade, mas se tornar um expert em fingir que é.

Amélia balançou a cabeça em negativa. Queria acreditar que todos tinham chances de serem felizes no seu próprio modo, que nem todo mundo precisava de uma grande história ou de um grande talvez. Ela que tinha nascido com uma veia dramática. O problema era com ela.

Kenji estava batendo claras em neve quando Amélia chegou à cozinha. Era comecinho de tarde, quando o sol cobria toda a extensão das janelas da área de serviço e a cozinha era pintada por um tom bonito de sépia. Na bancada, três tipos diferentes de bolo tinham sido cortados em pequenas fatias e posicionados em pedaços de guardanapo. Deixar as coisas prontas para as criadas servirem não era trabalho de Kenji, mas ele fazia porque era do seu costume ser adorável.

— O que traz a aniversariante do mês até as alas serviçais do palácio? — ele zombou, deixando as claras de lado por um momento. — Baunilha, chocolate e Romeu e Julieta. — Kenji apontou para os bolos cortados. — O primeiro é o mais básico. O segundo é a escolha certa. E o último é para o caso de você querer ser ousada no seu aniversário de dezoito anos. É uma receita brasileira que eu descobri na internet, mistura queijo e goiabada, o que foi bem difícil de achar aqui. Nem sei por que me dei ao esforço; a maioria das pessoas não gosta de juntar doce com salgado.

Amélia riu. A desconfiança persistia no fundo do peito, mas conversar com Kenji sempre trazia uma sensação agradável.

— Um bolo polêmico é tudo de que eu preciso para animar as manchetes dos jornais.

— Renderia fofocas por meses. Consigo ver as pessoas discutindo sobre o assunto no Twitter.

Amélia forçou um tom de voz afetado:

— As pessoas estão passando fome, mas vocês preferem discutir sobre o bolo de goiabada com queijo da princesa. — Ela encarou a massa vermelha e cheia de corante do terceiro bolo, curiosa. — Isso não vai ficar, tipo, fedido?

Kenji sorriu.

— Não. Quer dizer, não se eu fizer do jeito certo. Talvez sua namorada brasileira possa ajudar.

— Ai, fala sério. — Ela revirou os olhos. — Não é minha namorada.

— Uma foto diz mais do que mil palavras — Kenji provocou.

Amélia mordeu o lábio. Hesitou por um instante antes de murmurar:

— Benjamin acha que eu deveria contar a verdade pra Roma.

Ele ergueu um dos ombros.

— Você gosta dela?

A princesa não sabia.

— Não.

— Então não conte.

— Simples assim?

Kenji assentiu.

— Algumas verdades não devem ser compartilhadas com qualquer um. — O tom calmo fazia suas palavras parecerem mais sábias. — Sinceridade, na maior parte dos casos, dá problema. Você está no controle, não está? Sendo uma colega durante o dia, um casinho durante a noite. Se não gosta, não tem por que colocar os sentimentos dela acima dos seus. E, honestamente, acho que está fazendo um favor.

— Um favor?

— Como sua cabeça ficaria se soubesse que está saindo com a princesa da Inglaterra? Com toda aquela pompa e... Nossa, é responsabilidade demais.

— Você nunca pareceu ter problema com isso.

Kenji arqueou as duas sobrancelhas ao mesmo tempo, como fazia sempre que estava nervoso. Ele apoiou a mão na bancada da cozinha e suspirou.

— É.

Amélia deu um sorriso confuso. Quase conseguia sentir o desconforto do chef.

— Não tem problema com isso, tem?

Kenji hesitou.

— Nossa história nunca saiu das despensas do castelo, Amélia.

— Está dizendo que não teria um relacionamento público comigo?

Ele riu, um tanto incrédulo.

— Por que isso importa? Somos amigos, certo?

— Certo. — Amélia suspirou. — Mas eu quero saber: não teria?

Ele passou uma das mãos pela nuca. A princesa soube que ele estava prestes a dizer alguma coisa babaca.

— Olha... — Kenji desviou os olhos dela, uma risada nervosa saindo dos fundos da garganta. — Não. Acho você uma pessoa incrível, mas um título tão importante quanto o seu... gera complicações demais. Eu deixaria de ser uma pessoa para ser o namorado da princesa.

— Entendi. — Amélia cerrou os olhos. — Eu não valho a dor de cabeça.

— Não foi isso que eu quis dizer.

— Tudo bem, você tem razão. Tenho certeza de que a Roma pensaria assim também.

— Amélia...

— Sério, tudo bem. — Ela forçou um sorriso. — Entendi o que você quis dizer. Meus amigos estão me esperando na sala, então é melhor eu ir. — Suspirou, sentindo os cantos dos olhos arderem. — Vamos experimentar os bolos. Tenho certeza de que estão ótimos.

Kenji deu um sorriso amarelo, parecendo arrependido, mas não o bastante para retirar o que tinha dito. Amélia não quis discutir. Ela saiu da cozinha tão rápido quanto tinha entrado, cenas dos últimos dias se desenrolando no seu cérebro. O karaokê, o quase beijo na chuva, a conversa com Benjamin e agora Kenji.

Talvez criar Holy não tivesse sido um erro.

Mas viver integralmente como Amélia, sim.

## CAPÍTULO 21

### EU NÃO SOU IGUAL ÀS OUTRAS GAROTAS (SOU PIOR QUE TODAS ELAS).

### *Roma*

— Roma. — George deslizou um canetão preto pelo crachá de identificação, deixando que a ponta ficasse por tempo demais em cima da letra "A", formando uma pequena bolota de excesso de tinta. Ele deu um sorrisinho como quem pede desculpas e passou para o próximo. — E quem vai ser sua dupla?

Ela enfiou a corda do crachá no pescoço.

— Holy.

— Holy. Só Holy?

— Isso. — Roma observou enquanto ele escrevia o nome. — Ela é ex-aluna de Charterhouse.

— Não lembro de nenhuma Holy — respondeu, depois de se alongar demais na letra "Y". — Mas só estou em Charterhouse há dois anos. Não gosto de ficar tempo demais em uma mesma escola.

Roma arqueou as sobrancelhas.

— Algum motivo específico?

— As pessoas costumam especular demais sobre profissionais que estão há muitos anos num mesmo corpo docente. — Ele deu de ombros, como se fosse uma questão óbvia. — É aí que os boatos começam. Eu não tenho muito... Como os brasileiros dizem?... Saco, para atmosfera de drama teen que circunda a maioria das escolas.

Roma deu um sorriso amarelo. Era impressionante como o humor do homem estava sempre flutuando entre o alegre e o irritado. Ele podia ser o homem mais simpático de Londres em um dia e carregar uma carranca mais nublada que as tempestades em outro.

O professor Brown tirou um molho de chaves do bolso.

— Aqui tem a chave da caixa registradora e das portas. Pode entregar a quantia feita em dinheiro na tesouraria amanhã, os valores da maquininha de cartão vão ser recolhidos depois. — De repente, ele parecia um manual de instruções vivo. — Sugiro ligar a máquina de milk-shake com uma hora de antecedência porque ela demora a pegar no tranco. O dono da sorveteria deve passar aqui mais ou menos pela hora do almoço, para ver como as coisas estão indo. É um cara magrelo e com cara de poucos amigos que não combina em nada com o ambiente colorido. — Ele arqueou as sobrancelhas em um sinal de pouco-caso. — E, olha, eu deveria estar viajando para o meu clube de equitação a esta hora, mas os professores montaram um complô para que eu fosse o responsável pelo dia de caridade este ano. Então, por favor, não arrume problemas, tudo bem?

— Sim. — Roma se esforçou para transmitir confiança. — É um trabalho simples. Não tem como dar errado.

George deu um meio sorriso. Ele parecia discordar, mas não disse em voz alta. Talvez ele fosse um daqueles adultos com um sexto sentido para adolescentes na iminência de fazer besteira. Roma quase podia dizer que o professor Brown sabia que ela estava prestes a ter um encontro durante o seu dia de voluntariado.

O professor deu um último aceno para Roma e foi embora. Ela encarou o relógio: faltavam quinze minutos para as dez, o que lhe permitia inferir que Holy estava perto de chegar.

Roma saiu do balcão da sorveteria e foi até o banheiro dos funcionários. Observou sua silhueta no espelho: estava usando um moletom branco com uma saia plissada cinzenta que combinava perfeitamente com suas meias três quartos e seu coturno. A saia era curta o suficiente para que sua tatuagem de cobra que contornava a coxa e parte da panturrilha aparecesse, mas longa o bastante para não ser desconfortável trabalhar com ela. Tudo estava em ordem. Tinha até seguido um tutorial do YouTube para deixar seus cílios maiores, e seus olhos nunca haviam estado tão bonitos.

Roma sorriu para o espelho antes de voltar para o salão principal da sorveteria. Ela percebeu que a luz do freezer do balcão estava desligada e demorou alguns minutos para descobrir onde ficava o interruptor. Levou um susto quando a iluminação branca cobriu os sorvetes, revelando uma mensagem no vidro, escrita no vapor de gelo: "Você pode me ajudar?".

Roma respirou fundo.

— Não — disse, em alto e bom tom. Não sabia se os espíritos podiam escutá-la porque nunca tinha tentado falar diretamente com eles. — Tirei folga do mundo dos mortos por hoje. Vou me limitar a fingir que não vejo nenhum de vocês. — Ela apertou o passo até a cozinha e pegou um pano de prato. — Ou os recadinhos sádicos de vocês. — Voltou para o salão e passou o pano pelas letras, que desapareceram junto com o gelo.

— Com quem está falando?

Roma deu um pulo, virando-se em sobressalto.

— *Meu Deus!* — No susto, ela acabou soltando a frase em português. — Por acaso você é um fantasma? Por que chegou tão discretamente?

Holy riu, apontando para a porta com a cabeça.

— Aqueles sininhos tocaram quando eu entrei. Você estava distraída demais para notar.

Roma assentiu, os batimentos cardíacos aos poucos voltando ao normal. Percebeu que gostava da voz de Holy, o seu sotaque norte-americano muito discrepante do inglês britânico da maioria das pessoas com quem convivia.

— Que susto. — Deu uma boa olhada em Holy. — Gostei da maquiagem.

A garota moveu a cabeça em afirmativa.

— A maioria acha exagerado.

Roma não tinha como discordar. Holy estava usando delineador, lápis de olho e sombra preta e não eram nem onze da manhã ainda. Apesar disso, o look "acabei de sair da balada" caía muito bem nela.

— Exagerado é bom.

Os lábios de Holy se ergueram em um meio sorriso.

— Que bom que pensa assim. — Mas sua postura descontraída dizia que não se importava com a opinião de Roma sobre sua maquiagem. Isso podia significar que era uma pessoa segura, ou uma pessoa que não dava a mínima.

Por conta própria, Roma decidiu que era um pouco dos dois.

— Então — ela recapitulou, odiando perceber que estava um pouco nervosa. — É o encontro mais inusitado que você já teve?

— Te encontrar presa no Green Park com um monte de raposas foi inusitado, isso aqui é fofo — disse, dando uma voltinha ao redor do próprio corpo. Ela estava vestida de preto dos pés à cabeça, o que destoava das paredes cor-de-rosa e dos círculos coloridos imitando bolas de sorvete. — Ninguém nunca me chamou para fazer caridade antes.

— Não te chamei para fazer caridade. — Roma deu um sorriso esperto. — Eu obviamente estava interessada nas suas habilidades com as máquinas.

Inclusive, preciso ligar a de milk-shake. — Ela apontou para os fundos da sorveteria. — Meu professor disse que ela demora a pegar no tranco.

Holy assentiu, fingindo desentendimento.

— Quem é o seu professor?

— George Brown. Literatura, o que a maioria das pessoas chamaria de gostoso, provavelmente dá em cima das alunas. Acho ele meio estranho, mas gente boa. Dependendo do momento. O humor dele é bem... flutuante, eu acho.

— Nunca tive aula com um George.

— Eu imaginei. — Roma deu um passo para a frente, tocando em sua mão para guiá-la até as máquinas. Holy aceitou o toque e entrelaçou seus dedos, o que fez a loira perder parte da linha de raciocínio. — Ele disse que não se lembrava de nenhuma Holy, e você é, tipo, uma pessoa bem marcante.

— Valeu. — Ela achou graça. — Seja lá o que você quer dizer com isso.

Elas continuaram andando até os fundos da loja sem que houvesse a necessidade de conversar. O ambiente da sorveteria era ocupado pelos sons de uma playlist de músicas instrumentais infantis que lembravam muito aquelas usadas pelos caminhões de sorvete – pelo menos era o que Roma achava, visto que aquele era um costume norte-americano com o qual ela só havia tido contato através dos desenhos animados.

Os olhos violeta de Roma encararam as três máquinas de milk-shake, sem saber qual delas deveria ligar primeiro. O professor Brown não tinha dito nada sobre serem três, mas agora parecia tarde para escrever uma mensagem e perguntar. Ela suspirou. Também não queria que o corpo docente achasse que ela não sabia fazer uma coisa tão simples quanto cuidar de uma sorveteria por uma tarde.

— A primeira. — Roma sorriu, demonstrando uma confiança que era, na verdade, inexistente. — Tem certeza de que sabe mexer nisso?

Holy fez que sim.

— Não é tão difícil quanto parece. — Deu um passo para a frente, analisando os botões da máquina. — Vamos explodir a sorveteria, no máximo. — Roma fez uma careta, então ela continuou: — Brincadeira.

— Temos uns cinco minutos antes de abrir.

— Você é do tipo obcecada com horário?

Roma deu de ombros.

— Não costumo ser. Só quando estou trabalhando pros outros.

Os fios escuros de Holy brilharam quando ela se abaixou, os dedos tateando a lateral da máquina em busca de um botão. Apertou a superfície redonda e, de imediato, o motor começou a fazer um barulho alto, como um carro engasgado.

— Era para isso acontecer mesmo?

Holy mordeu o lábio. Um filete de sorvete de baunilha escorreu pelo bocal da máquina. Segundos se passaram e então mais outro. Mais outro, mais outro, mais outro, até que o fluxo se tornou intenso, como água corrente saindo da torneira.

— Eu acho que não. — Holy se levantou, procurando por alguma coisa que pudesse usar para conter o sorvete. O motor engasgado fez com que a máquina tremesse sutilmente, derrubando uma placa que estava apoiada na parte de cima. — *Ah*. Isso explica parte do problema.

Roma se aproximou para ver o que tinha acabado de despencar. Uma placa branca com os dizeres em vermelho: "Manutenção. Não ligue".

— Porra. — Ela fez uma careta, indignada. — Eles deviam deixar esse tipo de coisa em evidência. — Entregou um copo de plástico para Holy. — O professor Brown vai me matar quando descobrir que eu fiz esse desastre.

Holy se divertiu com o desespero da garota.

— *Se* ele descobrir.

— E como ele não descobriria?

— Eu não pretendo contar.

Ela soltou o ar pelo nariz, rindo do jeito simples de Holy lidar com o problema. O primeiro copo encheu e Roma entregou a ela um segundo, mas a máquina parecia despejar cada vez mais do creme açucarado.

Holy pressionou o mesmo botão que tinha usado para ligar a máquina. Dessa vez, nada aconteceu.

Roma pegou mais copos e se abaixou ao lado dela, numa tentativa de ajudar a conter a doce avalanche.

— Nós somos muito ruins nisso — zombou, percebendo que parte do chão já estava empapada de sorvete.

— Acho que entrou no modo de limpeza. Vai ficar saindo até não ter mais nada. — Holy apertou com muita força um dos copos que segurava, derrubando parte do líquido branco. Seu jeans preto agora parecia ter enfrentado uma nevasca. — Tá bom. — Ela respirou fundo, então riu. — Que inferno.

Elas tentaram controlar o caos por mais alguns minutos, mas em dado momento aceitaram que não tinha o que ser feito. Uma quantidade absurda de sorvete escorria pelo chão, transformando os fundos da sorveteria em uma área potencialmente escorregadia. As mãos de Holy estavam tão meladas quanto as de Roma.

— A gente vai limpar e fingir que nada disso aconteceu — disse Roma.

Holy fez uma careta ao analisar a mancha branca que cobria sua calça jeans com um pouco mais de atenção.

— É uma ótima ideia. — Ela apoiou uma das mãos no piso para se levantar, mas seus pés acabaram deslizando pelo sorvete. Seria uma queda dolorida se não estivesse já tão próxima do chão. — Eu juro, nunca mais quero entrar numa sorveteria.

Roma riu. Ela se levantou com cuidado, oferecendo uma das mãos como apoio para que Holy fizesse o mesmo.

— Acho que já se passaram mais de cinco minutos. — Holy deu uma risadinha nervosa assim que ficou de pé.

— Você coloca a placa de "aberto" na porta e eu limpo a bagunça — Roma sugeriu, virando-se em direção à despensa onde os produtos de limpeza eram guardados.

Antes que pudesse andar até lá, Holy apertou sua mão.

— Espera.

Roma parou. Os dedos de Holy subiram até sua bochecha esquerda, onde encontraram um resquício de sorvete gelado. Ela limpou com a ponta dos dedos e levou o doce até os lábios, dando um sorrisinho satisfeito que fez Roma questionar a oxigenação do próprio cérebro.

— Posso ser uma péssima influência e pedir pra gente atrasar a abertura da loja só mais um pouquinho?

Roma tinha um "sim" na ponta da língua, mas não disse.

— Só se tiver um bom motivo.

— Eu tenho um ótimo motivo.

A mão de Holy subiu até o pescoço de Roma, os dedos contornando sua pele numa pressão que não era o bastante para deixar marcas, mas o suficiente para que Roma tivesse uma sequência de pensamentos que não poderiam ser ditos em voz alta. Os restos de sorvete que ainda jaziam dentro da máquina continuavam escorrendo quando Holy empurrou seu corpo até o balcão, uma sequência de tigelas de isopor sendo derrubadas para dar lugar ao seu quadril. Ela se lembraria de arrumar aquela bagunça também, porque receber uma advertência do professor Brown estava fora de cogitação.

Os lábios de Holy chegaram junto com o seu perfume masculino exagerado. Tinha cheiro de balada, de fim de festa, de ressaca. De corações partidos, se quisesse ser mais específica. Ela não conseguia pensar em mais ninguém que usava aquele perfume, como se Holy pudesse ter patenteado a fragrância.

Sua língua tinha gosto de sorvete. Era clichê, e Roma quase se sentiu lendo a descrição de um livro de romance para garotas de treze anos: aquela cena clássica de primeiro beijo em que tudo corre tão bem que parece encenado – e na verdade é.

Roma não podia dizer o mesmo daquele momento com Holy. A máquina de milk-shake descontrolada, as tigelas caídas no chão, o fracasso iminente das vendas. Tudo era caótico, mas os lábios de Holy tinham a capacidade de fazer o irracional soar lógico. Como se os fundos de uma sorveteria fossem o lugar ideal para um segundo encontro.

— Pensei muito nisso desde o nosso último encontro — confessou ela, os lábios ainda próximos dos de Roma.

— Em me beijar?

— Sim. — Suas mãos desceram até a cintura de Roma, pressionando o local. — Mas tenho evitado pensar em você. Vai contra a minha política de relacionamentos.

Roma achou graça. Apoiou os dedos no queixo de Holy, fazendo seus olhos se encontrarem.

— Sua política é estúpida — Roma murmurou, conquistando uma risada afetada da garota. Holy avançou nos lábios de Roma mais uma vez, uma forma indireta de dizer que não queria tocar no assunto.

— A gente deveria abrir — Holy se afastou alguns centímetros, o sorriso de uma criança travessa no rosto. — Vou me sentir mal se a ação de caridade for um fracasso porque a gente ficou aqui...

— Se pegando?

— Se pegando é uma maneira horrível de falar, mas sim. — Ela mordeu o lábio. — E, acho justo dizer, se não fossem as criancinhas com fome, eu ficaria aqui o dia todo. — Holy apoiou as mãos no rosto de Roma, tocando seus lábios nos dela. — Você vai passar o rodo?

Roma riu e Holy a encarou, sem entender.

— É uma piada no Brasil — explicou. — Quando alguém fica com muitas pessoas, dizemos que passou o rodo.

Holy cerrou os olhos.

— Ok, um ponto pro Brasil por ser engraçadinho. Você é desse tipo?

— De que tipo?

— Que passa o rodo.

— Não vou dizer. Vai contra minha política de relacionamentos.

Os lábios de Holy se curvaram em um pequeno "O" mudo. Ela riu, então balançou a cabeça em negativa, afastando-se de Roma para pegar um pano em cima da bancada, e o atirou na direção da garota.

— Você é ridícula, Roma Wallen.

## CAPÍTULO 22

## Eu queria levar você pra dar uma volta, então construí uma estrada e inventei o carro.

*Amélia*

— As meninas do time de lacrosse tiveram uma melhora notável nos últimos dois jogos. — O treinador Parker deu um sorriso para Benjamin, empolgado ao mostrar dados com os quais ninguém se importava numa prancheta colorida.

Amélia queria dizer que a maioria das garotas que faziam lacrosse só estava muito interessada na hipótese de sair com um conde. Ela entendia a lógica delas: tentar se destacar no esporte para chamar a atenção. Era funcional, na verdade. Embora Benjamin não tivesse dito, Amélia tinha certeza de que estava saindo com uma – ou várias – delas.

— Se continuarem assim — ele mal escondia sua empolgação —, podemos até pensar em competir no estadual no fim do ano.

No chão, Benjamin sorriu. Estava sentado em um colchonete de ioga alongando as pernas e, pelo que a princesa conhecia daquele sorriso, sabia que pouco tinha interesse no campeonato. Ele estava obviamente satisfeito: fazendo um bom trabalho para a família real enquanto garantia uma foda ou duas. Perfeito, contido, planejado, como Benjamin sempre era.

— As aulas de tiro com arco também vão bem — Amélia se intrometeu. Queria acrescentar um comentário ácido, mas se conteve.

O treinador deu um sorriso amarelo.

— Vocês dois são ótimos. Bem como eu imaginei que seriam.

Era mentira.

O treinador Parker tinha ficado resistente quando a Coroa sugeriu que Benjamin e Amélia fizessem um trabalho extracurricular em Charterhouse, especialmente com ela. Se lembrava de ter participado de uma reunião em vídeo onde ele dizia que duvidava que uma princesa criada em cativeiro tivesse algo a acrescentar aos seus alunos, mas que a voz da rainha era a voz de Deus.

Com "cativeiro", ele queria dizer "palácio".

— Continuem aquecendo. — O treinador deu mais um dos seus sorrisos com dentes demais. — Os alunos já devem estar chegando.

Amélia fez que sim, feliz por aquela conversa pavorosa disfarçada de felicitações ter chegado ao fim. Benjamin fez mais uma série de alongamentos e se levantou, apontando a pista de corrida com a cabeça.

Amélia assentiu, de novo. Eles se afastaram das arquibancadas e entraram na pista cor de terra, o desânimo tomando conta do sangue de Amélia antes mesmo de começar a correr.

Benjamin foi primeiro.

— Eu soube que descobriram alguma coisa sobre o caso da Addie.

Os olhos azuis de Amélia se arregalaram. Ela começou a correr no mesmo ritmo que ele para conseguir emendar uma conversa.

— O quê?

— Estão desconfiando de um cara — comentou. — O jardineiro de uma casa perto de Buckingham.

A princesa revirou os olhos.

— Já entendi. O velho truque de culpar qualquer pessoa que seja... culpável.

— Eu não veria assim. Os horários e a localização batem.

— Por que um jardineiro mataria a Addie?

— Eu não sei como a cabeça dos assassinos funciona. Só achei que... — ele respirou fundo, tomando fôlego — você pudesse querer saber.

— A Scotland Yard não fez uma nova reunião com a Coroa — Amélia reclamou. — Sabe por quê?

— Devem estar confiantes nesse novo suspeito. Imagino que queiram ter alguma coisa concreta para apresentar, considerando o esporro que levaram da última vez. — Ele deu de ombros. — Eu soube que você e o Kenji tiveram um desentendimento.

— Desde quando você e o Kenji são amigos?

O conde revirou os olhos.

— Não somos. Ele só tem te achado estranha e quis saber o motivo.

— Nunca é tarde para aprender que não devemos nos envolver com serviçais.

Benjamin riu. Aquele era o tipo de comentário que ele faria.

— Parece que o cozinheiro conseguiu *mesmo* te deixar irritada.

Amélia bufou.

Sem tecer nenhum comentário, ela passou a correr mais rápido, disposta a encerrar o assunto. O conde chamou seu nome uma ou duas vezes, mas ela continuou correndo em ritmo acelerado até completar uma volta. Benjamin ainda estava na metade da pista quando ela voltou para a quadra, aliviada em ver que seus colegas de turma já estavam ali.

Seus seguranças também, mas isso era parte do pacote.

— E aí? — a voz de Chinara foi a primeira que Amélia ouviu, o que era estranho por si só. A garota nunca tinha conversado diretamente com ela, mas estava sempre pronta para soltar um boato ou dois sobre a vida dentro da realeza. Uma menina malvada em potencial, embora Amélia tivesse certeza de que Chinara não se enxergava assim.

Ela se esforçou para soar simpática, embora estivesse impressionada:

— Oi.

Roma deu um passo para a frente.

— Chinara decidiu treinar tiro com arco.

Os lábios de Amélia se curvaram. Não tinha um espelho, mas sabia que uma grande interrogação estava estampada na sua testa, sarapintada e brilhante.

— Tudo bem — Amélia respondeu, um tanto sem jeito. — Pode alongar os braços nas barras. — Com a cabeça, ela apontou para os aparelhos da academia ao ar livre poucos metros à frente, antes da pista de corrida. — Quinze minutos pra cada.

Os lábios grossos de Chinara se curvaram em uma linha fina. Ela encarou Roma, e Amélia soube que tinha um acordo ali, um olhar cúmplice de um crime do qual ela não fazia parte.

Era óbvio.

— Tenho a impressão de que você não quer que a gente fique a sós — Amélia murmurou, seus olhos observando Chinara caminhar até as barras. Ela era graciosa, como um cisne flutuando nas ondas de um rio de águas claras.

— Depois de você flertar comigo e me dar um fora na sequência? — Roma riu. — Ah, *imagina*.

A princesa revirou os olhos.

— Que ousadia pensar que eu estava flertando com você. — Ela balançou a cabeça em negativa, uma risada debochada vindo em seguida. — Você assistiu a filmes de romance demais. Pode dizer a sua amiga que está segura. Não vou te atacar. Ou ferir seu ego inflado e imaginativo de novo.

Roma bufou.

— Qualquer pessoa teria dito que você *estava* flertando comigo.

— Uma pena que ninguém tenha visto a cena para opinar. — Amélia ergueu um dos ombros. — O fato é que Chinara não gosta de mim — ela foi direta. — E eu não quero ter que passar toda aula de educação física forçando uma simpatia que não existe, de nenhuma das partes. Tenho certeza de que ela vai se dar melhor no time de lacrosse com o Ben e seu amiguinho Jay.

— Ela não gosta mesmo. — Era evidente que Roma estava se divertindo ao dizer tal coisa. — Mas, se te consola, não é nada pessoal. Chinara só tem opiniões fortes contra a monarquia britânica.

— Ah, ninguém tem opiniões mais fortes que as minhas sobre a monarquia britânica.

— Diga uma.

— Não posso. — Amélia riu, como se fosse óbvio. — Membros da família real não podem expor suas opiniões políticas publicamente.

Roma revirou os olhos.

— Tenho uma sugestão. — Ela inclinou a cabeça, apontando os alvos. — Se você acertar mais do que eu, Chinara vai embora. Se eu acertar mais, você me conta um segredo.

Amélia franziu o cenho.

— Para alguém que diz não ter certeza sobre os próprios sentimentos sobre mim, você parece bem obcecada com a minha vida particular.

— Eu nunca neguei isso. — Roma deu de ombros, abaixando-se para pegar o arco apoiado perto dos pés de Amélia. — Você tem alguma coisa que me deixa curiosa. E insatisfeita na mesma proporção. É como um sexto sentido. Como se eu soubesse que você está prestes a fazer uma coisa que vai me deixar muito irritada.

Amélia engoliu em seco. Às vezes era como se Roma soubesse de tudo desde a primeira vez que seus olhos encontraram os dela. Em momentos como aquele, uma única pergunta corria pelo cérebro da princesa: *Quem estava brincando com quem?*

— Sexto sentido — Amélia repetiu. — No meu país chamamos isso de paranoia.

— No meu país chamamos de intuição. — Os lábios de Roma tremeram levemente e Amélia teve a impressão de que estava se segurando para não sorrir. — Vai. Você começa.

— Claro. Os vencedores primeiro.

— Eu não teria tanta certeza. Estive treinando desde a última vez.

Amélia deu um sorrisinho complacente, sem esforço para fingir que acreditava. Roma ganharia, mas não por mérito próprio. Amélia queria deixá-la ganhar. Já tinha até mesmo pensado em qual segredo contaria e por quê. Ter que trocar meia dúzia de gentilezas com Chinara era um preço justo a pagar.

Amélia pegou o arco das mãos de Roma. Nas barras de aquecimento, Chinara observava a cena com certa curiosidade e Amélia torceu para que ela não voltasse antes do fim da disputa.

Posicionou as mãos ao redor do arco. Seu pai a tinha ensinado tudo que sabia sobre tiro com arco e, mesmo agora, anos depois, ela ainda sentia um resquício de liberdade queimar dentro dela cada vez que se colocava em posição para atirar. Como se ela pudesse se tornar aquela flecha, prestes a cruzar o campo em alta velocidade e deixar uma marca permanente em seu alvo.

Por mais que não tivesse o costume de admitir, era isso que gostaria de ser para a maioria das pessoas. Uma marca permanente.

Ela cerrou os olhos e encarou os alvos coloridos. Cada cor simbolizava uma pontuação: vermelho, cinquenta pontos; verde, vinte pontos; e amarelo, dez pontos. Ela poderia acertar três vezes no amarelo e garantir pelo menos um empate com Roma, mas seria óbvio demais.

Suas duas primeiras flechas foram no verde. Ela ouviu um muxoxo escapar dos lábios de Roma, como se esperasse mais da princesa. Amélia sorriu para si mesma. Deu um passo para a frente e fingiu um desequilíbrio antes de atirar a última flecha, dessa vez acertando no amarelo.

Cinquenta pontos.

Ruim, mas não um fracasso total.

— Eu não queria te humilhar publicamente. — Amélia deu de ombros, entregando o arco e a flecha para Roma. — Vamos ver se consegue superar um resultado mediano.

Roma franziu o cenho. Por alguns segundos, ela pareceu em dúvida sobre entregar um revirar de olhos dramático ou não. Optou pela segunda alternativa, e, diferentemente do treino anterior, não teve dificuldade em segurar o arco. Era verdade. Ela tinha treinado.

Roma seguiu todas as instruções de Amélia na hora de posicionar as flechas. Mirou no centro de um dos alvos e soltou, mas a flecha perdeu força no meio do caminho. Acabou acertando no verde.

Amélia riu, mas no fundo também estava desapontada. Ela só precisava marcar cinquenta pontos.

Roma bufou, emplumando o corpo. Cerrou um dos olhos e mirou no verde mais uma vez. Amélia olhou para o outro lado, numa tentativa de trazer sorte para a concorrente. E, sabe-se com qual tipo de milagre, deu certo.

— Quarenta pontos — Roma murmurou. Seu tom de voz tinha um quê de "fiz o que dava para fazer". Não era orgulho, tampouco frustração. Era diferente. Uma coisa dela.

Amélia sorriu.

— Precisa de mais dez.

O rosto de Roma se contorceu em uma careta. De novo, ela estava com aquele olhar fixo em um ponto só, como se pudesse ver algo que ninguém mais via, um espetáculo particular aos seus olhos cor de galáxia. Amélia se sentia intrigada pela presença dela. Queria fazer perguntas. Sobre os olhos, sobre sua pele branca em excesso, sobre a tatuagem de cobra que percorria sua coxa – como ela tinha feito, se era menor de idade?

Sobre ela, mas também sobre o mundo. O *seu* mundo, que parecia tão particular e diferente do dela.

Os dedos de Roma correram pelo arco. Ela fez todo o processo de preparação que Amélia já tinha visto várias vezes antes de soltar a flecha, que começou bem. A princesa quase pensou que Roma acertaria o alvo do centro, vermelho, mas, da mesma forma que havia acontecido anteriormente, a flecha perdeu força no meio do caminho.

Acertou no verde, por muito pouco. Alguns segundos e a flecha teria perdido mais altura, indo parar no amarelo.

Uma vitória de raspão, mas ainda era uma vitória.

Amélia cruzou os braços.

— Parabéns.

Roma encarou o alvo, confusa. Parecia menos confiante agora, como se a flecha no alvo fosse mera alucinação da própria cabeça.

— Parabéns? — perguntou, franzindo o cenho. — Não acredito que esteja feliz em ter perdido.

— Tem uma coisa que você precisa saber sobre mim. — Amélia achou graça. — Sou uma ótima perdedora.

Roma revirou os olhos, descrente.

— O seu segredo. — Ela passou a língua pelo lábio inferior, escolhendo meticulosamente cada palavra. Cuidadosa, passou os olhos pela quadra ao redor delas. A maior parte dos alunos estava concentrada no jogo de lacrosse, onde um Benjamin satisfeito administrava seu showzinho esportivo. Ali, o treinador Parker quase parecia um torcedor.

Chinara terminou o exercício nas barras. Ela e Roma trocaram um olhar que culminou numa risada da primeira, que acabou não se aproximando.

— Sim? — Roma incentivou.

Amélia mordeu a carne das bochechas.

— Eu menti.

Roma cruzou os braços. Dessa vez, deixou que a hesitação de Amélia permanecesse no ar. Estava intrigada, mas contida. Parecia querer descobrir do que a princesa estava falando antes que ela contasse.

— Sobre o Benjamin — Amélia prosseguiu. — Eu disse que ele só sai com garotas que pesam cinquenta quilos e usam batom vermelho, mas não é verdade. — Ela riu, achando graça da própria mentira. — Eu só não queria que você gostasse dele mais do que gosta de mim. — Roma não esboçou nenhuma reação. — O que é irônico, considerando que você nem gosta de mim.

Uma risada nervosa escapou dos lábios de Roma.

— Não sei o que dizer sobre isso.

— Não diga nada.

— Por que eu tenho a impressão de que era isso que você queria? Me deixar sem palavras. — Roma bufou. — Se eu fosse escolher um membro da realeza como meu favorito, seria você.

— Seria mesmo?

— *Se* eu fosse.

— Outro segredo. — Amélia abaixou o tom de voz. — Gosto mais de você quando não está fingindo que odeia todo mundo. Na noite do karaokê, tenho certeza de que gostou de cantar comigo.

*Gosto mais de você quando está com a Holy*, ela completou, dentro da própria cabeça.

Roma ergueu um dos ombros.

— Você não suporta a ideia de que exista alguém que não te idolatre em tempo integral, princesa.

Ela fez uma careta diante do termo.

— Já disse que pode me chamar de Amélia. E você pensa mal demais de mim. — Soltou o ar pelo nariz. Não se importava com o comportamento evasivo de Roma porque, no fundo, sabia que estava no controle. — Minha festa de aniversário é no próximo sábado. Coloquei um convite debaixo da porta do seu dormitório. Considerando que sou sua membra favorita da realeza, você deveria aparecer por lá.

Roma mordeu o lábio.

— Seu ouvido é treinado para escutar só as partes da conversa que te convêm?

— Na verdade, sim. E viver a vida dessa forma é muito mais divertido.

Roma revirou os olhos, mas havia um sorriso curto se formando em seus lábios.

— Leve um presente — disse. — Não precisa ser nada caro, mas precisa ser — ela apoiou um dos dedos no queixo, forçando uma expressão pensativa — *significativo*.

A loira a encarou, incrédula. Encontrar um presente significativo para a princesa da Inglaterra parecia a missão impossível da última fase de um jogo de videogame.

— Você é o motivo das minhas maiores dores de cabeça desde que pisei em Londres, sabia?

— Sabia — disse Amélia, dando de ombros. — E gosto disso.

## CAPÍTULO 23

## Procura-se uma roupa mais marcante que o vestido verde da Evelyn Hugo.

## *Roma*

> **Declan Wallen (10:47) diz:** Vou estar lá com a SY. Posso te dar uma carona se quiser.

Roma estava encarando o celular havia uns bons dez minutos, perguntando-se como não tinha pensado naquela hipótese antes. O convite de Amélia fora casual, e, por mais ou menos vinte e quatro horas, Roma imaginou uma festa de aniversário comum.

É claro que não.

Os dezoito anos da princesa da Inglaterra seriam exatamente como todo evento que envolvia a família real: cheio de pompa e protocolos. Ela tinha mandado uma mensagem para Declan pedindo autorização para usar o cartão de crédito – que havia surrupiado do vaso de plantas da sala do apartamento do pai – para comprar um vestido, e agora sabia que a Scotland Yard, em parceria com os guardas do palácio e o exército, estava organizando um esquema mirabolante de segurança.

Ela responderia para o pai mais tarde. Naquele momento, sua prioridade era adentrar as portas enormes do shopping Westfield Stratford City e sair com uma roupa maravilhosa. E, se estivesse de bom humor, um presente.

Estava prestes a colocar o celular de volta dentro do bolso da calça quando recebeu outra mensagem de Declan:

> **Declan Wallen (10:48) diz:** Lembre-se de ligar para a sua mãe mais tarde. Ela me disse que a última vez que você deu sinal de vida foi umas duas semanas atrás (somos parecidos nisso também, isso não é bom).

Roma deu uma risadinha complacente. Pela forma como Declan digitava, ela deduziu que não estava mais furioso. Ele nem tinha feito uma lista com todos os motivos pelos quais Roma Wallen não deveria se aproximar mais do que dez metros da princesa, o que significava que estavam bem.

— Então — Chinara, que tinha ido até o pequeno quiosque do McDonald's na entrada, voltou com uma casquinha, um sorriso e um questionamento —, já sabe como quer se vestir? Vai ser "eu vim nesta festa para roubar o coração da princesa" ou "eu nem ligo para a princesa, mas tive que vir para manter um bom status social"?

— Os meus ouvidos vão sangrar se usar a palavra "princesa" mais uma vez.

Chinara riu.

— Eu não faço ideia do que se usa nesses eventos. — Roma mordeu o lábio, dando um passo em direção à entrada do shopping. — Um look medieval? Preciso fingir que estamos no século 19 e que os direitos humanos não são uma questão?

— As pessoas usam roupas normais. — Chinara parecia muito mais tranquila que ela. — Chique, mas normal. Um vestido longo deve servir. A não ser, é claro, que você esteja tentando impressionar alguém.

Roma arqueou uma das sobrancelhas. Ela balançou a cabeça em negativa enquanto caminhavam até as escadas rolantes, indo para o segundo pavimento.

— Não estou. — Ela ergueu um dos os ombros. — Ninguém dentro da família real que tenha chamado minha atenção.

— Sabe o que eu acabei de perceber? — Chinara enrolou um dos dreads nos dedos. — Nós ainda não conversamos sobre uma certa manchete que aconteceu semana passada. E, se eu fosse um pouquinho maldosa, diria que está evitando falar desse assunto. — Roma moveu os lábios, mas a amiga fez um sinal de silêncio. — E torcendo pra que eu não fale dele também.

— Eu quero culpar Hollywood pela romantização exacerbada dos karaokês. Nós cantamos uma música e agora a maioria acha que estamos apaixonadas uma pela outra. Tipo, fala sério.

Chinara deixou uma risada escapar pelo nariz.

— Ninguém usa a palavra "exacerbada" a menos que esteja muito empenhado na tarefa de convencer alguém de algo. Mas eu te entendo, porque também não admitiria se estivesse com um… *crush*… — Ela fez uma careta. — Meu Deus, eu odeio o que fizeram com esse termo. Virou uma coisa cringe, mas não tem como descrever um crush sem usar a palavra "crush".

Roma achou graça.

— Pode usar paixonite.

— Não tem o mesmo impacto. Enfim, eu também não admitiria se tivesse uma quedinha, como minha avó diria, pela princesa da Inglaterra. Mas, se quer minha opinião honesta, isso é a sua cara.

— Minha cara?

— Se apaixonar por uma princesa? Sim. Como se você estivesse obcecada pela ideia de viver um romance e por isso foi procurar no lugar mais óbvio: um castelo — disse Chinara. Roma revirou os olhos antes de rir. — Relaxa, eu acho que ela gosta de você também. — Chinara formou uma linha no seu sorvete de casquinha, como se estivesse desenhando. — Tipo, uma paixonitezinha. Ela nunca foi de conversar com as pessoas na escola, mas com você ela conversa.

Roma torceu o nariz.

— Eu não acreditaria nisso se fosse você. Amélia tem a mesma energia hétero da Taylor Swift. Tenho certeza de que sempre que olha para outra menina está pensando em qual ritual de skincare maluco pode fazer pra ficar mais bonita que ela.

— Você foi a única pessoa de Charterhouse que ela convidou — Chinara comentou, aquele ar misterioso de quem está querendo dizer *alguma coisa*. — Quer dizer, se a gente ignorar os amiguinhos escrotos dela.

— Ela não convidou você? Nem o Jay?

Chinara fez que não.

— Eu não iria, de qualquer forma. E o Jay... sei lá, talvez ele esteja ocupado demais com o lance das velas aromáticas.

Roma estalou os dedos.

— As velas.

— O quê?

Ela preferiu não comentar sobre a parte em que Amélia exigiu um presente significativo.

— São um bom presente, não são? Vou falar com o Jay quando sairmos daqui.

— Você vai levar um *presente*? Pensei que todo mundo concordasse que uma princesa já tem coisas demais.

Roma deu de ombros.

— Eu gosto de dar presentes.

Era verdade. Ela gostava mais de dar do que de receber, porque era divertido observar a empolgação das pessoas diante de um "tenho um presente para você". Havia passado boa parte do ensino médio pensando no presente perfeito para cada uma das amigas que fazia aniversário, isso antes de todos decidirem que ela era uma maluca que via os mortos e não merecia amizade ou consideração das pessoas. Na maior parte do tempo, ser uma pessoa afetuosa nunca lhe tinha feito muito bem.

— Você tem um jeito engraçado de demonstrar que não gosta da princesa.

Roma balançou a cabeça em negativa. Passou por duas lojas de roupas de festa observando atentamente os vestidos, mas não encontrou nada que a agradasse.

— Nunca ouviu dizer que é grosseiro ir a uma festa de aniversário e não levar presente?

Chinara não disse nada. Deu uma das suas risadinhas incrédulas, o que era suficiente para expor a falta de credibilidade do comentário de Roma.

A loira mudou de assunto:

— Você acha que branco fica muito noiva? — questionou, apontando para um vestido cintilante na vitrine.

Chinara franziu o cenho. Ela segurou o pulso de Roma com delicadeza, mostrando o contraste entre a pele de uma e da outra. Os dedos de Roma nunca haviam parecido tão brancos.

— Você vai ficar parecendo um fantasma.

Roma mordeu o lábio. De todas as palavras do mundo, ela precisava usar logo *fantasma*?

Ela não permitiu que seu incômodo se esvaísse.

— Vermelho é clichê. Verde...

— Evelyn Hugo — Chinara murmurou, tão confiante que Roma teve a impressão de que estava em um programa de perguntas e respostas. — Roxo?

— Halloween. — Roma continuou passando pelas vitrines. — Justin Bieber, BTS. Eu queria uma cor que não me fizesse me lembrar de um milhão de referências da cultura pop. Sei lá. Algo mais... sério?

— Você tem dezessete anos, por que quer ser séria?

Roma deu de ombros. Ela não sabia responder àquela pergunta com argumentos concretos, mas fazia sentido: uma festa no palácio de Buckingham exigia alguma seriedade. Ou talvez ela estivesse surtando. O convite de Amélia a estava fazendo surtar e ela nem sabia direito o motivo.

— Olha esse. — Chinara deu uma corridinha até uma das lojas do fim do corredor. — Parece o vestido que a Blake Lively usou no Met Gala do ano passado.

Roma apressou o passo. O vestido era o único em exposição na vitrine de uma loja enorme, chamada Nefer. Um tomara que caia claramente inspirado na peça que Chinara tinha citado caía pelo corpo da manequim, mas, diferente do original, em tons de dourado e amarelo. Roma fez uma careta, temendo parecer uma bandeira do Brasil ambulante. Os brasileiros tinham um certo ranço da cor amarela desde que o presidente inominável tinha vencido as eleições de 2018. Felizmente ele não estava mais no poder.

Roma deu um passo para a frente, encarando o vestido mais de perto. Era feito com uma saia de tule transparente com pequenos cristais brilhantes, acompanhado de um par de luvas que cobria dos dedos ao antebraço. Roma passara a infância querendo usar luvas como aquela e se sentir um pouco como uma princesa da Disney. Isso foi bem antes de ela descobrir que via gente morta, o que com certeza era característica de uma vilã, e não de uma princesa.

Roma ignorou o pensamento. Talvez fosse hora de fazer as pazes com o amarelo.

— Você deveria experimentar — Chinara comentou, aquele empurrãozinho de que Roma precisava para não ficar ali, parada em frente à loja, observando as pessoas entrarem e saírem sem nunca comprar nada. Ela odiava experimentar roupas, assim como sua mãe, que costumava dizer que os provadores de lojas de departamento faziam parte de uma grande conspiração para fazer as mulheres se sentirem gostosas e então comprarem roupas que na verdade as deixavam como salsichas espremidas.

Mesmo assim, Roma assentiu.

Entrou na loja ao lado de uma Chinara confiante. Se não estivesse com ela o tempo todo, diria que a garota tinha experimentado o vestido por conta própria e, como tinham corpos relativamente parecidos, carregava aquela certeza de que ficaria perfeito.

Roma pediu um tamanho 10 para a atendente, o que, no Brasil, correspondia ao M. No fundo ela sabia que o seu tamanho era P, mas aquele era um golpe de esperança: como se, de alguma forma, Londres pudesse ter feito seus seios crescerem alguns centímetros a ponto de conseguirem encher um decote médio.

— Ainda me impressiona que ela não tenha te convidado — Roma murmurou, depois que a atendente subiu para o segundo andar para buscar seu vestido. — Quer dizer, sei lá. Seria legal da parte dela.

Chinara fez uma careta.

— Falei sério quando disse que não iria. Esses eventos de pompa dão mais dor de cabeça do que diversão. E você já viu o cardápio das festas da alta sociedade? Eles colocam damasco em *tudo*. Se eu fosse você, jantaria antes de ir.

— Aqui está. — Roma ouviu a voz da vendedora pela primeira vez quando ela desceu as escadas, colocando o longo vestido amarelo no primeiro provador. A loja tinha um cheiro cítrico de laranja que deixava as paredes brancas e sem graça um tanto mais aconchegantes. — Onde estão as luvas? — Era uma pergunta retórica. Ela abaixou a cabeça perto da caixa registradora, levantando-se com um par de luvas em mãos. — Ah, encontrei! — Sorriu para as duas. Fez uma breve pausa, encarando Chinara com um pouco mais de atenção — Ei, você já não veio aqui antes?

Roma franziu o cenho.

— Sim — respondeu a garota. — Acho que sim, algumas vezes.

— Eu lembro da última vez. — A atendente estalou os dedos. — Foi uma das nossas melhores clientes que te trouxe aqui. Addie. Addie Jones.

Roma passou os olhos por Chinara, curiosa

— Você nunca me disse que era amiga da Addie. Quer dizer, não a ponto de fazerem compras juntas...

A atendente percebeu o clima tenso e repentino.

— Eu vou buscar uns sapatos para você experimentar junto com o vestido — disse, desaparecendo pelas escadas mais uma vez, como se não tivesse acabado de plantar uma sementinha de discórdia.

— A gente se afastou um pouco antes de ela... bem, morrer. — Chinara mordeu o lábio. — Ano passado, na verdade. Tivemos algumas brigas. Eu não estava tentando esconder isso de você, tá?

— Então por que nunca comentou?

Chinara deu de ombros.

— Todo mundo era *meio* amigo da Addie, ao mesmo tempo que ninguém no mundo era — disse. — Achei que seria estranho te dizer, sabe? "Oi, eu sou ex-amiga da garota que morreu, prazer, vamos dividir o quarto."

Roma assentiu. Era uma justificativa mais do que válida, e, por mais que estivesse um tanto obcecada com o caso de Addie Jones, não a conhecia. As pessoas não tinham nenhuma obrigação de falar sobre Addie com ela.

— Seria estranho. — Roma sorriu, esforçando-se para dissipar o clima tenso. — Tá, enfim, deixa eu experimentar isto aqui.

Chinara concordou.

— Me chama se precisar de ajuda pra fechar as costas.

Roma fez que sim, possivelmente não pela primeira vez naquela tarde. Seu primeiro impulso dentro do provador foi tirar o celular do bolso da calça e checar seus e-mails, mas não havia nada além de um spam anunciando a promoção de uma marca de bolsas de que ela nem gostava tanto assim, mas tinha salvo para ver mais tarde em algum momento de puro tédio.

Roma suspirou. O silêncio de dois dias de Holy com certeza queria dizer alguma coisa, mas ela não sabia se estava levando um fora ou se a garota só estava cumprindo sua parte do acordo de ter uma coisa sem compromisso. Talvez ela estivesse ocupada demais para digitar e-mails de cerca de trezentas palavras. Aliás, além da faculdade, o que ela fazia da vida mesmo?

Roma deixou o celular aberto na página "Nova mensagem" em cima do banquinho do provador. Deixou o assunto Holy de lado por alguns instantes e se concentrou em tirar a roupa e vestir a peça que aguardava por ela. Na luz do provador, o vestido parecia emanar brilho próprio.

Ela teve a impressão de que suas pernas estavam perdidas dentro do tecido quando passou a peça pela cabeça. Gastou alguns segundos ajeitando o ombro e o decote, surpreendendo-se ao notar que o tamanho 10 não tinha ficado tão largo quanto esperava. Calçou as luvas e deu uma sequência de passos para trás, afastando o corpo do espelho até passar pela cortina do provador e estar do lado de fora.

— Nossa! — Chinara bateu palmas sutilmente. — Você *tem* que levar esse.

Roma torceu o nariz.

— Eu não pareço uma fantasia de mim mesma? — Ela mordeu o lábio, girando as mãos enluvadas como faziam as misses. — Sei lá. Não sinto que eu tenho requinte suficiente pra usar uma coisa dessas.

Chinara revirou os olhos.

— É claro que tem, parece que foi feito pra você. — Aproximou-se, ajustando o laço nas costas. — Pronto. Agora sim, feito pra você.

— Quanto custa?

Ela demorou alguns instantes para achar a etiqueta.

— Trezentas libras.

Roma fez uma careta.

— Credo.

— Mas você ficou linda nele.

— Odeio gastar o dinheiro do meu pai com bobagem. — Ela alisou a saia do vestido, contemplativa. — Eu sei que ele ganha bem, mas sei lá. Dois meses atrás ele só precisava me mandar uma pensão de cem libras e tudo certo, agora estou pensando em gastar trezentas em um vestido que vou usar *uma* vez.

— Posso pagar metade.

— O quê?

— Considere um presente. — Chinara deu de ombros. — Quero que você vá nessa festa e quero que esteja mais bonita que a aniversariante. É minha vingança pessoal.

Roma riu.

— Eu aceito, mas é um empréstimo — propôs. — Se eu conseguir um trabalho qualquer dia desses, vou lhe pagar.

Chinara moveu as mãos em um claro sinal de "deixa disso".

— Como se você estivesse procurando trabalho.

Roma mostrou o dedo médio para ela antes de entrar de volta no provador, agora observando seu reflexo com mais calma.

O amarelo ressaltava seus olhos violeta e o tecido tinha uma fenda na perna, deixando sua tatuagem de cobra mais ou menos à mostra. Ela sempre achara que cabelo loiro e vestidos amarelos não combinavam, mas seus fios eram tão brancos que acabavam não brigando com a cor.

Cada vez que ela se mexia, o tecido brilhava um pouco mais.

Munida de dois segundos de coragem, ela gravou um pequeno vídeo girando pelo provador e anexou na aba aberta do telefone.

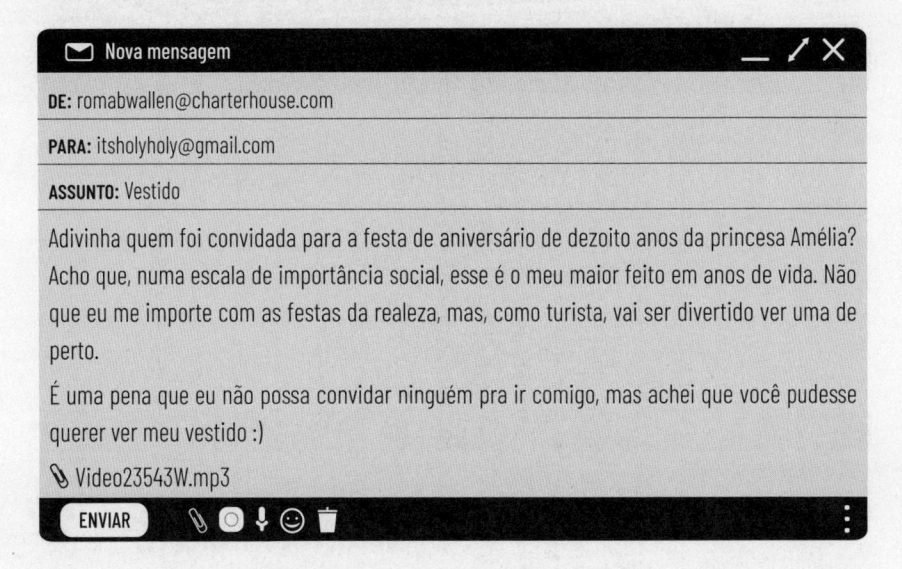

---

✉ **Nova mensagem**   _ ✎ ✕

**DE:** romabwallen@charterhouse.com

**PARA:** itsholyholy@gmail.com

**ASSUNTO:** Vestido

Adivinha quem foi convidada para a festa de aniversário de dezoito anos da princesa Amélia? Acho que, numa escala de importância social, esse é o meu maior feito em anos de vida. Não que eu me importe com as festas da realeza, mas, como turista, vai ser divertido ver uma de perto.

É uma pena que eu não possa convidar ninguém pra ir comigo, mas achei que você pudesse querer ver meu vestido :)

📎 Video23543W.mp3

**ENVIAR**

---

Roma sabia que era idiotice esperar por uma resposta imediata, mas se sentou no pequeno banquinho dentro do provador e o fez mesmo assim. Ouviu a atendente descer as escadas mais uma vez. Ouviu Chinara agradecer pelos sapatos e dizer que sua amiga já estava se trocando. Ouviu dizer também que levariam o vestido, mas que pagariam em dois cartões. Exatos cinco minutos se passaram naquela posição: Roma ouvindo e esperando.

Ela estava perto de se levantar e trocar de roupa quando o celular vibrou, anunciando uma resposta.

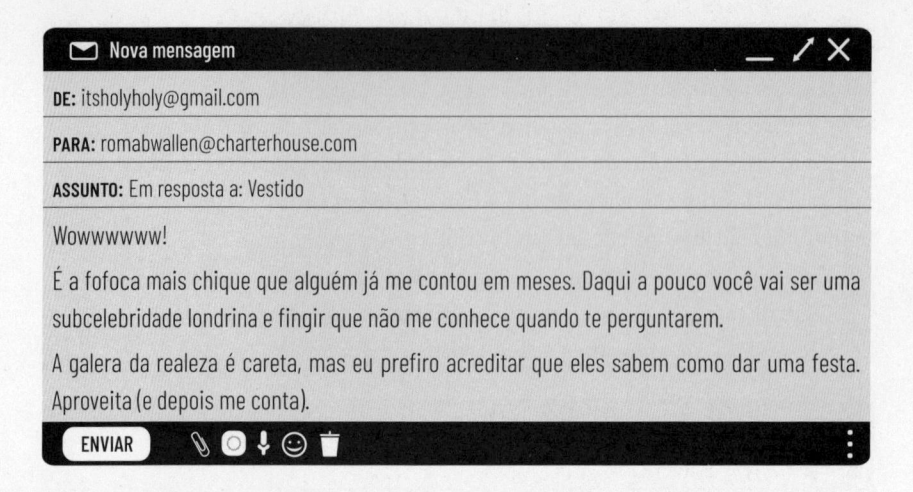

> **✉ Nova mensagem**
>
> **DE:** itsholyholy@gmail.com
>
> **PARA:** romabwallen@charterhouse.com
>
> **ASSUNTO:** Em resposta a: Vestido
>
> Wowwwwww!
>
> É a fofoca mais chique que alguém já me contou em meses. Daqui a pouco você vai ser uma subcelebridade londrina e fingir que não me conhece quando te perguntarem.
>
> A galera da realeza é careta, mas eu prefiro acreditar que eles sabem como dar uma festa. Aproveita (e depois me conta).
>
> **ENVIAR**

Roma fez uma careta. Não sabia o que estava esperando receber em resposta quando mandou aquele e-mail, mas Holy tinha conseguido frustrar suas expectativas. Por um instante, ela desejou ser uma garotinha mimada de catorze anos que pode quebrar celulares e bloquear contatos por pura birra.

Quase excluiu o e-mail de Holy, mas uma mensagem nova apareceu na caixa de entrada segundos antes que o fizesse.

> **✉ Nova mensagem**
>
> **DE:** itsholyholy@gmail.com
>
> **PARA:** romabwallen@charterhouse.com
>
> **ASSUNTO:** Em resposta a: Resposta de: Vestido
>
> PS: Se eu fosse a princesa e você aparecesse na minha festa assim, seria impossível não me apaixonar.
>
> **ENVIAR**

Roma deu um meio sorriso.

Ali estava, a resposta que ela queria receber desde o começo.

# CAPÍTULO 24

## Como Melanie Martinez disse uma vez: "It's my party and I'll cry if I want to".

*Amélia*

---

**PROGRAMAÇÃO REAL**

### ANIVERSÁRIO DA PRINCESA AMÉLIA

- **12h:** Salva de tiros de canhão no Green Park
- **16h:** Recebimento de presentes dos súditos no salão principal
- **19h:** Início da cerimônia para convidados próximos no palácio de Buckingham
- **22h:** Show aéreo
- **00h:** Valsa (onde possíveis pretendentes podem se apresentar à princesa)
- **01h:** Corte do bolo
- **02h:** Encerramento da cerimônia

---

**ANIVERSÁRIO DA PRINCESA, 18H**

O ser humano em busca do equilíbrio perfeito precisa entender que, quando alguém diz "sim" para uma coisa, está dizendo "não" para outras.

Se você diz sim para uma pizza quatro queijos enorme em plena segunda-feira à noite, você possivelmente está dizendo não para sua saúde – e para qualquer possível dieta.

Se você diz não para uma festa que aconteceria no mesmo horário das suas aulas da faculdade, você diz sim para sua carreira.

Se você é a princesa da Inglaterra e diz sim para uma garota, você diz não para *qualquer chance* de tranquilidade que poderia vir a ter no seu aniversário de dezoito anos.

Amélia estava sentada em uma poltrona que não era o trono, mas uma réplica perfeita dele. Era grande, exagerado, felpudo e vermelho, bem como o lugar onde sua avó reinava. Atrás dela, estava uma foto em preto e branco de sua mãe, Spencer, acompanhada de um arranjo de miosótis. Uma foto de seu pai, Louis, vinha logo ao lado, mas estava colorida. Àquela altura, Amélia não sabia se esse era um gesto de esperança ou de deboche.

Os dedos magrelos de sua avó estavam apoiados nas costas da poltrona. Fugindo do que tinha se tornado comum, ela estava com a coroa brilhante apoiada no cabelo claro e um batom vermelho nos lábios enrugados pelo tempo, munidos de um sorriso tímido pronto para disparar cada vez que falavam com ela. A rainha Olívia parecia feliz. Não aquele tipo de felicidade que ela se esforçava para exibir todos os dias, mas uma felicidade genuína.

Se fosse maldosa, Amélia diria que a avó estava feliz por vê-la completar dezoito anos. Muito em breve ela deixaria de ser responsabilidade da Coroa, engataria um noivado e daria dor de cabeça apenas para o seu marido.

Se fosse bondosa, diria que a avó estava feliz em vê-la completar mais uma volta ao redor do sol e só isso.

— Foram feitas com morangos colhidos hoje — a voz de uma senhorinha simpática chamou a atenção de Amélia. Ela segurava uma cesta de compotas – talvez fossem geleias – que logo foi recolhida por um dos guardas reais. — Costumamos comer no café da manhã.

— Obrigada — disse Amélia, não pela primeira vez naquela noite, não com uma entonação diferente das cinquenta outras vezes.

Era mais uma das tradições de aniversário da família real: por duas horas, os súditos mais fiéis da realeza podiam entrar no grande salão de festas do palácio de Buckingham e oferecer presentes para os aniversariantes. Eles variavam entre cabeças de ovelha que não eram entregues fisicamente, alimentos, bebidas, joias e, às vezes, uma quantidade assustadora de tecido que fazia Amélia pensar que ainda estavam em 1500.

Depois dos presentes entregues, os súditos iam embora e a festa começava. Eles podiam participar de alguns momentos da cerimônia, de longe, como os tiros de canhão que aconteceram mais cedo e o show aéreo, mais tarde. Desde que criara consciência do próprio corpo, Amélia achava um costume meio filho da puta: você vem, entrega um presente e vai embora sem nem comer um pedacinho de bolo.

Apesar de ser uma tradição questionável, Amélia tinha se acostumado a atender uma fila que durava mais de três horas todo ano. Naquele ano, tinham batido um recorde: cinquenta e sete minutos, uma fila meio vazia e presentes piores do que nos aniversários anteriores. Apesar disso, tinha visto algumas garotas jovens na fila, o que nunca tinha acontecido antes. Uma delas lhe tinha entregado uma conserva de palmito obviamente comprada em supermercado e uma bandeira LGBT, o que Amélia tinha achado fofo e Olívia, um desserviço, ainda que não demonstrasse seu descontentamento.

As pessoas realmente acreditavam que ela e Roma formavam um casal e Amélia já não sabia responder qual parte de si achava aquilo divertido e qual achava estranho e inapropriado. O e-mail que tinha mandado para Roma na tarde anterior ainda estava dançando na sua cabeça, rodando de um lado para o outro e deixando seus pensamentos mais tortos do que eram normalmente. Havia sido um daqueles casos quando seus dedos digitam mais rápido que o cérebro e quando você percebe é tarde demais.

"Se eu fosse a princesa" era uma frase oficialmente banida do vocabulário de Holy, embora fosse verdade que Roma estava linda dentro daquele vestido. Ela já tinha se arrependido de tê-la convidado, porque não tinha certeza se estava pronta para passar horas ao seu lado e manter o bom comportamento.

Às vezes, achava que Benjamin tinha razão. Precisava parar de agir como se ela e Roma tivessem alguma chance contra o mundo real.

— Ainda tem tempo pra mais um presente? — de forma repentina e, a princesa arriscaria dizer, até grosseira, a voz de Kenji preencheu o salão.

Amélia não conseguiu evitar um revirar de olhos.

Ela queria bancar a princesinha insuportável e enxotá-lo do salão, mas não teve coragem. Na verdade, essa seria uma cena à qual sua avó gostaria de assistir e, por si só, esse era um bom motivo para se conter.

— Se for o seu, não. — Um dos guardas ao lado da sua poltrona deu um passo para a frente, mas Amélia o parou. — Não se preocupe. Era brincadeira.

O homem deu um passo para trás, como um boneco de corda.

— Pudim de verão? — Amélia ergueu os olhos, tentando adivinhar o que Kenji carregava na caixa cor-de-rosa apoiada em seu antebraço.

— Eu odeio ser tão clichê. — Kenji levantou um pouquinho da tampa. — Mas é sua sobremesa favorita. — Ele engoliu a própria voz, falando apenas com os lábios dessa vez: — Desculpa.

Amélia deu de ombros.

— Um instante... — Ela fingiu divagar sobre servir ou não o pudim durante a festa com a rainha Olívia, enquanto batucava os dedos na poltrona.

Felizmente, Kenji percebeu seu gesto: estava passando uma mensagem em código morse.

*Conversamos mais tarde*, eram o que as suas batidas insistentes diziam.

Ele suspirou, mas assentiu.

Amélia não estava tentando ser difícil ou antipática, mas era seu aniversário de dezoito anos e uma garota tem direito de escolher com quais problemas quer lidar durante uma data comemorativa. E ela tinha escolhido não lidar com Kenji, com a prova de literatura que tinha na segunda e com Holy, pelo menos por vinte e quatro horas.

— Quando seus convidados começam a chegar? — a rainha perguntou, enquanto assistiam a Kenji fechar a fila de súditos e deixar o salão subitamente vazio.

— Oito — disse Amélia. — Em hora brasileira.

— Hora brasileira?

— Quer dizer que vão chegar uns vinte minutos depois das oito. É uma gíria.

Olívia franziu o cenho.

— Não use gírias, é grosseiro. Sabe onde o conde Benjamin está?

Amélia fez que não, ajustando suas luvas de seda nos braços.

— Vocês estavam um pouco fora do tempo da valsa no último ensaio que vi. Espero que tenham treinado com mais frequência, como combinamos.

Não tinham treinado, mas essa era uma das coisas que Amélia tinha nascido sabendo fazer, bem como mentir sem ser pega, fazer uma saída discreta e ter uma memória boa o suficiente para decorar todas as saídas do palácio, com preferência para as que eram menos vigiadas.

— Claro. — Amélia passou os olhos pelo salão, buscando uma confirmação do que havia percebido minutos antes. — Desconheço alguém na família que tenha treinado mais que eu. — Ela não tinha certeza se sua avó perceberia a sutil ironia que escapava dos seus lábios, mas essa não era uma grande questão. Benjamin não tinha dado sinal de vida desde a madrugada anterior, o que significava que estava prestes a dançar sua valsa de aniversário com algum parente cheio de rugas e com data marcada para morrer.

A parte boa era que ela não se importava tanto assim com sua valsa a ponto de dar um chilique. A parte ruim era que não ficaria muito legal nas fotos.

Benjamin não era a única pessoa que faltava àquela cerimônia. Deva também não compareceria, mas tinha mandado uma garrafa de vinho que era a favorita de Spencer. A mulher tinha dito ter trabalho demais, mas Amélia sabia que, no fundo, ela só não queria ter que pôr os pés em Buckingham de novo.

— Bom. — A rainha Olívia passou os dedos pela própria saia, ajeitando um amassado que não existia. — Aproveite sua festa, Lia. — Amélia estranhou o apelido carinhoso, mas não disse. A mulher apontou para os próprios lábios finos. — Lembre-se de sorrir. Tem gente que veio de muito longe para ver você.

Amélia assentiu. A rainha saiu do pequeno palco onde estavam e, acompanhada dos guardas, foi dar instruções para a orquestra de câmara que tinha contratado. O salão voltou a ficar cheio. Os funcionários do palácio se desdobravam para organizar a mesa cheia de pompa onde o bolo de Amélia ficaria, o que fez a garota se lembrar do último livro de romance que tinha lido, em que o príncipe da Inglaterra e o filho da presidente dos Estados Unidos se atracavam em cima de um bolo de festa.

*Ah, tudo que eu precisava era alguém que me jogasse em um bolo de festa e me prometesse amor verdadeiro.*

Amélia achou graça do pensamento. Ela aceitou uma taça de champanhe quando um dos garçons lhe ofereceu e, sozinha, deu o seu primeiro gole de bebida alcoólica legalmente aceito.

E pareceu tão amargo quanto todos os outros

★★★

ANIVERSÁRIO DA PRINCESA, 21H

— Tem gosto de papel.

Amélia disfarçou um longo suspiro, colocando uma das mãos enluvadas na frente da boca. Era claro que o responsável pelo comentário sobre seus macarons tinha que ser Jasper, o garoto que ela nem queria ter convidado, mas o fez por educação.

Ela pensou que teria sido mais inteligente ter chamado Chinara ou Jay. Se tivesse feito, Roma não estaria do outro lado do salão, tendo uma conversa entediante com um duque de sabe-se lá onde, velho demais para a idade dela, mas descarado o suficiente para tentar a sorte.

Não era a primeira vez naquela noite que Amélia via Roma conversar com alguém, o que chegava a ser óbvio, julgando pela sua aparência impecável. A princesa estava acostumada a ser a garota mais bonita de todo ambiente, mas, logo no seu aniversário, tinha encontrado uma concorrente à altura.

— Eu não sabia que vocês conversavam — Lily comentou, de repente, ignorando Jasper e os macarons com gosto de papel para dar uma boa olhada em Roma.

Amélia segurou a língua para não responder um "você não sabe nada sobre mim" que causaria muitas dores de cabeça mais tarde. Optou pela desculpa mais óbvia:

— O pai dela é da Scotland Yard. — Com a cabeça, ela apontou Declan em um canto, misturando-se aos guardas reais. Se fizessem uma competição para decidir quem estava mais insatisfeito com a atenção que Roma recebia, Amélia e Declan pegariam o primeiro e o segundo lugar, embora ela não soubesse dizer em qual ordem. — A gente saiu uma vez, não lembra? Estava em todos os jornais. De qualquer forma, o convite foi uma gentileza minha.

Patrick assentiu, como se ele mesmo tivesse dado início àquela conversa. Então abriu um sorriso sugestivo.

— Você deveria chamá-la pra cá — disse, como se fosse a melhor ideia que sugeria em anos. — A gente não morde.

— Ela não parece ser uma pessoa muito... — Amélia hesitou. — Vocês sabem. Extrovertida. Mas vou falar com ela. — Sorriu, feliz em ter uma desculpa para sair da mesa.

— Timidez se resolve com vodca. — Jasper riu, sempre desagradável. — É nessas horas que eu sinto falta da Addie, vocês não? Ela era a alma das festas.

Amélia fez uma careta. Jasper e Addie tinham namorado por mais ou menos três semanas no ano passado, o que era pouco tempo para que um relacionamento se tornasse sólido, mas tempo o bastante para que alguém criasse uma lembrança mais significativa do que "a alma das festas". Isso é o que você diz sobre uma pessoa quando não sabe nada sobre ela.

Antes que a princesa pudesse tecer um comentário, Lily já estava concordando com o amigo, virando mais um gole exagerado de champanhe. Amélia aproveitou a deixa para se levantar e cruzar o salão na direção de Roma, cumprimentando uma dúzia de pessoas no caminho com seu aceno de miss. Não pretendia convidar a garota para se sentar com os três cavaleiros do Apocalipse, porque estar numa festa da realeza sendo a maior hater dela já era castigo suficiente.

Agora mais perto, Amélia percebeu que se tratava do duque de Cheshire. Era uma daquelas pessoas sazonais: você só o encontrava em datas comemorativas ou velórios, por pura obrigação social.

— E eu tenho essas fazendas em Belmont... — Era tão previsível que ele estivesse contando vantagem que Amélia não se surpreendeu. — Alteza, que prazer ver você aqui.

Amélia forçou um sorriso.

— Você está linda hoje. — Essas foram as primeiras palavras de Roma, antes de tecer qualquer cumprimento. Ela mordeu o lábio e encarou os próprios sapatos, percebendo que tinha falado demais, então emendou: — Não acha, senhor Riley?

O duque pareceu feliz em ter sido incluído na conversa.

— Com toda a certeza, mas isso não me surpreende. Ela está acostumada a ter uma boa apresentação. — Um dos seus dentes de ouro brilharam. — Onde está o garoto, digo, o conde Benjamin?

— Foi exatamente por isso que vim até aqui. — Amélia abriu um sorriso ainda maior que o de antes. — Eu e a senhorita Wallen precisamos encontrá-lo antes do show aéreo. Quer dizer — ela se virou para Roma —, você se importa em me ajudar com isso?

Ela negou:

— Não. Eu estava mesmo me perguntando aonde ele poderia ter ido.

— Ótimo. Nos dá licença, Vossa Graça?

O duque Riley sorriu, erguendo a taça na direção de Roma como se fizesse um brinde. Amélia fez uma careta antipática assim que ele se afastou, impaciente.

— Parece que caras velhos são caras velhos em todo lugar, hein? — Roma brincou. — Fiquei mais de trinta minutos ouvindo ele falar sobre as fazendas de Belmont.

— Ele está falindo — Amélia zombou. — Essa é a melhor parte.

— Ah, eles *sempre* estão.

— Eu não pensei que você fosse vir.

Roma arqueou as sobrancelhas.

— Você me convidou, não foi?

— É, mas... não parece o seu tipo de coisa.

— Realmente não é. — Seus olhos subiram até o teto do palácio. Um lustre de cristais iluminava o espaço, tão brilhante como estrelas no céu escuro. — Por exemplo, estou o tempo todo pensando em duas coisas. A primeira, que esse lustre poderia pagar tudo que a minha família tem e, a segunda, que ele pode despencar e degolar alguém a qualquer momento.

Amélia riu.

— Seria divertido. Quer dizer, não a parte da morte, o caos momentâneo.

Roma riu também, mas movimentou a cabeça em negativa, como se não concordasse.

— Você tem mesmo que procurar o Benjamin? Eu queria dar o seu presente.

— Você *trouxe* um presente?

— Eu não entendo você. — Roma cerrou os olhos. — Primeiro, me convida para a festa e fica surpresa que eu tenha vindo. Depois, me pede um presente e fica surpresa que eu tenha trazido um.

— Era um desafio. — Amélia segurou o ímpeto de morder o lábio, para não borrar seu batom. — Achei que não fosse encontrar nada significativo, porque... a gente se conhece há pouco tempo.

— Se esse era o seu plano, você falou com a garota errada. — Roma abriu um sorriso vitorioso. — Dar presentes é meu hobby favorito, virou tipo uma questão de honra. O Jay me ajudou a escolher. — Ela abriu sua bolsinha de festa, mostrando uma vela em formato de estrela de aproximadamente oito centímetros, roxa e com as laterais brilhantes. — Em uma das poucas entrevistas que você já deu à imprensa, disse que gostava de acender velas aromáticas no seu quarto, fechar os olhos e escrever sobre o que estava sentindo. Quando vim ao palácio para fazer nosso trabalho, vi um jardim de miosótis e um dos funcionários me disse que era da sua mãe, então, sem dúvida nenhuma, esse seria o aroma perfeito.

Amélia a encarou, incrédula. Ela tomou a vela dos dedos de Roma e observou cada detalhe, das partículas brilhantes ao pequeno "A" desenhado no canto.

— Pensou nisso tudo pra presentear alguém de quem você nem gosta?

Roma desviou os olhos, de repente constrangida pela afirmação óbvia que jazia no espaço entre elas.

— Você disse que queria algo significativo.

— Talvez você devesse admitir que seus sentimentos por mim são positivos.

— Ai, não estraga o momento, tá?

Amélia riu, seus dedos deslizando pela vela em um ritmo vicioso.

— Tenho mais um convite.

— Talvez eu não aceite dessa vez.

— A gente sabe que você vai aceitar.

— Não cante vitória antes de fazer a sua proposta.

Ela revirou os olhos, dando-se por vencida.

— Vai ter um show aéreo daqui a pouco. Imagino que você saiba o que significa. Uma dúzia de aviões fazendo manobras e uma chuva de fogos de artifício depois — disse Amélia. — Quero que você assista comigo. — Seus olhos varreram o salão de maneira cuidadosa. — Em um lugar diferente.

— Lugar diferente? Tipo um cativeiro? — zombou Roma, arrancando um revirar de olhos da princesa.

Ela ignorou sua piadinha infame.

— É meu aniversário. Dizer não aos pedidos da aniversariante deve dar uns cem anos de azar.

Roma franziu o cenho.

— Nesse caso eu aceito. Mas *só* porque não quero ter cem anos de azar.

# CAPÍTULO 25

## Queria: paz.
## Sou: lésbica.

## *Roma*

**ANIVERSÁRIO DA PRINCESA, 22h**

— Certa vez uma pessoa me disse que tinha túneis secretos no palácio de Buckingham, mas eu achei que fosse uma teoria da conspiração.

Amélia achou graça do comentário de Roma. Ela estava segurando um candelabro aceso com uma das mãos e a barra do vestido azul turquesa com a outra. E, fácil assim, estavam de volta a 1800.

— Praticamente não usam mais — explicou. — Mas já está construído, então... Meio que ninguém tem coragem de demolir. Nunca se sabe quando se vai precisar de uma saída discreta.

Roma se aproximou de uma das paredes sem iluminação, arrancando um montinho de poeira com o indicador.

— Dá para ver — zombou. — Se é um show aéreo, por que estamos *embaixo*?

— Vamos cortar caminho pra uma das torres observatórias dos jardins de inverno. — Amélia fazia parecer algo comum e simples. — E, antes que você pergunte, elas também não são usadas mais.

— Ninguém vai sentir sua falta no salão?

— Você faz perguntas em excesso. — Amélia suspirou. — E não. Faz parte do costume que o aniversariante assista ao show de qualquer lugar do palácio. É a parte mais introspectiva do aniversário real.

Roma assentiu. Ainda tinha mais questionamentos guardados na manga, mas resolveu que deixaria Amélia em paz por alguns minutos e que não os faria, por ora. Ela também se sentia um pouco receosa com a ideia de explorar as entranhas do palácio de Buckingham. Da última vez que estivera ali, na porção habitada do palácio, tinha visto fantasmas o bastante para não querer uma segunda visita.

Ironicamente, naquele momento não estava vendo nenhum.

Agora em silêncio, Roma conseguia ouvir as chamas das velas do candelabro crepitando. Seus passos se misturavam com os de Amélia, que se misturavam com os dos convidados no andar superior. Apesar do ambiente decrépito, era interessante andar por aquele labirinto e deixar a imaginação fluir: quantas pessoas tinham passado por ali antes, em contextos muito diferentes daquele? Na necessidade de se esconder, fugir, transportar alimento. Era um pedaço carcomido de história que a realeza guardava só para ela.

— Você costuma vir muito aqui? — Roma perguntou, então percebeu que aquele parecia o início de uma daquelas conversas quebra-gelo de elevador, que duram menos de cinco minutos. Ela segurou uma risada, mas Amélia não pareceu notar que sua pergunta tinha um tom antiquado.

— Eu vinha quando era pequena — disse, trocando o candelabro de mão. — Eu e o Benjamin, na verdade. Nós não podíamos sair para brincar com outras crianças, então esse era o nosso parque de diversões.

— Um parque de diversões meio macabro.

Amélia deu de ombros.

— Crianças são fáceis de agradar, mesmo as da realeza. Dê uma caixa de papelão pra uma garotinha de cinco anos e ela tem um castelo. — Roma concordou. — E você? — Vendo Roma fazer uma careta, Amélia continuou: — O que fazia quando era menor?

*Via gente morta*, Roma quase respondeu, mas não seria verdade. Ela tinha começado a ver os espíritos aos dez anos, quando qualquer ambição de ser uma pessoa comum havia escapulido por entre seus dedos.

— Ah, sei lá. Cidade praiana. A gente vai à praia, toma sorvete antes das dez da manhã e fica com o cabelo cheio de sal. Uma infância comum, eu acho. Sem palácios e túneis subterrâneos.

Amélia franziu o cenho. Deu mais alguns passos, em silêncio, mas uma ruga de irritação cruzava sua testa. Ela tinha algo a dizer, mas estava se segurando.

Roma contou doze passos até o instante em que ela não se segurou mais.

— Você está sempre tentando mostrar que nós somos pessoas completamente diferentes. — A princesa suspirou. — Às vezes parece que a gente nem vive no mesmo universo.

Roma mordeu a ponta da língua. Uma resposta grosseira estava ali, pronta para ser dita, mas ela preferiu evitar. Podia ser gentil com Amélia no dia do aniversário dela. Então seria irônica e ácida nos outros dias do ano.

— Desculpa. É só que... Sei lá. A vida de uma princesa está meio longe de ser um padrão para todo mundo.

Elas viraram à esquerda e subiram uma escada de pedra em formato de caracol que parecia ter sido tirada de uma masmorra.

— Esqueça o palácio e o título de nobreza. — Ela subia cada degrau com cuidado. — Poderia ser uma garota comum, brincando em um terreno abandonado. Ser princesa não diz nada sobre mim, mas parece que é tudo que as pessoas enxergam.

— Eu concordo.

— Com qual parte?

— Sobre ser princesa. — Roma mordeu o lábio. — Aquele dia no karaokê, não parecia uma princesa. Você, cantando, era muito maior que tudo isso. Na verdade, aquela Amélia se parecia muito com alguém que eu gostaria de conhecer. — Ela olhou para trás, tentando contabilizar quantos degraus já tinham subido. — Eu posso ter te julgado mal desde o começo, Alteza, mas sou orgulhosa demais para admitir.

— Mas não orgulhosa o bastante pra recusar o meu convite.

— Interpretei como um acordo de paz. O que é inteligente, considerando que o trabalho do professor Brown não vai terminar de se escrever sozinho.

— Podemos chamar assim. — Finalmente, elas pararam de subir. Amélia tocou na maçaneta com a ponta das luvas, contendo um suspiro ansioso antes de empurrar a porta. — As pessoas dizem que a vista mais bonita da cidade é a da London Eye, mas estão mentindo.

Roma percebeu o quanto os túneis do palácio eram abafados quando Amélia empurrou a porta, deixando uma lufada de ar fresco dançar por entre seus corpos. Lá fora, a noite jazia fria, mas, diferente de todas as outras noites, o clima se mostrava agradável contra a pele de Roma. Talvez estivesse começando a se acostumar com a ausência do calor de quarenta graus do Rio de Janeiro.

Amélia deixou que Roma entrasse na torre primeiro.

O espaço se parecia com a lembrança que Roma tinha das gravuras dos livros de história medieval, onde tudo era feito de pedra. Quando estava no ensino fundamental, ela imaginava aqueles lugares como sendo cenários de grandes batalhas, não do seu *qualquer-coisa-parecida-com-um-encontro-mas-que-não-era-um-encontro* com uma garota, que por acaso era quase autoridade máxima do país.

Amélia apoiou os antebraços na mureta de pedra, ficando na ponta dos pés para observar melhor o que havia lá embaixo.

— Espero que não tenha medo de altura.

Roma imitou seu gesto, movendo a cabeça em negativa. Pelo tempo que tinham gasto subindo as escadas, ela imaginava que estavam em um lugar alto, mas não *tão* alto. Conseguiam ver toda a extensão dos jardins de Buckingham e, dali, Londres parecia um amontoado de prédios feitos com caixas de leite e de margarina, como numa maquete do ensino fundamental que precisa ser entregue às pressas.

— Curiosidade inútil sobre o rio Tâmisa... — Roma comentou, apontando para a faixa do rio que conseguiam enxergar. — São mais de vinte incidentes toda semana.

Amélia franziu o cenho.

— Seu pai te contou?

— Mais ou menos. Na verdade, ele só estava reclamando sobre as pessoas serem estúpidas e entrarem na água. — Roma divertiu-se. — Tirando os suicidas, não sei como alguém olha para aquela imensidão toda e pensa que é uma boa ideia.

— Então você é do tipo que tem problema com água? — provocou.

— Na verdade, eu chamaria de trauma. — Ela forçou uma risada. — Quase me afoguei quando era criança, com dez anos.

— Ok, agora estou me sentindo mal.

— Não, relaxa. — Roma gesticulou, fazendo um sinal de "deixa disso". — Quer dizer, existem traumas bem piores do que esse. Eu ainda gosto do mar, por exemplo — afirmou. — Em português, quando uma onda muito forte derruba alguém no chão, dizemos que a pessoa "levou um caldo". — Amélia fez uma careta. — Então, eu levei um caldo, mas a onda acabou me arrastando até uma pedra e eu bati a nuca. — Roma segurou os fios de cabelo com as duas mãos, virando-se para que Amélia visse. Havia uma cicatriz de cerca de cinco centímetros escondendo-se pela raiz dos seus fios loiros. A princesa segurou o ímpeto de tocar nela. — Não sei o que aconteceu depois. Acordei no hospital com as pessoas dizendo que eu era um milagre. Aquela comoção que acontece sempre que alguém *quase* morre.

— Experiências trágicas de infância. — Amélia pressionou os lábios em uma linha fina. — Todo mundo tem uma.

— E qual a sua?

— Eu não vou contar — disse a princesa, rindo. — É muito vergonhoso.

— O que pode ser mais vergonhoso do que bater a cabeça numa pedra?

— Não tem nada de vergonhoso nisso. — Ela cruzou os braços, impassível.

— Se você contar pra alguém da escola, eu vou dizer que é invenção sua.

Roma assentiu, curiosa.

— Quando eu tinha dez anos — Amélia segurou uma risada —, estavam fazendo controle de pragas no palácio. Espalharam fatias de queijo enormes por todos os túneis, com veneno de rato... — Roma arregalou os olhos, os lábios se inclinando na direção de uma risada. — E eu amo queijo...

— Você comeu queijo com veneno de rato?!

— Eu não sabia! — defendeu-se. — Ninguém me avisou. E eu disse que era ridículo: quase morri por ser uma esfomeada. Seria tão tosco que as pessoas nem iriam chorar no meu enterro.

— Você foi parar no hospital?

— Sim, também fiquei desacordada por um tempo. Tive que fazer lavagem estomacal, e desde então minha avó sempre esvazia o palácio antes de chamar a dedetizadora. — Amélia cruzou os braços, impassível. — Mas ninguém pode culpar uma criança por *comer*.

— A comida que estava no chão.

— Estava em todos os lugares! Foi uma ideia péssima.

— Uma ideia de jerico.

— Jerico? — Amélia repetiu, a pronúncia incorreta que Roma achou adorável.

— Quando uma ideia é muito ruim, nós dizemos que é uma ideia de jerico. Jerico é tipo burro.

Amélia riu.

— Vocês falam engraçado.

Roma estava prestes a apresentar uma cartilha de outras gírias quando o primeiro avião cortou o céu, deixando um rastro de fumaça branca e vermelha. De onde estavam, não conseguiam enxergar o ponto de partida dos aviões, mas, julgando pela posição e pela rapidez com que chegavam até ali, não pareciam distantes da torre.

Ela nunca tinha visto um show aéreo antes. Os aviões, a fumaça e as estrelas pareciam competir por espaço no véu escuro da noite, misturando-se aos olhos do público. Era estranho, mas todos aqueles elementos juntos pareciam mais certos que o céu vazio e silencioso de minutos atrás, como se a bagunça articulada fosse própria da natureza.

Aos poucos, os aviões e a fumaça foram desaparecendo. Antes que a noite voltasse a ficar calma, um clarão de luz cruzou o céu, os números 1 e 8 formados com pontinhos brilhantes. Era uma tradição de Roma assistir à queima de fogos com sua mãe no réveillon em Copacabana, mas a coisa mais impressionante que tinha visto em dezessete anos de vida era uma balsa marítima pegando fogo e explodindo em centenas de cores diferentes.

Depois do 18, a figura de uma coroa surgiu no céu, dessa vez em dourado. As formas que se seguiam eram todas relacionadas a Amélia ou ao país: coroas, flores, bandeiras, a silhueta de uma garota de cabelo cacheado e um vestido de festa.

— Parece impressionante, mas eles fazem isso todo ano — Amélia comentou, dando um sorrisinho complacente.

Roma assentiu, sem querer dizer que ainda assim achava impressionante. Os fogos em formato de figuras cessaram, dando lugar aos tradicionais pingos de luz barulhentos que costumam cobrir o céu em datas comemorativas. Dourado, verde, azul, rosa, roxo, uma verdadeira explosão de cores que acabava refletindo nas duas, agora iluminadas exclusivamente pelas luzes incandescentes no céu.

— Feliz aniversário — Roma murmurou. — Acho que eu não te disse. É agora que você faz um pedido ou sei lá o quê.

Amélia se virou para ela. Na luz dos fogos, seu cabelo estava em um tom mais bonito de laranja, como um monte de palha queimando. Seus olhos também tinham um brilho diferente, cada um dos fogos do céu refletidos na íris azul-piscina. Roma poderia passar o resto da noite olhando para ela, e ainda seria mais interessante que os lustres majestosos do palácio ou a chuva de fogos.

— Os pedidos precisam ser feitos em voz alta — disse Amélia. — E ninguém pode saber.

— Está me expulsando?

Ela achou graça.

— Não. Vou falar em uma língua que você não conhece.

Roma revirou os olhos, como se não acreditasse na superstição da garota.

— *Si je pouvais souhaiter quelque chose, ce serait un baiser de toi.*

— Ótimo. Tem que dar três pulinhos ou algo assim?

Amélia mordeu o lábio, balançando a cabeça em negativa.

Em um movimento inconsciente, os olhos de Roma desceram até sua boca e ficaram ali por tanto tempo que foi impossível a princesa não ter notado.

— Você não sabe mesmo francês?

Roma ergueu a cabeça.

— Não. — Roma sentiu um frio intenso na barriga, como se estivesse prestes a despencar dez andares. — Talvez eu tenha bebido um pouco demais de champanhe, mas sinto que não sei nada no momento — hesitou. — Nada que não seja sobre você.

Quanto de champanhe é preciso para uma pessoa fazer papel de trouxa?

Honestamente, Roma nem achava que tinha bebido *tanto* assim. Apesar disso, lá estava ela, prestes a levar o maior fora da sua vida, não pela primeira vez, mas pela segunda. Talvez houvesse algo místico sobre as princesas, porque essa era a única explicação lógica para a sua repentina falta de amor-próprio. Podia ser sua paixonite mal resolvida pela Aurora, de *A Bela Adormecida* ou o fato de que a Disney – ou a Taylor Swift – a tinha feito acreditar que viveria um grande romance aos quinze anos.

Até dentro da sua cabeça aquela premissa era engraçada: a garota que vê os mortos parte em busca de uma paixão avassaladora. Ela ainda achava estranho que não estivesse vendo nenhum deles naquela noite, como se o universo estivesse conspirando ao seu favor.

Não que ela acreditasse nisso.

Mas talvez devesse.

Os fogos continuaram acima delas, tão coloridos e brilhantes quanto antes, alheios ao silêncio repentino da dupla. Com o canto dos olhos, Roma deu uma olhada nos brilhos incandescentes colorindo a noite, decidindo deixar sua humilhação por conta do universo. Se o próximo fogo a estourar no céu fosse rosa, ela tentaria de novo.

Se fosse de qualquer outra cor, esqueceria o assunto.

Ainda não acreditava em forças do universo, mas queria ter alguém para culpar mais tarde quando tomasse uma péssima decisão.

O barulho dos fogos incomodou seus ouvidos mais do que todos os outros e uma explosão cor-de-rosa cobriu o céu, bem acima da torre onde estavam.

*Eu te odeio, universo*, ela pensou.

Os fogos perderam sua atenção mais uma vez.

— Sobre o que aconteceu quando nós estávamos treinando — ela recapitulou, como se precisasse dar à princesa algum contexto para que tudo aquilo fosse um pouquinho menos humilhante.

Amélia moveu a cabeça em afirmativa, incentivando que continuasse. Roma não tinha certeza de que estavam na mesma página. Nem tinha certeza se *ela* estava na mesma página. Queria mesmo tentar de novo?

*O universo disse que sim*, Roma pensou, da forma mais ridícula que podia.

Ela desistiu de tentar tirar o curativo aos poucos – se é que podia chamar assim – e deu um passo para a frente, no que podia ser o movimento mais arriscado e irresponsável da sua vida. Estava imaginando um segurança de dois metros arrombando a porta a qualquer segundo porque ela tinha quebrado um protocolo real e chegado perto demais da princesa. Antes que esse ou qualquer outro desastre de escalas colossais pudesse acontecer, Roma avançou e preencheu o espaço que havia entre elas.

Dessa vez, Amélia não fugiu.

Sentir os lábios dela contra os seus era como estar naquele estado meio adormecido, meio acordado, quando você não sabe se as coisas acontecendo ao seu redor são reais ou fruto da sua imaginação. O barulho incessante dos fogos e o cheiro doce de Amélia eram as duas únicas coisas que mantinham Roma presa à realidade, ainda que seu cérebro insistisse em interpretar aquilo como parte de um dos seus sonhos mais esquisitos.

E Roma não culpava seu cérebro. Uma torre, um palácio, uma princesa e fogos de artifício realmente pareciam coisas tiradas de um sonho. Se alguém lhe contasse, ela não acreditaria.

Uma súbita onda de nervosismo tomou conta do seu estômago. Foi difícil evitar pensamentos sobre como seria o dia seguinte. Ela não sabia se tinha capacidade para lidar com as consequências de se envolver com um membro da realeza, e seu pai já tinha deixado bem claro o quanto essa era uma má ideia. E se, de alguma forma, todo mundo ficasse sabendo? E se ela fosse a loira misteriosa nas capas dos jornais *de novo*?

A preocupação se esvaiu em uma nuvem de pensamentos quando Amélia desceu as mãos até sua cintura e a puxou para mais perto, as saias dos vestidos longos se misturando uma com a outra. De olhos fechados, ela conseguia ver a parte interna das suas pálpebras sendo bombardeada pelas cores dos fogos, num show que ainda levaria alguns minutos para terminar.

O clima agradável da noite, aos poucos, se transformava em um calor infernal. Não por obra da natureza, mas por obra de Amélia e seus lábios doces como uma praga britânica – um cavalo de Troia que faria qualquer um se apaixonar no primeiro toque. As mãos dela apertaram a cintura de Roma com mais força quando a loira a empurrou contra uma das paredes da torre, arrancando uma risada da princesa.

— Essas paredes são ásperas — disse, mas seu tom estava longe de ser uma reclamação. — Se o meu vestido desfiar…

— Tenho certeza de que você tem um milhão de vestidos de festa no armário.

— Tenho. Mas gostaria que este, em especial, sobrevivesse até o fim da noite.

— Pensando bem, eu acho justo que você perca seu vestido.

Amélia achou graça.

— Por quê?

— Eu perdi a minha dignidade naquele campo de treino — Roma reclamou. — E perdi de novo aqui, quando te beijei.

— Você precisa ser menos orgulhosa.

— *Você* me deu um fora.

— Não sei se faz você se sentir melhor, mas esse é um trauma que você compartilha com várias pessoas. Na verdade, depende, porque tem quem fique feliz em levar um fora da princesa. A diferença é que eu não costumo beijar ninguém depois. — Ela deu um sorrisinho vitorioso. — Esquece isso.

E, naquele instante, Roma realmente esqueceu, porque Amélia fez questão de que seus lábios voltassem a se encontrar, ainda prensada contra a parede áspera. Roma tinha certeza de que sua maquiagem estava tão caótica quanto a dela, rastros de batom espalhados pelo queixo e os lábios inchados pela fricção. Era sorte que estivessem em um lugar tão isolado, porque teriam tempo de se recompor antes de ver qualquer um.

Roma estava sendo otimista pensando que iria se recompor.

Fisicamente, talvez, mas emocionalmente aquele beijo era um turbilhão. Tinha gosto de meia-noite, de todas as coisas que ela nunca tinha experimentado antes, de um pôr do sol no Maine. Parecia mais certo que todos os outros beijos que tinha dado na vida.

Foi quando caiu a ficha de que sua implicância com Amélia não era gratuita.

Aquele tempo todo, ela tinha medo.

De se aproximar.

De gostar demais.

Porque se apaixonar por alguém tão inacessível quanto uma princesa parecia algo que, no auge da sua ingenuidade, Roma faria.

Então, eram positivos.

Os sentimentos conflitantes de Roma por Amélia eram positivos.

Mas ela não diria isso em voz alta naquela noite.

Nem numa próxima.

Tomada a decisão, seus dedos desceram até o *corset* do vestido de Amélia, brincando com os laços fortes que prendiam o espartilho no lugar. Ela tentou desfazer um deles, mas a linha parecia mais rígida do que tinha previsto. Roma se afastou um centímetro dos lábios dela para reclamar.

— Isso é mais difícil do que tirar um sutiã.

Amélia riu e então levou as mãos até o rosto de Roma, prendendo as bochechas dela entre seus dedos enluvados. Ela mordeu o lábio inferior da garota, como se dissesse que toda dificuldade valeria a pena.

Os fogos cessaram, mas nenhuma das duas se importou. As mãos de Amélia foram parar na nuca de Roma e elas voltaram a se beijar enquanto a loira lutava contra os milhares de cordas, fitas e fechos. Ainda não tinha conseguido abrir nenhuma, o que era humilhante para ela e um grande feito para quem quer que tivesse feito aquele vestido.

Sáficas não podem ter um minuto de paz?

— Ai, merda. — Amélia afastou o rosto e Roma ficou paralisada por um instante, pensando na hipótese de ter machucado sua pele com o fecho ou algum alfinete esquecido pela costureira. — Meu celular tá tocando.

Roma não ouvia nada, mas agradeceu por não passar mais uma vergonha colossal.

Amélia levantou a saia alguns centímetros, revelando uma cinta-liga no mesmo tom turquesa do vestido. Ela tinha colocado seu celular entre a liga e a coxa, como se essa fosse a única função do acessório desde o começo. Parecia uma escolha inteligente, o que, na cabeça de Roma, a deixava ainda mais bonita.

— Desculpa — Amélia pediu antes de atender e Roma deu um sorrisinho em resposta. Assim que colocou o telefone no ouvido, a expressão da princesa mudou, de tranquilidade para uma súbita preocupação. Ela franziu o cenho. — Como assim, foi pro hospital?

Roma a encarou, sem entender, agora partilhando do mesmo nervosismo que ela. A tensão pairava entre as duas como uma presença não solicitada, enquanto Amélia passava o indicador pelo cenho e dava passos minúsculos pela torre, como se caminhar resolvesse parte do problema.

— Eu estou... — Amélia olhou para Roma. Sua hesitação falava demais. — Estava vendo os fogos, não importa. Quero que me levem até o hospital — pediu, então acrescentou, sem questionar a opinião de Roma. — E minha convidada vai também.

## CAPÍTULO 26

### Borboletas no estômago (mas elas estão chapadas de LSD).

*Amélia*

**ANIVERSÁRIO DA PRINCESA, 23H40**

— Acho que não era isso que você estava esperando quando te chamei pra uma festa de aniversário.

Roma fez uma careta.

— Eu *odeio* hospitais.

— Desculpa.

Roma percebeu que tinha sido grosseira.

— Não, desculpa eu. Não estava dizendo tipo "eu odeio hospitais e você me trouxe para um hospital", era mais um comentário aleatório. Eu viria mesmo que você não tivesse me convidado.

— Viria?

— Sim — assentiu. — Porque hospitais são esses lugares brancos, terríveis e cheios de... — Ela parou de falar de repente. — Enfim, fica pior se você estiver sozinha. Não precisa se desculpar. Nós estamos *sempre* pedindo desculpas, já reparou nisso?

Amélia concordou, soltando uma risadinha nervosa.

— *Nós estamos na Terra para partir o coração uma da outra.*

Roma franziu o cenho.

— É uma música — Amélia emendou, mas ela parecia acreditar naquela sentença como acreditava que o céu era azul. — "Ferrari", de The Neighbourhood. Não deve ser o tipo de música ou banda que você gosta.

— Você escuta música indie? — Os lábios de Roma se curvaram em um pequeno "O" mudo, culminando em uma risada. — Pensei que fosse tipo a garotinha do pop ou algo assim.

Amélia revirou os olhos.

— Princesas escutam de tudo. Pop, indie, folk, rock... O que está sendo produzido na Inglaterra e o que veio lá de fora. A família real é treinada para ter um ouvido apurado.

Amélia teve a impressão de que Roma queria perguntar o motivo. Antes que ela pudesse, o médico que as havia recebido quando tinham chegado ao hospital saiu de uma das portas do fim do corredor, carregando sua fiel prancheta nas mãos e um ar preocupado no rosto. Na verdade, ela não tinha certeza se aquilo podia ser chamado de preocupação. O homem parecia do tipo que tinha uma carranca no lugar da cara, que se mantinha vinte e quatro horas por dia, não importando quão boas ou ruins as notícias fossem.

Amélia pulou da cadeira quando o médico se aproximou mais um pouco. Ela tinha controlado bem o nervosismo até então, mas agora toda a sua tensão era visível.

Roma se levantou também, apoiando uma das mãos no ombro da princesa.

— Alteza, o conde Benjamin vai ficar bem — disse o médico, fazendo uma reverência sem jeito. — Ele levou uma pancada na cabeça e sofreu uma concussão.

Amélia assentiu, um suspiro aliviado escapando dos lábios. Ela olhou para os seguranças no final do corredor e ergueu a mão esquerda em um sinal de positivo, ciente de que eles fariam o trabalho de comunicar à rainha.

A princesa se virou para o médico de novo:

— Vocês já sabem como aconteceu?

— As pessoas ficam confusas quando têm uma concussão. É difícil dizer quanto do que Benjamin está contando é verdade. O cérebro dele pode estar criando memórias falsas.

Amélia mudou de pergunta:

— O que ele *acha* que aconteceu?

— O conde disse que estava caminhando numa rua próxima ao palácio quando o agressor se aproximou por trás e acertou sua cabeça. Ele ficou desacordado e acabou caindo em uma área de vegetação alta dos jardins da rua, o que explica por que os seus funcionários demoraram tanto tempo para encontrá-lo. — Ele checou a prancheta. — O conde acha que ficou o dia inteiro apagado, mas, julgando pelo estado da concussão quando chegou ao hospital, acredito que foram no máximo cinco horas.

— Eu posso ver como ele está?

— Está dormindo, Alteza — o médico explicou, soando impaciente. — Os remédios para dor que administramos são fortes. Recomendo que volte amanhã, quando ele estiver mais disposto.

— Não, eu só… quero ver como ele está, literalmente. Tudo bem se estiver dormindo.

Roma percebeu o canto dos olhos do homem tremerem suavemente. Se não fosse a princesa da Inglaterra pedindo, ele teria recusado.

— Claro. Mas preciso que seus seguranças fiquem aqui.

Amélia assentiu. Roma continuou parada, sem saber se deveria acompanhá-la até o quarto ou não. Antes que pudesse decidir, a princesa o fez, puxando-a por uma das mãos e fazendo o sentimento de estranheza que Roma sentia desde que havia pisado ali desaparecer por alguns minutos. As duas seguiram o médico pelo extenso corredor, chamando a atenção dos pacientes que faziam uma caminhada noturna. Não era para menos: eram duas garotas de vestidos bufantes e coloridos em um hospital branco como a morte.

Como se não bastasse, Amélia tinha passado no seu quarto antes de sair do palácio e pegado um kit de emergência de corretivo para disfarçar o estrago que tinham feito na própria maquiagem. Teria sido uma ótima ideia se 1, o fundo da pele de Amélia não fosse rosado enquanto o de Roma era azulado e 2, elas não tivessem se ajeitado no carro a caminho do hospital, sob o olhar inquisitivo dos seguranças da família real.

Eles sabiam.

Era claro que eles sabiam, mas, segundo Amélia, tinham uma cláusula de contrato muito rígida sobre vazar fofocas reais para a imprensa. Ela tinha sido salva por um contrato e Roma, pelo gongo. Declan tinha voltado para o escritório da Scotland Yard assim que soube da situação com o conde, para coordenar as equipes de investigação e tentar colher qualquer pista fresca que tivessem no local do crime. Graças a isso, ele não tinha visto sua filha borrada de batom vermelho depois de uma sessão indecente de beijos com a realeza.

— A principal maneira de se recuperar de uma concussão é descansando — enfatizou o médico, antes de abrir a porta do quarto. — Sejam breves, sim?

Amélia assentiu. Entrou tão rápido que o cômodo parecia tê-la sugado para dentro. Benjamin estava deitado na maca no centro do espaço, um tubo de soro conectado nas veias e a expressão tranquila no rosto, apesar da testa enfaixada. Um cacho escuro de cabelo escapava pelo curativo e seus lábios tinham um pequeno corte, como se tivesse esbarrado em alguma superfície afiada durante sua queda.

— Que bom que foi só um susto — Amélia murmurou, e Roma não soube dizer se ela estava falando com Benjamin ou com ela. A princesa se aproximou da maca e tocou nos dedos do conde, dando um sorriso como se ele pudesse ver. — Benjamin é o ser humano mais insuportável que eu conheço — continuou, e agora Roma sabia que o comentário era direcionado a ela. — Mas é como um irmão pra mim. Eu não sei o que seria de mim se alguma coisa… você sabe… acontecesse com ele.

Roma deu um meio sorriso. Ela entendia o que Amélia queria dizer.

— Tenho esse tipo de relação com o meu pai. Não que ele seja insuportável, mas não é a pessoa mais carinhosa que eu conheço.

— Declan Wallen — ela murmurou, sem se afastar da maca. — Da Scotland Yard. Deve ser complicado.

Roma concordou:

— Não é a sensação mais agradável do mundo crescer sabendo que seu pai trabalha com uma coisa que constantemente o coloca em risco de vida. — Ela deu um suspiro triste. — Mas meu pai tenta levar com bom humor. Temos um lema: "Aconteça o que acontecer, não morra no processo". — Roma soltou uma risadinha sem graça, fazendo a anotação mental de que devia ao pai uma mensagem. E uma ligação para Esmeralda, que já deveria estar arrancando os cabelos àquela altura. — No fundo eu sei que ele também se preocupa. Tanto que me proibiu de escolher uma carreira na área.

Amélia fez uma careta.

— Você queria?

— Acho que a polícia é o único lugar que me faria sentir um pouquinho mais normal — disse, e Amélia estava pronta para perguntar o motivo quando Roma atropelou sua voz e continuou falando, destruindo qualquer chance de terem *aquela* conversa. — Mas estou tentando pensar em outra coisa. Esportes, quem sabe.

— Você venceu de mim no arco. Talvez tenhamos encontrado alguma vocação perdida aí dentro.

Roma revirou os olhos.

— Eu sei que você me deixou ganhar. Estava se sentindo mal por ter mentido sobre o Benjamin?

Amélia deu de ombros.

— Eu minto o tempo inteiro, não é grande coisa. — Seus olhos se voltaram para o conde. — Só vi a oportunidade e quis que você soubesse.

— Tem mais alguma coisa?

— O quê?

— Que você queria que eu soubesse. — Roma a encarou, cruzando os braços. O clima pareceu ter ficado tenso de repente, então ela deu uma risadinha. — Você acabou de dizer que mente o tempo inteiro, Alteza, então... acho que estou preocupada.

Ela riu também, mas de nervoso.

— Tem muitas coisas que eu queria que você soubesse. — Seus dedos ainda estavam sobre os de Ben, os bipes do monitoramento cardíaco preenchendo o quarto. — Nem todas eu posso te contar, por isso só posso te pedir que confie em mim. E entenda que nem todas as minhas mentiras são por maldade. — Amélia passou a língua pelos lábios, então sorriu para descontrair. — Mas algumas são.

Roma revirou os olhos.

— Alteza. — O médico entreabriu a porta do quarto. — O seu tempo está terminando.

Amélia fez que sim.

— Eu já vou.

Com o polegar, Roma apontou para a porta. Amélia repetiu o mesmo gesto de segundos antes e a loira saiu, deixando-a sozinha com Benjamin nos seus últimos minutos de visita.

— Se isto fosse um filme de terror, eu te sufocaria com um travesseiro agora — ela murmurou, certa de que aquele era o tipo de piada ácida que faria Ben rir se estivesse acordado. A princesa deu um último aperto em suas mãos e seguiu o mesmo caminho de Roma, recebendo um abraço do corredor vazio quando saiu.

— Pode voltar amanhã, Alteza — o médico informou. — Ele deve estar acordado na parte da tarde.

Amélia assentiu, mas seus pensamentos não estavam mais em Benjamin. Ela percebeu que um arrepio desconfortável sempre cruzava seu corpo quando alguém a chamava de "Alteza", menos quando o tratamento vinha da voz irônica de Roma. Era como se ela, assim como Amélia, soubesse como aquela formalidade era ridícula, como se elas tivessem algo para odiar em conjunto.

A voz exasperada de uma enfermeira espalhou os pensamentos de Amélia.

— Doutor Wilson, temos uma emergência na ala 4.

— Tenha uma boa noite — ele cumprimentou Amélia com um aceno de cabeça, repetindo o gesto para Roma antes de se afastar.

— Você não acha estranho... — Roma encarou os próprios sapatos por baixo do vestido. Ela fez um pequeno círculo invisível com um dos pés antes de continuar, claramente pisando em ovos. — ... que o Benjamin tenha sofrido uma agressão no mesmo lugar onde...

— A Addie morreu? Sim. Mas ainda não temos certeza se foi no *mesmo* lugar — suspirou. — De qualquer forma, são os últimos minutos do meu aniversário. Se eu pensar demais nisso, vou surtar. Deixa pra amanhã. — Seus olhos caíram no relógio do corredor, como para confirmar o que tinha dito. — Nem tive tempo de comer meu bolo de aniversário. Bolos são importantes pros britânicos.

— São importantes pros brasileiros também — Roma zombou. — Na verdade, nós temos uma tradição de aniversário envolvendo bolos.

Amélia arqueou as sobrancelhas, curiosa.

Os olhos de Roma encontraram os seguranças de Amélia sentados no fim do corredor.

— Você acha que eles vão se importar se nós formos até a lanchonete do hospital?

Ela moveu a cabeça em negativa, sem entender.

— Parece uma atividade segura, considerando que não tem praticamente ninguém aqui a esta hora. Só os mortos, eu acho — a princesa brincou, mas percebeu um quê de tensão no rosto de Roma.

A loira disfarçou com um sorriso. Fez um sinal em direção às escadas, mas Amélia negou com a cabeça.

— Já subi uma escadaria hoje — protestou, apontando para o elevador. — Vamos.

E, como se a ideia fosse sua desde o começo, Amélia deu passinhos rápidos, preenchendo o espaço com o som dos seus sapatos de salto. Ela apertou o botão e manteve os dedos apoiados lá até que a porta abriu, num gesto claro de ansiedade.

— Eles me deixam nervosa — a princesa explicou, quando as portas se fecharam atrás de Roma e os seguranças não podiam mais ser vistos. — Quer dizer, não nervosa, *nervosa*, mas é estranho tê-los me seguindo o tempo inteiro.

— Você não pode... sei lá, demiti-los?

— Não. Existem muitas histórias envolvendo princesas e maldições. Torres altas, maçãs envenenadas, rocas de fiar... Bruxas más são muito criativas — Amélia riu. — Li isso em um livro infantil, mas é verdade. Substitua as bruxas por sequestradores ou assassinos e você descobre como é ter a minha vida. Às vezes eu penso em deixar o título real de lado, só para ter um pouco de paz. Ao mesmo tempo... — Ela suspirou, encostando o corpo no espelho. — Sei lá. Parece idiota fazer parte de uma das famílias mais importantes da sua época e só se retirar de repente sem ter feito nada de útil pelo mundo.

— Às vezes a gente só consegue fazer alguma coisa pelo mundo quando fazemos pela gente primeiro.

Amélia suspirou, ficando em silêncio por alguns instantes.

— Você é inteligente demais pra sua idade.

Roma fez uma careta.

— Nós temos a *mesma* idade.

— Não mais, eu acabei de fazer dezoito.

— Grande coisa.

— Sim, é uma grandiosíssima coisa. — Amélia cruzou os braços, convencida. — Se não, não estaríamos aqui. Ou naquela torre.

Roma riu, recebendo um olhar intrigado da outra em resposta.

— O que estávamos prestes a fazer na torre, sim, era uma grande coisa.

— Me chame quando quiser dar continuidade.

Ela achou graça.

— Agora parece que você está me convidando pra uma reunião de trabalho, e não pra fazer sexo.

Amélia revirou os olhos.

— Flerte não é a melhor das minhas habilidades, mas você me beijou mesmo assim. — Deu de ombros. — O que significa que eu não preciso saber flertar pra te manter interessada.

— Não precisa ser humilde também.

Ela sorriu, os cantos do batom borrado corrigidos por muita maquiagem. Com a confiança que só uma princesa teria, disse, calmamente:

— Não preciso.

As portas do elevador se abriram bem quando Roma estava pensando em erguer o dedo médio na direção dela.

— Eu espero que vendam bolo aqui. — Ela colocou a cabeça para fora do elevador primeiro, encarando o corredor escuro do andar das lanchonetes. O hospital St. Thomas costumava ser moderno à luz do dia, mas, na penumbra, se parecia mais com um castelo medieval.

Roma saiu do elevador, Amélia a seguiu.

— Você poderia ter me contado a tradição de vocês e só — disse ela, achando graça.

— Básico demais — respondeu Roma, dando de ombros. — Outra coisa sobre brasileiros é que somos exagerados por natureza. Tem até uma música que fala sobre isso.

— Que música?

— "Exagerado", do Cazuza — ela disse, em português. — Mas não é coisa da nossa época. É o cantor favorito da minha mãe. — Agora já falava em inglês. — *Eu nunca mais vou respirar se você não me notar* — ela cantarolou, traduzindo a música para o inglês britânico.

Amélia deu um sorrisinho.

— Faz jus ao nome.

Roma concordou.

Havia duas lanchonetes naquele corredor, mas, em um acordo silencioso, elas seguiram na direção da primeira.

— Eu vou te esperar aqui — Amélia murmurou, apontando para uma mesa afastada do caixa e da única atendente. Ela não queria ter que passar por mais uma sessão de princesa-amélia-nem-acredito-que-é-você-mesmo, principalmente dentro daquele vestido de festa apertado e depois de passar quase duas horas esperando por notícias de Benjamin.

Amélia não podia reclamar. A noite com Roma tinha sido agradável de um jeito que ela julgava não ser possível estando na pele da realeza, e agora um monte de "e se?" surgia na sua cabeça. E se ela tivesse a conhecido como Amélia e não como Holy? Seria muito mau-caratismo se, de repente, Holy desse o pior fora da vida de Roma e ela não tivesse outra opção além de se consolar com Amélia?

A ruiva mordeu o lábio. Ela não acreditava em coisas impossíveis. Se tinha arranjado um problema, conseguiria encontrar uma solução. Precisava acabar com aquela mentira antes que Roma descobrisse.

— E temos bolo. — Roma surgiu dos fundos da lanchonete com um daqueles bolinhos industrializados que cabem em um pacote. Também tinha uma faca de plástico nas mãos. — Vai servir para ilustrar a minha teoria.

Amélia franziu o cenho. Roma tirou um guardanapo do suporte e colocou em cima da mesa, tirando o bolinho do pacote em seguida. Ela posicionou a massa grudenta no guardanapo e segurou a faca atentamente, como se fosse normal cortar um bolo daquele tamanho.

— No Brasil, sempre damos o primeiro pedaço do nosso bolo de aniversário pra alguém importante — contou, cortando o bolo ao meio. Ela serviu uma fatia em outro guardanapo e a empurrou na direção de Amélia.

A princesa encarou o doce, então o empurrou de volta para o lado de Roma.

— Minha mãe morreu logo depois que eu nasci — explicou, falando devagar. — Isso significa que odeio quase todos os meus aniversários, mas você fez o deste ano ser diferente. Ao longo da noite, eu quase nem pensei... *nisso*. — Amélia procurou pelos olhos de Roma na penumbra. — O primeiro pedaço é seu.

Os lábios de Roma se moveram, mas ela não conseguiu dizer nada. Em vez disso, mordeu um pedaço do bolo que Amélia tinha oferecido, feliz por ter uma forma de preencher o silêncio entre elas. Infelizmente, o pedaço era pequeno e se esvaiu em segundos.

— Você tem que parar de ser gentil — disse, ainda nervosa, tentando se recompor. — E doce, e agradável. Estou ficando sem motivos pra não gostar de você.

— Você nunca teve motivos pra não gostar de mim.

Roma revirou os olhos.

— Feliz aniversário. De novo.

— Obrigada. De novo.

Roma sorriu, e elas terminaram de comer o bolo embaladas por um silêncio que falava coisas demais.

## CAPÍTULO 27

### NÃO POSSO, TÔ OCUPADA SENTINDO SENTIMENTOS E PENSANDO EM EXCESSO SOBRE ELES.

## *Roma*

— Quem é vivo sempre aparece!

Essas foram as primeiras palavras de Esmeralda Borges quando Roma atendeu o telefone, e, além de um sorriso sincero, elas lhe entregaram uma saudade genuína de casa. Quase conseguia sentir o cheiro de praia e sal saindo pela tela do celular.

— Nem vem — Roma protestou. — Eu mandei mensagens.

— Uma foto sem legenda da London Eye não é exatamente o tipo de atualização que uma mãe espera quando sua filha vai para o outro lado do globo terrestre — Esmeralda reclamou de volta.

— Eu acabei esquecendo de ligar. — Deu de ombros, como se a mulher pudesse ver. — Também fico com preguiça de calcular os fusos horários.

— Uhum — concordou a mãe. — Imagino que Londres seja uma cidade cheia de estímulos — disse, e Roma percebeu que a mulher estava no seu modo "terapeuta com uma filha com TDAH", misturando conceitos técnicos com uma conversa casual. — E aí? Já se inscreveu no time de esportes? Conheceu alguma garota interessante? Não espere que o seu pai me atualize da sua vida, ele é monossilábico.

— Não acho que tenho muito jeito para esportes em grupo. — Ela sentia ansiedade só de ver as meninas do lacrosse treinando. — Estou treinando tiro com arco. Não é o que eu quero fazer para o resto da vida, mas...

— É um começo. — Pelo tom de voz da mãe, Roma sabia que estava sorrindo. — Você não me respondeu sobre as garotas, então vou ser inconveniente e perguntar de novo.

— Nenhuma garota. — Ela passou os dedos pelo piercing na sobrancelha e mentiu, porque a última coisa que queria fazer era pensar em Amélia e Holy. — Só a Manuela, pra quem você passou meu novo número de celular sem a minha autorização.

Esmeralda riu.

— Uma última conversa nunca matou ninguém, filha. Você precisa aprender a dar pontos-finais às coisas.

— Pegar um avião para Londres não foi um ponto-final grande o suficiente?

— Não. — Esmeralda suspirou. — Todo mundo merece uma chance de se explicar, até a Manuela. E falando nisso... Como vai aquela *coisa*?

— Espera.

Roma desativou o microfone do celular por um instante, apressando seus passos pelo corredor. Ela precisava pegar o livro de matemática no dormitório e cruzar o campus até o prédio das aulas em cerca de dez minutos, ou teria um novo atraso para anotarem na sua ficha escolar.

— Controlada, eu acho. — Ela ligou o microfone de novo quando já estava dentro do seu dormitório, encostando o corpo na porta.

— Não está mais vendo...

— Às vezes.

A mãe ficou em silêncio do outro lado. Não era um assunto agradável para nenhuma das duas. Como mulher da ciência, Esmeralda sempre se recusara a acreditar na possível mediunidade de Roma. Onde as pessoas viam um dom – um dom amaldiçoado, mas um dom –, sua mãe via um quadro leve de esquizofrenia.

— Entendi — Esmeralda murmurou, finalmente. — Se as coisas ficarem estranhas, você sabe que pode falar com seu pai. No caso de uma emergência ou...

— Eu sei, não se preocupa. — Roma forçou uma risadinha na tentativa de melhorar o clima tenso. — Vou ficar bem. E tentar ligar mais vezes. Minha aula começa em alguns minutos, então...

— Claro! Vai lá, não se atrase. Alguém que gostaria de mandar um alô?

Roma mordeu o lábio. Ela se sentiu um tanto vazia ao perceber que não tinha ninguém em Ilha Grande de quem sentia falta além da própria mãe. Todos os colegas da antiga escola haviam se virado contra ela depois daquela história de espíritos. Eles tinham escrito seus pontos-finais.

— Não. Obrigada, mãe.

E, como se soubesse que havia algo de errado, Esmeralda acrescentou:

— Se cuida.

Roma deu um longo suspiro. Ela não podia culpar a mãe. Esmeralda fora adorável quando ela tinha contado sobre gostar de garotas, e não de garotos, mas espíritos eram um pouco além da conta para uma terapeuta. A faculdade de psicologia não ensinava ninguém a lidar com *aquele* tipo de demônio.

Além disso, Roma não estava procurando por aceitação. Quer dizer, como ela poderia? Ter pais que aceitam o seu dom maravilhoso de ver espíritos não é exatamente o sonho de todo adolescente. Ela queria que aquilo desaparecesse, tal qual os turistas desapareciam do Rio de Janeiro quando acabava o verão.

Roma soltou o ar pela boca, frustrada. Foi até o armário do quarto procurar seu livro de matemática e, como numa piada de mau gosto invocada por todos os pensamentos irritadiços que tinha acabado de ter, encontrou mais um recado no espelho, na parte interna das portas.

Parecia ter sido escrito com os dedos, as palavras se formando no vapor: "Bolton street london mayfair 54".

Ela encarou o endereço, curiosa. Era próximo do Green Park e, por consequência, perto do apartamento de Declan. Poderia dar uma passada por lá mais tarde.

Roma tirou seu livro, um arrepio descendo pela nuca. Ela não entendia de *onde* tinha vindo o vapor. Não havia chuveiros nos quartos de Charterhouse.

Como se alguma coisa do outro lado estivesse disposta a responder sua pergunta, as janelas se abriram bruscamente, uma lufada de ar gélido invadindo o quarto. Roma teve a impressão de ter visto o vislumbre de fios de cabelo saindo para fora, como se alguém tivesse acabado de escapar pela janela. A cortina dançava, o tecido indo e voltando no parapeito, como um convite para que Roma se aproximasse.

Era um daqueles momentos quando o mundo inteiro parece em silêncio, como se ela fosse a última sobrevivente de um apocalipse que dizimou a humanidade. Roma quase conseguia ouvir seu próprio coração batendo. Ela se lembrou de Holy dizendo que aquele lugar já tinha sido um hospício, e mesmo que a história fosse falsa, agora parecia mais verdade do que nunca. Quase conseguia ouvir o som dos pacientes psiquiátricos gritando.

Ela se aproximou da janela e recuperou a cortina. Diferentemente do que o seu cérebro assustado imaginava, não havia nenhuma figura fantasmagórica esperando por ela por detrás dos panos, nada além de um vento incômodo e de um cheiro esquisito de enxofre. A luz do lado de fora irritou seus olhos sensíveis e ela suspirou, voltando-se para dentro.

O livro de matemática despencou dos seus dedos assim que ela se virou.

— Meu Deus! — Roma levou uma das mãos até o peito, assustada. — Como vocês chegaram tão discretamente?

Chinara riu.

— Não chegamos, você é que estava distraída.

— É mentira dela — Jay zombou. — Planejamos te assustar desde o começo.

Roma recuperou seu livro, o coração ainda acelerado. Pensou em perguntar se Chinara tinha visto alguma coisa nos armários quando acordou de manhã, mas decidiu que iria conferir o endereço indicado antes de bancar a detetive em um interrogatório.

— Já peguei meu livro. — Ela balançou o exemplar nas mãos. — Podemos ir pra aula.

— Foi cancelada. — Jay se jogou na cama, muito satisfeito com a notícia. — O professor Tucker está com covid. Temos a tarde toda livre.

Roma fez uma careta. Ela ainda sentia arrepios só de ouvir falar a palavra "covid", mesmo depois de três anos da pandemia.

— O que é muito conveniente para nós, amantes de uma boa fofoca — Chinara acrescentou. — Você não disse uma palavra sobre a festa da princesa Amélia. Ela não veio pra aula hoje, quais as chances de uma ressaca ter batido à porta?

Jay moveu a cabeça em negativa.

— Na minha cabeça, gente da realeza não tem ressaca.

Roma mordeu o lábio. Ela parou de fincar os dentes na própria boca quando sentiu gosto de sangue. Sem dizer meia palavra, ela cruzou o quarto e abriu a porta, verificando os dois lados do corredor. Estava vazio.

— Tá bom, isso não pode sair daqui — ela anunciou, como um soldado chegando ao quartel. — Se sair, eu vou saber que foi um de vocês dois. — Chinara riu, mas Roma a fuzilou com os olhos violeta. — Nós dormimos no mesmo quarto. Posso te matar durante a noite. E meu pai é da Scotland Yard. Vou sumir com o corpo em um piscar de olhos.

Chinara riu novamente, mas dessa vez de nervoso.

— Relaxa, tá? A gente é um túmulo.

— A gente se beijou — disse, de uma vez só.

Jay se sentou na cama de supetão, assustado com a notícia.

— Você e a princesa Amélia? — Ele olhou para Chinara, então de volta para Roma. — Tipo língua com língua e…

A garota deu um tapa nas pernas do amigo.

— Você precisa aceitar que ela não é frígida. Só é sapatão. Tipo, de um jeito totalmente não ofensivo.

— Ela pode ser bi — Roma acrescentou. — Ou pan. Sei lá, a gente não teve esse tipo de conversa.

— A princesa da Inglaterra faz parte da comunidade LGBT — Chinara murmurou, como se tivesse acabado de descobrir a cura do câncer. — Eu não sei o que dizer. Não sei o que penso dessa informação.

Roma estalou os dedos.

— É da minha vida que estamos falando, tá?

— Opinar sobre uma princesa gay é mais importante do que a sua vida no momento.

Ela mostrou o dedo médio para Jay.

— E como vocês estão? — Chinara perguntou.

— Eu não sei. — Roma andou pelo quarto, esvaindo parte do seu nervosismo. — Quer dizer, ela não veio pra aula hoje, então… Sei lá. Não sei se ela vai me tratar normalmente ou fingir que nada aconteceu. Não sei como *eu* quero que ela me trate.

— Então não gosta dela? — Chinara perguntou.

— Como eu poderia gostar dela? — Roma fez uma careta. — A gente meio que… não teve tempo. Sei lá.

— Está falando "sei lá" demais — Jay apontou. — E não precisa de tempo pra se apaixonar. Hoje mesmo eu me apaixonei umas cinco vezes andando pelos corredores.

Chinara revirou os olhos para o amigo. Roma voltou a falar antes que ela pudesse tecer seu comentário:

— Sinto uma conexão estranha com a princesa Amélia — explicou. — Desde o primeiro dia que eu a vi, é como se eu a conhecesse há anos. E eu nunca sei se quero socar ou beijar a cara dela.

Jay riu.

— Beijar. Foi o que você fez.

— Nós estamos esquecendo de mencionar um detalhezinho importante — Chinara falou, finalmente, usando as unhas para afastar os dreads do rosto. — A outra garota da Roma.

— Holy, a misteriosa — disse ele, fazendo graça. — E dela, você gosta?

Roma revirou os olhos.

— Não posso gostar dela — murmurou, com uma pontadinha de mágoa. — Literalmente não posso gostar dela, nós fizemos um acordo sobre ter um lance casual enquanto estou em Londres.

Chinara franziu o cenho.

— Mas você não é, tipo, a última das românticas? *Screaming, fighting and kissing in the rain?*

— Por que você aceitou um lance casual se queria... — Jay começou a perguntar, mas Roma interrompeu.

— Porque eu sou um desastre com relacionamentos. — Roma deu de ombros e Jay assentiu, como se dissesse que era uma justificativa boa.

Chinara moveu a cabeça em negativa.

— Considerando que está saindo com duas garotas, eu não diria que é um desastre tão grande assim.

— Ela é um desastre padrãozinho — Jay alfinetou. — Já consigo ver as manchetes: "Princesa Amélia cai de amores por beldade estrangeira".

Roma ergueu o dedo médio.

— Eu não vou mais pensar nisso. Preciso manter minha saúde mental.

Foi a vez de Chinara morder o lábio.

— Se a Amélia quiser continuar ficando com você...

— Vou ficar.

— E a Holy?

— Casual. Se a gente for pensar, nunca prometi ter nada sério com nenhuma das duas, o que significa que não estou fazendo nada errado. Holy não quer um namoro de verdade, e Amélia nunca assumiria uma *namorada*. Considerando que não vou ficar em Londres pra sempre, eu não vou precisar escolher entre elas.

Chinara torceu a boca.

— Sinto que seu plano tem furos, mas não vou desenvolver.

— Tenho certeza de que a Bella também pensou que não precisaria escolher entre o Jacob e o Edward. — Jay riu, igualmente descrente. — Alguém tem uma ideia melhor? Não? Ok, é isso. Se uma das três terminar magoada, a gente diz que era impossível prever uma coisa dessas.

— Tá, eu acho que a gente pode parar de falar de mim.

— A sua vida é a mais interessante no momento — Chinara disse, fazendo graça. — Não estou ficando com nenhuma princesa de importância mundial.

— A gente pode sair — Roma sugeriu, tirando o celular do bolso da calça. — Tomar um ar. Fazer velas. — Ela deu um sorrisinho para Jay. — Qualquer coisa que não seja ficar aqui pensando em mil e uma formas de a minha vida dar errado.

Jay se levantou.

— Certo, vamos.

Roma assentiu.

— Vou só mandar um e-mail.

Chinara e Jay concordaram. Ela não tinha certeza dos motivos que fizeram Holy trocar as mensagens pelos e-mails – além dos roubos de dados –, mas era confortável não receber olhares maliciosos do tipo "com quem você está falando??". Enquanto mensagens pareciam flerte, e-mails sempre pareciam trabalho.

Ela se aproximou um pouco da porta e começou a digitar.

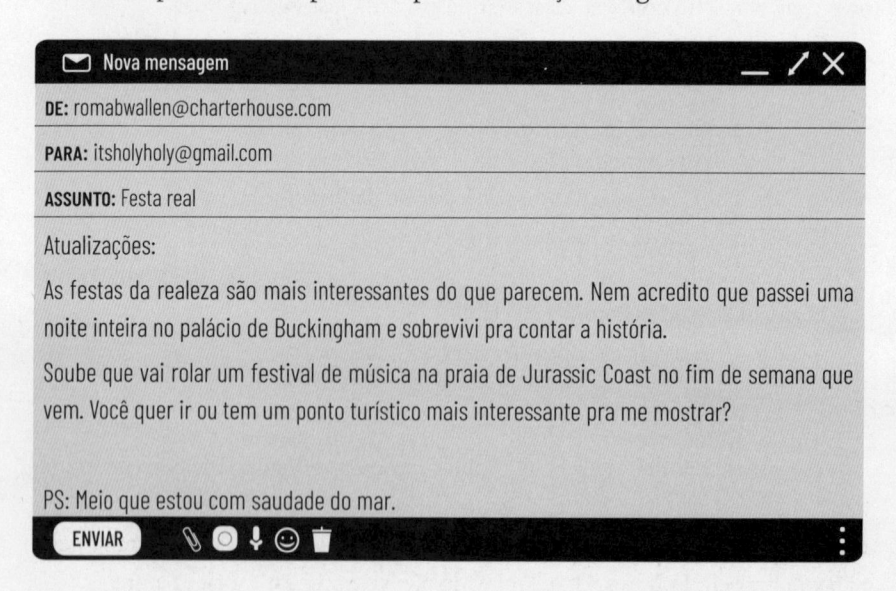

---

✉ **Nova mensagem** _ ✏ ✕

**DE:** romabwallen@charterhouse.com

**PARA:** itsholyholy@gmail.com

**ASSUNTO:** Festa real

Atualizações:

As festas da realeza são mais interessantes do que parecem. Nem acredito que passei uma noite inteira no palácio de Buckingham e sobrevivi pra contar a história.

Soube que vai rolar um festival de música na praia de Jurassic Coast no fim de semana que vem. Você quer ir ou tem um ponto turístico mais interessante pra me mostrar?

PS: Meio que estou com saudade do mar.

ENVIAR

— Pronto. — Roma apertou o botão para enviar e bloqueou a tela. — Podemos ir.

Ela pegou um casaco no armário e abriu a porta, encontrando Amélia nos fundos do corredor. Roma não soube se deveria dar um passo para trás e se trancar de volta no quarto ou seguir seu percurso, e Amélia parecia igualmente confusa. Ela hesitou por um momento, então se aproximou de Roma, como se não fosse evidente que tinha ido até ali com esse propósito desde o princípio.

— Oi — Amélia murmurou, então percebeu que o quarto não estava vazio. — Chinara, Jay — cumprimentou, acenando com a cabeça.

— E aí? — A primeira respondeu, um tanto seca.

— Feliz aniversário atrasado, Alteza. — Jay sorriu, e tinha um quê de ironia no uso da combinação.

Amélia fingiu agrado.

— Obrigada. É uma pena que minha avó não tenha liberado convites pra escola inteira. Eu teria convidado vocês.

Chinara levou uma das mãos até a boca, disfarçando um revirar de olhos. Roma nem precisava ler mentes para saber que ela estava pensando um "teria sim" irônico.

— Enfim — recapitulou a princesa. — Vim pra aula de matemática, mas soube que foi cancelada. Já estou voltando pro palácio, só lembrei que — ela se virou para Roma — nosso trabalho de literatura está atrasado. A gente pode terminar amanhã?

Roma arqueou uma sobrancelha. Não conseguiu identificar se ela estava falando de trabalho, trabalho, ou trabalho, "trabalho". Por via das dúvidas, apostou na segunda opção.

— Sim — disse, ainda incerta, esperando que os dois amigos dentro do quarto não dessem bandeira. — Podemos fazer depois da aula, no apartamento do meu pai. Preciso ir lá buscar umas coisas, de qualquer forma.

Amélia cerrou os olhos, então confirmou com a cabeça.

— Tá bom. Me avisa se precisar de carona.

— Tá — disse ela, ainda se sentindo tensa. — Até amanhã.

Amélia mordeu o lábio. De modo inevitável, Roma acompanhou o gesto com mais atenção do que gostaria.

— Até. — Amélia deu uma olhadinha na tela do próprio celular e abriu um pequeno sorriso, daqueles que você dá quando recebe a mensagem de alguém importante.

Ela também estava saindo com outra pessoa?

Roma revirou os olhos e voltou para dentro do quarto, encarando a expressão atônita de Jay.

Mas foi Chinara quem quebrou o silêncio:

— A gente sabe que tipo de trabalho vocês vão fazer — zombou ela, formando uma tesoura com os dedos de uma mão.

## CAPÍTULO 28

### Eu me pergunto se as pessoas que nunca conheci também sentem falta de mim.

*Amélia*

O prédio de Declan Wallen parecia muito com um cativeiro.

Se Amélia estivesse com seus seguranças, eles não autorizariam a entrada.

Estava localizado numa parte bonita de Londres, mas era escuro e velho, um daqueles prédios que ficam anos sem receber manutenção. Havia uma loja de badulaques místicos bem próxima e Amélia teria dado uma volta por lá se estivesse vestida como Holy, porque o medo de ser reconhecida era maior que sua curiosidade no momento.

O motorista da rainha a tinha levado até ali. Amélia passara a viagem inteira tentando interpretar quais eram as intenções de Roma com aquele convite, sem nunca chegar a uma conclusão: ela só queria evitar o palácio ou estava pensando em continuar o que tinham começado nas torres?

Amélia apertou o botão do último andar no elevador, dando um pulinho quando as portas se fecharam em um rangido metálico. Ela estava nervosa.

Aproveitou o tempo livre dentro do compartimento metálico para responder o e-mail pendente de Roma.

**Nova mensagem**

**PARA:** romabwallen@charterhouse.com

**ASSUNTO:** Em resposta a: Festa real

Oi :P

Fico muito feliz que tenha sobrevivido pra me contar a história. Eu morreria de tédio nos primeiros dez minutos.

Sobre o festival, sabe que a praia fica a duas horas de Londres? Eu alugo o carro, você resolve os ingressos.

PS: Eu consigo pensar em pontos turísticos melhores, mas vai ser um prazer levar você pra ver o mar.

ENVIAR

---

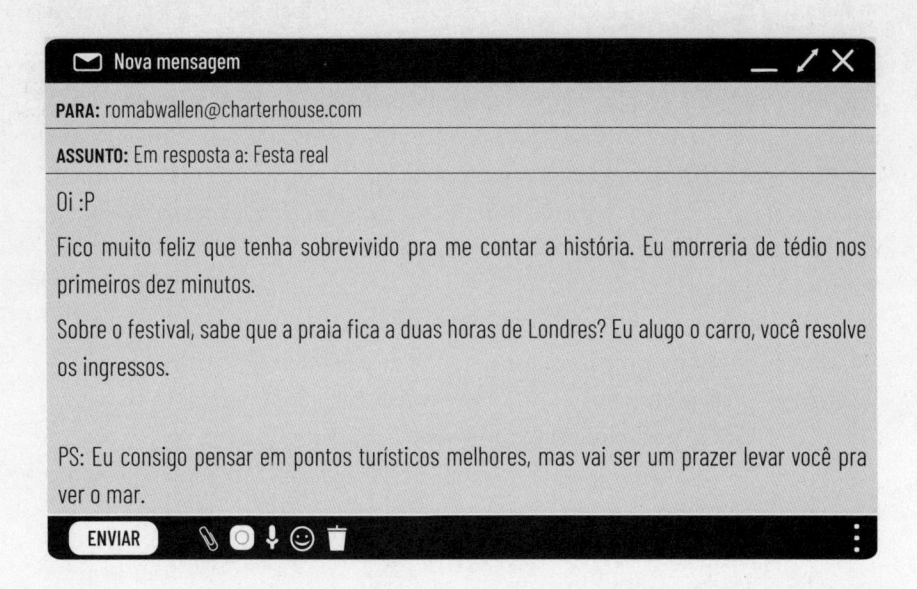

Amélia mordeu o lábio antes de enviar a mensagem.

Agora, sua relação com Roma parecia uma foto censurada, vários pixels de imagem formando coisa nenhuma. Sentia-se idiota por ter se deixado levar na festa de aniversário. Tinha criado Holy para que ela tivesse todas as experiências que uma princesa não podia ter e agora suas duas vidas estavam misturadas por causa de uma garota.

O plano era extremamente simples: Holy fica com Roma, Amélia fica com a coroa. E mesmo assim ela tinha colocado tudo a perder em troca de alguns minutos de liberdade. Não que Amélia se arrependesse, mas, se tivesse um pouco de juízo, *deveria*.

As portas do elevador se abriram no último andar do prédio. Como a protagonista de um filme de terror, Amélia deu uma olhadinha no corredor antes de sair, sentindo um cheiro forte de produto de limpeza. O esfregão apoiado nas portas da saída de emergência indicava que a faxineira do condomínio tinha passado havia algum tempo.

As portas do único apartamento do andar se abriram. Amélia arqueou uma das sobrancelhas, porque não tinha mandado nenhuma mensagem anunciando sua chegada. Mesmo assim, Roma estava ali, esperando por ela. A loira também pareceu ter achado uma coincidência estranha, julgando por suas sobrancelhas arqueadas.

— Oi — Amélia cumprimentou, apertando um pouco o passo e ajeitando a alça da mochila nos ombros.

Ela prestou um pouco de atenção em Roma antes de entrar. Estava usando uma camiseta preta grande demais para o seu tamanho, uma imagem do Ghostface beijando o Michael Myers – ou era o Jason? – estampada no centro. O short que usava por baixo dela era tão curto que Amélia não soube dizer se era mesmo um short ou uma calcinha grande. Estava com uma pequena tigela na mão, misturando um creme gosmento que parecia feito de chocolate.

Roma deu um sorriso.

— Oi.

Definitivamente, o clima estava estranho entre elas.

— Bom, *Romeu e Julieta*, né? — Amélia entrou no apartamento e tirou o livro da bolsa. — Ótimo programa para uma sexta-feira. Até que parte você já leu?

— Ato 2 — Roma respondeu. — Cena 2. — Ela levou um pouco do creme até a boca, então fechou a porta. — Eu deveria ter lido mais, mas, sendo honesta, Shakespeare me dá preguiça. Gosto mais dos clichês contemporâneos, com "enemies to lovers", faca na garganta e coisa e tal.

— Você gosta das farofas que fazem sucesso no TikTok — Amélia zombou.
— Eu estou lendo este — ela apontou para o exemplar de *Romeu e Julieta* — pela segunda vez. Era o livro favorito da Addie.

Roma ficou um instante em silêncio. Era o que a maioria das pessoas fazia quando alguém falava sobre um... *falecido*.

— Enfim. — Amélia não queria piorar o clima tenso. — O que você está comendo? — perguntou, enquanto caminhava até o sofá. Na frente dele, uma mesinha estava recheada de livros e materiais de estudo, o que fez Amélia deduzir que elas ficariam por ali.

Sentou-se.

— Brigadeiro.

Amélia quase assentiu. Lembrou que Roma tinha explicado o que era no seu primeiro encontro com Holy, então franziu o cenho.

— É um doce brasileiro — explicou. — A gente mistura leite condensado com chocolate em pó. Não fica tão bom com o leite condensado de vocês, porque é mais aguado que o nosso, mas é gostoso. Quer experimentar?

— Eu não tenho certeza.

— Eu juro que é bom. — Roma riu, sentando-se ao lado dela no sofá. Ela tirou uma colher generosa de doce e levou até os lábios da princesa, como se ela fosse um bebê pedindo "aviãozinho". — Vai, confia.

Amélia fez uma última careta antes de aceitar. Seus olhos se arregalaram de imediato quando Roma enfiou a colher dentro da sua boca e o doce caiu, atingindo a língua. Colocou a mão na frente dos lábios antes de falar.

— Nossa. — Ela mastigou, sem necessidade. — Você venceu, é bom.

— Normalmente a gente enrola em formato de bolinha e passa granulado em volta, mas desse jeito também funciona. No Brasil, a gente faz brigadeiro o tempo todo.

— E não estão errados. — Amélia riu, tomando a colher das mãos de Roma para pegar mais um pouco. — É o tipo de coisa que eu comeria todo dia se pudesse.

— Eu duvido. — Foi a vez de Roma rir. — Vai perdendo a graça com o tempo.

Amélia negou com a cabeça. Devolveu a colher para Roma, que levou os dedos até seu queixo para limpar uma mancha de chocolate perdida, muito perto dos lábios. Depois de limpar, seus dedos não saíram de lá.

O silêncio ficou estranho mais uma vez.

Amélia suspirou.

— Acho que a gente precisa conversar.

— Sobre o quê?

— Sobre seus dedos perto demais da minha boca — disse. — Sobre suas mãos tentando desamarrar meu vestido. Sobre tudo que aconteceu… Você sabe como e quando.

Roma mordeu o lábio. Suas mãos desceram pelo rosto de Amélia como se estivessem escorregando, então se afastaram.

— Sou péssima com esse tipo de conversa.

Amélia entendeu o comentário como uma deixa.

— Eu teria alguns problemas diplomáticos sérios se alguém soubesse — continuou ela, torcendo a boca. — Quer dizer, nós estamos em 2023 e uma princesa não seria guilhotinada em praça pública por ser bissexual, mas, a menos que eu esteja perdidamente apaixonada, prefiro não me comprometer publicamente com coisas que vão me dar dor de cabeça.

Roma zombou:

— Bom saber que não está apaixonada por mim.

— *Nós* não estamos apaixonadas uma pela outra — disse, como se quisesse ter certeza de que compartilhavam a mesma linha de raciocínio.

Roma moveu a cabeça em afirmativa, então suspirou.

— Você é sempre tão burocrática assim?

— Princesas são, obviamente, burocráticas. — Ela bufou, impaciente. — Eu só quero ter certeza de que…

Os lábios de Roma a interromperam.

Sua língua tinha gosto de brigadeiro.

Amélia perdeu todo o raciocínio lógico por um instante.

Roma se afastou.

— A gente pode curtir a companhia uma da outra sem que um contrato de casamento esteja pairando sobre nossas cabeças.

— Que companhia? — Amélia revirou os olhos. — Você não gosta de mim.

— Mas eu gosto de te beijar. — Roma riu, sabendo que a princesa ficaria ainda mais irritada com o seu comentário. — Eu te dei uma vela. E um bolo. É claro que gosto de você, mesmo que seja... pouco. Eu diria que um por cento das minhas células gostam de você.

— É uma pena que eu não possa conviver só com esse um por cento de células o tempo inteiro — Amélia alfinetou. — Tenho certeza de que você seria muito mais gentil.

Roma achou graça.

— Tem uma quantidade considerável de pessoas bajulando você o tempo inteiro, tenho certeza de que não precisa da minha gentileza.

— E se eu precisar?

— Estou disposta a lhe dar parte dela.

Amélia quase riu. *Uma* parte, literalmente, porque a outra estava com Holy, convidando-a para festivais de música e ficando louca por uma resposta depois de mandar fotos de vestidos. Não era muito admirável de se dizer, mas Amélia gostava dessa dualidade. Era evidente que Roma preferia a companhia de Holy à dela.

Roma gostava mais de Holy.

Sua versão sem filtros.

Sem títulos, sem palácio.

Uma garota que não tinha nada para oferecer além de sorrisos maliciosos, jaquetas de couro e passeios madrugada adentro.

Por um instante, Amélia pensou em contar.

Ela tinha crescido ouvindo as pessoas dizerem que era muito nobre assumir os próprios erros. Talvez ganhasse alguns pontos por estar contando a verdade. Roma não teria descoberto. Ela teria *contado*, por livre e espontânea vontade, porque não queria mais mentir para ela.

— Eu queria... — Amélia começou, mas Roma levantou os olhos e sua alma foi invadida por aquela imensidão violeta. — Bom, queria.... — A princesa se sentiu nervosa. Não estava pronta para ver a expressão daqueles olhos se transformar em confusão, depois em raiva.

— Sim?

Amélia balançou a cabeça em negativa.

— Não. Nada.

Os lábios de Roma se moveram, prontos para argumentar, mas Amélia não permitiu. Ela deixou seu livro definitivamente de lado e colocou uma das mãos na nuca de Roma, invadindo sua boca com a língua.

Ela não podia contar.

Era cedo demais.

As mãos de Roma desceram até sua cintura, puxando-a para o outro lado do sofá. Agora, estava sentada no colo da loira, com as pernas ao redor do tronco dela. Amélia se permitiria esquecer o assunto Holy pelo resto da tarde.

— A gente tem um trabalho para fazer — lembrou, se afastando alguns centímetros.

— Foi você que me beijou dessa vez.

Amélia deu de ombros.

— Saiba que não vou sair desta casa até ter um trabalho A+ para entregar para o professor Brown.

— A gente tem tempo.

Elas se beijaram de novo, e dessa vez era difícil definir quem tinha começado. A atração que sentia por Roma era diferente de qualquer outra coisa que já tinha experimentado na vida, o que começava a deixar a princesa preocupada.

Sempre odiara tudo que pudesse deixá-la vulnerável, fora de controle.

Tinha *medo* disso.

Mas, ao lado de Roma, até o descontrole parecia confortável.

Principalmente quando seus dedos se infiltravam dentro da camiseta dela e corriam pelas costas, ameaçando parar no sutiã a qualquer momento. O apartamento caótico de Declan até começava a parecer um lugar mais aconchegante – e por um instante ela sentiu vontade de perguntar a Roma por que ele não comprava um apartamento novo. Não que ela estivesse realmente interessada em saber no que o pai de Roma investia suas economias de detetive renomado, mas ela tinha a impressão de que essas pequenas informações fariam dela uma pessoa mais próxima da loira.

Ao mesmo tempo que Amélia *sentia* que sabia muito sobre Roma, ela, na realidade, não sabia nada.

Era possível se sentir próxima de alguém que você nunca conheceu de verdade?

Era mais uma pergunta que gostaria de fazer em voz alta.

Não fez, lógico.

Ateve-se a continuar acompanhando os lábios de Roma para onde eles quisessem ir, embora estivesse perto de ficar sem fôlego. As mãos dela puxaram a camisa de Amélia para cima, mas, antes que Roma pudesse concretizar o movimento e se livrar da peça, o telefone fixo de Declan tocou.

Amélia arqueou uma das sobrancelhas.

— Meu pai é um homem de hábitos antigos — Roma zombou, notando a careta no rosto da ruiva. — Mas é melhor eu não atender. Deve ser coisa de trabalho.

Amélia deu um sorrisinho complacente.

— O trabalho com o qual ele não quer que você se envolva.

Roma passou os dedos pelo cabelo de Amélia, tirando uma mecha ruiva da frente dos seus olhos cristalinos.

Mas, se o destino existisse, ele estava disposto a fazer Roma se envolver. O barulho da secretária eletrônica apitou e uma voz robótica se espalhou pelo apartamento. Estavam deixando um recado.

Amélia e Roma trocaram um olhar, culminando em uma risada sincera.

— Senhor Declan, nós conseguimos os dados que você pediu, a respeito do suspeito número 3 no caso da estudante de Charterhouse. Assim que o senhor analisar, vamos retirá-lo da lista de suspeitos.

O silêncio do fim do recado preencheu o apartamento.

— Retirá-lo — Amélia murmurou. — Então é um homem?

Roma fez que não.

— Os arquivos oficiais da polícia não usam *suspeita*, então, não necessariamente. — Ela fez uma careta, irritada. — São meio... machistas nesse sentido. Não só nesse sentido, aliás.

Amélia soltou um longo suspiro.

— Acha que estão perto?

— De descobrir o que aconteceu? — Roma perguntou, e a princesa assentiu. — Sim. Eu sei que já passou algum tempo e deve ser impossível pra você confiar na polícia, mas meu pai é muito bom no que faz. Se já tem suspeitos...

Amélia repetiu o gesto, sua forma de demonstrar que confiava *desconfiando*.

— Deve ser a mesma pessoa que deu a pancada no Ben.

Roma concordou. Ela estalou os dedos de repente, como se tivesse descoberto uma informação nova.

— Tanto a Addie como o Benjamin são pessoas próximas de você. — Ela mordeu o lábio, certa de que era um assunto delicado. — E se o assassino estiver tentando te atingir?

Amélia passou os dedos pelos próprios braços, como se não gostasse da ideia.

— Bom, é uma hipótese, mas não me diz muita coisa. Ser princesa vem com o encargo de pessoas desconhecidas querendo te matar, já te falei isso.

Roma deixou uma risadinha triste escapar.

— Que saco.

— Eu acredito no seu pai — Amélia murmurou. — Logo vamos saber o que aconteceu com a Addie, e, por mais que isso não a traga de volta, acho que vou me sentir melhor em saber. Como se ela pudesse... descansar em paz, sabe?

— Sei. — Roma fez que sim. — Vocês eram muito amigas?

— Dá pra dizer isso.

— Estava... — A loira hesitou. — Apaixonada por ela?

Amélia franziu o cenho.

— O quê? — Riu. — Não.

— Ouvi esses boatos em Charterhouse e fiquei curiosa — disse, já arrependida da pergunta. — Alguns alunos acreditam que você era apaixonada pela Addie.

A princesa moveu a cabeça em negativa.

— Addie sempre foi apaixonada por mim — soltou, e seu tom não era arrogante. — Dizia que eu era o primeiro amor dela, mas não sei o quanto disso era verdade e o quanto era carência. Nunca me preocupei em descobrir, porque não gostava dela *desse* jeito. A gente era amiga e podia transar uma vez ou outra, mas amor, aquele romântico, é outra coisa. — Ela passou a língua pelos lábios, os olhos carregados de certa reflexão. — Acho que ela nunca me perdoou.

— Pelo quê?

— Por não corresponder aos sentimentos dela — disse Amélia, soltando o ar pela boca. — Addie não era o tipo de garota que sabia ouvir um não. Eu acabava me sentindo mal por fazer uma amiga sofrer, ainda que não fosse bem minha culpa.

Roma assentiu.

— Faz parte da experiência humana. — Deu de ombros, amenizando a situação. — Às vezes fazemos as pessoas que amamos sofrerem, mas isso não significa que somos indivíduos ruins. Significa que estamos aprendendo.

Amélia deu um meio sorriso.

— Obrigada. Seria bom ter ouvido isso um ou dois meses atrás.

Roma esticou um dos braços, segurando a mão de Amélia. Ela entrelaçou seus dedos nos dela e as duas ficaram assim, compartilhando um silêncio tão agradável quanto aquele da noite no hospital, por alguns minutos.

— O trabalho — Amélia lembrou. — Se não terminarmos, o professor Brown vai achar que somos *indivíduas* bem ruins.

Roma deu um sorrisinho. Um tanto relutante, afastou suas mãos das dela e pegou o caderno na mesa de centro. Descuidada, acabou deixando um dos livros perdidos ali despencar no chão.

Os olhos de Amélia encararam o exemplar caído com as páginas para baixo, atentos.

— É um dark romance?

O rosto de Roma ficou quente de imediato, sua garganta seca quase fazendo-a engasgar. Ela tirou o livro do chão e se levantou, sem deixar que a princesa prestasse muita atenção na capa, amassando uma ou duas páginas no processo.

— Não.

— É sim! — Amélia se levantou atrás dela. — Eu reconheceria essa capa horrorosa em qualquer lugar. É de Penelope Douglas — disse, confiante. — Um bully romance sobre lésbicas tóxicas. — Riu.

— Tá. — Roma se deu por vencida, não sem antes revirar os olhos. — Às vezes eu leio esse tipo de... porcaria.

— Eu também. — Amélia tirou o livro das mãos dela, folheando cada página. — É meu guilty pleasure.

Roma precisou debochar:

— Uma princesa leitora de dark romance lésbico.

— Ai, me deixa em paz — ela reclamou, então mordeu o lábio, lembrando-se de algo. — As cenas hot são ótimas.

Roma a encarou por um instante. As duas ficaram naquele silêncio cúmplice, os pensamentos maliciosos pairando, óbvios, entre elas.

— Não tem nada que nos impeça de recriá-las.

Amélia riu, passando a língua pela parte inferior da boca.

— Tenho que reler o livro — disse. — E escolher as minhas favoritas.

Roma concordou.

— A minha favorita... — ela deu um passo para a frente, segurando seu rosto com as duas mãos. Abaixou-se um pouco e tocou os lábios da princesa com os seus — é aquela quando elas tiram zero no trabalho de literatura porque resolveram que tinham coisas mais urgentes para fazer.

Amélia segurou uma risada, porque a cena não existia no livro.

— Eu adoraria tirar zero por motivos tão nobres — divertiu-se. — Mas seria um escândalo. Princesa Amélia tira zero em trabalho por conta de loira misteriosa — brincou, mas não seria assim que as manchetes surgiriam. — Vamos. — Ela a beijou de novo, então pegou sua mão para guiá-la até o sofá. — Trabalho.

Roma soltou um gemido frustrado, mas concordou, pronta para afundar o corpo no sofá. E, com pensamentos que em hipótese alguma poderiam ser considerados puros, deixou o romance de lado para abrir um artigo de cinquenta páginas sobre a importância de *Romeu e Julieta*.

## CAPÍTULO 29

## A PREVISÃO DO TEMPO PRA HOJE É DE VIOLÊNCIA E EXPLOSÕES.

## *Roma*

Roma acenou para Amélia quando ela entrou em um dos imponentes automóveis pretos da família real. Era até estranho ver um carro como aquele, grande, brilhante, blindado, em um bairro tão... comum. Naquelas horas, ela queria ter nascido com a capacidade de ler mentes para saber o que o motorista estava pensando. Ele era do tipo fofoqueiro, que comentaria sobre a escapada da princesa com os colegas de trabalho, ou só fingiria que era mais uma tarde comum trabalhando para a realeza?

Ela engoliu sua curiosidade enquanto fechava a porta da entrada do edifício atrás do corpo. Antes de atravessar a rua, verificou sua caixa de entrada e encontrou um novo e-mail de Holy, sentindo o coração pular algumas vezes mais rápido. Leu a mensagem e salvou na pasta de e-mails não lidos, para que pudesse responder mais tarde. Roma se sentia tão... idiota. Não se envolver com ninguém era quase uma regra universal dos intercâmbios e agora ela estava ali, do outro lado do mundo, envolvida não com uma, mas com *duas* pessoas. E, se fosse sincera, teria que dizer que não tinha certeza do que sentia por nenhuma delas.

Roma sabia que estava se apaixonando por alguém. Não era novidade que ela fazia parte do clube das emocionadas, as que caem de amores no primeiro encontro, querem casar em dois meses, adotar um gato e viajar o mundo. Ela era a personificação das garotas sobre as quais Taylor Swift escrevia músicas e, como nos álbuns dela, era questão de tempo até estar de coração partido. Apaixonava-se constantemente pela ideia de se apaixonar por alguém e não se lembrava de um momento na vida em que não estivesse com o coração acelerado, interpretando os mínimos sinais de uma pessoa como coisas maiores que eram. Tinha decorado o monólogo de Kat Stratford em *10 coisas que eu odeio em você* – embora nutrisse certa raiva de Patrick Verona – e lido o roteiro inteiro de *Um lugar chamado Nothing Hill* mais de cinco vezes. Como uma pessoa tão obcecada pela ideia do amor verdadeiro podia ter tanta incerteza sobre os próprios sentimentos?

Roma suspirou. Tentou enfiar na cabeça que Amélia e Holy não seriam um problema desde que não precisasse escolher entre elas, mas isso parecia mais uma mentira que sua cabeça tinha criado para não se sentir culpada do que um fato. E se, na verdade, ela não fosse a garota que termina de coração partido, mas a que parte corações?

Roma tombou a cabeça para trás, encarando o céu nublado com irritação. Ela finalmente atravessou a rua, repetindo na mente o endereço que tinha encontrado no seu dormitório: *Bolton street london mayfair 54*. Como previsto, o número 54 era justamente a lojinha que tinha visitado antes, cheia de cartazes colados na porta. Agora, observando com mais calma, conseguia ver o nome do lugar: A bruxa de Bolton Street.

— Boa tarde, mocinha. — A mesma mulher com quem tinha falado da última vez surgiu de repente, sombras amarelas e sorriso largo. Seu inglês continuava arrastado. — Eles te mandaram aqui, estou certa?

Roma fez uma careta.

— Eles quem?

A mulher riu.

— Os vivos é que não foram. — Ela abriu a porta, empurrando para dentro uma das placas que estavam do lado de fora. — Eu te disse pra ficar longe dos mortos, mas parece que eles não querem ficar longe de você.

Roma passou a língua pelos dentes, sem saber como continuar aquela conversa. Falar sobre os espíritos com tanta naturalidade era estranho. Sempre que tentava tocar no assunto, recebia olhares atravessados em resposta. Aquela mulher falava sobre gente morta como quem fala de tomar café – ou, no caso dos britânicos, chá.

— Vamos, mocinha. — Ela deu espaço na passagem da porta, acenando com a cabeça. — Imagino que queira descobrir o que te trouxe até aqui.

Roma hesitou. Tentou ver por cima da cabeça da mulher o que havia lá dentro. Parecia uma casa normal, com bugigangas em excesso.

— Faz diferença?

— Em alguns casos, o emissor da mensagem é mais importante que a mensagem em si.

— Não é melhor eu ignorar? — questionou Roma. — Como você me aconselhou antes.

Ela deu de ombros.

— Parece que ignorar não te levou a lugar nenhum. Sabe, às vezes os mortos querem coisas simples da gente. Já fui assombrada por um homem que só queria receber umas flores de aniversário.

Roma cerrou os olhos. Parecia simples demais.

— Eu não tenho o dia todo, Roma.

— Como você sabe o meu nome?

A mulher soltou um suspiro.

— Me contaram. Você também consegue saber o meu, se fizer um esforcinho. Quer tentar?

— Como vou saber que não vai concordar com qualquer nome que eu disser?

Ela revirou os olhos.

— Tenho meus documentos lá dentro, posso te mostrar, senhora desconfiada. É óbvio que a filha de um policial não poderia ser diferente.

Roma se sentiu invadida pelos conhecimentos da mulher a respeito da sua pessoa.

— Tá bom. Como eu faço?

— Olhe bem para mim — instruiu ela. — Agora feche os olhos e espere que te digam meu nome. Fantasmas costuma ser bem fofoqueiros. Eles abrem a boca fácil.

Roma sentiu um arrepio percorrer sua nuca, mas seguiu as instruções da mulher. Ela fechou os olhos e, por vários segundos, não ouviu nada além dos barulhos típicos de uma avenida movimentada de Londres. Carros, gatos, sirenes. Sentiu-se idiota por ter acreditado na mulher, mesmo que por pouco tempo.

Estava prestes a abrir os olhos quando ouviu.

*Alma.*

O nome dela era Alma.

— Meu Deus — Roma soltou, boquiaberta.

Alma moveu a cabeça em negativa.

— Deus não — disse, rindo.

A loira se empolgou:

— Eu consigo saber outras coisas? Tipo, qualquer coisa?

— Os fantasmas só conseguem nos contar o que sabem. Eles não são clarividentes nem nada do tipo, então não é muito. Costumam ser coisas bobas. Seu nome, com o que você trabalha... De qualquer forma, é sempre divertido assustar gente cética.

Roma fez uma careta, tomando o comentário como uma ofensa pessoal. Alma indicou o interior da casa mais uma vez e, agora, Roma deu um passo para a frente, adentrando a propriedade.

— Você não vai *ver* fantasmas aqui — explicou. — Uma muralha energética protege a casa. Ainda podemos falar com eles, mas é mais seguro quando não estão em sua forma... "física" — disse ela, fazendo o gesto de aspas com os dedos.

Roma mordeu o lábio. Não disse nada, se limitou a seguir o corpo grande de Alma pela casa. O espaço contava com um vasto jardim e tinha um cheiro agradável de lavanda. Nos seus primeiros minutos na casa, Roma conseguiu contar mais de cinco gatos andando de um lado para o outro, alguns incomodados com a sua presença, outros ignorando-a por completo. Nos fundos do jardim, uma segunda casa, menor do que a primeira, onde se podia ver uma grande placa: "A bruxa de Bolton Street trabalha aqui".

Essa casa não tinha porta, apenas uma cortina feita de miçangas coloridas por onde Alma entrou. Em silêncio, Roma a seguiu, encontrando um ambiente ainda mais esotérico do que o lado de fora fazia parecer. Incensos, velas e tabuleiros estavam espalhados por toda parte, iluminados por uma luz vermelha que deixava os olhos de Roma cansados.

— Muito bem — Alma murmurou, sentando-se à mesa. — Vamos lá.

— Você não vai pegar um tabuleiro ou...

Alma soltou uma gargalhada antes mesmo que Roma terminasse a frase.

— Isso é coisa de filme de terror. É só decoração. Pessoas como eu e você não precisam dessas quinquilharias pra falar com o outro lado. Ele já é uma parte de nós.

Roma engoliu um certo desconforto ao pensar que aquilo, ver os mortos, era parte dela. Não se sentia assim. Na verdade, não queria que fosse dessa forma.

Alma estendeu as mãos.

— Vamos ver o que estão querendo te mostrar.

Receosa, Roma posicionou suas mãos em cima das de Alma.

— Não é uma energia boa. — Ela franziu o cenho, seus dedos tremeram suavemente. — Ah, como eu não percebi antes? — Sua hesitação deixou Roma incomodada. — Addie Jones. Você estava procurando por ela da última vez que esteve aqui.

Roma concordou.

— Vítimas de assassinato são muito temperamentais — Alma murmurou. — Parece que... ela se lembrou de alguma coisa.

— Addie sabe que está morta? — Roma sussurrou, como se isso pudesse impedir um fantasma de escutá-la.

Alma mordeu o lábio.

— Não tenho certeza. O estado de consciência de Addie parece flutuante. Se pudesse fazer uma aposta, eu diria que ela sabe, mas *esquece*.

— Do que ela se lembrou?

— Ela quer te mostrar. — Alma apertou os dedos de Roma. — Feche os olhos e não solte minha mão — pediu. — De forma nenhuma solte a minha mão, certo?

Roma concordou. Como havia feito do lado de fora, fechou os olhos. Tudo que conseguia ver era um borrão vermelho, a luz do espaço atingindo suas pálpebras. Logo seus pensamentos foram envolvidos por uma névoa, como se estivesse prestes a cair em sono profundo. Ela começou a movimentar os dedos do pé, numa tentativa de se manter plenamente acordada.

Os corredores de Charterhouse tomaram foco em sua mente. Era como se Roma estivesse andando por eles, mas aquelas não eram suas pernas. Os alunos passavam por ela e acenavam, sorridentes, felizes, alguns até maliciosos. Estava vendo o que Addie via. Eram as lembranças dela.

Aos poucos, o corredor foi ficando mais vazio e o passo de Addie mais rápido, como se estivesse atrasada para um compromisso. Ela saiu da parte frequentada pelos alunos e chegou ao prédio dos professores, uma pasta transparente cheia de papéis em mãos. Roma não conseguia identificar se eram provas, trabalhos ou fichas escolares. Ela tentou imaginar Addie parando e abrindo para ver as folhas, o que não funcionou. As coisas estavam sendo mostradas como tinham acontecido.

Addie passou pela sala de vários professores de Charterhouse, parando na última delas. Uma placa dourada com os dizeres "George Brown" enfeitava a porta de madeira, e Roma engoliu toda a saliva que tinha dentro da boca.

Addie bateu à porta e esperou.

George Brown, o charmoso George Brown, abriu a porta com um sorriso pouco inocente. Ele deu espaço para que Addie entrasse e a porta se fechou na cara de Roma, como se ela não tivesse mais permissão para ver o desenrolar dos fatos.

De repente, os corredores de Charterhouse ficaram vermelhos.

*Tudo* era vermelho, o chão, as portas, o teto.

Roma ouviu passos. No fim do corredor, Amélia surgiu correndo, saindo do quarto 457, o cabelo cacheado numa bagunça que não lhe era normal. Logo atrás dela, um grupo de jornalistas munidos com câmeras e microfones tentava alcançá-la, risadinhas abomináveis vindas de todos os cantos. A princesa tentou despistá-los descendo pelas escadas, mas acabou tropeçando.

Roma fez uma careta ao ver seu corpo rolar pelos degraus.

Ela tinha *quebrado* o pescoço.

Roma soltou as mãos de Alma de supetão, uma tentativa de afastar a imagem do corpo torto e sem vida de Amélia. As luzes da casinha explodiram, todas ao mesmo tempo, um show de cacos de vidro voando para todos os lados. Um deles atingiu o antebraço de Roma, causando um corte superficial.

Diferentemente dela, Alma não parecia assustada.

Parecia irritada.

— Mocinha, eu te disse para não...

Roma se levantou, exaltada.

— Eu não quero ver mais.

— Eu falei que vítimas de assassinato eram temperamentais. Não é nada pessoal, se te faz se sentir melhor.

— Não faz — Roma protestou, passando os dedos pelo corte. Um filete de sangue escorreu por sua pele branca, deixando um rastro vermelho.

Alma soltou um longo suspiro, como se estivesse acostumada com aquele tipo de comportamento.

— Conhece o homem que ela mostrou?

— Sim. É meu... *nosso* professor.

— Típico. Homens velhos se envolvendo com adolescentes. Bom, é isso.

— É isso? — Roma moveu a cabeça em negativa, incrédula. — Nós não deveríamos denunciá-lo?

— Não sabemos se ele matou a garota. Na verdade, nem sabemos se eles estavam mesmo tendo um caso. Ninguém faz uma denúncia com base no depoimento de um fantasma, eles não são confiáveis. Você pode ficar de olho, no máximo.

Roma soltou o ar pela boca, frustrada.

— Addie me trouxe aqui pra nada. — Ela limpou o sangue com os dedos. — Ou melhor — apontou para os cacos de vidro —, pra *isso*.

Alma deu um sorrisinho.

— Essa parte foi meio que culpa sua.

Roma a encarou, incrédula.

— Vai defender um fantasma?

Alma ergueu os ombros, fazendo pouco-caso.

A loira revirou os olhos. Estava pronta para desferir um xingamento quando seu celular tocou, o nome de Jay brilhando na tela.

— Espera um segundo — ela pediu, num tom mal-humorado, então saiu da casa, atendendo o telefone quando estava no jardim. — Oi.

— Oi! — disse ele, parecendo um tanto afobado do outro lado. — Tá podendo falar?

Roma encarou o corte ensanguentado no seu braço, os gatos pulando no jardim.

*Não.*

— Sim — respondeu, esperando que Jay não notasse os traços de ironia na sua voz.

— Você vai fazer alguma coisa amanhã?

Roma assentiu, como se ele pudesse enxergar seu gesto.

— Festival de música em Jurassic Coast. Com a Holy.

— Ah — Jay soou desanimado. — Eu e a Chi... podemos ir junto?

Roma cerrou os olhos.

— O que aconteceu?

— Parece que uma encomenda chegou para mim — ele falou, muito alto. Roma entendeu que estava falando com outra pessoa, e não com ela. — Eu já volto — prosseguiu, o mesmo tom de voz. — Oi — disse, agora sussurrando. — O pai da Chinara foi pro hospital. Parece que vai fazer uma cirurgia de emergência. Eu não entendi muito bem, ela estava falando na língua hauçá no telefone. Queria que a gente fizesse alguma coisa para ela se distrair, já que ela não pode viajar para a Nigéria assim, do nada. Ela disse que não quer, mas vai ser horrível ficar horas trancada no quarto esperando notícias, então... Sei lá, convida ela. — Jay fez uma pausa. — Prometo que não vamos atrapalhar o seu rolê de casal.

Roma segurou uma risada nervosa, sem saber muito bem o que responder.

— Não tem problema. Quer dizer, é um festival, vai ser legal que tenha mais gente. — Ela se sentiu mal pelo pai da garota. — Falo com a Chinara quando chegar aí.

— Obrigado — Jay murmurou, se alongando demais no último "O" da palavra.

Roma balançou o braço para que o sangue escorresse mais livremente quando a ligação foi encerrada. Não estava nos seus planos fazer uma viagem entre amigos, mas seria insensível deixar Chinara na mão, principalmente depois de a amiga ter comprado parte do seu vestido.

Ela digitou uma mensagem para Holy.

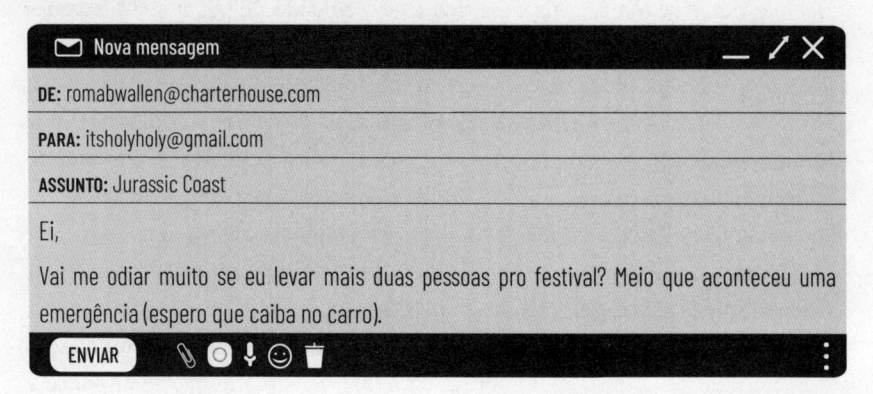

---

✉ **Nova mensagem**   _ ╱ ✕

**DE:** romabwallen@charterhouse.com

**PARA:** itsholyholy@gmail.com

**ASSUNTO:** Jurassic Coast

Ei,

Vai me odiar muito se eu levar mais duas pessoas pro festival? Meio que aconteceu uma emergência (espero que caiba no carro).

ENVIAR

Roma enviou o e-mail sem pensar profundamente sobre o assunto. Ela também não queria ser o tipo de garota que vira as costas para os amigos por causa de encontros, e isso era suficiente para saber que estava fazendo a escolha certa.

Quando voltou para dentro da casinha, Alma estava no mesmo lugar, impassível. Agora sem as luzes vermelhas, o ambiente parecia ter perdido parte da sua magia.

A loira suspirou, o corte na pele ardendo e latejando.

— É melhor eu te ajudar com a bagunça.

## CAPÍTULO 30

### VAMOS DESAPONTAR UMA À OUTRA E VER O QUE ACONTECE. :)

*Amélia*

O carro de Benjamin morreu alguns metros antes de entrar no estacionamento de Charterhouse. Holy deu um tapa no volante, lembrando que, horas antes, tinha prometido para um Ben hospitalizado que cuidaria bem do seu bebê e que o devolveria antes que pudesse sentir falta.

"É bom mesmo", respondera Ben, ainda um pouco zonzo por conta dos remédios para dor. "Se eu morrer e souber que você destruiu meu carro favorito, volto para te assombrar."

Holy riu ao se lembrar da cena. Ela teve o cuidado de pegar sua Mercedes branca, um carro diferente daquele que tinha usado com Roma no dia em que foram ao Firestarter. Era irônico que parte dela quisesse contar a verdade para a garota e a outra parte continuasse se esforçando para manter sua vida falsa nos trilhos, manipulação por manipulação.

Holy afastou o pensamento, certa de que isso estragaria seu final de semana. Não tinha com o que se preocupar. A recuperação de Ben ia bem e ele voltaria para o palácio nos próximos dias, pronto para receber um sermão da rainha Olívia sobre como tinha destruído a cerimônia de dezoito anos da princesa quando não apareceu para dançar meia hora de uma valsa antiquada, perdida no tempo. A principal interessada, Holy, na verdade não se importava com isso.

O barulho de uma buzina atrás fez Holy recuperar o controle do veículo, retomando a marcha. Ela fingiu não ter reconhecido o carro do professor Brown a centímetros da sua traseira e se concentrou em continuar dirigindo em direção ao prédio dos dormitórios dos alunos, ignorando o fato de que o estacionamento de Charterhouse era um verdadeiro labirinto de placas, cancelas e vagas minúsculas que ela precisava ultrapassar.

Estava nervosa.

Uma viagem de duas horas não era muita coisa, mas aquela era a primeira vez em meses que tocava no volante de um carro. Tinha tirado sua carteira de motorista assim que fizera dezessete anos, como era permitido no Reino Unido, numa tentativa falha de conquistar mais autonomia e liberdade. A verdade era que, se os seguranças a acompanhariam de qualquer forma, era melhor estar no carro deles do que no dela.

Holy mordeu o lábio. Tinha acordado cedo naquela manhã e dito a todos os empregados do palácio que passaria o fim de semana fora, na casa de uma amiga. Era um plano inteligente: não havia falado com sua avó, mas com pessoas que teriam informações caso a rainha surtasse e quisesse chamar a polícia por causa da sua neta desaparecida.

Os seguranças tinham feito vista grossa com um pouco de suborno.

Agora, tudo que precisava fazer era relaxar e curtir um fim de semana sem preocupações, justamente como Holy faria. Holy não teria problema em dirigir aquele carro. Na verdade, Holy colocaria uma música alta no rádio e faria questão de que todos no colégio soubessem da sua chegada.

Holy deu um sorrisinho. Ela encarou os próprios olhos no retrovisor, um mar azul perdido entre tanta maquiagem preta. Pegou seu celular dentro dos bolsos da mochila que levava e conectou ao Bluetooth do carro, escolhendo uma música da sua *playlist* no Spotify.

"She calls me daddy", King Mala.

Holy riu enquanto colocava o volume do rádio no máximo. Ela provavelmente acordaria um aluno ou dois, mas era estranhamente satisfatório poder fazer qualquer coisa sem ter medo de que alguém a repreendesse. Quando Holy estava no comando, ela era intocável.

Estacionou em frente ao dormitório feminino. Roma já estava nas escadas, uma mochila mostarda apoiada nos ombros. Holy não viu sinal de Chinara ou Jay, mas, se eles estivessem ali, talvez tivesse alguma dificuldade em reparar: toda a sua atenção estava em Roma, na touca da mesma cor da mochila que cobria seu cabelo branco, nas tranças que tinha feito na parte da frente da cabeça, no estilo Sharon Tate, no piercing prateado na sobrancelha e no cropped curto demais que usava.

Ela deu uma risadinha ao entender a música que saía dos alto-falantes do carro.

*Cause she might be your girl.*
*But she's calling me daddy.*

— Está querendo dizer alguma coisa com isso? — Roma zombou, contornando o carro. Ela fez uma careta antes de entrar no lado direito, como se ainda não estivesse acostumada com os veículos "ao contrário".

Holy deu de ombros.

— Foi a primeira música que tocou na playlist — disse, com toda a cara de pau que tinha disponível. — Mas, se quiser adotar o apelido, saiba que eu não me importo.

Roma balançou a cabeça em negativa, um sorriso malicioso cruzando os lábios por um instante.

— Eu sei que vai parecer muito conveniente — Holy passou os dedos pelo volante —, mas eu comprei nossas barracas antes de saber que seus amigos viriam. — Ela passou a língua pelos dentes. — Só tem duas.

Roma cerrou os olhos. Naquela manhã, eles tinham um tom escuro de violeta, como se tivessem se fundido com as pupilas pretas.

— Claro que eu quero dormir com você, podia ter me pedido em vez de sabotar as nossas barracas — Roma ironizou, fazendo Holy revirar os olhos.

Ela estava prestes a murmurar um xingamento quando Jay abriu a porta traseira do carro. Chinara estava logo atrás dele, parecendo pouco animada, o que era totalmente compreensível, dadas as circunstâncias.

Holy sentiu o nervoso na ponta do estômago voltar.

Encarou o próprio reflexo no retrovisor, fazendo um checkup mental: as sardas da sua pele estavam cobertas, seus olhos pareciam mais ovais e menos redondos por causa do delineador puxado. A lace cobrindo seus fios ruivos estava em perfeito estado, pronta para aguentar as quarenta e oito horas de festival. Tinha feito testes antes de aceitar o convite. A cola da peruca era boa o suficiente para que pudesse dormir sem que saísse do lugar. A tatuagem no pulso estava à mostra, como uma evidência física de que era Holy e nenhuma outra pessoa.

— Oi — Jay cumprimentou, um sorriso travesso no rosto, o mesmo que as tias colocam na cara antes de perguntar sobre os "namoradinhos". — Finalmente conhecemos a misteriosa Holy. Roma fala muito de você.

O comentário de Jay arrancou uma risadinha singela de Chinara e só por isso Roma decidiu que não o mataria.

— Bem ou mal? — Holy riu, e fez questão de encarar Roma enquanto fazia a pergunta. A loira afundou no banco do carona, a pele branca em excesso ganhando alguns tons de vermelho.

— Mal — Roma respondeu. — Sempre mal.

Holy deu de ombros, trocando a marcha do carro automático.

— Eu já imaginava isso. — Ela olhou para o retrovisor, então se forçou a trocar algumas palavras com Chinara e Jay. — Já foram a Jurassic Coast?

— Praia não é muito a minha vibe — admitiu Chinara. — Tem muita... areia.

— Olha pelo lado bom. — Jay deu um meio sorriso e Roma soube que ele estava prestes a alfinetar a amiga. — Tem tanta gente indo a esse festival que você nem vai notar que estamos na areia. A hashtag deles tem mais de quarenta milhões de views no TikTok.

Chinara revirou os olhos.

— O que você tem contra areia? — Roma zombou. — Minha mãe sempre diz que andar na praia é medicinal. Aquele papinho de que previne a hipertensão, esse tipo de coisa.

Ela franziu o cenho, pouco convencida.

— Se depender de caminhada na praia, vou morrer hipertensa. E não se façam de fitness, estamos indo a um festival para encher a cara de cachaça e outras coisas que não são nada medicinais.

— Depende — Jay interveio. — Maconha é medicinal.

O carro se encheu de risadas bem quando Holy estava saindo do estacionamento de Charterhouse. Enquanto colocava o celular no apoio do volante e configurava o GPS, pensou que Chinara e Jay, na verdade, não eram tão ruins. Eles eram ruins com *ela*.

Holy engoliu em seco, um certo desconforto descendo pela espinha. Aquele sentimento de ser a única responsável por todos os próprios problemas pesou no peito, mas ela estava disposta a não deixar tal coisa estragar seu dia, não naquele fim de semana. Aumentou um pouco o som, na tentativa de ignorar os próprios pensamentos. Agora, era uma música do BØRNS tocando.

— Qual foi a pior coisa que vocês já perdoaram de um ex? — Jay perguntou, de repente. Ele notou os olhares confusos em sua direção, então balançou o celular. — É uma trend.

— Você está meio viciado no TikTok — Chinara provocou.

— É 2023, todo mundo é meio viciado no TikTok — disse, dando de ombros. — Só estou cumprindo minha função de adolescente da geração Z. Vai. A Roma tem cara de que perdoa muita coisa.

Roma riu, apoiando os pés no painel do carro. Ela verificou se os sapatos não estavam sujos de terra antes, o que Holy julgou como um gesto adorável.

— Depende — ela murmurou, analítica. — Meu lado rancoroso entra em conflito com meu lado romântico esperançoso, porque nos filmes de romance os caras sempre fazem merda. Por exemplo, eu nunca teria perdoado o Nicholas em *O diário da princesa 2*. Ou o Patrick em *10 coisas que eu odeio em você*.

Chinara esticou o pescoço, curiosa.

— Por quê?

— Eles mentiram para elas — Roma protestou. — Não tem nada pior que se apaixonar por alguém e descobrir que essa pessoa mentiu para você. Tipo, mentiu de verdade. Não estou falando daquelas mentirinhas cotidianas que todo mundo conta. Estou falando de mentiras *grandes*. Quer dizer, se alguém que eu amo mente para mim, em quem eu posso confiar?

Holy sentiu todo o ar escapar dos seus pulmões.

— Às vezes as pessoas têm motivos para contar uma mentira dessas. O Patrick não estava planejando se apaixonar pela Kat quando se aproximou dela, nem o Nicholas quando aceitou o plano do tio pra roubar a coroa.

Roma deu de ombros.

— Eles perceberam que estavam apaixonados e continuaram levando a mentira até que alguém descobrisse. Eles poderiam ter contado antes.

— Mas as protagonistas ficariam com raiva mesmo assim.

— E com razão — Roma argumentou, como se fosse óbvio. — Você não pode mentir pras pessoas e esperar que elas não fiquem putas com você.

— Ah, fala sério — Jay se divertiu. — Todo mundo conta uma mentirinha ou duas. Tem coisa pior, tipo traição.

— Eu já perdoei traição — Chinara confessou, pouco orgulhosa.

Jay moveu a cabeça em afirmação.

— Eu também. Sua vez, Holy.

A cabeça de Holy ainda estava presa no discurso de Roma sobre mentir, mas ela se forçou a dar um sorriso.

— Acho que nunca perdoei nada — disse. — Nunca estive em um relacionamento, então...

— Nesse caso, espero que a Roma possa amolecer esse seu coração de pedra.

O carro foi envolto por mais uma leva de risadas, mas a animação do grupo foi se perdendo conforme prédios, lojas e bares eram substituídos por árvores, vegetação e casinhas. Depois de mais ou menos quarenta minutos de viagem, Roma e Holy eram as únicas acordadas no carro, a música que escapava do rádio sendo o único som que impedia o silêncio completo.

— Posso trocar de playlist? — Roma perguntou, sonolenta.

Holy fez que sim, satisfeita em ouvir sua voz de novo.

Roma abriu um sorriso, digitando alguma coisa na home do Spotify de Holy.

— Vou te apresentar uma música brasileira.

Ela arqueou as sobrancelhas, curiosa.

A batida calma da música invadiu o carro. Demorou algum tempo até que a voz doce de uma mulher preenchesse o vazio das estrofes, com palavras que Holy não conseguia entender.

— *A luz que banha toda a cidade, pequena se faz num riso teu* — Roma cantarolou, em português, olhando diretamente para Holy. — *Nenhuma graça tem outro sotaque, nenhum monumento, coliseu.*

Holy a encarou.

— Não vai me dizer o que significa?

— Não — Roma respondeu. — Quero deixar isso só para mim. — Riu sozinha, voltando a cantar em seguida: — *Me encontra. Me pede pra eu te colorir.* — E, como já tinha percebido na noite do karaokê, a sua voz era bonita, um tanto mais grave do que a das cantoras. — *Me encontra. Me olha que eu já te vi. Eu... tentei telefonar, me retorna quando der, viu? E me encontra.*

Holy tirou uma mão do volante por um instante, mostrando o dedo médio.

— Eu vou aprender português um dia — disse. — E vou me lembrar disso. — Ela desceu a mão até a coxa de Roma e a manteve ali, voltando seu foco para a estrada. Não conseguiu deixar de pensar em como elas pareciam um casal naquela posição, aos olhos de qualquer um que visse.

— *Estamos a uma hora de distância do seu destino* — a voz robótica do GPS anunciou e Roma assentiu, como se fosse uma pessoa de verdade falando. Ela percebeu o ato falho logo em seguida, deixando uma risada escapar.

Holy riu também. E, enquanto se aproximavam do mar, ela torceu para que as praias de Jurassic Coast fossem mágicas.

E que varressem todos os seus sentimentos para longe.

## CAPÍTULO 31

### Shakespeare estaria orgulhoso. Ou não (não conheço ele pessoalmente).

#### *Roma*

— No Brasil, temos o costume de fazer um quatro com as pernas para provar que não estamos bêbados demais — Roma contou, quando ela estava, claramente, bêbada demais.

Jay não entendeu o que ela queria dizer e fez o número quatro com os dedos, admirando a própria mão por tantos segundos que começou a ficar estranho.

— Não assim — ela corrigiu, apoiando uma das mãos no ombro de Holy e colocando a perna direita atrás da coxa esquerda, formando o número com o corpo. — Desse jeito, mas sem se apoiar.

Ela quase despencou quando tentou tirar as mãos, mas Holy a segurou pela cintura, arrancando um suspiro desajeitado dos seus lábios cheios de gloss.

Chinara fez o movimento sem muita dificuldade.

— Que bom que estou aqui pra cuidar de todos vocês — disse, sorrindo, vitoriosa, embora suas preocupações fossem o único motivo da sua *quase* sobriedade.

Eram oito da noite e o sol ainda não tinha se posto em Jurassic Coast. Eles tinham chegado à praia horas mais cedo, bem a tempo de montar suas barracas na areia antes de o festival começar. Roma não sabia havia quanto tempo estava de pé, andando, bebendo e cantando, mas o álcool correndo em seu sangue atenuava o cansaço e todas as pessoas ao seu redor pareciam sentir o mesmo.

— Eu vou buscar mais bebida — Jay anunciou, seu copo vazio despencando até a areia porque não desgrudava do seu fiel telefone.

Chinara passou os olhos por Roma num sorriso sugestivo antes de dar uma das mãos para o amigo.

— Vou com você.

Roma balançou a cabeça em negativa enquanto bebia mais um gole do seu drinque. Ainda estava pela metade, mas Jay não parecia ter se dado conta.

— Eles querem que a gente passe um tempo sozinhas — Holy zombou, quando Roma deu um passo para a frente e por pouco não foi atrás dos amigos.

Ela fez que sim, amassando um pedaço de fruta dentro do copo de plástico.

— Eles estão pedindo para levar um perdido. — Roma catou um abacaxi dentro do copo. — Deveríamos dar ao povo o que o povo quer. — Com ajuda do canudinho, enfiou o abacaxi na boca.

Holy concordou.

A maquiagem escura ao redor dos olhos dela estava ainda mais borrada que o usual, mas Roma achava que isso lhe trazia uma atmosfera única.

— Seu desejo é uma ordem. — Holy puxou seu corpo para perto, tocando brevemente os lábios de Roma com os dela. — E, sendo bem honesta, preciso de cinco minutos longe dessa multidão.

Roma assentiu. Ela engoliu o que restava do seu drinque e deu uma das mãos para Holy, que a guiou para longe do palco principal, onde uma quantidade considerável de garotas se descabelava por um cover de algum astro do pop que Roma não sabia o nome.

Aos poucos, o sol quente dava lugar a uma brisa noturna suave, que carregava consigo alguns grãozinhos de areia.

— Já tinha vindo aqui antes? — Roma perguntou, enquanto a música ia ficando mais baixa e elas *quase* conseguiam ouvir os próprios pensamentos.

Holy fez que não.

— É programa de turista. — Ela mordeu o lábio, então tirou os sapatos para que seus pés tocassem a areia. — E é meio difícil de achar companhia. — Ela se corrigiu: — *Boa* companhia.

Roma imitou o gesto, agora segurando os tênis nas mãos.

— Pode me ligar sempre que precisar.

— Mesmo quando voltar pro Brasil?

Ela deu uma risada triste.

— Sim. Eu pego um avião pra te ver na hora.

Como se elas tivessem uma espécie de anjo da guarda zelando por aquele fim de semana, uma nova música começou a tocar no palco. Um cover de "Holy", do Justin Bieber. Elas trocaram um olhar cúmplice antes de rir, e as duas interpretaram aquele como um sinal divino para não entrar em assuntos difíceis naquela noite.

Elas andaram mais um pouco pela praia, chegando mais perto da rocha de muitos metros de altura que dava o nome ao lugar. Agora, o sol começava a se pôr no horizonte, passando por trás da pedra, refletindo na água cristalina e transformando-a em algo laranja. O mar parecia feito de lava, incandescente, vibrante, apaixonado.

— A gente devia entrar na água — Roma murmurou, fazendo parecer uma grande ideia.

— Duas coisas. — Holy moveu a cabeça em negativa. — Primeiro, estamos bêbadas. Segundo, a gente não tem biquíni.

Roma apontou para o mar, localizando pontinhos isolados na costa. Não estava tão cheio quanto a areia, mas algumas pessoas já tinham se desfeito das normas de etiqueta e entravam na água vestidas. Outras eram mais radicais, e ficavam só de calcinha ou cueca.

Holy moveu a cabeça em negativa.

— Você não vai ficar seminua na frente dessa multidão.

Roma achou graça.

— É ciúme que eu estou vendo sair da sua boca, garota-que-não-quer-nada-sério? — ela provocou. — Mas eu não estava pretendendo ficar nua. Quer dizer, quem sabe, se você pedir com jeitinho... — Holy passou a língua pelos dentes, balançando a cabeça em negativa. Havia um ar malicioso no seu sorriso. — Vamos entrar *vestidas*.

Holy cruzou os braços. Olhou para Roma, depois para o mar alaranjado. O sol estava cada vez mais baixo, os últimos raios de luz iluminando a costa.

A princesa disfarçada tirou os sapatos.

— Eu não me responsabilizo se você morrer afogada — Holy alfinetou, e Roma ergueu uma das mãos na direção dela, como se estivesse convidando-a para uma dança. Ela prendeu os fios de cabelo escuros em um coque bagunçado antes de aceitar os dedos de Roma.

A loira repetiu o gesto, deixando os tênis na areia. Elas caminharam até o mar ao som dos últimos acordes da música, e, quando o cantor terminou, a praia pareceu, finalmente, ter ficado em silêncio. Um silêncio barulhento, considerando o som das ondas e das conversas paralelas que aconteciam na areia. Os músicos logo trocaram de lugar com uma nova banda de garotas sul-coreanas ou, como se dizia no mundo do k-pop, um girl group.

— Boa noite, Jurassic Coast!

— Elas são boas — Holy murmurou.

— Quem?

— O grupo — disse ela, apontando para o palco. Um enorme painel em neon cor-de-rosa brilhava com o nome "Lovesick" em evidência. — Estouraram na internet anos atrás e ficaram famosas. Não sei como o festival conseguiu trazê-las, devem exigir um cachê de milhões.

— Não sabia que você gostava de k-pop.

Holy deu de ombros.

— Eu entendo um pouco. Tipo um pouquinho.

Roma assentiu. A primeira onda tocou seus pés e ela fez uma careta, sentindo um arrepio percorrer sua nuca. Apesar do sol quente, estava gelada.

— O que foi isso? — Holy questionou, notando pela primeira vez o corte recente em seu antebraço. Roma soltou o ar pela boca, um tanto desconfortável, porque qualquer resposta soaria estranha.

— Eu fui numa vidente... Na verdade, não sei se esse é o nome certo, mas eu estava tentando resolver os meus problemas sobre ver gente morta — ela contou, dando passinhos dentro da água. — Um fantasma tinha uma mensagem pra mim, ou pelo menos foi isso que eu entendi, mas parece que eu fiz alguma coisa errada e ele ficou irritado. As luzes da casa explodiram. — Roma ergueu braço, expondo ainda mais o corte. — Deu nisso.

Holy franziu o cenho, então deixou uma risada escapar.

— Você é engraçada.

Roma riu também, mas, no fundo, ela gostaria que alguém a levasse a sério quando falava sobre *mortos*. Não que ela pudesse cobrar qualquer coisa de Holy naquele estado, depois de beber uma quantidade considerável de drinques doces cheios de vodca. Não era culpa dela se a garota não acreditava em algo absurdo dito por outra pessoa igualmente bêbada.

Ela só percebeu que estava havia muito tempo parada no mesmo lugar quando Holy a puxou, incentivando que desse mais um passo. Roma mordeu o lábio enquanto a seguia para dentro da água, sentindo-se como uma marinheira prestes a cair no canto da sereia. Elas se aproximaram das pedras que contornavam a costa e ficaram em silêncio, observando todas as nuances do que era o pôr do sol mais bonito que Roma já tinha visto na vida.

A água ainda tinha nuances de laranja. O vento se intensificava aos poucos, a brisa salgada deixando o cabelo liso de Roma um pouco frisado. Holy parecia imune aos efeitos da praia. Seus fios escuros ainda estavam intactos e sua maquiagem noturna não combinava com o ambiente, mas ela parecia no seu elemento natural: bela e revolta, como as ondas do mar eram.

— A gente devia ter trazido um baseado — Roma disse, aproveitando os últimos segundos de sol. — Tenho certeza de que o Jay tinha algum. Um cara que faz velas com certeza fuma baseado.

Holy achou graça.

— Acho que a sua presença já é inebriante o suficiente.

Num timing quase perfeito, a banda de garotas começou a sua apresentação. De onde estavam, era difícil escutar com precisão, mas Roma teria reconhecido aquela música em qualquer outro lugar. Um cover de "Cruel Summer", da Taylor Swift.

Estava começando a odiá-la.

Roma soltou um longo suspiro. As ondas estavam calmas naquela noite. Às vezes ela sentia pequenos cardumes de peixes passando próximo às suas pernas.

— Lembra daquela conversa que tivemos?

— Tivemos muitas conversas.

— Em Charterhouse. Você disse que eu não podia me apaixonar por você.

— Eu não disse isso...

— Com outras palavras. — Roma enfiou as mãos na água gelada, tentando não perder a linha de raciocínio. — Enfim, acho que não é a melhor hora pra termos essa discussão. Mas eu me sinto como a garota dessa música — murmurou ela, e Holy prestou mais atenção na letra que cantavam ao longe. — *"I love you", ain't that the worst thing you ever heard?* — Roma cantou, propositalmente fora do ritmo. — Eu sou uma bêbada emotiva, desculpa. Eu só sabia que isso ia dar errado desde o começo.

— Não deu errado.

— Deu errado — Roma enfatizou. — Porque eu estou me apaixonando por você. Porque eu fico esperando pelos seus e-mails, mesmo que eu nem saiba seu nome completo. Porque eu quero te beijar na frente de todo mundo e te apresentar para pessoas a quem nunca apresentei ninguém antes. Porque eu queria te dar mais presentes significativos. — Roma fez uma pausa, então balançou a cabeça.

Holy percebeu que, por um instante, Roma tinha confundido Holy e a sua verdadeira identidade, Amélia. Era para a princesa que tinha dado um presente significativo, não para Holy.

Fingiu não reparar, mas aquele ato falho tinha feito seu coração bater tão forte que quase teve medo que fosse possível escutá-lo.

Roma recapitulou a própria fala:

— Porque você é claramente um problema, mas de alguma forma eu acho que poderia te resolver. Mas, pra alguém que se diz uma romântica incurável, eu tenho muito medo de terminar de coração partido.

Holy engoliu cada palavra, um tanto em choque, sem saber o que dizer em seguida.

— E se eu também estiver me apaixonando por você?

— E se você não estiver?

Holy não respondeu. Ela segurou o rosto de Roma entre os dedos e empurrou seu corpo delicadamente até a encosta de pedras, movimentando a água. Não deixou que Roma dissesse qualquer coisa, porque sua boca invadiu a dela antes que houvesse oportunidade.

Holy tinha gosto de madrugada. De todas as coisas erradas feitas quando ninguém está olhando. De liberdade. De um frio intenso que não te deixa dormir. Ela era uma fogueira aconchegante e uma tempestade vil ao mesmo tempo.

— Eu não sou boa com palavras. — Holy se afastou alguns centímetros, suas testas coladas e o cheiro de mar pairando entre elas. — Mas se você me deixar te mostrar...

Por mais medo que tivesse, Roma não hesitou. Seus olhos caíram nos lábios avermelhados de Holy e, subindo o olhar, ela respondeu:

— Eu deixaria você me mostrar qualquer coisa que quisesses.

★★★

Roma comprou uma garrafa de vodca superfaturada numa das barraquinhas do festival assim que saíram do mar, pingando água salgada. Ela não viu nenhum sinal de Chinara ou Jay, mas também não julgava aquele o melhor momento para encontrar os amigos. Não estava animada para contar as suas atitudes impulsivas de bêbada. Quase conseguia imaginar Chinara arqueando uma das sobrancelhas com o olhar vexatório de garota popular que só ela sabia fazer.

Roma torceu para que os dois estivessem bem, mas, se não estivessem, Jay teria mandado uma mensagem ou postado um vídeo no Tiktok – talvez uma foto no BeReal, com a hashtag #socorro. Ele não largava o celular por nada.

Holy tomou a garrafa das mãos de Roma, girando a tampa com facilidade e dando um gole amargo.

— Você não precisa beber mais.

— Nem você. — De brincadeira, ela deu um empurrão em Holy, recuperando sua garrafa.

De repente, as coisas pareciam ter voltado a ser leves entre elas. Roma não se sentia mais como aquela garota de minutos antes, dentro da água, com os sentimentos transbordando. Ao mesmo tempo, tinha a impressão de que um peso havia saído das suas costas. Ela odiava ter que admitir que compartilhar suas emoções com o mundo era libertador.

— Ninguém roubou nossos sapatos. — Roma deu um meio sorriso, sentando-se em uma das cadeiras de praia que estavam perto de onde os tinham deixado. — Ponto pra gente.

Holy assentiu. Ela aproveitou que Roma estava sentada e se abaixou, os joelhos tocando os grãos finos de areia.

Ela cerrou os olhos.

— O que está fazendo?

— Colocando seus sapatos — respondeu Holy, como se fosse óbvio. Roma não soube como continuar a conversa. Deixou uma risada morrer no fundo da garganta e observou cada minuto da cena, do momento em que a garota vestiu suas meias até o instante em que amarrou seus cadarços. — Eu sou uma cavalheira — zombou.

Roma tinha certeza de que aquela era uma das coisas mais adoráveis do mundo, mas não disse nada, porque tinha esgotado a sua cota de demonstração de afeto emocionado por um dia. Esperou que Holy colocasse os próprios sapatos, o que ela fez em segundos, e voltaram a andar pela praia, um mar salpicado de estrelas colorindo o céu.

— Fato inútil da noite — Holy começou, apontando para a lua que despontava no céu escuro. — Na cultura japonesa, é costume usar os astros para se declarar. Dizer pra alguém que a lua está linda é uma forma de dizer que gosta da pessoa. E, se a pessoa te responder dizendo que as estrelas também estão, é recíproco.

Roma riu. Ficou em silêncio por um momento, então arriscou um novo comentário doce demais:

— A lua está linda hoje.

Holy achou graça.

Roma sentiu que seu coração sairia pela boca se Holy não desse a resposta que esperava.

— As estrelas também estão, mas isso foi golpe baixo. — O sorriso em seus lábios logo desapareceu. — Eu não queria ser um problema pra você resolver. Meio que... Eu só sinto muito por isso.

Roma deu de ombros. Ela aumentou um pouco a velocidade do seu passo, como se isso pudesse afastar a tensão que pairava entre elas.

— Não vamos conversar. Você não é boa com as palavras — ela murmurou. — Me *mostra* — disse, dando mais um gole na garrafa de vodca. Ela já não se sentia mais tão bêbada, os efeitos do álcool que tinha consumido ao longo do dia se esvaindo aos poucos.

Holy não respondeu. Continuaram andando pela praia, uma nova banda tocando no palco, o som calmo das ondas quebrando nas pedras. Elas não demoraram a chegar à parte mais isolada da praia, onde tinham montado suas barracas de camping, que, na verdade, eram bem espaçosas.

— Olha — Holy chamou a atenção de Roma, abaixando-se para pegar alguma coisa na areia. Ela ergueu os dedos, mostrando uma pequena aliança de prata, as letras "A" e "H" gravadas na parte de dentro. — A e H — ela leu. — Que coincidência.

Roma balançou a cabeça em negativa.

— Meu nome não começa com A.

Holy quase engasgou, dando-se conta da gafe que tinha acabado de cometer.

— Se a gente botar ao contrário, começa sim. — Estalou os dedos, os olhos azuis se iluminando. — Roma ao contrário fica "Amor", né? Em português. Nunca tinha reparado nisso antes, mas sei pouquíssimas palavras no seu idioma.

— É. — Roma riu. — Meu pai, que odeia o amor, me condenou a ser uma romântica incurável quando escolheu meu nome.

— Que terrível maldição a sua. — Holy se aproximou de Roma, pegando em uma das suas mãos. Ela colocou a aliança no seu dedo anelar, dando um sorriso satisfeito ao ver o resultado — Essa é a minha versão de "Paper Rings". Anéis achados. Roubados.

Roma mudou de ideia. *Aquela* era uma das coisas mais adoráveis do mundo, ou pelo menos uma das coisas mais adoráveis que já tinham dito para ela. Ela levou uma das mãos até o pescoço de Holy e puxou seu rosto para mais perto, o gosto de vodca e de todos os drinques que tinham bebido naquela tarde se misturando quando se beijaram.

— Estou começando a achar que foi uma boa ideia ter só uma barraca — Roma sibilou, o tom malicioso.

— Você estava certa, planejei isso desde o começo. — Holy deu um sorrisinho convencido, se afastando de Roma para abrir a porta de zíper. Sentou-se na lona que cobria o chão de areia e ofereceu uma das mãos para que ela também entrasse.

— Essa é a barraca de camping mais cheia de frufru que eu já vi na vida. — Roma observou, agora do lado de dentro. Ela fechou o zíper da porta, impressionada com o ambiente que tinham ali, no meio de uma praia deserta. Parecia um quarto pequeno, só que mais aconchegante. A lona do chão estava coberta com uma colcha felpuda e travesseiros, e elas conseguiriam ficar de pé se quisessem, talvez curvando um pouco o pescoço. Uma pequena lanterna de trilha estava acoplada em um dos ganchos do teto, iluminando parcialmente o espaço. — Depois me diz quanto eu te devo.

— Deixa pra lá. — Em segundos, Holy formulou uma mentira: — Minha mãe gosta de acampar, vai ser útil em algum momento.

Roma assentiu, mas só estava sendo educada. Acabaria pesquisando o modelo da barraca na internet e depositando o dinheiro de qualquer forma, quer dizer, quando Holy estivesse disposta a dar a ela mais que um usuário de e-mail e, talvez, um nome completo.

Ignorou qualquer preocupação que pudesse ter com questões de decoro quando foi para perto da garota e se sentou com os joelhos ao redor das coxas de Holy, bem de frente para ela.

— Lugar inusitado pra fazer sexo — Roma comentou, uma risada quase escapando dos lábios.

— Não é você que gosta de ser romântica? A praia, o som das ondas, os bêbados gritando lá fora. Parece o lugar ideal para mim — disse Holy, rindo. Roma estava prestes a beber mais um gole de vodca quando ela tomou a garrafa da sua mão, jogando-a em um canto da barraca. — Você não vai beber mais. Quero que se lembre desta noite amanhã. Com detalhes *lúcidos*.

Roma passou os olhos pela sua garrafa abandonada, um sorriso provocante no rosto.

— Nesse caso... — Ela abaixou um pouco o rosto para sussurrar, mais perto do rosto de Holy: — Faça ser inesquecível.

— É um desafio?

— Você interpreta do jeito que quiser.

Ela escolheu interpretar como um desafio, Roma percebeu, quando uma das mãos dela subiram até seu queixo e apertaram suavemente sua boca antes de beijá-la. A língua de Holy encontrou a sua e elas se moveram de forma lenta, como se estivessem degustando uma à outra.

Uma das mãos de Holy se infiltrou por debaixo da blusa de Roma, apertando sua cintura, as unhas curtas demais para deixar marcas, mas o toque intenso o bastante para deixar um rastro vermelho na pele quase translúcida.

Com cuidado, Holy empurrou Roma contra a colcha no chão, colocando o corpo em cima do seu. Era uma bagunça: suas pernas se esbarravam enquanto peças de roupa eram espalhadas pela barraca, os toques se tornando cada vez mais urgentes. A boca de Holy foi descendo pelo pescoço de Roma, arrancando um suspiro da garota quando chegou a seus seios.

Ela continuou descendo.

Beijou sua barriga.

Suas coxas.

Sua tatuagem.

Sua calcinha.

Beijou todos os lugares onde ela poderia ser beijada, e Roma teve a impressão arrebatadora de que não havia um centímetro de pele por onde os dedos de Holy não tinham passado.

Era *ela*.

Roma se sentiu idiota por pensar que poderia estar se apaixonando por outra pessoa que não Holy. Era ela, seu gosto de madrugada e seus lábios inesquecíveis fazendo seu corpo queimar.

Não podia ser nenhuma outra.

Mesmo assim, seu cérebro lhe pregava peças. Estava imaginando como seria estar ali com a princesa, com a boca de Amélia descendo por sua pele. Imaginava se seus movimentos seriam mais intensos ou mais leves, se ela era do tipo que fazia barulho ou se se forçava a ficar em silêncio.

Sentia falta do cheiro doce da pele de Amélia ao mesmo tempo que adorava o cheiro do perfume forte de Holy.

Os dedos de Holy puxaram a calcinha de Roma para fora, arrancando um suspiro contido dos seus lábios avermelhados. A loira passou as unhas pela colcha no chão, disposta a focar o momento presente, a língua de Holy no meio das suas pernas, as mãos apertando suas coxas.

Ela era mesmo *sagrada*.

— Pode fazer barulho — Holy murmurou assim que seus dedos entraram em Roma e ela mordeu o lábio inferior com força, reprimindo um gemido.

— Estamos longe, e a música lá fora ainda é alta o bastante pra não te ouvirem — disse, então abriu o sorriso mais descarado que Roma já tinha visto na vida.

— Mas *eu* quero te ouvir.

Os dedos de Holy continuaram entrando e saindo da sua intimidade molhada. Ela se inclinou alguns centímetros e voltou a beijar os lábios de Roma, os suspiros dela agora abafados contra a sua boca. Quando Roma se afastou alguns centímetros para buscar um pouco de ar, fez questão de soltar um gemido bem perto da orelha de Holy, sua nuca se arrepiando diante do som.

— Vou fazer você me ouvir melhor. — Roma abriu um sorriso lascivo quando suas mãos desceram até a cintura de Holy e a empurraram para o lado. Seu corpo imediatamente sentiu falta dos dedos dela, mas isso seria resolvido logo. Puxou a calcinha de Holy para fora como ela tinha feito com a sua minutos antes e montou no colo dela, suas intimidades agora pressionando uma à outra.

Ela voltou a beijar os lábios de Holy, seus gemidos se misturando como a melodia de uma música intensa, eufórica, desesperada. Uma das mãos de Holy dedilhava suas costas enquanto a outra apertava seus seios, os toques alternando entre carícias e apertos. Elas aumentaram o ritmo até que as pernas de Roma ficaram bambas ao redor do corpo de Holy, as duas compartilhando um orgasmo que acabou se transformando em uma risada cúmplice.

— Vai lembrar disso amanhã? — Holy provocou, sussurrando contra a pele do seu ombro.

— Vou lembrar pra sempre — respondeu, levando os dedos até a entrada de Holy, preenchendo sua intimidade e beijando-a de novo, agora com toda a calma do mundo.

Seu cheiro de mar se misturava ao perfume masculino, as vozes do lado de fora da barraca perdendo cada vez mais o sentido.

Era como se fossem as duas únicas pessoas naquela praia.

E tinham uma noite inteira pela frente.

# CAPÍTULO 32

## Como disse Taylor Swift: "I had a marvelous time ruining everything".

*Amélia*

Amélia observou o rosto adormecido de Roma a poucos centímetros do seu. Ela tinha um cheiro marcante de perfume doce e hidratante de fruta que agora se misturava ao aroma masculino que a princesa usava quando estava vestida de Holy. Era impossível dizer o que era só seu e o que era de Roma depois da noite que tinham passado sem dormir.

Estavam acordadas quando os outros visitantes do festival foram para suas barracas. Estavam acordadas quando a última banda se apresentou, os acordes de guitarra dando lugar ao som das ondas do mar quebrando. Estavam acordadas quando tinha chuviscado durante a noite. Estavam acordadas, mas não notaram nada disso, porque tinham mergulhado uma na outra.

Amélia esfregou o rosto, engolindo um gemido frustrado.

*Estou apaixonada por essa garota*, ela percebeu. Seu coração batendo mais forte, sua vontade de ficar perto, de fazer passeios, de recitar para ela o texto mais brega e açucarado que encontrasse na internet, de beijar aquela boca todos os dias para o resto da vida. Nunca tinha sentido nada daquilo antes. Era paixão, mas ela preferia que fosse um infarto. Súbito, fulminante como um tiro na testa.

O que era aquela sensação de desamparo só de pensar em ficar longe de Roma?

Ela sabia desde o começo que não podia se apaixonar por ela, mas ali estavam.

Amélia se levantou com cuidado para não acordar Roma e tirou seu nécessaire de dentro da bolsa. Deu suspiros longos demais, sentindo-se melancólica e cansada, como se todos os seus gestos estivessem em câmera lenta. Passou um lenço demaquilante no rosto e refez toda a maquiagem, escondendo suas sardas, deixando as bochechas mais fundas e a sobrancelha mais escura. A cola da peruca estava começando a descascar na testa, mas ela conseguiu disfarçar com um pouco de bronzer e contorno. Não via a hora de chegar ao palácio, arrancá-la e tomar um banho.

Amélia saiu da barraca, os primeiros raios de sol do dia forçando seus olhos a se fecharem. O festival dava liberdade aos visitantes de levarem a própria barraca, mas exigia que a montagem seguisse alguma lógica: todas elas estavam alinhadas, na vertical ou na horizontal, fazendo parecer um bairro de pequenas casas coloniais.

A praia estava vazia.

O primeiro show seria às duas da tarde, mas eles não ficariam para assistir. A época de provas estava chegando em Charterhouse, e, assim como ela, Roma, Chinara e Jay não tinham estudado nada e precisavam urgentemente colocar as matérias em dia. Tinha sido divertido fingir que esse não era um problema seu e fazer alguma piadinha sobre a faculdade, mas Amélia já conseguia imaginar o escândalo que os jornais fariam se, por acaso, uma princesa reprovasse no seu ano de formatura.

— Bom dia — a voz de Chinara preencheu seus ouvidos. Ela estava sentada em um banco perto da barraca que dividia com Jay, o celular nas mãos. Suas unhas eram muito grandes e Amélia teve a impressão de que ela tinha alguma dificuldade para segurar o aparelho.

— Bom dia — a princesa respondeu, reparando que Chinara não usava o mesmo tom passivo-agressivo que costumava usar quando ela não estava disfarçada. — Você e o garoto sumiram ontem — ela fingiu não se lembrar do nome, então estalou os dedos: — Jay.

— Você e a Roma precisavam de um tempo sozinhas. — Chinara sorriu. — E eu estava preocupada com o lance do meu pai, então... Meio que não estava sendo a melhor companhia do mundo.

— E ele está... bem?

Chinara fez que sim.

— Foi só um susto, mas é nessas horas que eu me sinto meio solitária. Saber que toda a minha família está a quase um oceano de distância e não quer que eu os visite porque eu tenho que aproveitar cada minuto dos meus estudos na Europa.

— Não foi sua escolha vir pra cá?

— Mais ou menos. Eu quero fazer medicina e eles decidiram que eu precisava fazer o ensino médio em uma superescola, como Charterhouse. Não era exatamente o meu sonho de consumo vir, mas eu não queria parecer ingrata. Tipo, que mundo terrível, meus pais querem que eu estude na Europa. — Ela riu, um tanto irônica. — E não está sendo uma experiência ruim, na verdade. Só é chato quando coisas assim acontecem. — Chinara ergueu um dos ombros, então continuou: — O que você disse que cursava mesmo?

— Oceanografia — disse, sustentando uma mentira que contara antes. — Em Oxford. Mas, se pudesse escolher de novo, teria ido para o turismo. — *Se* ela pudesse escolher ao menos uma vez. — Viajar o mundo, coisa e tal. Parece ótimo para mim.

— Você poderia visitar a Roma no Brasil. — Chinara deu um sorrisinho malicioso. — Na verdade, ainda pode. É só tirar um ano sabático como os jovens ricos fazem.

Amélia riu, a cabeça se movendo em afirmativa. Ela se permitiu acreditar na própria mentira por alguns instantes, fantasiando um mundo onde a distância era o maior problema de um futuro relacionamento com Roma.

— Ei, fofoqueiras. — Como se estivesse sendo invocada, a voz de Roma preencheu a parte da praia onde estavam, reverberando no silêncio. Amélia notou que a pele dos seus ombros estava queimada de sol, pontinhos vermelhos na superfície alva, prestes a descascar. Seu cabelo loiro estava bagunçado, alguns fios lisos caindo em cima dos olhos roxos. Estava usando uma camiseta que não era sua, mas de *Holy*. — O seu pai está bem?

Chinara deu um sorrisinho, assentindo.

— Foi só um susto.

— Você devia ter ficado com a gente ontem.

— Eu acabei de falar sobre isso. — suspirou Chinara, dramática. — Não queria ser má companhia. Jay está acostumado com a minha tensão, então...

Roma fez uma careta para ela.

— Ele já acordou?

Chinara fez que não.

Roma se aproximou um pouco mais das duas, ficando na ponta dos pés para depositar um beijo rápido nos lábios de Amélia.

— Hum, bom dia — sussurrou. — Vou acordá-lo.

Chinara colocou mais um dos seus sorrisinhos maliciosos no rosto, divertindo-se com a cena. A princesa não conseguiu evitar uma pontada de curiosidade: Roma não tinha contado sobre seu envolvimento com a Amélia *de verdade*? E, se tinha contado, será que Chinara julgava Holy uma opção melhor?

Amélia tentou não pensar em perguntas difíceis de serem respondidas. A lembrança de uma noite incrível era tudo que ela queria manter, aquela euforia agradável na beira do estômago. Em momentos como aquele, tudo que ela desejava era que a princesa Amélia desaparecesse. Ela seria mais feliz se pudesse viver como Holy para sempre, seguir os passos do seu pai e *sumir*.

Amélia afastou o pensamento enquanto enrolava uma mecha da peruca negra nos dedos. Era mentira. Ela nunca teria coragem de abandonar sua família daquela forma, por mais problemáticos que eles fossem. Era doloroso para quem ia embora, mas mais doloroso ainda para quem era obrigado a ficar.

— A gente não pode ignorar as nossas obrigações estudantis por mais um dia? — a voz rouca de Jay preencheu o corredor de barracas, seus dedos esfregando os olhos.

— Diz isso pras nossas listas de exercícios de matemática. — Chinara deu uma risada triste. — Pelo menos você vai poder falar com o seu namorado sem ninguém te atrapalhar. Ficou o tempo inteiro no telefone. — Ela cutucou o amigo, um sorriso espertinho na face.

Roma arqueou a sobrancelha.

— E desde quando você tem namorado?

— Não é meu namorado. — Jay revirou os olhos para Chinara. — Não sejam velhas futriqueiras, tá? Temos duas barracas pra desarmar.

— Eu vou buscar o carro no estacionamento — Amélia anunciou, apontando para o lado oposto da praia, balançando as chaves.

— Vou com você — Roma disse, de imediato, então a encarou, como se estivesse com medo da sua reação.

— Olha lá. — Ele cruzou os braços. — Estão deixando todo o trabalho sujo para a gente.

Roma soltou o ar pelo nariz.

— Sim, Jay, use seu físico de jogador de lacrosse para alguma coisa.

Amélia ri.

— São barracas automáticas — explicou. — Facinho de montar e desmontar.

— Vai — Chinara divertiu-se, apontando para Jay. — Eu vou ficar aqui sentada, supervisionando.

Ele revirou os olhos antes de começar a tirar as mochilas de dentro das barracas. Um arrepio percorreu a nuca de Amélia e ela fez uma recapitulação mental, conferindo que tinha guardado tudo dentro da mochila antes de sair. Nenhum risco de algum objeto pessoal que só a princesa da Inglaterra teria despencar e expor sua farsa na frente de todo mundo.

Roma ergueu uma das mãos na direção de Amélia.

— Vamos?

Ela aceitou sua mão e as duas começaram a caminhar, deixando as barracas, o mar, Jay e Chinara para trás.

— Você parece cansada — Roma comentou, empurrando sua mão para a frente e para trás num balanço delicado. — Quer que eu leve o carro?

— Só dormi pouco. Vou comprar um café em algum lugar da estrada. — Amélia deu de ombros, usando o polegar para acariciar as costas da mão de Roma. — E você não sabe dirigir.

— Sei dirigir. Só não tenho carteira, o que são duas coisas totalmente diferentes.

Amélia fez que não.

— É tipo dizer que sabe operar pessoas, mas não se formou em medicina.

— Eu poderia aprender a operar pessoas se quisesse — disse, dando de ombros. — *Grey's Anatomy, Telecurso*... Assim como eu aprendi a dirigir sem ir à autoescola. Tenho facilidade para aprender rápido as coisas, mas esqueço rápido também. Você sabe. Por causa do TDAH.

Ela franziu o cenho.

— Prefiro pensar que você esqueceu como se dirige e por isso não tem carteira. — Amélia balançou as chaves, brincando. — Não vai tocar no meu carro.

— Tudo bem, nunca mais tento ser prestativa.

— Você passou a noite inteira sendo prestativa.

— A noite inteira *mesmo*. — Roma achou graça. — Bem que me disseram que os britânicos gostam de chá.

Amélia fez uma careta, curiosa.

— É uma piada, só faz sentido no Brasil. — Elas subiram a pequena escada de pedras que separava a praia da rua. — Dar um chá. Significa transar com alguém, mas de um jeito... acima da média.

Amélia riu.

— Do que está rindo?

— Nada. Só concordo.

Roma a encarou.

— Concorda com o quê?

— Que foi acima da média.

Ela riu também, agora parecendo envergonhada.

— E como nós estamos agora?

Amélia mordeu o lábio. Não respondeu de imediato, o que, ela sabia, era um problema por si só. Seus olhos observaram a aliança nas mãos de Roma, a noite anterior passando por sua cabeça como um trailer de acontecimentos. Ela precisava decidir *quem* ficaria com a garota. Amélia ou Holy.

Podia contar a verdade.

Ou podia partir o coração dela e catar os cacos mais tarde, quando estivesse livre do seu disfarce.

Não fez nenhum dos dois.

— Estamos tentando ir com calma, eu acho.

Amélia cerrou os olhos. Aquela não era a resposta certa, mas, de todas que podia dar, não era a pior. Soube disso porque Roma não largou sua mão, nem se afastou em passos enfurecidos como Addie fazia cada vez que tinham uma DR.

Ela suspirou.

— Você tem razão. É só que... Calma não é uma palavra que existe no meu vocabulário. — Levou uma das mãos até a testa, protegendo os olhos do sol. — Sou sempre um carro desgovernado em rota de colisão.

— Eu não vou deixar você colidir.

*Aquela* era a resposta certa, Amélia percebeu, quando Roma abriu um sorriso e parou de subir as escadas nos últimos degraus, para colocar uma das mãos no seu rosto e puxá-la para um beijo. Parecia uma cena de filme de comédia romântica, a praia atrás delas servindo de cenário enquanto os créditos subiam. Conforme sentia a língua de Roma passear na sua, Amélia desejou que aquele fosse mesmo o final. Seria um final mediano, nem feliz nem triste, café com leite, média cinco no IMDb, mas com certeza melhor do que todos os outros que podia imaginar.

Amélia gastou longos segundos observando Roma quando ela se afastou, uma análise minuciosa que procurava por qualquer coisa que não fosse do seu gosto para justificar como a ideia de uma paixão era absurda. Nunca tinha se apaixonado na vida, então por que agora e no pior cenário possível? Talvez ela pudesse odiar aqueles olhos roxos, intensos como uma galáxia em crescimento. Sua risada sempre agradável. O jeito como revirava as órbitas sempre que um estranho se aproxima. Sua tatuagem. Ou seu jeito tão disruptivo de ver as coisas. Podia se convencer de que odiava todas essas coisas, mas estaria mentindo para si mesma.

— Você estava certa — a voz de Jay chamou Amélia de volta à realidade. — É bem fácil de desmontar.

Amélia sorriu para ele. Ela e Roma atravessaram a rua e entraram no estacionamento, encontrando o carro de Benjamin entre os primeiros.

— Foi um ótimo fim de semana — disse Roma assim que entrou, enquanto colocava o cinto de segurança. — Obrigada por fazer meus dias em Londres melhores.

— Eu te prometi — Amélia lembrou. — Um ano inesquecível.

Roma mordeu o lábio antes de concordar, e Amélia daria boa parte das suas propriedades para saber o que ela estava pensando. Não perguntou, no entanto. Concentrou-se em tirar o carro da vaga enquanto Roma escolhia uma playlist no Spotify.

Amélia levou o carro para fora.

Roma deu play em uma música assim que Jay e Chinara entraram no banco de trás, arrancando uma risadinha do primeiro, que reconheceu de imediato a música escolhida por ela.

— É a minha playlist "músicas da Disney para cantar gritando no carro"?

Roma assentiu, causando risadas gerais ao som de "You'll always find your way back home", de *Hannah Montana*. Ironicamente, pareciam menos cansados do que na viagem de ida, talvez porque ainda houvesse algum resquício de álcool correndo no sangue de cada um.

Eles baixaram os vidros e cantaram por boa parte do trajeto, passando por todas as trilhas sonoras juvenis que a Disney já tinha criado, das mais antigas às atuais. Estavam cantando tão alto que quase não ouviram quando o carro de trás buzinou, pedindo que parassem no acostamento.

Chinara se virou.

— É a polícia rodoviária. — Ela deu um longo suspiro, declarando-se culpada antes mesmo de saber qual era o problema. — Cara, eu odeio policiais.

— Não estamos fazendo nada errado. — Jay deu de ombros, tranquilo, a música alegre de fundo agora parecendo uma sátira.

— *Jay*. — Ela o encarou, então desceu os olhos para a própria pele, numa mensagem óbvia.

— Não deve ser nada — disse Amélia, desligando a música. — Eu vou encostar ali na frente.

Roma assentiu, mas o clima tenso já tinha se instaurado no carro. Amélia andou mais alguns metros, sendo seguida de perto pelo veículo da polícia, agora com as luzes acesas num show desnecessário. Ela parou assim que encontrou a melhor posição e respirou fundo, pronta para lidar com algum agente da lei mal-humorado.

Se enfrentava a rainha da Inglaterra todos os dias, podia fazer qualquer coisa.

— Boa tarde. — O homem de cabelo castanho curto se abaixou perto da janela do motorista, um sotaque estranho do interior de Londres. Seu olhar parecia não se decidir entre o tédio e o cansaço. — Vocês estavam a centro e trinta quilômetros por hora. A velocidade máxima permitida é cem.

— Nós estávamos... — No banco de trás, Jay levou um tapa de Chinara quando tentou argumentar, calando-se na mesma hora.

— Sentimos muito, senhor... — Amélia procurou por um nome no crachá do homem, sem encontrar nada.

— Billy.

— Ah, sim, Billy. — Ela sorriu. — Sentimos muito. Estávamos nos divertindo e eu não percebi que tinha ultrapassado o limite. Não vai acontecer de novo.

Billy abriu um sorrisinho. Ele não estava sendo irônico, mas Amélia odiou ver aqueles dentes amarelados.

— Posso ver sua carteira de motorista?

Ela gelou.

— Minha carteira de motorista?

— É — disse o homem, assentindo. — Só pra garantir que está tudo certo.

— Minha carteira de motorista... — ela repetiu, tentando ganhar tempo. — Eu... meio que perdi.

A expressão tranquila de Billy se desfez em pedaços.

— Está dirigindo sem carteira?

— Não. Quer dizer, sim... — Amélia se esforçou para construir uma linha de raciocínio convincente, mas o nervosismo roubava todas as suas palavras. — Está tudo certo com meus documentos, tá? Eu só sou uma pessoa distraída.

— Acho que vamos precisar dar uma passada na delegacia pra conferir isso...

Roma deu um tapa discreto na própria testa.

— Tem certeza de que a carteira não está aqui? — ela sussurrou para Amélia, enquanto o policial falava alguma coisa no rádio. — Tenho medo que me peçam pra fazer o teste do bafômetro ou sei lá. Meu pai vai me matar se tiver que me buscar na cadeia porque eu bebi.

Amélia engoliu em seco. Ela podia sustentar aquela mentira até a delegacia, mas isso estava longe de ser uma solução. Só estaria prejudicando seus colegas numa tentativa egoísta de evitar o inevitável. Se pedissem o seu NIN, eles saberiam. Anos vivendo uma vida dupla e ela não tinha pensado em fazer documentos falsos para Holy.

Maldita hora em que ela tinha escolhido não cometer o crime de falsidade ideológica.

— Bom, eu não tenho o dia todo. Vocês podem sair do carro, por favor? — Billy pressionou.

— Não, espera. — Amélia mordeu a boca. — Eu acho que está no porta-luvas.

Sem hesitar, Roma abriu o compartimento e entregou a carteira para o policial. Não conferiu nenhum dado. Em um gesto de apoio, colocou uma das mãos na coxa de Amélia e deu um sorriso complacente.

Roma não entendia o nervosismo da garota.

Amélia se virou para o policial. Por um instante, ela torceu para que o homem não estivesse em um dos seus dias de atenção plena e não reconhecesse o nome estampado na carteira. Ele era do interior, não era? Quanto as pessoas do interior sabiam sobre a família real?

Ela soltou um longo suspiro e o que veio em seguida fez todo o seu sangue gelar.

— Amélia Mountbatten Wales — Billy leu, lentamente, então soltou uma risada cômica. — É algum tipo de piada?

O nó na garganta de Amélia quase a impedia de falar.

— Não, senhor.

Roma não disse nada. Tampouco Chinara e Jay, mas suas faces chocadas diziam que, aos poucos, estavam ligando os pontos. Billy cerrou os olhos. Ele tirou o radinho do bolso mais uma vez, agora falando em alto e claro tom.

— Temos um caso de roubo de documentos na...

— Eu não *roubei* — Amélia interrompeu, disposta a dar um fim naquela humilhação. — A carteira é minha. — Ela respirou fundo, se esforçando para não se deixar levar pelo nervosismo. Infiltrou os dedos na base da sua peruca lace e a puxou para cima, revelando o cabelo ruivo preso em um coque. — Queria ir a um festival com meus amigos sem que ninguém me reconhecesse — explicou.

Roma tirou a mão da coxa de Amélia com uma brutalidade tão grande que ela sentiu que uma parte sua estava sendo levada junto. Ali, naquele carro que agora parecia claustrofóbico, ela soube que tinham chegado ao fim. Não com a cena bonita na praia, mas com aquela, que daria a qualquer diretor um close emocionante dos olhos enfurecidos de Roma e, ao público, um sabor muito amargo na boca.

— O senhor pode, por favor, não tocar no assunto? — Amélia pediu, tirando cinco notas de cinquenta libras do porta-luvas, onde estava a carteira. — Não seria bem-visto.

Billy encarou cada uma das notas enquanto Amélia repetia um mantra mental de "não seja um policial honesto, não seja um policial honesto, não seja um policial honesto...". Ela desejou ter mais dinheiro vivo em mãos, para fazer uma proposta que fosse irrecusável até para o mais ético dos homens.

Billy devolveu sua carteira de motorista.

— Certo — disse, pegando as notas como se fossem dele. — Dessa vez passa.

Roma, que parecia congelada dentro da própria fúria até então, saiu do carro de repente, fazendo questão de levar a mochila e de bater a porta com toda a força que tinha em seu corpo magro.

*Ouch.*

— Senhor Billy — ela pediu, do lado de fora. — Você se importa em me dar uma carona até Londres? — Billy a encarou, confuso. — Eu pago — Roma acrescentou.

No banco de trás, Chinara e Jay estavam imóveis, sem saber se deveriam ficar ali, seguir Roma ou cavar um buraco no meio da estrada e se esconder.

— Vamos. — Foi Chinara quem tomou o controle da situação, puxando o amigo para fora do carro. — Eu sempre soube que você era uma péssima pessoa, *princesa*.

O policial parecia mais confuso do que nunca e Amélia odiou que aquilo estivesse acontecendo na frente de um completo estranho. Ela podia suportar que seu mundo desmoronasse reservadamente, mas não na frente de outras pessoas.

Amélia jogou a peruca no banco do carona e saiu do carro.

— Roma...

— Não — ela cortou. — Nem se dê ao trabalho.

Estava visível no rosto de Billy que ele estava odiando fazer parte daquele dramalhão adolescente.

— Vou esperar no carro. Tem cinco minutos se quiser a carona.

Dessa vez foi Jay quem puxou Chinara, seguindo Billy até o carro da polícia. Amélia piscou, sem saber por onde começar.

— Eu não queria mentir para você.

— *Ah*. — Roma soltou uma risada irônica. — Nossa, isso melhora muito as coisas. Fale mais sobre como você não queria mentir para mim, mas mentiu, todos os dias, por meses. Era sobre isso que você estava falando no hospital, não era? Sobre mentir o tempo inteiro.

Ela assentiu, desconfortável.

— Foi uma coincidência infeliz, tá? Eu estava bebendo naquele pub em frente ao parque como faço há anos e vi você. E achei você interessante. Eu nunca teria me aproximado se soubesse que você estava estudando em Charterhouse.

— Mentiu sobre isso também — Roma concluiu. — Não é ex-aluna de Charterhouse. Não está na faculdade. E sua mãe não tem um namorado que é chef de cozinha, porque sua mãe morreu. — Ela balançou a cabeça em negativa, incrédula. — Você mentiu sobre *tudo*. Quem é você, Amélia? Quem é você, de verdade, porque eu tenho a impressão de que nunca tive a oportunidade de te conhecer.

Amélia negou.

— Você me conhece. — Ela sentiu sua voz embargar. — Sou a garota que te levou na London Eye. A garota dos piqueniques noturnos. A garota da torre.

— A garota que mentiu para mim.

Amélia deu um sorriso triste, respirando fundo para controlar a voz embargada.

— Você é incapaz de entender que isso não é sobre você. — Uma lágrima escorreu por sua bochecha, deixando um rastro de maquiagem preta. — Me desculpa se, por um segundo, eu pensei que poderia ser uma adolescente normal e ter experiências de adolescentes normais. Você não sabe o que é crescer vendo todos os seus momentos pessoais sendo expostos na internet como se a sua vida fosse um filme pros outros opinarem. Princesa Amélia fez isso, princesa Amélia fez aquilo. Eu nunca tive o direito de manter nada em privado porque, por mais que eu seja discreta, sempre acabo nos jornais. É como se eu tivesse uma câmera me perseguindo vinte e quatro horas por dia. — Ela fungou. — Eu só queria ser como você. *Invisível.*

Roma moveu a cabeça em negativa. Seus olhos estavam cheios de lágrimas, mas ela parecia disposta a não deixar que nenhuma delas caísse.

— Eu não fui invisível o suficiente. Você me viu. — Roma tirou a aliança que tinham encontrado na praia na noite anterior, atirando-o na direção de Amélia da forma mais agressiva que podia. — Infelizmente, você me viu.

Roma se virou em direção ao carro de polícia e correu até ele, sem dar oportunidade para que Amélia explicasse qualquer outra coisa. Enfiou-se no banco de trás ao lado de Chinara e Jay e não olhou para ela quando o carro arrancou, desaparecendo pela estrada no que foram os segundos mais longos da vida de Amélia.

Agora, a princesa permitiu que as lágrimas caíssem livremente.

Abaixou-se para pegar a aliança que Roma tinha jogado no asfalto e voltou para o carro, percebendo que, aquele tempo todo, tinha esquecido de uma coisa.

Primeiros amores também significam primeiros corações partidos.

## CAPÍTULO 32.5

📩 **Nova mensagem**

**DE:** itsholyholy@gmail.com

**PARA:** romabwallen@charterhouse.com

**ASSUNTO:** ...

Eu sei que você está brava comigo, mas acho que a gente precisa conversar.

Enviado às 19:40

**ENVIAR**

📩 **Nova mensagem**

**DE:** itsholyholy@gmail.com

**PARA:** romabwallen@charterhouse.com

**ASSUNTO:** Em resposta a: ...

Por favor...?

Enviado às 21:57

**ENVIAR**

**Nova mensagem**

**DE:** itsholyholy@gmail.com

**PARA:** romabwallen@charterhouse.com

**ASSUNTO:** Em resposta: Em resposta a: ...

Uma última conversa é tudo que vou pedir.

Enviado às 22:35

ENVIAR

---

**Nova mensagem**

**DE:** itsholyholy@gmail.com

**PARA:** romabwallen@charterhouse.com

**ASSUNTO:** Sei que está aí, por favor me responde

Acho que, de todas as mentiras que contei, dizer que não me apaixonaria por você foi a maior delas.

Enviado às 00:13

ENVIAR

---

**Nova mensagem**

**DE:** emailsupport@system.com

**PARA:** itsholyholy@gmail.com

**ASSUNTO:** E-mail não enviado

O último e-mail não pôde ser enviado porque o destinatário reportou suas mensagens como spam e/ou bloqueou seu endereço eletrônico. Clique aqui para saber mais.

ENVIAR

## CAPÍTULO 33

## SE A VIDA FOSSE UM LIVRO E VOCÊ, UM CAPÍTULO, ELE SERIA MARCADO, LEMBRADO E RELIDO MAIS TARDE, COM UM DESGOSTO EVIDENTE.

*Roma*

Roma colocou um pedaço de carne no prato, encarando com desdém as fatias de *beans on toast* que tinham servido no almoço. Desde que chegara a Londres, ela se recusava a provar o prato típico, que, os britânicos que não a ouvissem, mais parecia uma "larica" do que uma comida de verdade.

Ela pulou as torradas e afogou o prato com macarrão com molho de queijo. Era muito provável que não fosse comer tudo aquilo, mas ocuparia seus próximos vinte minutos enrolando fios de macarrão no garfo e dispensando-os. Era bom que tivesse muita comida no prato, para o caso de Chinara ou Jay quererem começar uma conversa desconfortável. Encher a boca de comida e se fingir de idiota era um plano que nunca dava errado.

Roma tinha passado a madrugada pensando em todos os acontecimentos dos últimos três dias. O recado de Addie na lojinha de Alma, Amélia, Holy. Já tinha percebido que, se não quisesse enlouquecer por completo, precisaria focar o primeiro. Nas visões que tinha recebido com Alma, Amélia estava saindo do quarto 457. Talvez fosse essa a pista de Addie e, mesmo que não tivesse certeza, Roma passaria no quarto para conferir mais tarde.

— Conseguiram as respostas do trabalho da professora Hilary? — Jay perguntou quando Roma se sentou à mesa. Ela ficou muito feliz em saber que eles também estavam tentando evitar o assunto "como-Roma-Wallen-foi-feita-de-trouxa-pela-princesa-da-Inglaterra".

Estava pronta para dizer que não quando uma voz eletrônica preencheu o refeitório.

— Roma Wallen, compareça à sala do diretor Brooks. — E, de um instante para o outro, todos os olhos estavam sobre ela. — Roma Wallen, compareça à sala do diretor Brooks.

Roma soltou o ar pela boca, frustrada.

— É o que dizem — cruzou os braços —, nada é tão ruim que não possa piorar.

— Se ele tentar te deixar na detenção, culpe seu coração partido por qualquer coisa que possa ter feito. — Chinara ergueu o polegar em um sinal de "joia". Fazer piada do acontecido era sua forma de prestar algum apoio, e, na situação em que estava, Roma não reclamaria.

Ela se levantou da mesa e caminhou para fora do refeitório, a súbita onda de atenção que tinha recebido se dissipando aos poucos. Assim que chegara a Londres de Jurassic Coast, tinha dado todo o seu dinheiro para Billy, para pagar a carona e garantir que ele ficasse de bico fechado sobre a confusão entre ela e a princesa Amélia. Roma não queria nem pensar em como aquela situação horrível ficaria cem vezes pior se toda a população britânica soubesse do acontecido.

— Você está triste? — O primeiro ímpeto de Roma foi fazer uma careta na direção da voz, sem entender de imediato quem falava com ela. Na sua opinião, uma das regras básicas de etiqueta era não comentar quando alguém parecia triste. — Sabe, às vezes eu fico triste também. — Roma percebeu a garota pálida de cabelo loiro sentada nas escadarias, a mesma que ela vira chorando no treino de lacrosse, semanas antes. A menina fez uma careta e deu de ombros, ajeitando sua mochila nos ombros antes de subir a escadaria e desaparecer no meio de centenas de outros alunos.

Roma pensou em ir atrás dela, mas outra voz surgiu antes que pudesse.

— Ei, Roma. Bom ver você.

Ela abriu um sorriso instantâneo assim que viu os olhos azuis de Benjamin. Não porque gostava da presença dele, mas porque, da última vez que o tinha visto, ele estava numa cama de hospital desacordado.

— Olha só. — Roma apontou para os curativos dele. — Quase novinho em folha.

Benjamin sorriu, passando os dedos pelo machucado coberto na testa.

— É o que dizem: quem não tem cicatriz não tem história — disse. — Eu conheci seu pai no hospital. Ele é bom. Com a coisa de dar medo e tal.

Roma achou graça.

— Ele nunca gostou muito do papel de policial bonzinho.

O conde concordou, dando uma olhada rápida no celular para ver as horas.

— Você viu a Amélia? O treinador quer falar com a gente, mas eu não a encontro em lugar nen...

Roma não conseguiu disfarçar seu desgosto ao ouvir o nome.

— Não — cortou. — E, para ser sincera, espero não ver até o dia da minha formatura.

Ele fez uma careta, colocando as mãos nos bolsos da calça. Empurrou o corpo para a frente e para trás, desconfortável.

— Vocês brigaram?

— A gente nunca se deu bem — respondeu, um tanto ríspida.

Era bem provável que Benjamin já soubesse sobre a vida dupla de Amélia, afinal era a pessoa mais próxima dela dentro do palácio, o único que poderia acobertar suas saídas estratégicas. Mesmo assim, tudo que Roma menos queria era tocar no assunto com alguém que daria um longo suspiro e diria: "Mas, sabe, ela não fez por mal".

— Tenho aula agora. Se eu chegar atrasada mais uma vez, vou levar advertência, então...

Benjamin deu um daqueles sorrisos amarelos que se dá quando alguém está visivelmente mentindo. Roma não esperou que ele mudasse de ideia e agradeceu mentalmente por sua boa etiqueta social.

Subiu as escadas até o andar da sala do diretor às pressas, esbarrando em uma pessoa ou duas pelo caminho. Teve a impressão de ter visto um fantasma, mas o ignorou com veemência. Estava tão farta deles quanto estava de Amélia.

Roma ajeitou os fios de cabelo arrepiados antes de entrar na sala, tirando um instante para recuperar o fôlego.

— Boa tarde, diretor Brooks — disse ela, prestes a botar um sorriso no rosto quando a viu.

E deu um passo instintivo para trás.

— *Fique* — Amélia ordenou, com o tom de voz autoritário que só uma princesa era capaz de ter. — Se você for, eu juro... — Ela pensou por um instante. — Eu juro que faço o maior barraco que esta escola já viu só para te forçar a passar duas horas numa detenção junto comigo.

Roma soltou o ar pela boca.

Era evidente que uma princesa nunca saberia aceitar um não.

— Fecha a porta — pediu ela, agora mais branda.

Roma puxou a maçaneta.

— Tranca.

Ela revirou os olhos, mas seguiu a instrução.

— O diretor Brooks meio que me devia um favor... — Amélia passou a língua pela boca. — E você me bloqueou, então eu precisava achar outra forma de fazer a gente conversar.

— Sabe o que significa quando as pessoas te bloqueiam? — Roma ironizou. — Que não querem falar com você.

Amélia soltou o ar pela boca. Estava sentada na mesa do diretor, em cima de uma papelada que possivelmente era importante, mas ela não dava a mínima.

A barra da sua saia subia demais quando ela se movia de forma brusca, e Roma duvidou que não fosse proposital.

Amélia deu de ombros.

— Eu precisava fazer minha parte e pedir desculpas.

Roma revirou os olhos.

— Vossa Alteza Princesa Amélia Mountbatten Wales... — ela começou, mas logo foi interrompida.

— Não tem que me chamar assim, nós já passamos dessa fase.

Roma discordou.

— Eu vou ser sincera. — Ela deu alguns passos em direção à mesa, sob o olhar cheio de expectativas da princesa. Seus dedos contornaram o pescoço de Amélia e ela empurrou o corpo da garota gentilmente para trás, até que estivesse deitada em cima da mesa do diretor. O rosto da ruiva era uma interrogação, mas algo no seu olhar sereno dizia que não tinha medo do que Roma estava prestes a fazer. — Faz tempo que eu não sinto tanta raiva de uma pessoa como sinto de você agora — murmurou, aproximando o rosto. — E eu odeio sentir vontade de te enforcar e de te beijar ao mesmo tempo.

Amélia arriscou uma risada.

— Você pode fazer os dois.

Os lábios de Roma tremeram. Ela *quase* riu.

— Não estou brincando — disse, recuperando a postura. Às vezes, seus olhos escorregavam até a boca de Amélia. — Não suporto que mintam para mim. — Ela abaixou o rosto e as mãos da princesa se apoiaram em sua nuca, puxando-a para mais perto. Havia sido uma escolha sábia que tivessem trancado a porta, porque ninguém espera entrar na sala do diretor e encontrar a princesa da Inglaterra prensada contra a mesa.

— Eu queria que as coisas fossem mais fáceis — Amélia admitiu. — E que eu não precisasse ter mentido para você. — Dedilhou o pescoço de Roma, observando os arrepios que provocava na pele da garota. A princesa ergueu um pouco a cabeça e Roma se afastou alguns centímetros, impedindo que seus lábios se encontrassem. Ficaram assim, em silêncio, olhando no fundo dos olhos uma da outra. — Eu quero beijar você. Sem mentir sobre nada dessa vez.

Roma hesitou por um instante. Seus olhos analisaram todas as sardas do rosto de Amélia, como um astrônomo que analisa constelações em busca de respostas. Era como se todo o universo dependesse daquele beijo para continuar funcionando.

E Roma a beijou, porque não tinha nenhuma outra escolha desde o começo.

Era diferente dos beijos na barraca.

Mais intenso, talvez mais dolorido.

Roma tinha a impressão de que podia destruir o universo inteiro só para ficar com ela, mas, ao mesmo tempo, era *ela* quem Roma queria destruir.

Roma se permitiu desligar por um momento. Esqueceu a raiva e o sentimento de traição borbulhando no peito para focar na maneira como Amélia a beijava, como se ela fosse a única pessoa no mundo a quem aqueles lábios pertenciam.

Roma poderia ficar.

Roma *queria* ficar.

Elas poderiam fazer sexo na sala do diretor Brooks e ter uma história divertida para contar aos amigos da faculdade. Elas poderiam começar tudo de novo e fingir que Holy nunca tinha existido. Elas poderiam namorar, viajar o mundo, adotar um gato e passar as tardes de domingo lendo dark romances de qualidade duvidosa.

Elas poderiam, assim como Amélia poderia não ter mentido desde o começo. Quando os dedos da ruiva se infiltraram na saia do seu uniforme, Roma se afastou.

— Foi um beijo de despedida — sussurrou. — Não vou perdoar você.

Amélia piscou, parecendo surpresa.

As coisas eram sempre muito fáceis para ela.

— Está apaixonada por mim — disse.

— E se eu estiver? — Roma respondeu, passando os dedos delicadamente por seu rosto. O cabelo cacheado tinha se espalhado pela mesa do diretor, fios ruivos se misturando aos papéis. — Não significa que eu perdoo você.

A princesa deu um longo suspiro.

— Tenho só dezoito anos. — Ela se levantou da mesa, empurrando o corpo de Roma com cuidado. — Posso pedir desculpas a vida inteira se for necessário. Até que você se canse de ouvir e me perdoe por insistência.

— Boa sorte com isso. — Roma deu de ombros, pouco interessada. — Você vai precisar.

Ela tinha medo do que poderia acontecer se ficasse mais um segundo presa no mesmo cubículo que Amélia, então caminhou até a porta e deixou a princesa sozinha dentro da sala do diretor.

Roma pensou em voltar para o refeitório e contar o que tinha acontecido para Chinara e Jay, mas lembrou da visita que queria fazer ao quarto de Addie. A verdade era que não sabia qual a opinião dos amigos sobre sua investigação particular, então preferia fazer as coisas sozinha, da forma mais discreta possível.

Roma saiu do prédio e caminhou pelos jardins de Charterhouse até chegar aos dormitórios. Percebeu no meio do trajeto que não tinha dito para Amélia que Benjamin a estava procurando, mas a princesa não merecia o seu papel de pombo-correio. Enquanto subia os degraus da escadaria do prédio, percebeu que as visões de Alma tinham um erro: Addie estava indo para a sala do professor Brown, no prédio 4. Segundos depois, Amélia aparecia, passando pela porta do quarto 457, no prédio 2.

Não que as visões seguissem qualquer lógica.

Nelas, Amélia estava morta e, a menos que fosse uma previsão, não eram uma cópia da realidade.

Roma sentiu um arrepio descer por sua nuca.

Torceu para que não fosse uma previsão.

Ela apressou seus passos até o quarto andar, porque não queria correr o risco de encontrar alguém e ter que engatar uma conversa para quebrar o gelo por cinco ou mais preciosos minutos. Roma sabia que as chances de não encontrar nada no antigo quarto de Addie eram altas, mas não conseguia evitar a ansiedade corroendo seus ossos. Se não encontrasse nada, talvez fosse até melhor. Poderia ocupar sua cabeça e transformar a morte de Addie em uma obsessão até que Amélia desaparecesse dos seus pensamentos.

Roma riu assim que chegou ao quarto andar.

*Até parece.*

Ela tinha aprendido, em seu primeiro dia no internato, que os quartos sem alunos ficavam sempre abertos, numa forma de otimizar a visita de novas famílias que quisessem dar uma olhada nos aposentos. Roma não tinha acompanhado o processo, mas era possível que a polícia, talvez até mesmo seu pai, já tivesse revistado o quarto de Addie.

Ao menos, foi a impressão que o espaço vazio lhe passou ao abrir a porta.

Parecia um cômodo de hotel.

Nada nas paredes além de um quadro dos membros fundadores de Charterhouse, o que era padrão em todos os outros quartos.

Nada na cama ou nas escrivaninhas.

Nenhum pôster de banda, nenhuma roupa cor-de-rosa no armário.

Nada que pudesse provar que Addie vivera seus dias ali, dormindo na cama, observando os outros alunos pelas janelas e estudando na sua pequena mesa.

Roma arqueou uma sobrancelha quando percebeu que, diferentemente do seu dormitório, o quarto 457 só tinha *uma* cama.

Addie dormia sozinha.

Roma suspirou, dando um passo para dentro. Ela deu uma olhada mais minuciosa em tudo, revistando os armários e a roupa de cama. Abaixou-se, passou os dedos pelo chão tradicional de taco, tirou as fronhas dos travesseiros e não encontrou nada.

— Addie... — Roma soltou o ar pela boca, sentindo-se subitamente estranha. — O que você estava tentando me dizer?

Ela esperou. Um sinal, uma mensagem, uma aparição, qualquer coisa que Addie pudesse lhe dar, mas nada aconteceu. Roma se sentou na beirada da cama, disposta a esperar o tempo que fosse necessário, mas os minutos se passaram e o quarto se manteve inerte.

— Bom, entendi — soltou, depois de algum tempo. — Você não está aqui.

Roma se levantou da cama e voltou para o corredor. Fechou a porta atrás de si e, no mesmo instante, ouviu um barulho do lado de dentro do quarto. Seu corpo inteiro gelou e ela continuou imóvel, encostada na maçaneta da porta, como se tivesse parado no tempo.

Roma abriu a porta e voltou para dentro.

Não havia nada, de novo, mas o quadro dos membros fundadores estava espatifado no chão, revelando um cofre embutido na parede.

— Obrigada, Addie. — Roma abriu um sorrisinho, embora não tivesse certeza de que fora Addie a responsável por aquilo. Podia ser o vento. Podia ser *outro* fantasma. — Acho que finalmente estamos aprendendo a trabalhar juntas — disse, embora duvidasse que Addie a estivesse ouvindo. Nesse caso, ela teria visto o fantasma da garota.

Roma se aproximou do cofre. Ele exigia com uma senha de quatro dígitos que fez a loira revirar os olhos de frustração. As coisas poderiam ser fáceis, pelo menos *uma* vez.

Ela deu voltinhas pelo quarto, tentando recuperar as visões de Alma na memória e encontrar qualquer coisa que pudesse ser transformada em senha. Seu primeiro ímpeto foi testar o número dos dois prédios na fechadura digital, 0402, mas não teve resultado algum.

Roma passou os dedos pela nuca. Demorou um tempo, mas ela se lembrou de algo que Amélia tinha dito: "Addie sempre foi apaixonada por mim".

Ela estalou os dedos e tentou o aniversário de Amélia dessa vez.

21 de julho.

2107.

A fechadura do cofre apitou, destrancando-se.

Roma poderia ter pulado de alegria, mas o cofre estava *quase* vazio. A única coisa dentro dele era uma pasta de documentos, daquelas que as pessoas usam para organizar papeladas.

Ela tirou a pasta de dentro do cofre, um pouco decepcionada. Fechou a portinha e colocou o quadro dos fundadores no lugar, agora com uma rachadura no meio da foto. Saiu do quarto e estava quase dando sua missão por completa quando esbarrou em Jay.

— O diretor Brooks já liberou você? — questionou, surpreso.

— Sim — respondeu, apoiando a pasta contra o peito. — Ele queria me entregar uns documentos, só isso — mentiu.

— E depois de receber seus documentos você veio pro antigo quarto da Addie?

— Acabei me distraindo nas escadas — ela mentiu descaradamente. — Subi mais andares que o necessário. E você?

— Eu?

— O que está fazendo no dormitório feminino? Não estava procurando alguém pra te passar as respostas do trabalho da professora Hilary?

— Ah. — Jay apontou o próprio celular. — Recebi uma videochamada. A internet é bem melhor aqui do que no resto do campus.

Roma assentiu, porque seria estranho questioná-lo mais uma vez.

— Vou deixar esta papelada no quarto — disse, segurando a pasta de Addie com mais força. — Te vejo na aula em quinze minutos?

Jay abriu um dos seus sorrisos estonteantes, daqueles que fariam qualquer um esquecer que sua atitude era suspeita. Eles desceram as escadas juntos, mas, quando chegaram ao segundo andar, ele continuou descendo e Roma caminhou na direção do próprio quarto.

Ela se trancou no ambiente que dividia com Chinara e se sentou na cama, os dedos trêmulos diante da hipótese de saber mais sobre Addie.

A pasta era dividida por post-its de diferentes tons de rosa. Fúcsia, rosa neon e rosa pastel se dividiam entre os plásticos. Ela escolheu começar pelos post-its rosa neon, mas as folhas plásticas estavam vazias.

Roma arqueou uma sobrancelha, dando-se conta de que talvez alguém tivesse descoberto o cofre secreto de Addie antes dela.

Ela passou todos os plásticos da pasta. Antes que pudesse analisar o primeiro, uma chave escapuliu para fora, caindo em cima da sua colcha cor de marfim. Roma analisou o pequeno chaveiro: era um daqueles feitos de acrílico no qual você consegue colocar um papelzinho dentro. Tinha o nome de Addie, mas não informava de onde era.

*Inútil*, de novo.

Roma colocou a chave dentro da gaveta da sua escrivaninha e voltou a atenção para as folhas de plástico marcadas com post-its fúcsia. Ela tirou o plástico dos espirais removíveis e jogou toda a papelada em cima da cama, encontrando centenas de prints de mensagens entre Addie e...

O sangue de Roma congelou.

Foi como se todas as pistas que tinha encontrado nos últimos dias tivessem se encaixado.

O responsável pela morte de Addie estava ali, na cara dela, o tempo todo.

## CAPÍTULO 34

### É, Taylor Swift, eu não sei se escapei de um tiro ou se perdi o amor da minha vida.

*Amélia*

Um ser humano comum consegue ficar até quatro minutos prendendo a respiração. Na maior parte dos casos, o corpo desmaia no quinto minuto, um mecanismo de defesa que obriga a pessoa a respirar, o que Amélia julgava muito interessante. Seria muito simples se as pessoas pudessem se matar daquela forma, só tampando o nariz.

A água da piscina de Charterhouse estava quente, o que facilitava prender o fôlego. Os olhos de Amélia ardiam por estarem abertos e em contato com o cloro, mas ela podia lidar com isso mais tarde. Talvez levasse uma advertência por ter entrado na piscina do colégio sem touca de natação e com o cabelo solto, mas não estava preocupada com isso também.

Sua mente estava longe.

Mais precisamente, estava dentro da sala do diretor Brooks, com Roma prensando seu corpo contra a mesa e repetindo aquelas catorze palavras em looping: "Eu odeio sentir vontade de te enforcar e de te beijar ao mesmo tempo".

Amélia teria soltado uma risada nervosa se não estivesse debaixo d'água. As coisas entre elas tinham desmoronado tão rápido que ela não tivera tempo para interpretar. Sentia-se no olho de um furacão, mas *ela* era o furacão. E era também todas as casas, ruas e florestas que destruía.

Mas ela nunca tinha se importado em destruir ninguém antes.

Aquilo só podia ser karma. Em alguns dias, ela tinha a impressão de que tudo havia começado a dar errado depois que recusara a paixonite de Addie. Como se ela estivesse numa espiral de caos.

Amélia revirou os olhos, movendo o corpo dentro da água. Cruzou a piscina enquanto contava os segundos sem respirar: um, dois três...

Quarenta e dois, quarenta e três, quarenta e quatro, quarenta e cinco, quarenta e seis, quarenta e sete, quarenta e oito.

Ela tirou o rosto da água e respirou fundo, frustrada por não ter chegado a sessenta, mas satisfeita por ter um novo recorde. Amélia nadou até a beirada da piscina, apoiando os braços no ladrilho. Tinha uma sensação ruim no peito, pensando constantemente na hipótese de que Roma, de fato, nunca a perdoasse.

*E aí, como seria?*

Essa era uma questão com a qual nunca tinha se preocupado.

Via personagens perdendo suas paixões o tempo inteiro. Nos filmes, nas séries, nas músicas, nos livros. Esse mundo onde as pessoas amavam e eram amadas se mostrava tão distante para Amélia que ela nunca se dera ao trabalho de pensar como seria se estivesse no lugar delas.

Amélia passou os dedos pelo cabelo molhado, balançando a cabeça em negativa. Obrigou-se a ter uma atitude positiva a respeito do problema: se elas se gostavam, era questão de tempo até que ficassem juntas. Roma só precisava de tempo para engolir o próprio orgulho e aceitar as desculpas da princesa.

Ela fez uma careta, impulsionando o corpo para fora da piscina. Ainda tinha *isso*. A rainha Olívia sabia que Amélia gostava de garotas também, mas isso era diferente de saber que ela pretendia *namorar* uma.

— Um problema de cada vez — disse ela, suspirando. Deu pulinhos para tirar o excesso de água do corpo e vestiu seu roupão por cima do maiô de Charterhouse. Amélia tirou o celular da bolsa e ficou surpresa ao encontrar uma sequência de mensagens no grupo que tinha com Lily, Patrick e Jasper.

Como de costume, marcou todas as mensagens como "não lidas", com a promessa de que as leria mais tarde, o que provavelmente nunca seria feito. Amélia saiu do ginásio e cruzou os jardins do internato, percebendo que Benjamin estava fazendo um bom trabalho no palácio, mantendo os seguranças longe dela.

Parecia idiotice que Amélia tivesse cruzado Londres até ali sendo que tinha uma piscina em casa, mas ela não queria correr o risco de esbarrar na rainha nos corredores do palácio e ouvir um sermão sobre seu fim de semana, ou sobre como ela parecia tão "para baixo". Olívia podia ser uma avó questionável, mas ela sempre sabia quando alguma coisa de errado estava acontecendo com Amélia. Como se tivessem uma conexão especial ou algo do tipo.

Amélia chegou ao vestiário minutos depois do treino de lacrosse com o treinador Parker terminar. Era uma mistura de camisetas do time, frascos de xampu e maquiagem jogada pela pia. Diziam que os vestiários masculinos eram nojentos, mas os femininos também podiam ser, com a diferença de que eram um pouquinho mais cheirosos.

— Boa noite, Amélia. — Uma das garotas do time abriu um sorriso simpático. Qual era o nome dela? Poliana? Fabiana? — Você ficou sabendo? — perguntou, a língua ansiosa para contar uma fofoca venenosa.

Amélia arqueou uma das sobrancelhas.

— Não.

Imediatamente um grupo de cinco garotas se reuniu ao redor dela, uma expectativa crescente dentro do vestiário.

— A polícia foi na casa do professor Brown — disse Poliana-talvez-Fabiana. — Descobriram que ele e a Addie estavam...

— Transando — uma segunda garota, com touca de cetim na cabeça, completou. — Você sabia disso?

Amélia fez uma careta. Ela estava pronta para defender a honra da sua falecida amiga e dizer que eles não estavam transando de jeito nenhum, mas sua ficha logo caiu. George era o professor mais bonito que tinham no colégio, e Addie gostava de homens mais velhos. Ela estava sempre pendurada no pescoço de um cara com mais de trinta anos quando ia no Firestarter.

— Não — ela respondeu, desconfortável. — Como descobriram?

Poliana-talvez-Fabiana deu de ombros.

— Parece que encontraram uns documentos no quarto da Addie. Prints de conversas entre eles que eram bem... você sabe... pornográficas. É claro que pode ser montagem, mas tem um monte de nudes no meio. — Os olhos de Amélia se arregalaram. — Só vazaram os do professor. Em respeito à Addie, eu acho.

Amélia soltou um suspiro.

— Grande coisa.

— *Enorme* — a garota com touca de cetim respondeu, com uma risadinha que falava por si só.

— Então — a princesa se esforçou para focar o que realmente importava —, ele é suspeito?

Poliana-talvez-Fabiana torceu a boca.

— Estão investigando, mas... Todo mundo conhece algum caso de uma garota jovem que se envolveu com um cara mais velho e acabou, bem, debaixo da terra. Ou traumatizada, na melhor das hipóteses.

— Quer ver as fotos?

— Não, obrigada — Amélia respondeu de imediato, sem esconder a repulsa no tom de voz.

Ela se desvencilhou do grupo de garotas e entrou em um dos boxes do banheiro para enxaguar o corpo. Sua cabeça estava a mil. As peças se encaixavam perfeitamente. Ela sabia que George tinha uma propriedade perto do castelo de Buckingham, o que explicava o local do crime. A motivação não estava clara, mas homens sempre têm um bom motivo para matar suas parceiras secretas quando elas frustram suas expectativas. O recado na secretária eletrônica da casa de Roma dizia que tinham tirado um suspeito da lista... Era o professor Brown? E se fosse, por que tinham decidido ir ao quarto de Addie tão repentinamente? Ela se lembrava de ver os agentes da Scotland Yard revistando o dormitório na semana em que a garota morreu.

Por que voltar agora?

Ela enfiou o rosto debaixo da água, tentando silenciar os próprios pensamentos.

Do lado de fora, Poliana-talvez-Fabiana voltou a contar suas teorias sobre o caso.

— Eu soube que foi uma aluna que encontrou os prints — disse, não para Amélia. — Mas por que a Addie imprimia as conversas?? Algum tipo de fetiche?

A garota com touca de cetim riu, acompanhada por outros risinhos que logo se espalharam pelo vestiário.

Uma aluna vasculhando o quarto de Addie.

*Roma.*

Amélia girou o registro do chuveiro, deixando a água mais quente. Teria que falar com ela. De novo. E nem estava tentando forçar a barra dessa vez, como tinha feito na sala do diretor Brooks.

Amélia observou sua pele ficar vermelha por causa da água quente, a ponta dos dedos enrugando. Ela adiou ao máximo o momento de sair do boxe, porque não queria ter que lidar com as meninas do time de lacrosse fazendo perguntas sobre Addie ou receber outro convite para ver o pau enorme do professor Brown. Aos poucos, as fofocas do vestiário deram lugar ao silêncio.

Quando saiu, só uma garota ainda estava ali, terminando de amarrar os sapatos no banco. Amélia esperou que ela desaparecesse pelos corredores antes de trocar de roupa, o cabelo ruivo e molhado caindo pelas costas. Encarou-se no espelho e ficou um tempo assim, às vezes desviando o olhar para a sua bolsinha de maquiagem. Ela ergueu uma das mãos e sua minúscula tatuagem de polvo ficou aparente no espelho, pintada de preto e com oito pequenos tentáculos.

*Se eu fosse um polvo, pelo menos um dos meus corações não estaria partido.*

Em um movimento quase automático, Amélia levou os dedos até a bolsinha, procurando sua base. Ela pegou uma gota cremosa do produto e estava prestes a espalhá-la pelo pulso quando mudou de ideia.

Encarou a tatuagem mais uma vez.

Limpou os dedos, removendo o produto.

Guardou tudo de volta na bolsa e, pelo menos por uma noite, decidiu deixar pra lá.

## CAPÍTULO 35

### Mandar professores de literatura pra cadeia não cura corações partidos, mas você sempre pode tentar.

### *Roma*

Quando Roma tinha quinze anos, ouviu sua mãe falar com uma colega de profissão sobre a percepção seletiva: uma característica em que uma pessoa, um objeto ou um evento sobressai na vida de um indivíduo. Em outras palavras, era uma forma de viés, porque interpreta as informações de uma maneira congruente com os pensamentos e crenças daquele indivíduo.

Agora, encarando o logo da Sud Italia Pizza em cima do balcão da cozinha compartilhada do dormitório, ela entendia melhor o que a tal percepção seletiva queria dizer. Bem em cima de um "SUD" com letras serifadas, o vetor de uma coroa de rei completava a logo, tons de azul-claro em contraste com o branco da caixa de pizza. É claro que, de todas as pizzarias em Londres, Chinara tinha que ter escolhido para chamar de "sua favorita" uma cujo logo fazia analogia direta à família real.

Roma revirou os olhos. Abriu a caixa de pizza e tirou o cortador metálico do escorredor de louças, certa de que aquele era um dos utensílios mais usados pelos estudantes, porque adolescentes britânicos morando sozinhos vivem de pizza, squash de laranja e salsicha enlatada.

Ela terminou de cortar as fatias de pizza e fechou a caixa, pronta para subir alguns andares, se jogar na cama e comer até esquecer o próprio nome enquanto um romance adolescente duvidoso passava no notebook e ela questionava todas as suas decisões de vida até então. Segundo Chinara, era assim que se curava um coração partido, e em parte ela até concordava. Talvez o processo fosse mais tranquilo se não tivesse acabado de mandar seu professor de literatura para a cadeia.

Roma esticou um dos braços para abrir a torneira da pia quando ouviu um barulho estranho no corredor. Ela ficou parada no mesmo lugar, estática, como uma criança que está prestes a ser pega no flagra fazendo algo errado. Era engraçada essa mania das pessoas de ficarem quietas em um momento de perigo achando que isso automaticamente vai afastar qualquer coisa mal-intencionada. Como se esconder debaixo das cobertas para fugir dos monstros debaixo da cama.

Ela desistiu da torneira. Segurou o cortador com mais força e observou a cozinha vazia, na penumbra quase completa. Ela não tinha acendido a luz quando passara pelos interruptores porque a iluminação da lua que entrava pela janela era suficiente para que pudesse cortar os pedaços de pizza dentro da caixa.

Agora, parecia uma ideia estúpida.

O barulho se intensificou. Ela ficou um pouco mais tranquila ao perceber que eram passos, porque poderia ser qualquer outro aluno entediado buscando um lanchinho noturno. Mesmo assim, parte da sua cabeça ficava em dúvida. E se o professor Brown não tivesse sido preso, no final de contas? E se ele estivesse irritado com ela?

Roma rangeu os dentes. Ainda ouvindo os passos na direção da cozinha, ela se arrastou até a porta. Ficou escondida entre o armário e a geladeira, esperando que o responsável pelo barulho entrasse em seu campo de visão. Se fosse um aluno qualquer, ela se esforçaria para pedir desculpas sem começar a rir de nervoso no processo.

O som dos passos ficou ainda mais intenso.

Segundos depois, uma figura encoberta por um capuz passou pelo batente da porta, entrando na cozinha. As mãos do responsável procuraram por um interruptor, mas Roma não permitiu que acendesse as luzes. Saiu do seu esconderijo e empurrou o corpo encapuzado para trás. Um suspiro escapou dos lábios da figura, denunciando que tinha sido pego de surpresa.

Roma apoiou o antebraço em seu pescoço, deixando que o cortador de pizza em sua outra mão ficasse em evidência. Uma gota de molho de tomate caiu no moletom escuro, assemelhando-se em muito com uma mancha de sangue.

Ela fez uma careta.

*Nojento.*

— Quando eu disse que você podia me enforcar, não estava falando sério — a voz de Amélia saiu esganiçada, e Roma levou um susto ao perceber sua presença.

— Meu Deus. — Ela tirou o cortador do seu pescoço, dando um passo para trás e acendendo as luzes de forma desengonçada, quase caindo no meio do caminho.

— O que você ia fazer? — Amélia cerrou os olhos, um tom vexatório. — Cortar minha jugular com um cortador de pizza?

— Você me assustou — Roma protestou, cruzando a cozinha para deixar o cortador dentro da cuba da pia. — *Enfim*.

— Estava procurando você — Amélia disse, rápido, ao ver que a garota pretendia ir embora.

Ela soltou um longo suspiro.

— Será que você pode me dar um segundinho de paz?

— Não vim falar da gente. — Ela revirou os olhos, arrebitando o nariz. — Foi você, não foi?

— O quê?

Amélia a encarou, as sobrancelhas franzidas.

— Ah. — Roma se deu conta. — As conversas da Addie com o professor Brown...

— Isso.

— Sim — admitiu. — Fui eu.

— Por que não veio me contar? — Ela balançou a cabeça em negativa, irritada. — Fiquei sabendo por uma das meninas do time de lacrosse. Foi uma experiência horrível, se quer saber.

Roma cerrou os olhos.

— Existe alguma regra de "fale com a princesa antes de falar com a polícia" e ninguém me avisou?

— Não. — Amélia cruzou os braços. — Mas a Addie era minha amiga. Acho que tenho direito de saber antes de você anunciar para o mundo que ela estava trocando nudes com um professor quinhentos anos mais velho. E se as fotos *dela* vazassem?

— Em nenhuma delas aparece o rosto — Roma explicou, tranquila. — Pra ser sincera, duvido que sejam da Addie. Ela deve ter pegado no Google.

— Addie não era assim.

— Assim como?

— Sei lá, do tipo que manda nudes falsas.

— Você não sabia que ela tinha um caso com o professor Brown?

Amélia não respondeu. Era um tanto humilhante admitir que não sabia com quem sua melhor amiga estava transando.

— Então talvez você não a conhecesse tão bem quanto pensava.

Amélia fechou a cara. Demorou alguns segundos para que uma risada seca escapasse da sua garganta.

— Eu e a Addie tínhamos uma amizade de anos — disse. — *Ninguém* no mundo conheceu aquela garota mais do que eu.

Roma soltou o ar pela boca, frustrada.

— Bom, que ótimo pra você. — Ela cruzou a cozinha, de volta para a caixa de pizza. Abriu a embalagem de papelão de novo e conferiu que todas as fatias estavam cortadas antes de fechá-la mais uma vez e colocar na palma da mão.

— Tá com ciúme de uma garota morta? — Amélia alfinetou.

Roma se limitou a respirar fundo, como se a ousadia de Amélia em perguntar a deixasse irritada. Ela conferiu a bancada da cozinha para ver se não tinha esquecido nada e se virou na direção da porta.

A voz da princesa a interrompeu:

— Ele vai ser preso, então? — questionou. — O professor Brown.

— Por assassinato? — Roma deu de ombros. — Estão investigando. Tudo que sei é que ele é um dos principais suspeitos. E está detido até segunda ordem, mas meu pai não me disse mais nada.

Amélia fez que sim.

— Quero saber se tiver alguma novidade — disse, então percebeu que soava autoritária demais. — Por favor.

Roma hesitou. Demorou alguns segundos para responder.

— Tá.

— Promete?

A loira suspirou. De novo, sua resposta não veio de imediato.

— Sim, prometo.

Amélia deu um sorriso esperto.

— Vai ter que me desbloquear pra fazer isso.

— *Quando* eu tiver novidades — ela murmurou. — *Se* eu tiver novidades.

Amélia não se deixou abalar. Ainda estava com um meio sorriso no rosto quando sibilou:

— Boa noite.

Roma acenou com a mão livre, mas não respondeu. Ela saiu da cozinha e deixou a princesa para trás, um tanto preocupada com a ideia de deixá-la perambulando por Londres durante a madrugada sem um segurança. Logo percebeu que era uma preocupação infundada, visto que Amélia fazia isso o tempo inteiro, debaixo das perucas e das jaquetas de couro de Holy.

Amélia devia gastar o equivalente ao PIB de um país só subornando seguranças, guardas e quem mais fosse necessário em busca da sua improvável liberdade.

Roma parou no meio do corredor. Era mais seguro ser Holy do que ser a princesa do país, com toda a certeza. Quase voltou para perguntar como ela iria voltar para casa, mas segurou o impulso. Ela tinha Benjamin. Tinha motoristas que iriam correndo buscá-la ao primeiro toque do telefone. Se estava sozinha era porque queria estar, e Roma não faria nada além de respeitar sua decisão.

Ainda sentindo o calor da pizza contra a mão, Roma subiu as escadas até o segundo andar, parando quando faltavam cinco degraus. Na frente do seu quarto, uma figura fantasmagórica batia a cabeça sem face contra a porta, fazendo um barulho que, muito provavelmente, Roma era a única capaz de ouvir.

Ela arqueou uma das sobrancelhas, curiosa. Nunca tinha passado direto por um fantasma antes, nem sabia se era capaz de ignorá-los a esse ponto. Já tinha ouvido falar que os calafrios que seres humanos comuns sentem são fantasmas passando pelo corpo, mas Roma preferia ficar o mais longe que era capaz.

Normalmente, eles iam embora rápido.

Roma esperou. As batidas ficaram ainda mais intensas com o tempo, como se a figura estivesse acumulando raiva pela porta não aberta. Roma sabia que aquilo não podia ser mais do que mera alucinação auditiva. Fantasmas não podiam *tocar* em coisas.

Ou podiam?

Ela se lembrou dos bilhetes deixados no vapor e do quadro dos fundadores despencando. Mordeu o lábio, pela primeira vez odiando o seu desinteresse pelo sobrenatural durante toda a adolescência. Tinha passado a vida inteira fingindo que eles não existiam e agora sabia muito pouco sobre eles.

Roma se cansou de esperar. Um tanto hesitante, ela subiu os degraus que faltavam, aproximando-se da porta do quarto. Não chegou perto demais, mas seus passos não foram discretos o suficiente. O fantasma se virou na direção dela, o rosto uma tela em branco encarando seus olhos violeta.

Eles não a viam.

Aquilo nunca tinha acontecido antes.

Roma continuou parada, na esperança de que ele estivesse olhando além dela, e não para ela. Se soubesse alguma coisa sobre fantasmas, diria que os dois estavam no mesmo nível de confusão e incredulidade. Os laços entre o mundo dos vivos e o dos mortos tinham se estreitado? Se sim, por quê?

Ela pensou em dizer alguma coisa.

*Quase* disse alguma coisa, só para saber se ele podia ouvi-la, se podia responder. Seus lábios até se moveram, mas foi interrompida por um grito que arranhou seus ouvidos.

Era fino, irritante, gutural e assustador. Roma quase caiu para trás de susto, e por sorte conseguiu se segurar em um dos corrimões da escadaria antes de desabar. Sua pizza dançou dentro da caixa e ela afundou os dedos no papelão, mantendo-a em equilíbrio.

O fantasma continuou gritando.

Roma queria saber se mais alguém conseguia ouvir aquele grito tão alto que quase lhe causava dor física. A cena ficava ainda mais medonha se analisasse a figura sem rosto e tentasse descobrir de onde o som estava saindo, se não tinha uma boca apropriada.

O grito ficou mais alto.

As janelas do corredor começaram a bater, e era como se todo sinal de vida em Charterhouse tivesse sido apagado. Roma não via alunas correndo no andar de baixo, não ouvia ninguém vindo dos vestiários. Ironicamente, os gritos assustadores acompanhavam um silêncio mortal. Como se aquele som fosse a única coisa que existia no mundo.

As luzes piscaram, então se apagaram por completo.

Roma deu um passo para trás, temendo que a figura viesse em sua direção, o que não aconteceu. Os corredores se encheram de silêncio e a porta do quarto de Roma se abriu, revelando uma Chinara confusa.

— Acabou a luz — ela comentou, como se não fosse óbvio, acendendo a lanterna do celular para iluminar o rosto de uma Roma assustada. — Tem medo de escuro?

Roma moveu a cabeça em negativa.

— Trouxe a pizza.

Chinara assentiu, um sorriso meio confuso no rosto.

— Vou ligar pra administração e ver o que aconteceu com a luz. Deve ser algum problema temporário...

— Ou um fantasma zoando a nossa eletricidade.

— O quê?

— Nada. — Roma deu um meio sorriso. — Pode ligar. Eu só vou lavar as mãos antes de comer.

Chinara arqueou uma das sobrancelhas antes de concordar.

Roma deu um passo para dentro do quarto, satisfeita em estar entre quatro paredes depois daquele começo de noite caótico.

## CAPÍTULO 36

## Tenho a impressão de que vai ficar tudo bem (estou completamente apavorada com o rumo que as coisas estão tomando).

*Amélia*

O indicador de Amélia estava viciado em atualizar a página de notícias da BBC News no Twitter. Eles não postavam nada sobre o caso de Addie havia mais de três horas, o que estava fazendo seu cérebro ansioso enlouquecer. Tinha passado meses em espera, e, agora que estavam tão perto, sua mente quase clamava por respostas.

Amélia jogou o celular no peito, deitada na cama. Ela nunca desconfiaria de alguém como o professor Brown, mas não sabia se isso fazia dele inocente ou o assassino perfeito. Simpático, sociável, bonito, quase um discípulo de Ted Bundy na versão de Zac Efron. Amélia tinha passado tanto tempo buscando um rosto para a morte de Addie e agora que tinha um... não queria aceitá-lo.

Ela pegou o celular de volta, fuçando na galeria do telefone. Revisitou algumas fotos que tinha com Addie: quando tinham colocado flores no cabelo para tirar fotos nos jardins de Buckingham; as duas de touca de natação em algum campeonato de Charterhouse, tempos atrás; fotos do caderno de Addie, porque ela tinha uma letra mais bonita que a de Amélia e esta sempre copiava a matéria em casa.

A voz de Roma reverberou na mente de Amélia como um lembrete incômodo: "Talvez você não a conhecesse tão bem quanto pensava".

Amélia conseguia imaginar o rosto de Addie se contorcendo em um sorriso malicioso para contar que estava ficando com um professor. Ela faria mistério e Amélia diria o nome de todo o corpo docente do colégio antes que ela confirmasse ou negasse alguma coisa, mas é fato que a Addie que conhecia nunca esconderia uma fofoca dessas.

Amélia tinha partido seu coração e, desde então, Addie aproveitava todas as chances que tinha de mostrar que estava muito melhor sem ela. Não seria divertido esfregar na sua cara que estava saindo com um professor?

A princesa fez uma careta. Não conseguia imaginar uma conversa entre Addie e George que não fosse sexual. Ainda que sua falecida amiga fosse uma nerd de literatura, ela não tinha bagagem suficiente para sustentar horas de conversa com um professor.

Ou talvez ela tivesse.

Amélia soltou um suspiro. Ela odiava admitir que Roma tinha chances de estar certa. Aos quinze anos, Addie tinha feito uma tatuagem na costela num estúdio clandestino, uma frase de *Alice no País das Maravilhas*: "Quando acordei hoje de manhã, eu sabia quem eu era, mas acho que já mudei muitas vezes desde então".

Era o seu filme favorito.

Ela mordeu o lábio. Sentiu certo desconforto ao perceber que seu conhecimento sobre Addie se limitava a coisas muito óbvias: seu filme favorito, sua música favorita, seu signo, sua data de aniversário... Todas aquelas informações básicas que as pessoas costumam esquecer sobre alguém, porque não são úteis.

Tinha uma bagagem imensa de informações irrelevantes sobre sua melhor amiga.

— Você sempre foi muito boa em ser um enigma — ela reclamou, como se, de algum lugar, Addie pudesse ouvir e responder.

A voz de Benjamin preencheu o quarto no instante seguinte. Amélia deu um pulo diante da coincidência.

— Falando sozinha?

— Ouvindo a conversa dos outros? — alfinetou ela, jogando o celular em um canto da cama. — Quer dizer, o *monólogo* dos outros.

— Pensei que você fosse ser mais gentil depois que eu quase morri.

Amélia riu.

— Deixa de ser dramático. Não chegou nem perto de morrer... Mais ou menos. — Ela mordeu o lábio. — Soube do professor Brown?

Ben assentiu, sem dar nenhuma outra informação. Seu rosto estava plácido, como uma tela em branco. Não saberia o que ele pensava sobre o assunto se não perguntasse.

— Você acha que foi ele que te bateu?

Ben fez que não. O pequeno corte na sua testa reluziu como o atestado de um crime.

— Pode ser. — Deu de ombros. — Mas acho que não. Parecia alguém menor. Mais... compacto? Não é essa a palavra certa, mas acho que você entendeu. Tinha um corpo mais forte que o do professor Brown, julgando pelo que eu lembro dele. O corpo de um jogador de lacrosse, por exemplo.

Amélia arqueou uma das sobrancelhas. Pensou em Jay. Em Patrick.

— A polícia disse alguma coisa? Sobre o incidente e o assassinato da Addie estarem interligados...?

— Não. Dá pra ver o quanto eles estão putos com a pressão da mídia. Me fizeram o máximo de perguntas que podiam fazer dando o mínimo de informações possível. Não querem que mais nada vaze. — Ben suspirou. — Sendo sincero, acho que eles têm suspeitos, mas não têm provas. Quer dizer... agora têm.

— Lembra daquela vez que emprestamos o flat para a Addie?

Benjamin fez que sim.

— Ela disse que precisava se encontrar com um garoto, mas não queria ir a um motel — Amélia lembrou. — E se o "garoto" — fez aspas com os dedos — fosse o professor Brown?

Benjamin ergueu um dos ombros.

— Um caso seria um motivo mais do que justo pra... Você sabe. — Ele suspirou, forçando uma careta, como se o assunto causasse dor física. — Ele acabar com ela.

Amélia concordou.

— É por isso que você está deprimida? Por causa do caso da Addie com um professor?

Ela moveu a cabeça em negativa. Pensou se deveria ou não tocar naquele assunto com Ben, mas ele era a pessoa em quem mais confiava no mundo. Se pensasse bem, era a única.

— Roma descobriu.

Benjamin mordeu o lábio, movendo a cabeça em uma afirmativa lenta. Ele não disse "eu avisei", mas Amélia não era boba o bastante para acreditar que ele não estava pensando essas exatas duas palavras.

— Como?

— Um policial parou a gente na estrada de Jurassic Coast. — Seus lábios se franziram em uma linha fina. — Tive que mostrar minha carteira de motorista. Eu estava vestida de Holy, então... não foi muito difícil ligar um mais um.

— Espera, isso tem... — Fez uma pausa, pensativo. — Tipo, uma semana? Como isso não foi parar nos jornais?

— Ela não vai contar pra ninguém. A vingança dela é fingir que eu não existo, o que eu acho bem pior. — Amélia deu uma risada sem graça. — Já pedi desculpas, mas ela deixou bem claro que *nunca* vai me perdoar.

Benjamin cerrou os olhos. Ele estranhava o fato de Roma não ter vendido a informação.

— Esbarrei com ela nos corredores ontem e isso explica por que ela ficou tão irritada quando citei seu nome. — Ben se sentou na cama, colocando uma das mãos em cima da de Amélia. — Mas relaxa. Você é uma princesa.

— E daí?

— Não é com isso que toda garota sonha? Se casar com uma princesa encantada e tudo mais.

— Sonham com *príncipes* encantados — Amélia enfatizou.— Quando têm treze anos.

— Elas podem sonhar com princesas também. — Ben deu de ombros. — Só dá um tempo pra ela.

— Pensei que você não apoiasse esse pseudorrelacionamento.

Benjamin não contestou a afirmação.

— Eu acho que vai ser *complicado*. Mas não posso ir contra o que te faz feliz. E você não parece feliz agora. — Ele fez uma careta. — Mas tem uma coisa que pode te animar: os miosótis do jardim de inverno estão florescendo. Kenji fez uma torta pra comemorar — disse, e, se Amélia não o conhecesse, diria que ele era capaz de se animar por algo que um *cozinheiro* tinha feito. — Vocês têm muito o que conversar.

— Ele está tentando me comprar com comida? — Amélia zombou.

— Bom, é a única coisa que ele sabe fazer — Ben alfinetou. — Vai lá.

Amélia hesitou. Prometera para Kenji na sua festa de aniversário que em breve eles teriam uma conversa, mas os dias tinham passado como foguetes diante dos seus olhos azuis. Ela soltou um muxoxo, obrigando-se a levantar da cama, sua mão se desvencilhando da de Ben aos poucos.

— Tá. — Ela se deu por vencida. Aquela também era uma oportunidade para perguntar a Kenji sobre a noite no Firestarter. — Eu vou.

Benjamin deu um dos seus sorrisos conciliadores. Saíram do cômodo juntos, mas o conde foi para o seu quarto no terceiro andar do palácio e Amélia seguiu até o térreo, dando uma volta longa pelos jardins até chegar à estufa de inverno.

O dia estava ensolarado, o céu limpo. Dias como aquele eram raros e, desde pequena, Amélia pensava que eram especiais de alguma forma. Como se a natureza estivesse sendo simpática, propondo um recomeço para todos os pontos-finais que os dias chuvosos tinham trazido.

Kenji estava sentado em uma das mesas do lado de fora da estufa, uma torta azul bebê com pequenos miosótis desenhados estava exposta no centro, bem ao lado de um bule de chá fumegante. Na louça, podia-se ver um desenho detalhado do rosto da rainha Olívia.

— Quantas tortas eu vou ter que fazer pra você me desculpar? — Kenji apontou para a cadeira na frente dele. — Estou começando a ficar preocupado porque os estoques de açúcar do palácio estão baixos.

Amélia fingiu pensar enquanto se sentava.

— Não sei, treze parece um número bom pra mim. — Ela passou os dedos pela torta, tirando uma camada grossa de chantili. — É meu número da sorte. Você já fez duas, faltam onze.

Kenji riu.

— Acho que eu exagerei — Amélia murmurou. — Mas tem coisas demais acontecendo. Meus sentimentos estão à flor da pele mais do que nunca.

— Eu soube. — Kenji desviou o olhar dela por um instante. — Sobre seu professor. Que merda.

— Ele ainda não é culpado. — Amélia deu de ombros. Ela não entendia por que sentia necessidade de defender George, mas algo naquela história não parecia certo. — Estão investigando.

— Você não acha meio óbvio? — Ele estava se esforçando para soar gentil. — Um cara de trinta e quatro anos com uma garota de dezessete. Tem um monte de tragédia que começa assim.

Amélia arqueou as sobrancelhas.

— Como você sabe que ele tem trinta e quatro?

— Ouço o noticiário enquanto cozinho — explicou. — Falaram muito disso ontem.

— Que horror. Você deveria tentar música. Ou um podcast.

Ele moveu a cabeça em afirmativa.

— Eu tenho uma pergunta. — Amélia passou a língua pelos lábios, subitamente pisando em ovos. — Mais ou menos um mês atrás eu fui ao Firestarter com o Ben… E você estava lá. Nós sabemos que ninguém entra naquele pub sem ter um convite de alguém da alta… Se nem eu nem o Ben te convidamos, como você foi?

Kenji fez uma careta.

— Você vai me odiar se eu disser que não posso te contar?

Amélia bufou.

— Calma — ele pediu. — Só me dá um tempinho, tá? Aquela noite foi caótica. Eu estava em um encontro com a pessoa que liberou minha entrada, mas foi um desastre. Dei um perdido nela. Fiquei com outra pessoa lá e nós estamos saindo, mas ainda não é oficial. Prefiro não comentar até que tudo se acerte.

— Então o senhor-não-me-envolvo-com-gente-rica saiu com não só um, mas dois ricos?

Kenji revirou os olhos.

— Relaxa, você ainda é minha rica de estimação.

— Obrigada, eu brigaria por esse título se fosse necessário — ela zombou. — Mas me conte quando puder. Quero ser uma pessoa mais transparente e quero que as pessoas sejam transparentes comigo também. Chega de segredos.

Kenji concordou.

— Chega de segredos.

— Estou precisando de um favor. — Amélia abriu um sorriso, apoiando o corpo um pouco para a frente. — Você conhece algum professor de idiomas? Não quero nenhum dos meus. Preciso de gente nova.

Kenji estranhou a mudança de assunto abrupta.

— Por quê?

— Tive uma ideia — disse. — Mas você não pode contar para ninguém.

## CAPÍTULO 37

### Morrer não está na minha lista de tarefas deste ano.

### *Roma*

— Um professor de literatura inglesa é o principal suspeito de assassinar uma aluna num colégio de Londres. O crime aconteceu há cerca de dois meses nos arredores do palácio de Buckingham e, até então, não tinham encontrado nenhuma evidência que levasse a um culpado — uma garota de cabelo escuro murmurava na tela do celular, usando seus fones de ouvido como se fossem um microfone. — O colégio Charterhouse é uma das instituições britânicas mais bem conceituadas, conhecido entre os jovens pelas suas bolsas de estudo e programas de incentivo ao esporte...

Roma fechou o TikTok, recebendo um olhar curioso de Chinara.

Era estranho ver influencers de true crime produzindo conteúdo sobre alguém que ela conhecia. Ela tinha a impressão de estar vendo um filme, e não um caso criminal de verdade. A notícia sobre o professor Brown estava em todos os lugares: Instagram, TikTok, Twitter, Snapchat. Estava nas bancas de jornais, nas conversas cotidianas da padaria, no escritório da Scotland Yard. Londres havia julgado George culpado antes que a investigação desse seu veredito.

Roma suspirou. Em parte, aquilo era culpa dela. Quando encontrou os documentos no quarto de Addie, seu primeiro ímpeto foi acionar a polícia. Agora, ela duvidava que tinha feito a escolha certa: não dormia mais de três horas havia dias. Os fantasmas estavam aparecendo com mais frequência do que nunca, tanto em sonhos como na vida real, a evidência de que algo errado acontecia nas terras do submundo. A pele que contornava seus olhos estava quase tão roxa quanto sua íris.

— Você tem certeza de que quer entrar aí? — Chinara perguntou, analisando bem a lojinha de Alma. — Porque parece o tipo de lugar onde um corpo seria encontrado. Se a gente for pensar, está bem relacionado com o que você procura, mas...

— Acho que ela é a única pessoa em Londres que tem alguma ideia de como ajudar.

Ainda desconfiada, Chinara assentiu.

Noites antes, depois de comerem boas fatias de pizza e a luz voltar, Roma resolveu que estava na hora de dividir o seu segredo com o mundo ou, pelo menos, com a parte do mundo que sua colega de quarto representava. Ela contou tudo sobre os espíritos e, depois da fase de negação, Chinara até aceitou bem o fato de que talvez Roma estivesse enlouquecendo.

Roma tinha levado alguns anos para se acostumar com os fantasmas. Eles tinham um acordo mútuo de ignorar uns aos outros. Agora que esse acordo tinha sido quebrado, sabe-se lá por qual motivo, não queria ter que se acostumar com fantasmas *com raiva*.

— Você está vendo algum agora? — Chinara perguntou, o indicador se erguendo na direção de um pequeno interfone na porta de Alma. Era a primeira vez que Roma ia até lá e não encontrava a mulher parada na porta, tentando conquistar um novo cliente. Isso a deixou preocupada por um instante.

— Não — Roma respondeu. Chinara não tocou o interfone, então ela mesma o fez, sentindo o início de uma ansiedade sôfrega percorrer seu sangue. — Eu não os vejo o tempo todo. É tipo... um trabalho. Você não trabalha vinte e quatro horas por dia, mas acontece com bastante frequência.

Chinara assentiu. A garota ainda estava tentando entender a lógica por trás daquilo tudo e Roma queria dizer que, quanto antes ela aceitasse que não havia uma, melhor.

— Você consegue falar com parentes que já morreram?

Roma riu.

— Não. Não escolho os fantasmas que aparecem para mim. É aleatório.

Chinara assentiu. Ouviram passos do lado de dentro da lojinha fechada.

— E eles podem aparecer mais de uma vez?

Ela confirmou com a cabeça.

— Sim. Alguns aparecem com certa frequência. No ano passado, um garoto loiro de cabelo cacheado aparecia o tempo inteiro. Mas era... diferente, sei lá. A impressão é de que alguns espíritos estão em paz e outros não. Esse estava.

Alma abriu a porta antes que Chinara pudesse responder. Os olhos grandes da mulher analisaram a garota, as sobrancelhas arqueadas e curiosas.

— Oi — disse, no mesmo inglês arrastado de sempre. — Eles estão irritados, não estão?

Chinara encarou Roma, como se a mulher fosse algum tipo de bruxa. Tecnicamente, se elas fossem pensar...

— É — Roma concordou. — Eles já estavam diferentes há um tempo, mas agora parece que as coisas pioraram. Eles me ignoravam, agora estão com raiva de mim.

Alma abriu espaço na porta, indicando que entrassem. Chinara deixou que Roma tomasse a frente, ainda receosa.

— A boa notícia — Alma trancou a porta assim que elas passaram — é que não é nada pessoal. Não estão com raiva de você, mas você acabou se tornando um alvo fácil para eles.

Chinara fez uma careta.

— Se essa é a boa notícia, eu não quero saber qual é a ruim.

Elas passaram por várias placas nas quais a frase "A bruxa de Bolton Street" podia ser vista, escrita em grafias e tamanhos diferentes. Caminharam até a mesma tenda que Roma já conhecia e ela percebeu que Alma tinha comprado globos de luz novos, depois do estrago que Addie tinha feito.

— Vou esperar você me dar mais detalhes antes de trazer as más notícias. — A mulher deu um sorrisinho quando um gato passou por ela. — O que os espíritos estão te dizendo?

Roma deu de ombros.

— Não estão dizendo nada.

— Não, mocinha, eles sempre estão dizendo alguma coisa. Feche os olhos, se concentre. Tem sempre uma mensagem por trás de cada gesto.

Chinara passou os olhos por Alma, depois por Roma. Ela ainda parecia um pouco perplexa, e Roma não sabia mais se era uma boa ideia tê-la levado até ali. Da última vez, ela tinha conseguido um corte no braço. A muralha energética de Alma não parecia tão segura assim.

Roma fechou os olhos, concentrada nos últimos acontecimentos, nos pesadelos frequentes que tiravam seu sono. Os fantasmas sempre apareciam apontando seus dedos fantasmagóricos na sua direção, insinuando que ela tinha culpa de alguma coisa.

— Acho que estão dizendo que cometi um erro.

Alma assentiu. Ela hesitou por um instante, parecendo analisar uma situação da qual Roma e Chinara não faziam parte.

— Seu pai é da Scotland Yard, não é? — Alma pontuou, mas já sabia a resposta. — E estava cuidando do caso da garota assassinada... — Ela passou os olhos pela garota de dreads. — Podemos falar sobre isso na frente dela?

Roma assentiu. Chinara fez uma careta, ultrajada.

Alma soltou um suspiro de descaso.

— Os espíritos não concordam com os rumos que a investigação tomou. É uma hipótese que estejam sob a influência da Addie, mas... isso é indiferente. Seu pai não tem ligação com o mundo dos mortos, é por isso que estão descontando em você.

Roma fez que não.

— Fui eu — confessou, um tanto irritada. Ela não conseguia evitar se sentir idiota e culpada pela situação. Se tivesse ignorado o caso de Addie desde o começo, não precisaria da ajuda de uma vidente – ou bruxa, ou o que quer que ela fosse. — Eu encontrei as provas que incriminaram o professor.

Alma torceu a boca.

— Bom, nesse caso...

Chinara se intrometeu de forma brusca:

— Se as provas eram legítimas, como os fantasmas podem estar com raiva? — Ela cerrou os olhos. — George e Addie estavam transando.

Alma deu de ombros.

— Existe uma diferença entre sexo e morte — disse, fazendo parecer muito simples. — E se eles estivessem só transando?

Roma observou os gatos caminharem pelo telhado do lado de fora.

— A polícia vai descobrir. — Cruzou os braços. — Diga aos fantasmas que me deixem em paz.

A mulher passou a língua pelos lábios, deixando um suspiro correr pelo espaço.

— Mocinha, não é assim que as coisas funcionam. A mídia já abraçou esse caso. Você não percebe? — Ela passou os dedos pelas têmporas. — É um romance sórdido. O professor que transa com uma aluna. Um dia eles se desentendem e ela acaba morta. É quase um crime passional, as pessoas adoram esse tipo de tragédia. Não acho que ele tenha chances de sair como inocente dessa história. — Alma forçou um sorriso. — A não ser que você encontre o verdadeiro culpado.

— E se *ele* for o verdadeiro culpado?

— Os fantasmas não acham que é.

Chinara deu uma risadinha irônica.

— Acho que os fantasmas deveriam discutir com a Scotland Yard.

Alma não viu graça no comentário.

— Existe uma alternativa.

Os olhos de Roma dispararam. A luz vermelha começava a fazer sua cabeça latejar.

— Qual?

— Se descobrirmos o que liga você ao mundo dos mortos, podemos romper a ligação.

Roma ergueu uma das sobrancelhas.

— Ótimo, então faça isso.

— É agora que começam as más notícias. — Alma deu um sorriso sem mostrar os dentes, como se pedisse desculpas. — Mexer com o mundo dos mortos é sempre... arriscado. Podemos romper a ligação com o lado errado.

Roma arqueou uma das sobrancelhas.

— E o que acontece?

— Você morre. — Alma soltou uma risada nervosa.

— Ah! — Chinara arregalou os olhos. — Coisa leve.

Alma deu alguns segundos para as garotas absorverem a informação.

— Você acha que consegue lidar com os fantasmas por mais uns dias? — questionou.

Roma fez que sim.

— Vou viajar para New Orleans neste fim de semana. Lá tem mais pessoas como... *nós*. — Alma fez uma singela pausa. — Deve existir alguma forma mais segura de romper a ligação, mas esse tipo de coisa não é fácil de encontrar. Os ensinamentos são passados de mãe pra filha, conhecimento secular. Enquanto eu cuido disso, tente ficar de olho no caso. Encontrar novas pistas, não sei. Talvez o culpado esteja mais perto do que você imagina.

Roma estalou os dedos.

— Os fantasmas não podem me contar?

Alma riu, julgando a ideia absurda.

— Mocinha, eu já lhe disse que fantasmas são confusos. Nós não confiamos neles. — Abriu uma gaveta, tirando um pequeno cartão de visitas. *A bruxa de Bolton Street ajuda você.* — Me ligue na segunda e eu terei notícias, sim?

Roma confirmou com a cabeça.

— Ah! — Alma estalou os dedos. — Uma coisa importante. — Ela abriu um sorriso, como se isso pudesse suavizar suas próximas palavras. — Tente não morrer até lá.

Roma deu um sorriso irônico. Percebendo que a conversa tinha acabado, ela se levantou.

— Não se preocupe. Morrer não está nos meus planos deste ano.

## CAPÍTULO 38

## Como transformar uma discussão pública em uma performance artística.

*Amélia*

As pessoas ganham a carteirinha oficial de adulto quando aprendem a abrir um sorriso e fingir que está tudo bem mesmo quando tudo, na verdade, acabou de dar errado. Naqueles momentos em que você quer desaparecer e fingir que sua vida inteira foi uma simulação artificial, precisa sorrir. Lidar com o problema. A parte mais interessante de crescer é se dar conta de que os adultos *não sabem* lidar com problemas. Eles são obrigados a fazê-lo.

Esse foi o primeiro pensamento que cruzou a mente de Amélia quando viu um homem de quase setenta anos na porta da sala de aula, andando com dificuldade e carregando consigo um único livro. Era simples, o total oposto de George Brown, que chegava à sala com um sorriso e fazia todos os alunos se empolgarem diante da possibilidade de aprender alguma coisa.

Amélia fez uma careta quando percebeu que Addie tinha se empolgado *demais*.

Do lado de fora, uma garoa fina caía no pátio, deixando Charterhouse com um clima melancólico. Jasper tinha faltado naquela manhã, o que significava que teriam que ficar as próximas cinco horas sem o seu palhaço da turma. Para a maioria dos alunos, isso significava tédio. Para Amélia, significava que poderia ouvir seus próprios pensamentos sem precisar lidar com um comentário engraçadinho a cada dez minutos.

Lily estava rabiscando corações desproporcionais no seu caderno. Atrás dela, Patrick bebia longos goles de água na sua garrafinha do time de lacrosse, a raposa imponente que tinham como mascote decorado em tons de amarelo e laranja. Era um dia morno. Os alunos ainda pareciam chocados demais com as últimas notícias para expressar qualquer reação que não fosse o marasmo.

— Bom dia. — O homem demorou uma eternidade para chegar até a mesa no canto esquerdo da sala. Ele colocou o livro que carregava em cima do tablado e forçou um sorriso, as rugas do canto do olho ficando evidentes. — Alteza. — Fez um cumprimento rápido com as mãos na direção de Amélia. — Eu faria uma reverência se minhas costas não estivessem travadas. — Ela deu um sorriso

amarelo em resposta, mas a piada conquistou o restante da turma de imediato.
— Meu nome é Joel. O professor Brown teve alguns problemas pessoais e eu vou cuidar das aulas de literatura inglesa enquanto eles se resolvem — disse, como se ninguém soubesse que os "problemas pessoais" eram, na verdade, uma investigação por assassinato nas costas.

Os olhos de Amélia caíram no imenso relógio de ponteiro no centro da sala quando Roma entrou, exatos sete minutos atrasada. Ainda que a princesa nunca fosse admitir, ela parou tudo que estava fazendo para observá-la entrar, como tinha feito no primeiro dia de aula, muito tempo antes. Seu cabelo loiro estava molhado por conta da garoa do lado de fora. Ela não parecia ter dormido bem nos últimos dias, porque seus olhos estavam mais tempestuosos do que de costume. Tinha se esforçado para disfarçar o cansaço com rímel, delineador e corretivo, e agora Amélia se perguntava se esse era o motivo do seu atraso.

Isso não era o mais surpreendente, no entanto.

Ela estava usando um moletom de Holy por cima do uniforme. Era num tom bonito de azul neon com o logo de uma banda de rock alternativo que Amélia não conhecia, mas que apostara que Holy gostaria de ouvir se fosse uma pessoa de verdade quando comprou.

Amélia se lembrava de tê-lo esquecido em algum lugar, e agora fazia sentido que suas roupas tivessem se misturado no festival. O que não fazia sentido era que Roma o estivesse usando depois de quase arrancar o seu pescoço com um cortador de pizza na noite anterior.

Joel fez um sinal para que Roma tomasse o seu lugar na imensidão de carteiras. Ela cerrou os olhos e franziu o cenho, como fazia sempre que estava em dúvida sobre algo. Por um instante, Roma parecia ter esquecido os motivos pelos quais George Brown não estava ali, como era de costume. Ela revirou os olhos quando percebeu, cruzando a sala em silêncio.

Por um segundo, Amélia se permitiu pensar como seria se tivesse encontrado Roma pela primeira vez daquele jeito, nos corredores de Charterhouse. Ela teria alguma chance se não fosse por Holy? Não era a primeira vez que pensava nisso. Nunca chegava a uma conclusão.

— Hoje vamos debater um conto de Oscar Wilde. — Joel esperou que Roma se sentasse ao lado de Jay nas últimas carteiras para continuar.

Amélia acompanhou cada passo da trajetória da garota com os olhos, a impressão de que estava em uma daquelas cenas de filmes de romance clichês na quais os protagonistas se encaram e o mundo para por alguns segundos. Ela sentiu raiva de cada um deles.

— Espero que tenham checado seus e-mails e feito a leitura.

Lily suspirou, afundando o corpo na cadeira.

— Qual conto?

— "O crime de lorde Arthur Savile" — Amélia respondeu, conseguindo uma risadinha de Patrick. — Tem umas quarenta páginas.

O garoto passou a garrafinha de água de uma mão para a outra.

— Você realmente fez o dever de casa.

— Alguém sabe qual mensagem Oscar Wilde quis passar quando escreveu o conto?

Amélia levantou a mão. Joel assentiu na direção dela.

— Antiessencialismo — disse. — Wilde estava defendendo que a realidade é construída. O quiromante Podgers previu o assassinato que o lorde Arthur cometeria, construindo uma realidade onde ele realmente acontece. Não por mágica, mas porque Arthur foi influenciado.

Joel moveu a cabeça em afirmativa. Ele estava prestes a complementar o pensamento de Amélia quando um comentário ácido veio dos fundos da sala:

— *Manipulado* — Roma desdenhou. — O Podgers era um charlatão. A realidade não foi construída, mas manipulada. Ele mentiu pro lorde desde o começo.

Amélia se virou na direção dela, incomodada. Aquela discussão não tinha nada a ver com o conto de Wilde.

— Ele não tinha como saber que o lorde Arthur iria terminar matando alguém de verdade.

— Ah, o Podgers deveria saber que dizer pra alguém que ele vai ser um assassino no futuro não é a melhor ideia do mundo. — Ela deu de ombros. — Ele destruiu a vida do lorde por causa de uma mentira. Alguns podem ler o conto e ter a impressão de que o lorde Arthur é o vilão da história, mas foi o Podgers o tempo todo.

— O Podgers foi uma vítima da sociedade — Amélia discordou. — Ele não mentiu porque queria mentir. A sociedade da época o obrigou.

Foi a vez de Roma balançar a cabeça em negativa.

— Ele estava ganhando dinheiro em cima das pessoas que acreditavam nele. Se beneficiou da mentira desde o começo. — Roma soltou o ar pelo nariz, irritada. — Ainda que ele fosse um homem tentando sobreviver, ele manteve a mentira por anos porque quis. Só parou quando... Vocês sabem.

— Eu meio que concordo com a Amélia — Chinara murmurou, na primeira carteira ao lado da princesa. — Acho que Wilde quis dizer que as pessoas fazem loucuras pra sobreviver. E às vezes elas não percebem como isso afeta a vida dos outros.

— Não dá para isentar a culpa do Podgers assim — Roma discordou com veemência. — Eu entendo que ele mentiu sobre ser um quiromante porque precisava de dinheiro, ainda que isso não seja dito no conto. Mas ele não precisava mentir pro lorde Arthur, principalmente sobre uma coisa tão importante.

Amélia cerrou os olhos.

— Você acha que, se o lorde Arthur não soubesse a previsão do quiromante, não teria cometido o crime?

— Acho que o lorde Arthur merecia ter direito de escolha.

— O resultado seria o mesmo com a mentira ou sem.

— Bom, a gente não tem como saber. — Roma soltou um suspiro, farta. — Porque o Podgers escolheu mentir desde o começo.

— Dá pra ver que vocês gostaram muito do conto, meninas. — Joel deu um sorrisinho. Amélia quase revirou os olhos, mas no fundo estava grata que o restante dos alunos não soubesse o verdadeiro motivo daquela discussão. — Adorei a empolgação de vocês. As duas levantaram pontos válidos, mas não quero dar um veredito sem que o restante da sala participe. Vamos na biblioteca pegar o livro. Quero que produzam um ensaio para a próxima aula, expondo seu ponto de vista sobre a relação de lorde Arthur e Podgers.

Lily soltou um ganido.

— O professor Brown já não passou trabalhos demais?

Mas Joel não respondeu. Ele abriu a porta da sala e saiu, esperando que os alunos o acompanhassem. Amélia observou quando Lily e Patrick se levantaram, olhando pra ela.

— Você não vem, senhorita empolgada com a literatura inglesa?

— Vou — disse. — Só quero responder uma mensagem antes.

Lily assentiu. Ela deu a mão para Patrick e eles acompanharam o restante dos alunos para fora.

Amélia fingiu estar ocupada no celular até Roma passar por sua carteira.

— Espera — ela pediu, no que Roma revirou os olhos de imediato.

Chinara e Jay já estavam na porta, esperando a amiga. Apesar de ter concordado com sua análise, Chinara se mostrou incomodada com a ousadia de Amélia, mas não era novidade que a garota se irritasse com ela. Independentemente de Holy, isso não tinha mudado.

— Podem ir — Roma murmurou.

Jay fez uma careta, mas puxou Chinara para longe da porta. Se tinha alguém torcendo por aquele relacionamento, mesmo que minimamente, era ele.

Amélia se levantou da cadeira, pedindo licença antes de fechar a porta na cara de Peter e do outro segurança brutamontes. Ela se apoiou em frente à maçaneta e ficou, como se tivesse medo que Roma mudasse de ideia e fugisse de repente.

— Você precisa parar de me provocar — Amélia reclamou.

— Você precisa parar de me trancar dentro de salas — ela reclamou de volta.

— Mas, já que estamos aqui... — Roma soltou o ar pela boca e hesitou, como se odiasse ter aquela conversa, fazer aquela pergunta. — Você acha que a Addie estava mesmo tendo um caso com o professor Brown?

— Nós já tivemos essa conversa. — Amélia revirou os olhos. — Sei lá, talvez. Ela tinha casos com muita gente.

— Encontrei esta chave na mesma pasta onde encontrei os prints das conversas com o professor Brown. — Roma tirou um pequeno chaveiro do bolso. — Sabe de onde é?

Amélia fez que sim de imediato.

— Do escaninho do vestiário da Addie. — Ela passou a língua pelos lábios, então estalou os dedos, dando-se conta de que aquilo tinha certa importância. — Eles não revistaram. — Foi como se uma luz tivesse acendido acima da sua cabeça. — O vestiário do ginásio esportivo teve um problema de encanamento no começo do ano. Ainda estava reformando quando a investigação começou. Acho que ninguém lembrou de que a Addie era do time de lacrosse, por isso tinha um segundo armário lá.

— Ótimo. — Roma colocou a chave de volta no bolso. — Vou ver o que tem lá.

— Você nada. — Amélia cruzou os braços. — *Nós* vamos.

— Seus seguranças estão na porta, *princesa*.

Amélia apontou para as janelas da sala. Elas davam direto em um dos jardins de Charterhouse e, diferentemente das janelas do Firestarter, eram baixas. Menos de dois metros de altura entre a sala e o jardim.

Roma revirou os olhos.

— Se eu disser que não...

— Não vai adiantar nada — disse ela, impassível. — Podemos discutir sobre o Podgers no caminho.

Roma ergueu o dedo médio.

— Eu não vejo a hora de não ter mais que lidar com você, Amélia.

Ironicamente, a princesa sentiu uma pontada incômoda quando Roma usou seu nome de verdade. Tinha se acostumado com os apelidos que escapavam dos seus lábios, recheados de ironia.

— Não que sirva de consolo, mas isso não é sobre você. — Amélia cruzou a sala, abrindo bem as janelas quadriculares. — É sobre a Addie. E, de nós duas, eu sou a pessoa que tem mais motivos pra querer ver esse caso resolvido.

Roma quase discordou.

Amélia podia ver sua cabeça inclinando alguns centímetros, um movimento que ela tinha desistido de fazer no meio do caminho.

A loira não respondeu.

Cruzou a sala na direção dela e abriu a janela mais afastada.

## CAPÍTULO 39

### Nada como jogar contra alguém que criou as regras :D

## *Roma*

Quando Oscar Wilde escreveu "O crime de lorde Arthur Savile", ele certamente não estava esperando que a princesa da Inglaterra usasse sua história como pretexto para justificar as próprias mancadas. Enquanto caminhava pelo campus ao lado de Amélia, Roma queria dizer que aquela história de Holy era uma palhaçada quase tão grande quanto a de Podgers. Não disse, porque não queria gastar sua energia com uma segunda rodada de discussão, embora *gostasse* de discutir com a princesa.

Discutir significava que não tinham chegado ao fim daquela história.

E, ainda que ela não pretendesse perdoar Amélia pelo que tinha feito, a fagulha de euforia que crescia no seu peito cada vez que a princesa dizia que não iria desistir dela era uma sensação reconfortante no meio do caos que estavam sendo seus últimos dias. Se dissesse tal coisa para Esmeralda, sua mãe diria que estava sendo egoísta e que tinha uma necessidade compulsiva por atenção.

Roma deu um meio sorriso. Ela queria ligar para a mãe e contar tudo que tinha acontecido nas últimas semanas. Esmeralda não hesitaria em dizer também que Amélia precisava de terapia, depois de descartar um diagnóstico de dupla personalidade. Roma se pegou perguntando se Esmeralda gostaria de Amélia, então fez uma careta para afastar o pensamento. Não importava, porque elas nunca chegariam a esse ponto.

— É aqui — Amélia murmurou, assim que cruzaram o campo de lacrosse e chegaram ao vestiário atrás das arquibancadas. Não era o mesmo vestiário da área das piscinas, e Roma estava quase certa de que nunca tinha estado ali antes.

— Parece que a reforma ainda não terminou.

— Parece que nem começou — Roma zombou, encarando as paredes descascadas da entrada. Ela deu um passo à frente e passou os dedos pela faixa amarela e preta que cercava a porta, impedindo a entrada. — E nós não podemos entrar.

Amélia deixou uma risada debochada escapar.

— É claro que não podemos. — Ela puxou a faixa para cima e dobrou os joelhos, passando por baixo. — *Voilà*.

Roma não deixou escapar nenhuma reação. Ela fez o mesmo movimento que Amélia e as duas entraram no vestiário, seus pés acidentalmente chutando os ladrilhos soltos. O espaço era escuro, tinha um cheiro desagradável de água sanitária e círculos tão grandes de mofo nas paredes que parecia que alguém havia pintado bolas verdes na tinta branca.

— Este lugar não vê uma limpeza há quantos anos?

Amélia fez uma careta.

— Isso explica por que a polícia não revistou esse...

— *Muquifo*?

Ela cerrou os olhos, sem entender.

— É uma palavra brasileira — explicou Roma. — Quer dizer que o lugar está sujo, abandonado, uma droga. Como preferir dizer.

— Muquifo — Amélia repetiu, com a pronúncia errada. — Entendi.

— Na pasta em que encontrei os prints do professor Brown — Roma recomeçou, caminhando pelo extenso corredor de boxes do vestiário —, estavam faltando alguns arquivos. A Addie etiquetava tudo com post-its de cores diferentes. Amélia fez que sim.

— Você acha que são importantes?

Roma deu de ombros.

— Pode ser que a Addie tenha guardado a outra parte dos documentos aqui. Os arquivos que faltam — Ela fez uma pequena pausa. — Ou que alguém tenha encontrado a pasta antes de mim. Supondo que tivesse mais prints, é muito conveniente que só os do professor Brown tenham sido deixados para trás.

— Ainda não entendo por que ela imprimiu essas mensagens.

— Talvez ela soubesse dos riscos de se envolver com um cara mais velho e mais influente na hierarquia social. Salvou os prints para o caso de alguma coisa acontecer com ela...

Amélia fez que não.

— Onde você encontrou a pasta?

— Dentro de um cofre. — Roma mordeu o lábio. — Escondido na parede do quarto.

— Não parece que a Addie *quisesse* que alguém encontrasse essa pasta — sibilou. — Um cofre embutido não é o lugar mais óbvio do mundo. Você achou na sorte.

Roma quase contou a teoria de que o fantasma de Addie a tinha ajudado a encontrá-lo, mas estava ciente do quanto pareceria maluca dizendo aquilo em voz alta. Engoliu o comentário.

— Sabe qual o armário da Addie?

Amélia negou.

— Sei que fica do lado esquerdo. Vamos precisar forçar a fechadura de todos.

Roma assentiu lentamente.

— Nosso dia de sorte — murmurou, irônica.

A princesa soltou um muxoxo. Sentou-se em um dos bancos no centro do vestiário e deixou que Roma passasse os dedos por cada uma das portas frias, enfiando a chave em fechaduras que não encaixavam. Naquela cena, era como se o mundo tivesse voltado à sua ordem natural, em que a realeza fica sentada esperando que seus súditos façam o trabalho sujo.

Demorou alguns minutos até que o clique da fechadura certa invadisse o vestiário. Amélia se levantou e, com passos largos, se aproximou do escaninho de Addie, curiosa para ver o que as aguardava dentro dele. Para decepção das duas, os documentos faltantes da pasta não estavam ali.

Tudo que preenchia o armário era uma camiseta do time masculino de lacrosse.

Roma segurou a camiseta, esticando-a com os dedos.

— Faz ideia de quem pode ser? — Ela fez uma pausa. — Talvez o dono disto aqui tenha encontrado a pasta primeiro.

— Tenho ideia. — Amélia passou uma das mãos pela camiseta, receosa. — Mas preciso conferir.

Roma estava prestes a perguntar de quem a princesa falava quando a atmosfera tensa entre elas foi quebrada por passos do lado de fora.

— Merda. — Amélia mordeu o lábio inferior. Enfiou a camiseta de volta no armário e Roma trancou a porta. Elas ficaram paradas por um instante, tentando localizar em qual direção os passos estavam indo.

— Ainda estamos com alguns problemas no encanamento.

Nenhuma das duas reconheceu a voz, mas, pelo tom da conversa, parecia algum funcionário de Charterhouse.

Roma não disse nada. Limitou-se a dar um puxão em Amélia em direção a um dos boxes do banheiro. Elas se fecharam lá dentro, agradecendo pela porta que se arrastava até o chão, protegendo seus pés de qualquer olhar curioso.

De uma forma ou de outra, elas sempre acabavam trancadas num banheiro.

— Os chuveiros só funcionam se ligamos do lado de fora — explicou o provável funcionário, para quem quer que o estivesse acompanhando. O espaço dentro do boxe beirava o desconfortável quando abrigava uma pessoa só, e, juntas, Amélia e Roma não conseguiam esticar um braço sem tocar uma na outra. — Precisamos de novos azulejos também. O diretor quer que a obra fique pronta antes do próximo campeonato de lacrosse.

Uma voz grossa preencheu o espaço:

— E quando é?

— Em quarenta e cinco dias.

— Nesse caso, é bom saber que já estamos atrasados. — O homem riu, como se já estivesse acostumado com clientes que pediam serviços "para ontem". — Quero dar uma olhada no registro dos chuveiros.

A conversa cessou. Tudo que Amélia e Roma escutavam agora eram passos, variando a proximidade do boxe onde estavam. Roma ameaçou abrir a porta para ver com mais clareza onde a dupla estava, mas Amélia segurou sua mão e a impediu.

— Isso dá advertência — sussurrou. — Estar em local proibido. Não estou a fim de virar manchete hoje.

Roma assentiu, tentando se manter o mais perto possível da porta, para que seu corpo não ficasse tão grudado no de Amélia. Àquela altura, o cheiro do perfume doce da princesa já estava impregnado no seu olfato e ela tinha a péssima sensação de que passaria o dia inteiro sentindo aquele maldito aroma de chocolate. Isso não seria um problema se o cheiro não trouxesse recordações consigo. A última coisa que ela queria era passar um dia inteiro com Amélia na cabeça.

Como se ela precisasse de um cheiro para que isso acontecesse.

Do lado de fora, um dos funcionários anunciou:

— Vou testar o registro.

Amélia arqueou uma das sobrancelhas. As duas trocaram um olhar nervoso, a atenção indo direto para o chuveiro acima de suas cabeças. Não tinham espaço suficiente para evitar o desastre que se desenrolava segundo por segundo.

Roma só teve tempo de colocar seu celular na saboneteira na tentativa de salvá-lo.

O homem do lado de fora girou as torneiras dos registros. De imediato, todos os chuveiros do vestiário despencaram água. Amélia moveu os lábios e Roma colocou a mão em cima da sua boca antes que ela soltasse um grito por conta da água gelada.

— Não está saindo fumaça também — constatou. — Acho que não está esquentando.

— Definitivamente não está — a princesa reclamou em um sussurro, irritada. A água continuava caindo na cabeça delas, os fios cacheados de Amélia perdendo o volume aos poucos. Roma achava absurdo que ela ainda continuasse bonita daquele jeito, como quem acabou de enfrentar uma tempestade. Seu rímel escorria pelas bochechas, contornando as sardas da pele numa bagunça poética. Era quase como se a água escura estivesse formando constelações. — Por que está olhando para mim? — Ela quase riu, no mesmo tom baixo para que os dois funcionários do lado de fora não as percebessem.

Roma disfarçou.

— Não tem muita coisa pra olhar aqui dentro.

— Você escolheria olhar pra mim.

— O quê?

— Eu sei que numa sala cheia de gente você ainda escolheria olhar pra mim — disse, no auge da sua autoconfiança. — E isso me deixa satisfeita, assim como ver que você está usando o meu moletom.

— O moletom da Holy.

— Holy está morta — sussurrou, com um suspiro pesado. — E você não negou o que eu disse.

— Porque não é mentira — Roma respondeu, abrupta. A água do chuveiro fazia seu cabelo loiro grudar na testa, o delineado que havia gastado bons minutos para fazer se desmanchando. Amélia acompanhou o movimento de uma gota de água descer pelo rosto de Roma, das bochechas até a boca, caindo no pescoço e então nos ombros. Elas estavam tão perto naquele cubículo que um passo seria suficiente para que os seus narizes se encostassem — Mas isso não muda nada.

Amélia desviou os olhos de Roma, encarando o chão.

— Entendi o que você disse.

— O quê?

— Aquele dia, sobre os vilões — ela recapitulou uma lembrança muito específica. — Mocinhos sacrificariam você pra salvar o mundo, vilões destruiriam o mundo pra ficar com você. Finalmente entendi — disse, baixinho. — Eu destruiria o mundo pra que você me perdoasse. Agora mesmo. Sem hesitar.

Roma sentiu lágrimas se formarem no canto dos seus olhos. Ela ficou feliz que seu rosto estivesse ensopado e que Amélia não pudesse enxergar como aquelas palavras tinham sido certeiras, como uma flecha voando em direção ao alvo.

Os funcionários fecharam o registro de água.

As duas ouviram os homens se afastando, mas não fizeram nada. Continuaram paradas em silêncio, a água escorrendo pelo corpo molhado de ambas e completando uma rota até o chão.

Roma gostaria de esquecer que Holy tinha existido.

Ignorar a mentira, seguir em frente.

Ela faria isso, se não fosse a impressão de que tudo que tinham vivido juntas não passava de um teatro bonito.

— Eu disse outra coisa também — Roma murmurou. — Que nós duas terminaríamos de coração partido.

Amélia suspirou.

— Nada disso teria acontecido se você não tivesse se apaixonado pela Holy.

— Eu me apaixonei por *você* — corrigiu, firme, então repetiu: — Holy está morta.

Os dois lados da discussão tinham argumentos que fariam a conversa durar até o final do dia. Amélia estava prestes a formular uma nova frase quando o celular de Roma tocou na saboneteira, não escorregando por pouco. As duas observaram o nome de Chinara brilhando na tela por uns dois segundos antes de Roma tomar posse do seu celular e limpar as gotinhas de água caídas pela tela.

— Oi.

— Onde você está? — Chinara perguntou, acrescentando: — Onde você *e a Amélia* estão?

Roma encarou a própria roupa molhada, sem jeito.

— Tive um imprevisto.

Do outro lado, ela soltou o ar pela boca, soando nervosa:

— Abre seu aplicativo de mensagens. E vem pra biblioteca.

Roma queria dizer que, naquele estado, era impossível que ela fosse para a biblioteca, mas Chinara desligou antes que pudesse. Sob o olhar de uma Amélia confusa, ela abriu o aplicativo, encontrando um novo vídeo no grupo que tinha com Chinara e Jay.

**Jay (10:53) diz:** Esse vídeo vazou do celular do professor Brown. Está em todos os canais de notícia.

**Jay (10:54) diz:** Espero que ele tenha advogados muito bons.

— É um vídeo da Addie — Roma contou para Amélia, erguendo o celular no centro das duas e dando play no arquivo. — Encontraram no celular do professor Brown.

Amélia moveu a cabeça em um movimento hesitante. Ela não parecia certa de que queria assistir ao vídeo que Roma propunha, mas sua curiosidade a impedia de dizer que não.

— *Ainda corrigindo exercícios, senhor Brown?*

A voz de Addie preencheu o vestiário. Ela não aparecia no vídeo em um primeiro momento. Roma notou que o celular que gravou o vídeo estava nos fundos de uma sala de aula de Charterhouse, onde George Brown aparecia em primeiro plano revisando uma pilha de exercícios.

— *Boa tarde, Addie* — respondeu ele, mal olhando para ela. — *Sim. Está precisando de alguma ajuda com o seu?* — Roma deduziu que Addie tinha balançado a cabeça em negativa.

— *Na verdade* — o barulho da porta da sala se fechando preencheu o vídeo —, *estou precisando de um dinheiro extra.*

George deu um longo suspiro. Ele parecia dividido entre o cansaço e a impaciência.

— *Já conversamos sobre isso, Addie. Não vou te dar mais dinheiro.*

Addie soltou um gemido, frustrada.

— *O senhor sabe que manter segredos custa caro, senhor Brown. Mas eu estou me sentindo generosa essa semana, então vai custar só mil libras.* — A garota apareceu no raio de filmagem da câmera, causando arrepios em Roma. O cabelo loiro, a pele branca, o corpo atlético de uma jogadora de lacrosse... — *Mil libras pra ninguém saber que você transou com uma menor de idade? Parece barato pra mim.*

George ficou em silêncio.

Ele pressionou a caneta contra o papel até que a ponta fina se partisse, movimento que Addie observou com toda a atenção.

— *Sabe qual a melhor forma de manter um segredo, Addie?* — Ele se levantou da mesa lentamente, cruzando o espaço para ficar do lado da loira. George não parecia ter notado a presença da câmera ali, e, pelo ângulo, Roma deduziu que o celular estava apoiado em uma cadeira. Os dedos de George subiram até o pescoço de Addie e agora parecia que eles iam se beijar, mas isso não aconteceu. As mãos dele embalaram o pescoço da loira com força, fazendo-a tossir. Ele deu um sorriso sádico antes de afrouxar os dedos, então completou: — *Eliminando todas as pessoas que sabem sobre ele.*

O vídeo voltou ao começo.

Roma quase derrubou o celular, sentindo-se sufocada.

— Ela estava chantageando o professor Brown — Amélia murmurou, com pesar. — Talvez tenha gravado o vídeo em segredo e depois mandado pra ele. Isso explica como encontraram.

Roma assentiu, ainda desnorteada.

Amélia percebeu sua repentina falta de jeito.

— O que aconteceu? — A princesa passou a mão por seu rosto, como quem procura por sinais de uma febre. — Você está pálida. *Mais* pálida.

— A garota que eu vejo. — Roma deu uma risada nervosa. — Era a Addie esse tempo todo. Eu achava que ela estava viva, mas...

Amélia não entendeu.

— Do que você está falando?

— Lembra do nosso encontro nos jardins? Eu te disse que podia ver os mortos.

A princesa franziu o cenho.

— Sim. Você disse. — Ela deixou uma risadinha nervosa escapar. — De brincadeira. Disse isso no festival também.

Roma passou a língua pelos lábios.

Sentia-se insegura em dividir aquele segredo com mais alguém, mas continuou, independentemente do número de coisas que poderiam dar errado.

— Assim como você disse que era a princesa da Inglaterra. *De brincadeira*. — Ela fez uma pequena pausa, respirou fundo. — É verdade, Amélia. — Ela tentou estudar as reações da princesa, mas não encontrou nada nos seus profundos olhos azuis. — Eu vejo gente morta.

## CAPÍTULO 40

### Como diria Taylor Swift: "I broke your heart, I'll put it back together".

*Amélia*

Amar uma pessoa significa amar também todos os seus segredos. É como uma daquelas promoções: compre um, leve outro. Os segredos fazem parte de quem a pessoa é – e os motivos que ela teve para escolher não dividir tais segredos, mais ainda.

É impossível fugir disso.

Uma pessoa é feita dos segredos que ela escolhe esconder do mundo.

Amélia escolheu esconder que era uma princesa.

Roma escolheu esconder que via os mortos.

E, por mais que fossem coisas completamente diferentes, Amélia sentia que estavam na mesma situação. Os dois segredos representavam coisas que elas não queriam ser, obrigações que não queriam ter. Por mais díspares que fossem, no fundo eram *iguais*.

Isso alimentava no peito da princesa uma certa fagulha de esperança, fazendo-a acreditar que era questão de tempo até que Roma percebesse que estarem juntas era o certo, uma combinação espontânea e intrínseca, como o sal e a água do mar. Elas eram exímias mentirosas, mas o que sentiam uma pela outra era *genuíno*.

Amélia sacudiu a cabeça quando entrou no palácio de Buckingham, tentando deixar de lado os pensamentos sobre Roma. Ainda que nenhuma bandeira da paz tivesse sido erguida, haviam passado a tarde juntas em Charterhouse, com uma Roma empenhada em explicar para Amélia como era *ver* fantasmas o tempo inteiro. Ela dissera que tinham vários em Buckingham e agora a princesa se pegava olhando para cada parede, como se um espírito pudesse aparecer de repente, movido pela sua força de vontade.

Ela quis fazer perguntas sobre sua mãe. Queria saber se ela tinha se tornado um fantasma também ou se tinha simplesmente partido, mas percebeu que Roma não era exatamente uma especialista em gente morta. Ela os via, mas não os *entendia*.

— Boa tarde — a voz da rainha Olívia tirou os pensamentos de Amélia de foco. — Vamos ter um jantar às dez da noite. — Com todo o requinte do mundo, a mulher virou a cabeça na direção do relógio na sala, observando os ponteiros se moverem. — Queremos comemorar a sua formatura.

Amélia cerrou os olhos.

— Ainda faltam meses para a minha formatura.

— Benjamin vai fazer uma viagem — a rainha respondeu. — Ele não sabe quanto tempo vai passar fora. É um evento bobo, só para não passar batido. Pode chamar alguém, se quiser.

A princesa não entendeu.

Ben tinha organizado uma viagem sem falar para ela?

— Não tenho ninguém para chamar — disse. — Por que a senhora acha que tenho alguém para chamar?

A mulher deu de ombros.

— Por que você está sempre na defensiva? — reclamou. — Sou sua avó, não sua inimiga. No fim do dia, só quero que seja feliz. — A rainha fez uma longa pausa. — E talvez eu tenha falhado em fazer você perceber isso.

— Você e o Ben tiveram algum tipo de conversa?

Olívia revirou os olhos, mas então sorriu.

— Vá se arrumar.

Amélia fez que sim, apoiando a mochila nos ombros e dirigindo-se até as escadas do palácio. Subiu os degraus correndo para chegar ao andar do quarto de Benjamin, a curiosidade corroendo seus pensamentos a cada passo que dava. Ainda devia uma informação a Roma, e era isso que pretendia encontrar no quarto do conde.

— Que história é essa? — Amélia perguntou, assim que chegou à porta, um pouco esbaforida.

Benjamin estava organizando seu armário, duas malas postas em cima da cama e roupas por todo lado.

— Imagino que a rainha...

— Tenha conversado comigo, sim. — Ela entrou no quarto e fechou a porta atrás de si — Você não me contou que ia viajar.

— Ainda vou estar na Inglaterra nos próximos meses — disse. — Quero conhecer algumas cidades aqui perto. Se precisar de mim, é só mandar mensagem.

— E depois?

Ben deu de ombros.

— Ainda estou pensando. Buenos Aires, talvez. — Amélia não percebeu que estava com a expressão emburrada até que o conde completou: — Você vai se formar em alguns meses. Aprendeu a se virar sozinha. Não precisa mais de mim.

Amélia balançou a cabeça em negativa.

— Você é meu melhor amigo, sempre vou precisar de você.

— E eu vou estar por perto. — Ele deu de ombros, então riu. — Mesmo estando longe. Uma proximidade metafórica.

Amélia ergueu o dedo médio para ele.

— Te odeio — protestou em tom de brincadeira, aproximando-se da cama. Ela se sentou ao lado das malas e seus olhos funcionaram como radares, caindo direto na camiseta do time de lacrosse de Charterhouse que Ben já tinha guardado na mala. — Estava mexendo no antigo armário da Addie hoje.

Ben arqueou uma das sobrancelhas.

— Pensei que já tivessem entregado todas as coisas dela para a família.

— O processo "entregar as coisas para a família" é complicado quando a família em questão é adotiva. Às vezes tenho a impressão que criam leis e burocracias só pra atrapalhar a vida de quem não tem um laço sanguíneo. Não que os pais dela se importem tanto assim com um monte de tralha, mas você me entendeu. Não é por isso que o armário dela está lá, de qualquer forma. — Amélia passou os dentes pelo lábio inferior. — O vestiário anda abandonado e acho que só... Esqueceram.

Benjamin assentiu, enquanto dobrava suas camisetas.

— Achei uma camiseta sua no armário da Addie. — Amélia soltou, tirando a peça de dentro da mala com cuidado. — Algum motivo especial pra ela estar lá?

O conde encarou a camiseta sem muita emoção.

— Você sabe como a Addie era. Sempre... *divertida*. Talvez estivesse tentando pregar uma peça e pegou a camiseta quando eu não estava vendo.

— Só isso?

Ben assentiu.

— Sim, só isso.

Amélia moveu a cabeça em afirmativa.

— Você não mentiria para mim — sibilou. — Mentiria, Ben?

— Às vezes, as pessoas precisam mentir pra proteger quem elas amam. — Ele se aproximou da cama, colocando uma das mãos nas bochechas de Amélia. Ela não sabia definir em palavras o que estava sentindo naquele momento. Era como se suas emoções estivessem todas constipadas. — Mas eu não estou mentindo, Amélia. Pelo menos não sobre o que você acha que estou.

Amélia mordeu o lábio. Quis perguntar. *Quase* perguntou, mas não tinha certeza se queria ouvir a resposta – talvez sombria – que Benjamin tinha para dar, então se limitou a mover a cabeça em negativa. Se Addie tinha um relacionamento secreto com o professor de literatura, o que a impedia de ter *outros*?

— Você ficou sabendo?

— Do quê?

— A Addie estava chantageando o professor Brown — disse Amélia. — Pedindo dinheiro pra não contar sobre o casinho deles. Isso explica de onde ela tirava tanta grana.

Benjamin fez que sim.

— Isso não te surpreende? — Amélia questionou, cruzando os braços. — Ela não era esse tipo de garota.

— Por que isso importa?

Amélia fez uma careta.

Ele suspirou.

— Focar demais nesse assunto só vai fazer você pensar mal da Addie. Ela se foi. Talvez seja melhor não ficar tentando desvendar cada detalhe por trás das suas atitudes em vida.

A ruiva desviou dos olhos do conde.

— Tenho medo de descobrir que ela era uma pessoa horrível.

— Então não descubra. — Benjamin ergueu um dos ombros. — O assassino está sendo investigado, a justiça foi feita. Sua dívida com a Addie, ou o que quer que seja, acabou. Podemos descer pro jantar?

Amélia afundou o corpo na cama. Ela odiava saber que Benjamin tinha razão, porque, de fato, nada daquilo importava. Era como desvendar os segredos de um filme sabendo que o personagem principal vai morrer no fim. Não tinha um propósito. Não importa o que ela fizesse, a história já tinha sido escrita.

Então por que ela sentia que precisava continuar rabiscando páginas?

— Encontro você lá embaixo — disse Amélia. — Em uns vinte minutos.

Benjamin a encarou. Houve um segundo de desconfiança, Amélia percebeu. Ele hesitou em deixá-la ali, sozinha no seu quarto.

Amélia estava prestes a fazer uma reclamação quando ele finalmente assentiu.

— Fecha a porta quando sair.

Amélia confirmou com a cabeça e observou os cachos negros do rapaz desaparecerem no corredor. Ela ficou ali, parada, estática, questionando cada palavra daquela conversa e com o desejo súbito de fuçar todos os centímetros do quarto em busca de um segredo que não sabia bem qual era.

Não o fez, no entanto.

Amélia não conseguia definir se, ao conhecer uma pessoa pela vida inteira, você fica mais ou menos suscetível às mentiras dela. O que sentia em relação a Ben era confiança ou medo de encontrar um problema com o qual ela não queria ter que lidar?

Amélia suspirou, levantando-se da cama. Chegou à conclusão de que seria uma traição bisbilhotar o quarto de Ben por conta própria, mas conhecia outra pessoa que poderia fazê-lo sem peso na consciência. Ela tinha os olhos mais bonitos que Amélia já tinha visto na vida e talvez a coragem que faltava à princesa.

Amélia deu uma volta pelo quarto. Tirou o celular de dentro da mochila e encarou todos os aplicativos que tinha baixado, em dúvida de qual seria o seu próximo passo. Mandar uma mensagem ou ligar seria o mais lógico, visto que Roma nunca conseguiria bloquear *todos* os números de celular de Amélia. Apesar disso, seus dedos coçavam para mandar um e-mail, só para ter certeza de que a loira não a tinha desbloqueado.

E se, no meio da noite, ela o tivesse feito?

Amélia deu um tapa na testa. Se aquilo era estar apaixonada, ela odiava cada segundo. Queria vomitar todos os seus sentimentos e nunca mais sentir sequer um centavo de emoção. Havia tantas coisas mais importantes acontecendo e seu cérebro só conseguia pensar em Roma, em maneiras de consertar os problemas entre elas. Quem quer que tivesse dito que o cérebro era mais inteligente que o coração estava errado. Os dois eram igualmente idiotas. O tempo todo, mas em especial quando se apaixonavam.

A princesa escolheu mandar um e-mail. Era uma atitude masoquista. Ela quase conseguia sentir os lábios se curvando em uma careta quando a mensagem de servidor bloqueado preenchesse sua tela. Mesmo assim, digitou:

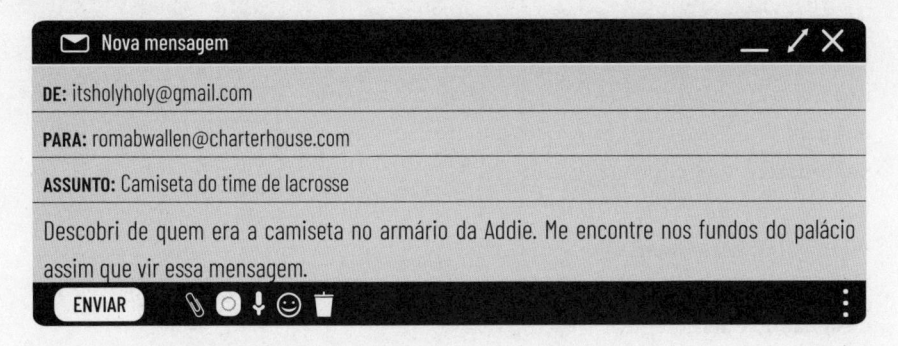

---

✉ **Nova mensagem**                                   _  ✎  ✕

**DE:** itsholyholy@gmail.com

**PARA:** romabwallen@charterhouse.com

**ASSUNTO:** Camiseta do time de lacrosse

Descobri de quem era a camiseta no armário da Addie. Me encontre nos fundos do palácio assim que vir essa mensagem.

[ ENVIAR ]   📎 ◯ 🎤 ☺ 🗑

---

Sem escrever uma despedida, Amélia clicou no botão de envio e esperou.

Um.

Dois.

Três.

Quatro segundos.

Seu celular não vibrou, nenhuma mensagem automática na tela. Ela esperou com o telefone nas mãos até que uma resposta simples surgiu na aba de notificações.

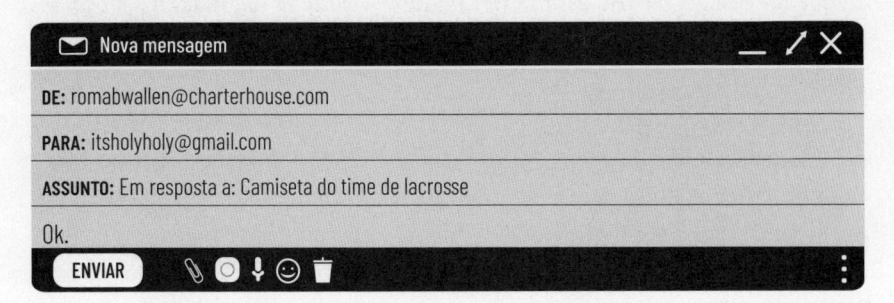

---

✉ **Nova mensagem**                                   _  ✎  ✕

**DE:** romabwallen@charterhouse.com

**PARA:** itsholyholy@gmail.com

**ASSUNTO:** Em resposta a: Camiseta do time de lacrosse

Ok.

[ ENVIAR ]   📎 ◯ 🎤 ☺ 🗑

---

Amélia deu um meio sorriso. Ali estava a sua fagulha de esperança.

# CAPÍTULO 41

## PEÇO A ATENÇÃO DE TODOS PARA DIZER QUE O ALMOÇO FOI OFICIALMENTE ARRUINADO.

### *Roma*

Roma chegou ao palácio bem quando os guardas reais estavam trocando de turno. Ela continuou parada do outro lado da rua, sentindo um frio descomunal enquanto observava os chapéus grosseiros se moverem pelos jardins. Eles andavam marchando, como se fossem robôs, e não pessoas de verdade. Roma tinha lido em um informativo turístico que não podiam falar, sorrir, usar o telefone ou ir ao banheiro enquanto seus turnos não terminassem. Era um daqueles trabalhos bem ingratos, e Roma até se sentia meio curiosa para saber quem tinha designado aquelas regras.

As mãos de Roma estavam trêmulas. Era óbvio que ela não podia ser uma lésbica normal e sofrer porque sua webnamorada morava em um estado a quilômetros de distância. Ela tinha que ver fantasmas, se apaixonar pela princesa da Inglaterra e tentar investigar o assassinato de uma garota que nem conhecia. O responsável pela frase "Be gay, do crime" tinha se tornado seu maior inimigo e ela nem sabia quem era.

Ela enfiou os dedos no bolso da jaqueta, o frio corroendo seu corpo aos poucos. Roma havia checado todos os aplicativos de temperatura e tinha certeza de que não estava *tão* frio assim em Londres. A noite era agradável, as pessoas andavam pelas ruas com cardigans finos e quase não pareciam estar na mesma cidade que ela.

Amélia também não estava com frio.

Ao menos foi o que Roma pensou quando a viu sair dos fundos do castelo e cumprimentar os dois guardas com um sorriso e um desejo de boa noite, mesmo sabendo que os dois não podiam falar com ela. Seu cabelo estava preso no topo da cabeça e tinha alguma coisa de diferente no fundo dos seus olhos de mar. *Expectativa*. Ela estava ansiosa por alguma coisa.

A princesa abriu as grades com cuidado, sob o olhar atento dos guardas. Roma ainda estava impressionada com sua confiança: aquele e-mail não fora um golpe de sorte. No fundo ela tinha certeza de que Roma já a teria desbloqueado àquela altura. E ela realmente tinha, porque todo aquele papo de destruir o mundo por ela tinha transformado parte da sua raiva em manteiga.

Uma princesa muito boa em conquistar as pessoas, *quem diria*.

— Como você descobriu de quem era tão rápido? — Roma perguntou, assim que Amélia se aproximou o suficiente. Não queria deixar a ruiva começar a conversa e arriscar um comentário engraçadinho sobre ter sido desbloqueada mesmo quando Roma jurou que não faria isso.

— Eu já sabia. — Amélia deu de ombros, soando mais preocupada do que pretendia. — Só queria ter certeza antes de falar pra você — disse ela. Roma cerrou os olhos. — É do Benjamin.

Um arrepio percorreu sua espinha, como se o clima, o vento e as árvores pudessem reagir ao nome.

— E o nosso plano é...?

Amélia colocou os dedos nas grades de novo, fazendo um sinal para que Roma passasse para dentro dos jardins do palácio.

— Minha avó está fazendo um jantar pra comemorar a formatura. — Roma fez uma careta. — Eu *sei*. Meio adiantado. — Deu de ombros. — O que faltava na pasta da Addie só pode estar com o Ben. Enquanto eu faço sala no jantar, você entra no quarto dele e procura. Mesmo que a gente não saiba exatamente o que está procurando.

— Benjamin não pode ter matado a Addie — Roma apontou, falando baixinho enquanto caminhavam pelos jardins, se aproximando do palácio. — Ele foi atacado no dia do seu aniversário.

Amélia suspirou. Seus lábios estavam trêmulos e ela abriu a boca várias vezes antes de formular uma frase.

— Não acho que ele a matou. — Ela mordeu o lábio. — Mas ele sabe de alguma coisa que nós não sabemos. — Fez uma pausa longa, então perguntou, olhando no fundo dos olhos dela: — Como andam as coisas com os fantasmas?

Roma engoliu um suspiro. Tirou as mãos do bolso da jaqueta e pegou no pulso de Amélia. A princesa levou um susto com a temperatura baixa da pele dela e então observou os dedos de Roma envolverem a sua como se fosse grande coisa. Perto dela, tudo parecia *grande coisa*.

— Vão muito mal. — Ela deu uma risada breve e amarga. — Talvez estejam tentando me matar de hipotermia.

— Espero que não consigam. — Amélia deixou um risinho nervoso escapar. Meio brincadeira, meio verdade. — Pelo menos não até você me perdoar. — Os olhos dela circularam pelos jardins do castelo. — Ouviram, fantasmas? Imagino que os títulos de realeza percam um pouco da importância do outro lado, mas isto é uma ordem real.

Roma se esforçou para manter uma postura séria.

— Você sabe que está dando um motivo pra eu não te perdoar, não sabe? *Mais* um. Tipo a maldição do Leonardo DiCaprio.

Amélia fez uma careta.

— Que maldição do Leonardo DiCaprio?

— Que ele vai morrer no aniversário de vinte e seis anos da namorada — Roma zombou. — É por isso que ele termina com todas quando elas fazem vinte e cinco. É a mesma lógica: você está dizendo para os fantasmas me deixarem viva só até eu te perdoar, mas se eu não perdoar nunca...

Amélia franziu o cenho, uma careta emburrada tomando conta da face.

— Não precisa levar tudo que eu falo ao pé da letra — protestou, e Roma não disse nada. No fundo, ela até gostava de ver a princesa emburrada, como se ela fosse a única pessoa no mundo capaz de tirar o seu sorriso presunçoso do rosto.

Elas entraram no palácio. O cheiro das mais variadas e nobres carnes se espalhava pela entrada, e vozes contidas vinham da sala de jantar e do salão de baile. O espaço era tão bonito quanto na noite do aniversário da princesa, mas agora parecia apagado, como se lhe faltasse o brilho que ainda existia nela.

— O quarto dele fica no terceiro andar, primeira porta à esquerda — segredou Amélia, o colar cheio de adornos no pescoço brilhando na luz dourada da antessala. Só então Roma se deu por vencida e gastou alguns segundos para observar o vestido rosado de Amélia, o mesmo *corset* que usava na noite do seu aniversário esmigalhando sua cintura. Ela era bonita como um desastre. Uma poça de lava vulcânica que você sabe que vai queimar seus dedos, mas sente vontade de tocar mesmo assim. — Ei — disse Amélia, estalando os dedos — Presta atenção.

— Terceiro andar — Roma repetiu. — Captei.

Amélia cerrou os olhos, o sorriso confiante de volta no rosto.

A princesa poupou comentários, como se pegar Roma a encarando já fosse humilhação suficiente.

— Vou dizer à minha avó que você está aqui.

— *O quê?*

— A Scotland Yard chegaria em segundos se um dos seguranças visse uma estranha perambulando pelo castelo. Ela disse que eu poderia chamar uma pessoa, então... — Amélia deu de ombros. — Vou dizer que você se atrasou. Se alguém aparecer quando estiver no quarto de Ben, diga que estava procurando um banheiro e volte pra sala de jantar.

Roma assentiu, então Amélia continuou:

— Ben é neurótico com organização. Se você encontrar uma pasta, qualquer pasta, provavelmente vai encontrar as páginas que faltam nos arquivos da Addie. Ninguém entra no quarto dele além de mim e das empregadas, então, se estiver lá, tenho certeza de que ele não formulou um esconderijo muito elaborado. — Amélia mordeu o lábio, recapitulando. — Entre no quarto, encontre a pasta, tire fotos e coloque no mesmo lugar em que estava.

Roma moveu a cabeça em afirmativa.

— Por que isso parece a introdução de um episódio de *Três espiãs demais*? Só que sem a parte dos apetrechos bonitinhos.

— Tenho certeza de que você não precisa de um batom a laser para entrar num quarto e pegar alguns papéis.

— Não preciso, mas seria legal ter um. — Roma passou os olhos pela escadaria do palácio, um certo receio escapando pela voz.

— Está vendo alguma coisa?

— Não. Na verdade, é *quieto*. — Roma a encarou. — O mundo dos mortos sempre fica muito quieto quando estou perto de você. — Seus olhos se moveram de novo, procurando por qualquer evidência de um fantasma. — Isso não acontecia antes. Na primeira vez que vim aqui, eles estavam por todo lado.

Os lábios da princesa se moveram, mas ela não teve tempo de esboçar uma resposta.

— Amélia? — a voz da rainha Olívia preencheu a antessala, cortando a linha de raciocínio da princesa como uma faca afiada.

— Já vou, Majestade — respondeu ela, ciente de que a avó não gostava de ser chamada pelos graus de parentesco na frente de outras pessoas. — Boa sorte — murmurou para Roma, que entendeu o comentário como uma deixa para subir as escadas.

Ela tentou ser discreta na sua caminhada até o terceiro andar. O frio se tornou mais intenso quando Amélia se afastou – e é um tanto mais difícil se concentrar quando seus dentes estão batendo. Roma esperava que o fim de semana de Alma em New Orleans tivesse sido produtivo ou ela teria problemas *graves*.

Roma sentiu um certo alívio quando chegou ao quarto de Benjamin sem trombar com nenhum segurança brutamontes pelos corredores do palácio. Ela encostou a porta atrás de si e esfregou as mãos uma na outra, numa tentativa de sentir um pouco mais de calor. Passou os olhos pelo quarto e teve a impressão de que Amélia não lhe tinha contado todas as partes da sua última conversa com Benjamin. Na cama do conde, duas malas abertas esperavam por ele, mas Roma segurou o ímpeto de revirá-las. Como a princesa tinha indicado, procurou por pastas.

Primeiro, dentro do armário.

Depois, no banheiro da suíte.

As duas buscas foram frustradas.

Ela começou a questionar se fazia sentido que os arquivos que faltavam na pasta estivessem mesmo com Benjamin, mas com quem mais estariam? Roma tinha seguido as pistas de Addie, e todas levavam até ele. Alma dissera que não deviam confiar em fantasmas, mas isso não era o mesmo que dizer que eles *sempre* estavam mentindo.

Roma suspirou. Caminhou até a escrivaninha, dando uma olhada na estante repleta de livros atrás dela e confirmando as palavras de Amélia sobre a neurose do conde: Benjamin organizava suas edições em um degradê de cor milimetricamente planejado, formando uma linha de livros colorida que começava no branco e terminava no preto, passando por todas as cores do arco-íris. Era o único ponto colorido na decoração sóbria e sem graça do cômodo. Ela conseguia imaginar Ben na frente da estante, separando todos os seus exemplares pela cor da lombada e depois posicionando cada um naquela ordem perfeita.

*Quase* perfeita.

Roma percebeu um erro entre os livros amarelos. Havia uma lombada preta bem onde começava o degradê entre o amarelo e o laranja. Com cuidado, Roma esticou o braço até a estante e tirou o livro, seus olhos escaneando a capa de uma edição de luxo de *Hamlet*. A loira arqueou uma das sobrancelhas, suas mãos ainda tremendo de frio. A traição mais famosa da história, no lugar errado.

Ela colocou o livro de volta no mesmo lugar. Pressionou a lombada com um pouco mais de vontade, esperando que a estante se transformasse em outra coisa. Talvez Roma estivesse muito imersa no mundo investigativo, porque estava de fato esperando por uma passagem secreta que nunca se revelou.

Tirou o livro de novo. Analisou o exemplar com cuidado e finalmente o abriu, folheando as páginas. Foi quando um saco plástico despencou de dentro dele, etiquetas cor-de-rosa identificando o que ela tanto procurava.

Roma sorriu, satisfeita, aliviada, curiosa, uma mistura de sentimentos corroendo o peito. Ela se sentou no chão e os dedos trêmulos tocaram nos plásticos dobrados, jogando todo o conteúdo que havia dentro deles no carpete do conde.

Julgando pelo que havia encontrado da última vez, não estava esperando nada de positivo vindo daqueles arquivos. Entretanto, nem mesmo as mensagens pornográficas entre Addie e George a tinham preparado para o que viria em seguida.

Quando jogou os papéis no chão, o conteúdo, antes separado por etiquetas, havia se misturado. Tinha fotos, mensagens, recortes de jornais e uma lista enorme de telefones que mais parecia um catálogo de jornalistas: havia o número de colunistas do *The Times*, *Evening Standard*, *The Guardian*, *The Mail on Sunday*, *The Sun*, *Daily Mail*, *The Daily Telegraph* e muitos outros. O nome do jornal ou da revista onde trabalhavam aparecia logo ao lado do nome de todos os profissionais ali listados, e Roma soube de imediato que pertenciam aos jornais mais famosos de Londres, porque conhecia todos eles.

Ela deixou a lista de lado e deu uma olhada nas fotos. Havia tantas fotografias da princesa que era impossível não se perder entre elas: Amélia dormindo na cama com a maquiagem borrada; Amélia virando uma garrafa de bebida; Amélia em um bar de Londres, vestida como Holy; Amélia trocando de roupa no quarto, só de lingerie. Amélia em Charterhouse, Amélia em Buckingham, Amélia em todos os lugares de Londres.

As fotos pareciam uma linha do tempo: em algumas, a princesa era mais jovem, as bochechas mais salientes e o rosto pré-adolescente. Em outras, já era a Amélia que Roma tinha conhecido.

Todas elas pareciam ter sido tiradas em momentos íntimos, sem que a princesa se desse conta. Roma deixou as fotos de lado, dando uma olhada mais cuidadosa em uma das manchetes de jornal. Essa era do *The Daily Telegraph* e datava do início do ano de 2020, com uma manchete cruel sobre a morte da mãe de Amélia.

> **Princesas mortas não se apaixonam**
> *Nessa última terça-feira foi o aniversário de 15 anos da princesa Amélia Mountbatten Wales. A nossa princesinha rebelde não economizou na comemoração e foi vista bebendo em um pub de Londres – onde ela não tinha autorização legal para entrar –, e um insider mencionou ter visto a garota consumir substâncias ilícitas. Nas fotos que recebemos na redação, Amélia aparece com cigarros e garrafas nas mãos.*
> *Vale lembrar que a "princesa" Spencer também tinha um histórico de exageros com a bebida e outras substâncias químicas, o que explica a gestação complicada que culminou em sua morte, anos atrás. Torcemos para que a Coroa cuide melhor dos herdeiros do trono, afinal princesas mortas não se apaixonam e a família precisa manter sua linhagem intacta.*

Roma largou o jornal no chão, seu estômago revirando.

Ela não entendia como alguém podia escrever coisas tão cruéis sobre um indivíduo e então se proteger atrás do conceito hipócrita de "pessoa pública". Ainda enjoada, ela deixou as manchetes de lado e voltou a ver as fotos, chegando ao fim dos registros da princesa. Agora eram de Benjamin, e ele não estava sozinho na maioria delas.

O coração de Roma disparou quando ouviu a porta do quarto ranger, se abrindo. Ela torceu para que fosse Amélia, mas foi uma voz masculina que veio do lado de fora, reverberando pelas paredes.

— Roma Wallen, ninguém nunca lhe disse que é falta de educação mexer nas coisas dos outros?

## CAPÍTULO 42

### Como diria Rita Lee: "nossa amizade nunca mais foi a mesma depois que você tentou me matar".

*Amélia*

Amélia nunca tinha subido a escadaria do palácio tão rápido.

Seu peito estava ardendo e uma gota de suor teria escorrido por sua testa se ela não estivesse usando muita maquiagem. Ela havia se distraído por dois segundos numa conversa com Kenji enquanto ele servia um pedaço de frango grelhado no seu prato e, quando deu por si, Benjamin não estava mais na sala de jantar.

Tinha subido as escadas muito antes de Amélia perceber sua ausência, e agora estava na porta do próprio quarto, observando Roma enquanto ela vestia seu melhor sorriso amarelo e tentava explicar o inexplicável.

E ela não era boa nisso.

— Estava procurando o banheiro — Roma murmurou, como a princesa tinha aconselhado mais cedo. — O seu livro caiu da estante quando eu estava passando.

Amélia fez uma careta. Estava estampado na sua testa que aquilo era mentira de uma forma tão vergonhosa que a ruiva decidiu interferir antes mesmo de ser notada pelo conde.

— Não a culpe — disse, dando um fim ao show de horrores. — Você estava estranho e eu não queria bisbilhotar seu quarto.

Benjamin moveu a cabeça em afirmativa, ainda tentando entender sua lógica.

— E aí você mandou a sua *namorada* vir bisbilhotar? — Ele revirou os olhos, e franziu o cenho. — Porque parece a mesma coisa para mim.

Amélia encarou os olhos azuis de Benjamin.

— Tecnicamente...

— O que é tudo isso? — Roma cortou, tirando as fotografias do chão e jogando-as em cima da cama.

Num silêncio agora sepulcral, Amélia se aproximou, demorando alguns segundos para se reconhecer em cada impresso. Ela estava praticamente em todas as fotos e, nas que não estava, era Benjamin quem tomava seu lugar, em momentos íntimos com outros rapazes. Amélia sabia que Ben era pansexual, mas ele nunca tinha se assumido publicamente e com certeza não tinha tirado aquelas fotos.

A princesa tocou em cada fotografia. Olhando mais de perto, se deu conta de que também não tinha tirado nenhuma delas. Era ela em momentos descontraídos, longe de perceber a presença de uma câmera. Reconheceu algumas das capas e manchetes de jornais, fotografias que ela nunca tinha entendido como os jornalistas conseguiam. Momentos íntimos que nunca deveriam ter sido amplamente divulgados.

— O que é tudo isso, Ben? — Amélia repetiu, sentindo o corpo esquentar.

Benjamin deu um passo para a frente e fechou a porta atrás do corpo, soltando um suspiro lento.

Amélia sentiu um arrepio percorrer suas costas quando ele girou a chave na fechadura.

— Eu sabia que a gente ia precisar ter esta conversa mais cedo ou mais tarde — ele protestou, frustrado. — Eu só esperava que fosse mais tarde. — Os olhos de Benjamin caíram em Roma e, de imediato, Amélia deu um passo, se colocando na frente da garota. — Acho que nós dois precisamos de um pouco de privacidade para discutir... esse assunto.

Amélia estava impassível:

— A Roma pode ficar.

Benjamin continuou onde estava.

— Não sei se confio nela.

— E por que precisa confiar em mim? — Roma questionou, as palavras pairando entre os três. — Está prestes a assumir que matou a Addie, Ben?

Benjamin fechou os olhos, uma risada debochada escapando pelos lábios. Ele levou os dedos até o nariz, coçando a área entre os olhos por longos segundos antes de responder.

— Sim. É exatamente esse assunto que eu e a Amélia temos para tratar. E, agora que você sabe, preciso matar você também. — Por reflexo, Amélia empurrou Roma um passo para trás. Benjamin observou o gesto com o cenho franzido, a expressão desgostosa. — Porra, quem você tá achando que eu sou?

Nenhuma das duas respondeu. Deixaram o questionamento de Benjamin vagar pelo quarto, o silêncio desconfortável fazendo morada em suas gargantas, causando uma sensação claustrofóbica. Ele caminhou pelo quarto e se sentou na cama, quase ignorando a presença de ambas. Sua perna passou a se mover para baixo e para cima, num ritmo vicioso que, em parte, denunciava nervosismo.

— Tudo bem. — Ele se virou na direção de Roma, usando o próprio olhar como sinalizador. — Agora é sério. Ela é sua responsabilidade, Amélia. Se qualquer coisa que eu falar sair deste quarto...

— Benjamin — a princesa cortou, a voz trêmula. — Você matou a Addie ou não?

Ele passou uma das mãos pela nuca. Continuou movendo a perna direita e, mais uma vez, demorou demais para responder.

— As coisas não aconteceram do jeito que você está pensando.

Amélia sentiu falta de ar. Sua garganta parecia fechada, como se alguém estivesse apertando os dedos ao redor do seu pescoço, esmagando seus ossos. Seus olhos se encheram de lágrimas e seu primeiro ímpeto foi de partir para cima do conde, mas as mãos de Roma a seguraram antes que pudesse avançar.

— Como as coisas aconteceram, Benjamin? — Roma questionou, o tom em clara desconfiança.

Benjamin soltou um suspiro, impaciente.

— Vocês não entenderam ainda, não é?

A princesa respirou. Queria disparar uma lista de xingamentos contra Benjamin, mas usou todo o autocontrole que tinha no corpo para manter uma conversa decente.

— O que eu tenho que entender? — Amélia deixou uma lágrima escorrer pelo rosto. Roma subiu a mão que a segurava até os ombros, os dedos trêmulos contra a pele quente. Aos poucos, o frio que a loira sentia cessou.

— Você passou os últimos meses se lamentando pela morte de uma pessoa que nunca existiu — Benjamin murmurou, o pesar escorrendo pela voz. — A Addie nunca foi sua amiga, Amélia. *Nunca*. Ela odiava todos nós. A rainha, a princesa, o conde. Éramos só peões no jogo dela.

Amélia não entendeu de imediato. Seus olhos desceram para as fotos, então passaram para o rosto de Benjamin. A descoberta foi aterrissando aos poucos dentro do seu peito, como uma facada que perfura devagar, camada por camada.

Aquelas fotos. As manchetes. O fato de que os jornais sempre descobriam os segredos da princesa, por mais que ela tentasse escondê-los.

Benjamin se levantou, apontando para as fotos.

— Guardei tudo isso porque queria te contar. Mas você ficou tão mal quando a Addie morreu que não tive coragem. — Ele fez uma pausa, como se isso pudesse fazer as coisas se acertarem. — Decidi preservar as memórias boas que você tinha com ela.

Amélia permaneceu quieta, os olhos percorrendo cada foto mais de uma vez. Ela soltou um risinho nervoso ao final da sua checagem.

— Não sei se entendi direito. Não sei se *quero* entender direito.

— Era assim que a Addie conseguia tanto dinheiro. A gente sempre se perguntou, não é? Os pais adotivos eram de classe baixa, mas ela sempre teve acesso àquelas coisas luxuosas que só gente endinheirada pode comprar. Viagens, carros, roupas de marca. — Ele se levantou da cama, apontando as fotos com uma das mãos. — Chantagear as pessoas, vender *seus* segredos aos jornais. Quem diria que a sede de fofoca do ser humano faria disso um negócio tão lucrativo, não é? Eu descobri no ano passado.

Um pequeno filme se desenrolava diante dos olhos de Amélia, mas ela já sabia o final e não queria ficar até os créditos rolarem.

A princesa se forçou a perguntar:

— Como?

— Eu a encontrei chorando nos jardins uma noite, parecia que vocês tinham tido uma briga feia. Pensei que a Addie era só mais uma daquelas garotas que se apaixonam por uma princesa e terminam de coração partido, então tentei ajudar. Do meu jeito, é claro. — Ele tentou dar um sorriso, sem resultado. — A gente começou a sair. *Transar.* — Esticou um dos ombros, como se a conversa pesasse nas costas. — Uma noite ela estava chapada e me contou tudo. A Addie sabia que eu passava muito tempo com você, então ofereceu uma parte do dinheiro em troca dos segredos que ninguém mais sabia. Eu neguei.

Roma franziu o cenho.

— E não contou pra Amélia?

A princesa se sentiu grata pelo questionamento, porque ela estava tão chocada que mal conseguia falar. Seus olhos ardiam e ela estava prestando o máximo de atenção que podia na própria respiração, temendo perder o controle do corpo.

— Tenho que admitir que a Addie foi um pouco mais esperta que eu, o que eu obviamente deveria ter previsto. Quer dizer, chantagistas, não é? Eles são espertos. Esse é o conceito. — Ben riu, amargo. Ele catou uma das fotos na cama, onde ele aparecia beijando um homem. — No começo achei que ela tinha me contado por causa da bebida, mas ela tinha um plano B caso eu não aceitasse a proposta. Se eu contasse pra Amélia, seria chutado do armário. Se eu chamasse a polícia, chutado do armário. A Addie sabia que a notícia de um conde LGBT se espalharia como um vírus e eu ainda não estava pronto pra lidar com isso.

Amélia sentiu mais uma lágrima escorrer pelo rosto. Seu cérebro não conseguia interpretar qual das duas informações era mais dolorosa, por qual ela deveria sofrer primeiro. O que Benjamin tinha feito era horrível, mas o luto que sentia por Addie parecia ter desaparecido do peito agora, percebendo quão cruel a garota fora em vida.

— Eu consegui mantê-la sob controle por um tempo — ele continuou. — Ela queria dinheiro e isso nunca foi problema, até… — Benjamin levou as mãos às têmporas. — Até que ela descobriu sobre a Holy e percebeu que podia lucrar muito mais do que eu estava disposto a dar. A Addie dizia que era o escândalo do século.

Amélia passou os dedos pelo rosto, limpando parte das lágrimas que escorriam.

— Você matou a Addie pra proteger o meu segredo?

Benjamin moveu a cabeça em afirmativa.

— Somos como irmãos, não somos? E irmãos protegem um ao outro — disse ele, como se fosse uma questão óbvia. — Eu não queria que as coisas terminassem desse jeito. Eu não… não planejei matar a Addie. Na noite em que ela morreu… — Ben esfregou os olhos, e Amélia percebeu que tinha lágrimas brotando nos cantos da sua linha d'água. — Ela tinha me mandado uma mensagem dizendo que precisávamos conversar. Eu a encontrei algumas ruas distante do palácio de Buckingham. Ela queria um milhão de libras ou a história da vida dupla da princesa seria exposta em todos os principais jornais do país. Eu estava disposto a conseguir o dinheiro, desde que ela desaparecesse das nossas vidas. — Ele fez uma pausa para respirar, a voz um tanto trêmula. — A Addie estava em uma posição muito confortável. Ela não ia parar. Enquanto estivesse do seu lado, sempre teria um segredo novo esperando por ela.

Amélia soltou o ar pela boca.

— Ela não aceitou desaparecer. — Não era uma pergunta, mas uma conclusão.

— Não — Benjamin confirmou. — Nós acabamos discutindo, estávamos numa rua cheia de pedras de jardim e… enfim. Quando me dei conta, ela estava morta. Eu *juro* que não estava pensando em matá-la quando marcamos o encontro. — Ele apontou para as fotografias perto de Roma. — O resto você já sabe. Guardei a pasta e joguei o celular dela no Tâmisa, junto com a pedra.

Foi Roma quem teve coragem de perguntar:

— E o hospital?

— Tenho um amigo na polícia. — Benjamin encarou a loira, passando a impressão de que estava falando sobre Declan. Roma preferiu não perguntar, porque, se fosse o caso, não queria saber. — Ele me contou que estavam perto de chegar a mim. Eu era o suspeito ideal: próximo da Addie, vivendo no palácio, com a altura quase exata que eles imaginavam. Dei trezentas libras pra um morador de rua me apagar e tive a sorte de ser convincente.

Amélia deu uma risada nervosa, o peito doendo de vontade de chorar.

— E tinha que ser logo no meu aniversário?

Benjamin arqueou uma das sobrancelhas.

— Salvei você daquela palhaçada de valsa. Eu sei que você odeia. — O quarto foi preenchido por silêncio. Ele deu um suspiro longo e então continuou, parecendo incomodado com a falta de uma conversa. — Decidi viajar porque não suportava mais a ideia de mentir pra você todos os dias. Tinha pensado em ir até a polícia, mas isso significaria contar a verdade sobre a Addie. E mesmo morta ela ainda teria a capacidade de machucar você.

Mais uma rodada de silêncio. Dessa vez, foi Roma a responsável por quebrá-lo:

— Eu sei que é insensível dizer, mas você deveria ter considerado a ideia de sair do armário.

Benjamin moveu a cabeça em afirmativa, concordando.

— Sabe a diferença entre a Amélia e eu? — Um segundo de suspense. — Ela sempre foi mais corajosa. — Ele encarou a princesa. Dessa vez, seus olhos estavam cheios de admiração em meio às lágrimas que se recusava a deixar cair. — E, pra algumas pessoas, amar exige coragem.

Amélia desistiu de reprimir o choro, permitindo que as lágrimas corressem livremente pelas bochechas. Nos últimos dias, tinha pensado muito em Addie, a hipótese de que a garota fosse alguém muito diferente de quem ela pensava conhecer borbulhando constantemente dentro do peito. Mesmo assim, nem em seus sonhos mais dramáticos ela imaginara que sua melhor amiga tinha passado tanto tempo expondo seus segredos para o mundo. Que ela seria capaz de expor a sexualidade de alguém diante dos olhos do país todo. Por causa de *dinheiro*.

Addie Jones não era mais uma garota de ouro.

Addie Jones era a maior filha da puta que a Inglaterra tivera o desprazer de conhecer.

Benjamin observou a trajetória das lágrimas por seu rosto, aproximando-se da princesa. Ele secou seu choro com a ponta dos dedos, pesaroso.

— Se você quiser chamar a polícia...

Amélia não hesitou dessa vez.

— Preciso de tempo pra pensar — disse, engasgando no choro. — Me dê uma noite. Prometa que não vai embora.

Benjamin moveu a cabeça em afirmativa, então apontou para Roma, murmurando em tom desanimado:

— Mais uma vez, ela é sua responsabilidade.

— Vamos dormir juntas — Amélia disse. — Eu confio nela, mas, se te deixa mais tranquilo, vou mantê-la comigo a noite toda.

Ben assentiu. Era como se aquela conversa tivesse sugado toda a sua energia, e ele não era o único naquele quarto a se sentir daquela forma.

— E depois?

Silêncio completo. Amélia não tinha mentido: confiava, sim, em Roma, mas até onde ela estava disposta a ir para proteger o segredo de Benjamin?

— Amélia sabe que eu odeio mentir — Roma soltou, percebendo os ombros da princesa se retraírem de imediato. — E odeio mentiras, mas eu nem deveria ter me envolvido nessa história, pra começo de conversa. Acho que deveríamos contar a verdade pra polícia, mas, se a Amélia não quiser contar, eu não vou — disse, séria, em tom de promessa. — A Amélia passou a vida inteira sendo controlada. Acho que ela merece ter o direito de escolha pelo menos uma vez. Não vou interferir nessa decisão.

Amélia não disse nada. Encarou Roma e acenou na direção dela em forma de agradecimento. Em meio ao rosto vermelho de choro, ela pareceu feliz por pelo menos um segundo. Talvez não feliz. *Satisfeita*. Compreendida.

— Pode dizer à rainha que eu tive um desconforto? — pediu para Benjamin. — E que vou ficar no meu quarto pelo resto da noite.

Benjamin concordou.

O silêncio terrível recuperou seu posto enquanto Amélia recolhia todas as fotos e papéis da pasta de Addie. Não deu espaço para que o conde perguntasse o que iria fazer com eles.

— Vou queimar — anunciou, encarando os olhos de Benjamin numa cumplicidade óbvia. As dores de Amélia estavam, aos poucos, se transformando em raiva. — Talvez eu resolva queimar o palácio inteiro também, então fique atento se sentir cheiro de fumaça.

Mesmo com os ombros tensos, Benjamin deixou uma risada breve escapar.

Amélia envolveu o pulso de Roma com os dedos. Ela cruzou o quarto puxando-a junto de si, como se fosse uma mala de rodinhas ou o bicho de pelúcia de uma criança possessiva.

Ela estava com a mão na chave quando Benjamin cortou o silêncio uma última vez:

— Tem mais uma coisa.

A princesa suspirou.

— O quê? — perguntou ela. Benjamin fechou os olhos, suspirando. — Acabei de descobrir que você matou a minha ex-melhor amiga — Amélia pontuou. — Não me diga que tem uma coisa pior que isso para contar.

— Não é o melhor momento pra eu te contar isso, mas, caso resolva me mandar pra prisão, acho justo que as coisas estejam totalmente esclarecidas entre a gente. Eu e o Kenji estamos saindo — ele disse, rápido demais, como se tivesse esperança de que Amélia não entendesse nem perguntasse.

Ela o encarou de cima abaixo, chegando a uma óbvia conclusão:

— Era por isso que ele estava no Firestarter.

— Na verdade, ele foi com outra pessoa, pra um encontro que acabou terminando mal. A gente se aproximou naquela noite, sim. — Ainda parecendo sem energias, o conde acrescentou: — Ele não sabe sobre a Addie.

Amélia soltou um longo suspiro, girando a chave na fechadura.

— Ainda não tenho certeza do que penso sobre vocês dois. Só não vamos envolver mais ninguém nisso até eu decidir o que fazer.

Benjamin fez um sinal de assentimento na direção de Amélia. As duas saíram do quarto em silêncio, o corredor inundado pela música clássica que tocava nos andares de baixo. Elas caminharam até o quarto de Amélia sem dizer nada, porque os segredos que tinham descoberto eram barulhentos demais.

— Tudo bem você ficar aqui? — perguntou ela, atordoada. — Eu meio que intimei você a dormir comigo.

Roma moveu a cabeça em afirmativa. O corredor estava escuro, e, se não fosse a música escapulindo pelas frestas, o palácio teria ares de abandono.

— Aconteceram coisas demais esta noite. Eu não deixaria você sozinha nem se me pedisse.

Amélia abriu um sorriso triste.

— Obrigada. Eu não queria mesmo ficar sozinha. — Ela demorou alguns segundos, então recapitulou: — Mas meio que já estou. Minha mãe, meu pai, a Addie, até o Benjamin… Sinto que as pessoas estão na minha vida só de passagem. E, agora que sei a verdade, eu não tenho nem as memórias dela.

— Você não está sozinha — Roma corrigiu. — O que o Ben fez… Ele estava tentando proteger você. Não que ele tenha planejado, mas eu não consigo nem pensar em uma pessoa que mataria pra manter um segredo meu.

Amélia entrou no quarto primeiro.

Ela esperou que Roma passasse para fechar a porta.

— Não sei o que fazer. — Ela mordeu o lábio. — É meio tudo culpa minha. Se eu não tivesse confiado na Addie, se eu não tivesse criado a Holy...

— Se você não tivesse tentado ter uma adolescência normal — Roma cortou de novo. — Você é uma vítima nessa história. E, por incrível que pareça, o Benjamin também é.

Amélia ergueu um dos ombros.

— Mas e aí? Eu fico quieta e deixo o professor Brown levar a culpa?

Roma fez que não.

— Eu já disse o que eu penso, mas não quero influenciar você. — Suspirou, encarando o teto do quarto de Amélia para fugir do olhar dela. — De qualquer forma, ele é um cara de mais de trinta anos que se envolveu com uma garota de dezessete. Não dá pra ignorar isso também.

— O Ben também ficou com a Addie.

— Dezessete e vinte e um é muito diferente de dezessete e trinta — Roma pontuou. — E é questão de tempo até que a polícia encontre algum furo nessa história. Duvido que o professor Brown fique preso por muito mais. Talvez o caso da Addie entre para o hall dos nunca resolvidos ou... Bom, sei lá. Estou tentando expor argumentos dos dois lados porque realmente não quero afetar sua decisão.

— É injusto. — Amélia caminhou até sua penteadeira, tirando um isqueiro de dentro da primeira gaveta. Ela se dirigiu até a pia do banheiro e jogou todas as fotografias dentro da cuba, espirrando uma quantidade absurda de perfume em cada uma delas. Tirou uma em especial do monte, encarando sua própria imagem dentro de uma lingerie. — Mas talvez a Addie mereça passar o resto da eternidade sabendo que o caso dela é um mistério sem solução. — Ela ateou fogo na ponta da fotografia, jogando o papel dentro da cuba antes que o fogo se espalhasse.

Roma observou o reflexo de Amélia no espelho, os cachos do cabelo ruivo banhados pelo fogo. Era como se aquele fosse o seu elemento da natureza. Se ela não tivesse visto a garota pegar o isqueiro, diria que o fogo começara por influência da sua própria mente.

Roma deu um suspiro triste.

— O meu senso de justiça odeia que eu diga isso, mas não tem como essa história terminar de forma justa. Independentemente da sua escolha, um lado sai perdendo.

Amélia concordou, pesarosa.

O barulho das chamas transformando as fotos e as manchetes em cinzas preencheu o quarto, um cheiro desagradável de álcool, perfume e queimado se espalhando.

O cheiro de noites, corações partidos e decepções.

## CAPÍTULO 43

### Agora eu entendo o que as pessoas querem dizer com "happy, free, confused, and lonely at the same time".

## Roma

Roma e Amélia encararam as chamas na pia do banheiro até que se transformaram em faíscas e, depois, em fumaça. A princesa abriu a torneira com cuidado para não machucar os dedos e observou as cinzas das fotografias se dissolverem na água corrente, perdidas para sempre. Seria relaxante, se a situação não fosse justamente o oposto.

— Vou tomar um banho — Amélia anunciou, um suspiro cansado escapando da boca. — Pode me ajudar com isso aqui? — Ela levantou o rabo de cavalo que usava, deixando o corset do seu vestido em evidência.

Roma deu um sorrisinho, lembrando-se da noite da torre e de como ela era horrível desfazendo laços.

— Claro — respondeu, fazendo-se de entendida. Ela se aproximou de Amélia e passou os dedos pelas fitas do espartilho, achando impressionante que a princesa não estivesse com cheiro de queimado. Mesmo depois de empestear o quarto, o odor das fotografias não a tinha alcançado. Sua pele continuava com cheiro de mel e Roma continuava com vontade de tocar nela. — Não fui muito feliz nessa tarefa da última vez.

Amélia riu. Enquanto seus dedos desfaziam os laços do corset, conseguia sentir os efeitos da risada de Amélia em seu corpo, o tronco tremendo suavemente e o peito subindo e descendo. Estava reparando demais nela.

— Naquele dia… — A princesa hesitou. — Eu falei uma coisa em francês e você não entendeu.

— É. Não sei francês.

— Eu disse — Amélia apoiou os braços na parte de cima do corset, para que ele não caísse enquanto Roma desfazia os laços — que, se pudesse pedir qualquer coisa no mundo, eu pediria um beijo seu. E você não entendeu, mas me beijou mesmo assim. Desde então, na minha cabeça, isso significa que nós temos uma conexão especial. — Ela deixou um sorriso envergonhado escapar. — E que você me entende como nenhuma outra pessoa no mundo entenderia.

Roma não respondeu de imediato. Deixou que as palavras de Amélia flutuassem entre elas e então assentassem.

— Não. — A loira respirou fundo. Faltavam três laços para que o espartilho de Amélia estivesse desamarrado por completo e ela decidiu que postergaria a tarefa. — Eu não te entendi — disse, com pesar. — Estava com raiva porque mentiu pra mim, mas, depois de ver tudo que a Addie fez, eu entendo por que criou a Holy. — Roma fez uma pausa, enrolando uma das fitas do corset nos dedos enquanto ganhava tempo. — Desculpa por jogar aquela aliança em você e te deixar sozinha no meio da estrada. Isso não foi muito garota-viciada-em-romances-e-Taylor-Swift da minha parte.

— Que bom que não era de papel, porque não teria sobrevivido. — Amélia deu um meio sorriso. — Eu a guardei. Me agradeça por ser petulante e saber que você me perdoaria mais cedo ou mais tarde.

Roma revirou os olhos.

Finalmente, ela terminou de desfazer os laços do espartilho e a peça se abriu, revelando a pele cheia de sardas de Amélia. Suas costas pareciam um mapa de constelações, e Roma gostaria de conhecer cada uma delas.

— Foi um dia estressante. Você também deve estar querendo tomar um banho. — Amélia se virou para ela, sugestiva. — Eu só tenho uma banheira, então...

Roma achou graça.

— Está me chamando pra tomar banho com você?

Amélia deu de ombros, ainda segurando o espartilho do vestido no corpo.

— Não é minha culpa se só tem *uma* banheira. Assim como não era minha culpa se só tínhamos uma barraca. — Ela desceu os dedos até as mãos de Roma e o seu tom descontraído se perdeu pelo caminho. — Você está gelada de novo.

Roma deu de ombros, num sinal claro de "deixa disso".

— A Alma vai dar um jeito.

— Quem é Alma?

— Minha guia espiritual ou sei lá o quê. Acho que podemos chamar assim. Ela tem uma lojinha de quinquilharias perto da casa do meu pai e entende de fantasmas muito mais do que eu. — Roma deu um sorriso tranquilizador. Ela também estava preocupada, mas não diria em voz alta. Amélia já tinha passado por coisas demais naquela noite e, além disso, Roma não via nenhum fantasma, por ora. — Enquanto ela não resolve, um banho quente parece uma solução ótima.

Amélia a encarou, descrente.

— É sério, confia em mim. — Roma forçou um sorriso. — Eu vejo fantasmas desde os dez anos de idade. Se eles não me mataram até hoje, não vão matar mais.

Amélia ergueu um dos ombros, nem tão convencida.

— Ainda está vendo o fantasma da Addie?

— A última vez foi em Charterhouse. Antes de nos encontrarmos na sala do diretor.

— Se for possível, mande ela se foder por mim.

— Isso significa que você já tem sua decisão?

— Não. — Amélia voltou para o banheiro, ligando os jatos de água da banheira e abrindo a pequena janela da suíte. — Ainda preciso pensar. De qualquer forma... sei lá. Meu cérebro precisa de uns vinte minutos de descanso. Vou só deitar aqui e fingir que minha melhor amiga não ganhou rios de dinheiro me extorquindo.

Roma apoiou uma das mãos no batente da porta, observando Amélia ir de um lado para o outro buscando sais e espumas de banho enquanto a água quente escorria, soltando fumaça. O banheiro da princesa era maior que o quarto de Roma no seu apartamento no Brasil, o que a fazia se questionar se ela precisava mesmo de uma suíte tão grande. Era quase maior que o da Kim Kardashian, que tinha viralizado na internet justamente por causa do excesso.

— Você toma banho com produtos diferentes quando vai sair como Holy? — perguntou, de repente.

Enquanto terminava de tirar o vestido, Amélia deu uma risadinha.

— Sim.

— Isso explica por que as duas não tinham o mesmo cheiro.

— Eu fiz um bom trabalho. — Ela deu de ombros, deixando o vestido de festa cair até o chão. — Roupas diferentes, perfumes diferentes, personalidades diferentes. — Ela tirou suas últimas peças de lingerie e entrou na banheira, uma espuma cor-de-rosa escapando da água e cobrindo seu corpo. — E você se apaixonou por mim *duas* vezes.

— Não são tão diferentes assim — Roma alfinetou, enquanto deixava que sua saia descesse pelas pernas. Era engraçado ver suas peças de roupa escuras em contraste com os tons pastel de Amélia. — Você sempre foi presunçosa, como Amélia e como Holy.

— Então é isso, você tem uma quedinha por garotas presunçosas.

— Não me faça ir até aí afogar você.

— Eu quero que você venha.

Roma terminou de tirar a roupa, fazendo um certo esforço para que Amélia não notasse o quanto ela estava com frio. O vapor quente que inundava o banheiro não era suficiente para lhe trazer mais conforto, e ela sabia que esse só podia ser um efeito do que quer que estivesse lá do outro lado.

Parte do frio se esvaiu quando ela afundou o corpo na banheira, tão enorme que parecia mais uma piscina pequena do que uma banheira muito grande. Seus pés encontraram os de Amélia debaixo da água e ela abriu um meio sorriso que fez o canto dos seus olhos azuis enrugar.

— O que nós vamos fazer depois? — foi Roma quem perguntou, quebrando o silêncio confortável que tinha se instaurado entre elas.

— Depois...?

— Do meu intercâmbio. Da sua decisão. De tudo.

Amélia soprou um montinho de espuma.

— Não sei. Me diz você. Vai voltar pro Brasil?

— Não sei — ela repetiu, uma risada nervosa escapulindo. — Não preciso voltar. Eu nasci aqui, então... — Ergueu um dos ombros.

— Vai pra faculdade?

O olhar perdido de Roma indicava que ela não tinha certeza.

— É o que as pessoas dizem pra fazer, né? Forme-se no ensino médio, vá pra faculdade, encontre um marido, case, tenha filhos, eduque-os, morra.

Amélia achou graça.

— Esse é o seu jeito pessimista de dizer não?

— Ainda não sei o que quero fazer. Estava esperando me encontrar nos esportes dentro de Charterhouse, mas ainda não achei nada que fizesse meu coração bater mais forte. Ninguém deveria ser obrigado a escolher uma profissão pro resto da vida aos dezessete anos.

— Então não escolha.

— Simples assim?

— Simples assim. — Amélia achou graça. — Como a Chinara diria, ano sabático.

— No Brasil, nós zombamos desse tipo de pessoa.

— Que tira um ano sabático?

— É. O jovem de classe média-alta que não se descobriu ainda e decide viajar pela Europa em busca de autoconhecimento.

— Talvez você não tenha percebido ainda, mas é uma jovem de classe média-alta — Amélia alfinetou. — Rebelde sem causa. Que não se descobriu ainda.

E precisa de autoconhecimento. — Roma ergueu o dedo médio na direção dela. — Na noite em que nos conhecemos, eu disse que Roma era minha cidade favorita.

Roma deu um meio sorriso.

— Foi uma cantada horrível.

Amélia negou com a cabeça.

— Eu estava mentindo. Roma não é minha cidade favorita, mas, acho que agora posso dizer com certeza, *você* é minha pessoa favorita. Por isso gosto da ideia de viajar. E gosto mais ainda da ideia de viajar com você.

As palavras de Amélia foram como um abraço para Roma.

— Vai tirar um ano sabático das suas obrigações de princesa?

Ela apoiou a cabeça do lado de fora da banheira. Fechou os olhos e murmurou:

— Vou abdicar.

Roma a encarou.

— Vai?

— Sei lá. — Amélia manteve a cabeça apoiada, sem olhar para Roma. — Eu só não quero passar o resto dos meus dias vivendo uma vida que eu não amo, mas tenho medo de ir embora tanto quanto tenho medo de ficar.

Roma fez que não.

— Medo não combina com você. É o que Benjamin disse: você é corajosa.

Amélia levantou o rosto e endireitou o corpo dentro da banheira. Seus dedos caminharam até as coxas de Roma, contornando o desenho da sua tatuagem coberta de espuma.

— Uma confissão — disse. — Sou muito boa fingindo que não tenho medo de nada.

— Algumas pessoas não têm coragem nem de fingir.

Amélia achou graça.

— Sua vez. Uma confissão — disse, e Roma percebeu que ela estava tentando se retirar do centro daquela conversa.

A frase saiu dos seus lábios naturalmente:

— Odeio a coisa dos fantasmas. Muita gente acha que sou especial, que eu deveria usar o meu "dom" — ela fez aspas com os dedos ao pronunciar a última palavra — pra ajudar os outros, mas... eu *odeio*. — Roma riu. — É isso. Se eu pudesse mudar qualquer coisa, escolheria não ver.

— Não faço ideia de como deve ser.

— O problema não são os fantasmas, é só que parece difícil viver a própria vida quando você vê gente morta o tempo inteiro. — Roma deu um breve suspiro. — É como se eu não fizesse parte nem de um mundo nem de outro

— concluiu e bem como Amélia tinha feito minutos antes, ela devolveu a bola imaginária de confissões que foi jogada para ela. — Sua vez.

— A tatuagem. — Amélia tirou um dos braços da água. — Você perguntou no nosso segundo encontro e eu não quis dizer. É por causa da minha mãe. Polvos têm três corações, era o animal favorito dela. Me contaram que, quando ela gostava muito de alguém, costumava dizer: "Eu te amo mais do que um polvo poderia". Ela era muito diferente de mim. Uma romântica incurável. Ela ficaria decepcionada se soubesse que eu demorei dezoito anos pra me apaixonar por alguém. Aquela manchete que você leu... diz tanto sobre mim que quase fico envergonhada.

— Princesas mortas não se apaixonam?

— É. Depois que fiz quinze anos, a mídia ficou meio obcecada por arranjar um namorado para mim. Minha mãe morreu quando eu nasci, fruto de um casal de que ninguém gostava. Parecia a manchete perfeita pra tratar de assuntos amorosos. — Amélia revirou os olhos. — Eles a usavam o tempo todo. Acho que fiquei tanto tempo sem me envolver com ninguém como forma de protesto. Princesas mortas não se apaixonam? Ótimo. As vivas também não. — Ela continuou traçando círculos na tatuagem de Roma, desenhando na espuma. — Por causa da minha mãe, sempre achei que amar teria um gosto amargo. — Deu um sorriso triste. — Mas, por causa de você, eu não acho mais. Tem gosto de coisas boas.

Roma segurou a mão dela. Seus dedos estavam trêmulos, mas a água quente ajudava a disfarçar.

— Por exemplo?

— O amor tem gosto de liberdade. Pudins de verão. Encontros secretos no jardim do colégio. Karaokês, festivais de música, barracas na areia e anéis roubados. — Ela ergueu um pouco o corpo, aproximando-se do rosto de Roma. — Tem *seu* gosto.

Os dedos de Amélia seguraram o rosto da loira, que avançou nos lábios da princesa logo em seguida. Em alguns momentos, Roma odiava ser o estereótipo perfeito da protagonista de filmes de romance que diz que nunca vai perdoar o seu par romântico e acaba perdoando cinco minutos depois, mas, naquele segundo específico, ela se sentia muito feliz por ser o que as pessoas chamavam de "emocionada".

Só garotas emocionadas estariam naquela banheira, beijando a princesa da Inglaterra como se o mundo não estivesse desabando do lado de fora. E ela não se importava que desabasse, desde que as mãos de Amélia continuassem percorrendo seu corpo, as unhas curtas deixando pequenos arranhões na pele alva em excesso. Sua língua tinha gosto de vinho e Roma se perguntou quantas taças ela tinha bebido antes de ir atrás de Benjamin. Provavelmente não tinha usado uma taça, mas sim um copo, para poder fingir que bebia suco e não vinho. Quantos deles era uma informação inútil, mas Roma decoraria todos os segredos dela, por mais bobos que fossem. Ela os *guardaria*, como Addie não tinha feito.

— Quero ir pra cama — Amélia murmurou, descendo os lábios com cheiro de uva e álcool até o pescoço de Roma. Seu tom era autoritário, como só o de uma princesa podia ser. Ela depositou uma mordida na pele da loira e riu contra a marca, causando arrepios na pele de Roma. — *Agora*.

— Pra quem transou dentro de uma barraca, você ficou muito exigente — Roma zombou.

— Holy transa dentro de barracas, eu não — disse, o nariz ironicamente empinado fazendo parecer que seu ponto realmente fazia sentido.

Amélia empurrou Roma alguns centímetros para trás e se levantou, saindo da banheira aos poucos, enfiando-se dentro de um roupão esquecido nos cantos da suíte. Ela pegou um idêntico para Roma, que analisou cada detalhe do brasão de Buckingham bordado no tecido antes de se levantar da banheira e enfiar os braços dentro dele. Secou os pés no tapete mais próximo e caminhou até Amélia, mas, diferentemente do que a princesa tinha pedido, não a levou até o quarto. Empurrou seu corpo contra a parede do banheiro e tocou seus lábios com os dela mais uma vez, conquistando um gemido desconcertado de sua parte.

Uma das mãos de Roma desceu pela coxa de Amélia enquanto a outra se firmava em sua cintura. Era muito diferente de todos os outros beijos que tinham trocado, como se esse fosse mais importante. Como se Roma pudesse transformar sua confusão em algo mais bonito – anestésico – através de cada um dos seus toques.

Era uma sensação extasiante estar com ela.

Addie, Benjamin, a Coroa e os planos para o futuro pareciam ter perdido por completo a importância ainda que, no fundo, Roma soubesse que algo ainda estava errado. Seu corpo se mantinha frio e, de repente, o calor de Amélia não era mais o bastante para mantê-la quente.

— Espera — Roma murmurou, suavizando o aperto na cintura de Amélia, afastando suas bocas com relutância.

A princesa fez uma careta, os dedos percorrendo suas bochechas.

— Seus lábios estão gelados — disse, um misto de pesar e confusão. — É melhor a gente ir pro hospital.

Roma demorou a responder. Não porque não tinha resposta, mas porque seu cérebro parecia congelado no tempo, como uma transmissão ao vivo cheia de delay.

— A Alma já deve ter voltado de New Orleans — Roma sibilou, a voz rouca. — Não tem hospital que resolva esse tipo de problema.

Roma encarou Amélia com os pensamentos anuviados. A suíte decorada em tons de dourado perdeu as cores quentes aos poucos, dando lugar a tons frios e cinzentos. Ela encarou sua própria mão, mas não eram seus dedos que enxergava, mas uma versão cadavérica deles, sujos de terra e com pequenos ovos de larva incrustados em feridas que ela não se lembrava de ter provocado.

A boca de Amélia se mexia, mas Roma não conseguia ouvir nenhuma palavra, como se seus ouvidos estivessem cobertos por uma grossa camada de gelo e água.

— Roma.

Uma segunda voz surgiu no meio do turbilhão, alta, clara e fantasmagórica.

Foi quando Roma se deu conta de que não estava no mundo dos vivos nem no dos mortos.

Estava na passagem entre os dois.

## CAPÍTULO 44

### Se isso fosse uma novela, a vilã loira de meia-idade que todos os tuiteiros amam estaria gritando "INFERNOOOOOO!!!" agora.

*Amélia*

As mãos de Amélia estavam suando enquanto ela observava Benjamin apoiar o corpo de Roma nos braços e carregá-la pelos corredores do palácio. Os convidados da rainha ainda estavam jantando e Kenji tinha ficado com a missão de manter todos entretidos com a comida enquanto eles levavam Roma até o carro e faziam uma saída discreta – dentro das possibilidades.

— Ela não está morta, está? — perguntou Amélia, não pela primeira vez. Tinha enfiado Roma dentro de um dos seus conjuntos de moletom e gastado preciosos minutos tentando carregar a garota nos seus braços finos, até perceber que precisaria da ajuda de Ben ou nunca sairiam do palácio.

— Ela está... — Benjamin encarou a loira adormecida em seus braços — gelada.

— Sim, mas gelada não significa morta, certo?

Com cuidado para não perder o equilíbrio, Ben tocou no pulso de Roma.

— *Certo*. — Ele aproximou o rosto do dela e os fios da sua franja se moveram levemente diante da expiração. — Está respirando também. Viva, mas com certeza não em um dos seus melhores momentos.

Amélia soltou uma risadinha nervosa. Ela odiava a expectativa tensa que acompanhava momentos como aquele, quando você não faz ideia do que vai acontecer a seguir. Todo mundo prefere acreditar que as coisas vão ficar bem, mas existe uma vozinha bem no fundo do cérebro questionando: e se não ficar?

— Qual hospital? — Benjamin perguntou, quando pisaram nos jardins. Os olhos dos guardas pousaram nos três, mas Amélia moveu as mãos em um sinal que dizia para ficarem onde estavam. Guardas reais são quase parte da família. Nunca chegam a receber uma herança, mas ganham tanto dinheiro que se contentam em ver demais e falar de menos.

— Não vamos pro hospital — Amélia sentenciou, diante do olhar preocupado de Benjamin. — Bolton Street. Tem uma lojinha nessa rua...

— Desculpa interromper, mas não acho que seja a melhor hora pra fazer compras.

— Ai. — Amélia bufou. — Não tem como eu te explicar a situação toda sem parecer maluca.

— Considerando as confissões que nós fizemos hoje, acho que parecer maluca é o que menos importa.

— Roma está bem. — Amélia passou a língua pelos lábios, hesitante. Benjamin abriu a porta de trás do carro e deitou a garota com cuidado. — Não é um problema de saúde nem nada assim.

Benjamin deixou que Amélia prendesse o cinto de segurança no corpo de Roma.

— Ela não parece bem.

— São os fantasmas.

O conde arqueou uma das sobrancelhas grossas.

— Fan...

— Fantasmas — cortou. — Roma vê fantasmas. Gente morta. Espíritos. Toda essa parada de sexto sentido, você sabe. É isso que tá zoando com ela. — Benjamin fez uma careta pela forma como ela falou, nervosa. — Não sei explicar direito, não entendo muito do assunto, mas a moça da loja em Bolton Street pode ajudar.

— Deixa eu ver se entendi... — Benjamin andou até o outro lado do carro, abrindo a porta do motorista. Amélia entrou no banco de trás, segurando uma das mãos de Roma. Um gesto simbólico, considerando que a loira estava desacordada. — Você está saindo com alguém que vê gente morta? Isso é mórbido demais até pra você.

— Não é óbvio? — Amélia deu de ombros, o tom de zombaria. — Eu nunca me apaixonaria por uma garota que não tem nada de especial. Além disso — ela não perdeu a oportunidade de alfinetar —, meu melhor amigo é um assassino, então nada melhor que uma namorada que vê os mortos.

Benjamin quase riu. Ele estava tão nervoso quanto Amélia, embora os dois tivessem se tornado especialistas em disfarçar os próprios sentimentos ao longo dos anos, em especial quando estavam em público.

— Justo. — Os dedos do conde apertaram o volante. Os portões imponentes do palácio de Buckingham se abriram diante do carro e Amélia nunca sentiu tanto alívio ao ser engolida pela noite de Londres. — Então é sério?

— O quê?

— Você disse que está apaixonada por ela.

— Eu não… — Amélia se deu conta, então revirou os olhos. — Ah, não sei. Ela não estava falando direito comigo até dois dias atrás.

— Não estamos falando sobre ela. — Precisaram parar em um sinal. A luz vermelha do poste iluminava o interior do carro, deixando-o com uma atmosfera de fim de festa. — Estamos falando sobre você.

— Aquele dia no flat — ela apertou os dedos de Roma com um pouco mais de força —, você disse que ela fazia eu me sentir como uma garota normal, e acho que é exatamente assim que quero me sentir pelo resto da vida. Não como a graciosa princesa Amélia. Como eu mesma. — Ela encarou o rosto de Roma, os fios de cabelo loiro banhados pela luz vermelha do sinal. — Eu queimaria o palácio de Buckingham inteiro só pra ficar com ela.

Ben assentiu.

— E você não tem medo?

— Do quê?

— De gostar tanto assim de alguém.

— Sim. Ela pode partir meu coração — Amélia murmurou, os olhos ainda nela. — Mas existe algo de bonito na ideia de ter o coração partido por alguém que você ama.

Benjamin moveu a cabeça em afirmativa assim que as luzes do sinal se abriram. Ele não concordava com Amélia, mas sentia algum orgulho em vê-la lidar com os próprios sentimentos de forma tão madura. Na verdade, era impressionante que ela não estivesse fodida da cabeça depois de uma vida de tragédias: sua mãe, seu pai, Addie.

— Estamos perto? — ela perguntou, aflita no banco de trás.

Ben desbloqueou o telefone apoiado no suporte do carro.

— Dez minutos. Quer ligar pro pai dela?

— Não tenho o número. — Amélia soltou o ar pela boca, frustrada. — Ele mora lá perto, mas, até onde eu sei, está de plantão desde que o professor Brown começou a ser investigado. Vamos ver o que a Alma diz. Deve ter em algum canto do Google, se a gente precisar.

Benjamin assentiu. O silêncio tomou conta da Mercedes e foi inevitável para Amélia não se lembrar da viagem até Jurassic Coast, um dia que terminara de forma dolorosa, mas do qual ela só tinha lembranças coloridas.

Seus dedos apertaram o cinto de segurança que envolvia seu corpo.

Ao mesmo tempo que se esforçava para não ficar tensa, sua cabeça latejava, cada pontada de dor a fazendo lembrar que estava no meio de uma situação tão delicada que o seu "felizes para sempre" parecia mais distante do que nunca.

As mãos de Roma estavam geladas.

Não havia mais cor em seu rosto.

Seus olhos violeta estavam fechados, talvez para sempre.

Não entender o que estava acontecendo era a pior parte. Ela *quase* tinha dito para Benjamin fazer o retorno e levar Roma para o hospital, por mais que a garota dissesse que não era o caso. E se estivessem perdendo um tempo precioso com uma charlatona mística?

Amélia nunca se perdoaria se algo pior acontecesse.

— Chegamos — Benjamin anunciou. Os olhos de Amélia sentiram um certo conforto ao ver a rua do prédio de Declan, familiar em sua memória. A lojinha não passava de um casebre em Bolton Street, lustres coloridos, gatos e desenhos de gnomos por toda parte.

Amélia pulou para fora do carro e supervisionou atentamente as mãos de Ben carregarem Roma para longe dos bancos. Agora, o corpo da garota tremia e, por mais doloroso que fosse vê-la naquele estado, a princesa estava feliz por saber que estava viva.

As mãos de Amélia se ergueram na direção do pequeno interfone, mas a porta se abriu antes que seus dedos pudessem tocá-lo. Uma mulher apareceu no batente com os olhos cerrados e um vestido tão colorido que machucaria os olhos de qualquer pessoa que olhasse por tempo demais.

— Eu sabia que vocês estavam vindo — ela murmurou.

— Você é a Alma?

A mulher confirmou.

— Vamos, entrem. — Alma deu espaço. Amélia teve que se concentrar para entender seu sotaque arrastado, uma mistura pouco conveniente de inglês e espanhol. — É um prazer ter a presença da realeza nos meus aposentos, mas não reparem a bagunça, cheguei de viagem há algumas horas. Roma explicou pra vocês... — Ela olhou para Ben, depois para Amélia, e então fez uma careta. — Ela estava com outra garota da última vez que veio aqui. — Foi a vez de Amélia soltar um suspiro, curiosa e um tanto enciumada ao mesmo tempo. — Negra, de dreads longos.

— Chinara — disse Amélia, satisfeita em saber que não havia mais uma garota envolvida naquela equação. — É a colega de quarto dela.

Alma fez que sim, pouco interessada.

— Ela não explicou muita coisa — Amélia murmurou. — Não muito além do "eu vejo gente morta".

— Não só vê. — Benjamin ajeitou o corpo de Roma contra os seus braços enquanto a mulher falava. — Está sendo assombrada por gente morta. — Alma arqueou as sobrancelhas de um jeito dramático, como o personagem de um filme que acabou de desvendar o *plot* principal da história. — Bom... Nós temos duas opções.

Alma parou de falar de repente.

Amélia e Benjamin a seguiram até os fundos da casa, passando por vasos de arruda, trevos-de-quatro-folhas, gatos e caixas de incenso. Chegaram a um segundo casebre, uma placa enorme com os dizeres "A bruxa de Bolton Street trabalha aqui" brilhando em neon.

— Que opções? — a princesa questionou, assim que entraram no casebre, sem conseguir conter sua ansiedade.

— Vocês sabem como funcionam as almas assassinadas — disse ela, mas eles não sabiam. — São rancorosas. — Alma indicou uma poltrona onde Benjamin poderia colocar o corpo desfalecido de Roma. — A única forma de dar justiça para uma alma assassinada é punindo o responsável pelo assassinato. Cadeia, morte, linchamento público... Qualquer coisa que faça Addie Jones se sentir vingada por terem ceifado sua vida.

Amélia e Benjamin trocaram um olhar.

Ele questionou:

— O que a Roma tem a ver com isso?

— Nada. — Alma deu de ombros. — Ela é só o canal que Addie encontrou pra pedir que a justiça seja feita. Ela não vai parar até que... Você sabe.

Amélia sentiu o estômago revirar. Era como se precisasse escolher entre Benjamin e Roma. Mandar alguém que amava como um irmão para a cadeia ou deixar a garota por quem era apaixonada morrer.

Amélia não tirou os olhos de Ben quando perguntou:

— Essa é a primeira opção. Qual a outra?

— Justiça é coisa do mundo dos mortos — Alma pontuou. — Juízo final, pagar pelos pecados... Essa coisa toda que a igreja adora comentar. Aqui, no mundo dos vivos, nem sempre temos justiça. E, às vezes, justiça não é a coisa certa a fazer. — Ela estalou os dedos. — Por exemplo, se uma mulher rouba comida para alimentar seus filhos, legalmente falando, justiça seria prendê-la como prendem todos os ladrões. Mas isso seria o certo? — A cara de interrogação de Amélia e Benjamin serviu de incentivo para a mulher continuar. — A Addie não tem força no mundo dos vivos.

Amélia completou:

— Porque o nosso mundo não é movido a justiça.

Alma fez que sim, confirmando.

— Precisamos romper a ligação da garota com o submundo. Estive pesquisando sobre o assunto desde a última vez que Roma esteve aqui e, na maioria dos casos, essa ligação é causada por experiências de quase morte. Você sabe se ela teve alguma?

Amélia moveu a cabeça em afirmativa.

— Sim. Aos dez anos de idade — recordou-se. — Mas eu também tive e não vejo...

Alma cortou sua fala, sem cerimônia:

— Você foi batizada, não foi? — A princesa assentiu. — O batismo é um rito de iniciação. Para o sobrenatural, é um atestado de que a pessoa está viva. Diminui suas chances de terminar... — ela apontou para Roma — *assim*.

Amélia aceitou sem questionar, avaliando cada segundo de conversa como tempo perdido.

— Como nós rompemos a ligação?

Alma abaixou-se para abrir um pequeno armário de madeira, os dedos percorrendo as prateleiras sem pressa. Tirou uma adaga de prata do compartimento, o cabo preto fosco e a superfície afiada reluzindo no ambiente escuro. Amélia enxergou o desenho de uma árvore da vida no cabo, contornada por finas linhas prateadas.

— Um pacto de vida — disse, simples, como se o nome pudesse significar muita coisa para Amélia e Ben, dois inexperientes. — Existem várias formas de fazer, mas essa é a mais segura. — Ela se aproximou de Roma, passando os dedos por sua testa. — Sabem o beijo de amor verdadeiro? É a mesma lógica. Precisamos encontrar alguém que ela ame. E que a ame de volta. — Alma franziu o cenho. — Pensando bem, não é uma coisa tão simples, não é? Amor puro e verdadeiro nos dias de hoje...

— O pai dela — sugeriu Amélia, sentindo-se muito esperta. — Amor paterno. É o que tem mais chance de ser puro e verdadeiro.

Benjamin fez uma careta.

— Amor paterno, sério?

Alma coçou a nuca.

— O pai dela é…

— Detetive da Scotland Yard.

Alma pareceu achar graça.

— Eu duvido que um detetive da Scotland Yard acredite no que uma bruxa latina tem a dizer. Eles são tão céticos — fez uma careta, como se já conhecesse o tipo. — Não vai aceitar fazer o ritual e, além disso, nós não temos tempo. — Alma olhou para Roma, pesarosa. — Precisa ser feito *agora*.

O casebre foi tomado por um silêncio fúnebre. Os pensamentos de Amélia estavam a mil por hora. Como ela, alguém que nunca tinha se apaixonado antes até aquele ano, podia ser capaz de falar sobre amor verdadeiro?

— Eu lembro de ter visto vocês duas nos jornais — Alma comentou, apontando para Amélia e depois para Roma. — Quebrando os protocolos reais, cantando em uma praça. Parecia que vocês sentiam alguma coisa uma pela outra.

Os ombros de Amélia se retesaram.

Não concordou nem discordou.

Respondeu com uma nova pergunta:

— E se não for amor de verdade?

Alma engoliu em seco.

— É bom que seja. — Suspirou. — Ou vamos ter problemas.

Amélia passou os olhos por Benjamin, o olhar hesitante, um pedido de ajuda silencioso. Contar a verdade para a polícia parecia a alternativa mais óbvia, mas era a mais justa?

A princesa tinha passado os últimos meses tentando entender o que havia acontecido com sua melhor amiga. Tinha jurado vingança, mais de uma vez, a quem quer que a tivesse machucado, tudo isso para descobrir que Addie não era uma vítima. Não era a garota de ouro que todos julgavam conhecer. Não era uma boa amiga, uma boa aluna, uma boa pessoa. Addie Jones era um monstro e, por mais que estivesse morta, não merecia passar o resto da eternidade em paz.

— O que acontece se a justiça não for feita?

Alma ergueu um dos ombros.

— Addie vai continuar tentando. Fantasmas são incapazes de perdoar. — Ela passou a adaga brilhante de uma mão para a outra. — Mas Roma estará a salvo.

Amélia moveu a cabeça em afirmativa, ainda um pouco hesitante. Ela se lembrou de Roma dizendo que os fantasmas não apareciam quando ela estava por perto, e talvez fosse essa a resposta. Amor verdadeiro. Quando estava se sentindo *viva*, o mundo dos mortos ficava cada vez mais distante.

— Certo — Amélia declarou, por fim. — Vamos fazer.

Alma apontou para Benjamin.

— Só nós três — pediu. — Quanto menos pessoas presentes, melhor.

Amélia fez um sinal para Benjamin. Antes de sair do casebre, o conde segurou seus dedos e apertou contra os dele.

— Isso significa que não vai...

— Não vou. Mas isso não é só sobre o que você fez — ela falou baixo, para que Alma não escutasse a conversa com clareza. — A Addie não merece justiça. Não vou dar esse gostinho a ela. E você precisa fazer terapia pra assimilar tudo que aconteceu, tá? Não vou te deixar à solta por aí.

Ben fez uma careta, mas assentiu. De todas suas alternativas, essa era a menos penosa. Ele saiu do casebre de Alma, deixando uma Amélia nervosa para trás.

— Esses feitiços são complicados — Alma lembrou. — Preciso que siga minhas instruções com atenção, mocinha.

Amélia concordou.

Alma cruzou o casebre e acendeu o pavio de uma vela vermelha, onde banhou a ponta da adaga com calma e admiração. A luz do fogo deixava suas expressões faciais mais pesadas, a senhora simpática dando lugar a uma bruxa experiente. Amélia não tinha certeza se ela era de fato uma bruxa ou se essa era só uma forma *aesthetic* de se dizer.

— Vamos cortar as mãos das duas. — Alma deu um sorrisinho, tentando fazer com que a sentença soasse menos assustadora do que de fato era. — Um corte da direita para a esquerda nas duas mãos. — Ela tirou a adaga do fogo. — Não precisa ser muito profundo, só o necessário para sair uma boa quantidade de sangue. — Deixou a adaga em cima de um pequeno altar enquanto esticava o braço para alcançar um grimório. — Vou cortar as dela primeiro. — Amélia fez uma careta. Roma ainda estava no sofá onde Ben a havia deixado, os lábios agora com um tom feio de roxo. Alma deixou o livro em cima do altar e retomou o controle da adaga, aproximando-se da loira.

— E depois disso?

— Vocês vão dar as mãos — explicou Alma. — Eu vou recitar o que está escrito naquele livro e nós vamos torcer para dar certo.

— Tem certeza de que sabe o que está fazendo?

Alma bufou.

— Sim, Alteza. — Ela segurou a mão direita de Roma e pressionou a adaga contra a carne, abrindo um rasgo na palma das mãos. — Se você é a pessoa que a faz se sentir viva, não tem por que dar errado.

Amélia segurou um "e se eu não for?" na ponta da língua. Observou enquanto Alma cortava a outra mão de Roma, um filete de sangue vermelho ardente brotando da pele alva.

— Enquanto estiverem com as mãos dadas — Alma entregou a adaga nas mãos de Amélia —, quero que você pense em bons momentos que passaram juntas.

— Só isso?

Alma estava começando a se irritar com a princesa.

— Não existe nada mais poderoso e instável que as emoções humanas. É um feitiço simples, mas igualmente complicado. — Alma apontou para a adaga nas mãos da princesa. — Você tem certeza?

— Sobre o quê?

— O feitiço. Quando uma ligação desse tipo é cortada, não tem como estabelecê-la de volta. Ela é uma garota jovem e eu entendo que não queira ter que lidar com essa coisa de fantasmas, mas é... definitivo.

Amélia não hesitou:

— Sim — disse, tocando o centro da palma da própria mão com a adaga. Ela fez um pouco de pressão e franziu o cenho, sentindo o desconforto do corte. Com um pouco mais de força, retalhou a pele de uma extremidade até a outra, até que a linha da vida de sua mão estivesse cortada ao meio. Seus olhos se encheram de lágrimas pela dor, mas ela se obrigou a respirar fundo e cortar a palma da outra mão.

Alma fez uma careta enquanto observava o sangue de Amélia escorrer pelo antebraço, as gotas caindo no tapete.

— Se a Scotland Yard souber que tem sangue real no meu tapete... — disse Alma. Amélia encarou o sangue no chão, como se pedisse desculpas. — Bom. — Alma encarou os cortes. — Podemos começar.

Amélia se aproximou do sofá onde Roma estava, abaixando-se para que ficassem na mesma altura. A princesa tinha certeza de que nunca estivera tão nervosa na vida, nem mesmo no seu primeiro dia de aula, nem na primeira vez que se vestira como Holy e experimentara a liberdade de ser uma pessoa normal, nem mesmo quando beijara pela primeira vez. Seu coração estava perto de sair pela boca, abrir um buraco no peito e escapulir para fora. Estava a um passo do "felizes para sempre", que poderia se transformar em um "nem tão felizes assim".

Ela pegou as mãos de Roma, ensanguentadas como as dela. Seus braços estavam moles como os de uma boneca, o que deixou Amélia mais aterrorizada do que ela se permitiria admitir. Posicionou a palma de suas mãos em cima da palma das mãos dela, as feridas se tocando de uma forma que fazia os cortes arderem.

— Olhos fechados — Alma murmurou. — Não solte as mãos dela até que eu termine de recitar.

As velas do casebre se apagaram assim que Amélia fechou os olhos, um arrepio percorrendo sua nuca. A voz de Alma preencheu o espaço, vociferando palavras em latim que Amélia não conseguia compreender, por mais que tivesse domínio da língua. O sotaque de Alma atrapalhava, então ela obrigou seu cérebro a se concentrar em Roma, nos seus olhos violeta, na sua dificuldade de falar em público e no seu jeito romântico de ver todas as coisas, por mais simples que fossem.

Ela ouviu o som de vidro se quebrando, mas continuou firme, olhos fechados enquanto seus dedos tocavam os de Roma e os gatos do lado de fora do casebre miavam, agitados, quase como se estivessem vendo fantasmas e falando com eles.

Era engraçado como agora Amélia tinha certeza de que Addie nunca a amara de verdade, mesmo sem saber como era a sensação de estar apaixonada por alguém. Aos poucos, o nervosismo foi escapando do corpo de Amélia, dando lugar à tranquilidade de reconhecer os próprios sentimentos.

Era verdadeiro.

Amor verdadeiro.

Soube disso quando os dedos de Roma apertaram os seus.

## CAPÍTULO 45

### EU SOU UMA GAROTINHA BÁSICA E ESTOU FELIZ COM ISSO.

### *Roma*

Roma sempre quisera saber como seria viver sem a presença constante de fantasmas. Sem ir à cozinha durante a noite e levar um susto com uma figura espectral encarando seu rosto, na maioria das vezes dona de uma assustadora falta de expressão. Sem sentir o frio congelante da morte sempre que estavam perto.

Sem precisar conferir se uma pessoa era viva ou morta antes de começar uma conversa.

Quando abriu os olhos e encontrou o teto adornado do quarto de Amélia, Roma sabia que algo estava diferente. Aquela ansiedade que a fazia ficar sempre em alerta tinha desaparecido, dando lugar ao cansaço de quem tinha corrido meia maratona. Por mais que se esforçasse, não conseguia se lembrar com clareza da noite anterior. Seu cérebro parecia ter sofrido um apagão: lembrava-se de tomar banho com Amélia, e o que tinha acontecido depois eram imagens vagas, desconexas. Sua única certeza era que tinha visto o fantasma de Addie uma última vez, mas não tinha ideia de que tipo de conversa haviam tido.

Ela levou uma das mãos à testa. Sentiu uma fisgada de dor, então encarou a palma direita, encontrando um corte coberto por curativos cor-de-rosa da Hello Kitty. Na palma esquerda, o machucado parecia menos dolorido, mas ainda estava ali, esse coberto com curativos nas cores da bandeira do Reino Unido, o que os adolescentes que viviam no Tumblr em 2014 teriam achado muito *aesthetic*.

Conseguia imaginar Amélia escolhendo minuciosamente qual usaria para cobrir o ferimento.

Roma cansou de observá-los. Levantou-se da cama, encarando o próprio reflexo no espelho do banheiro da suíte. Sua pele estava menos pálida, como se tivesse passado semanas tomando sol numa praia do Caribe. Havia até mesmo um tom bonito de rosa nas bochechas que ela nunca conseguia atingir sem uma boa dose de maquiagem. Seu cabelo loiro estava preso em duas tranças – possivelmente feitas por Amélia –, e até mesmo seus olhos pareciam mais vivos. Não fosse o cansaço, era como se tivesse passado os últimos dias em um spa.

Ainda confusa, Roma abriu a porta do quarto da princesa com cuidado, colocando a cabeça para o lado de fora antes do corpo, temendo encontrar algum segurança nos corredores.

— O que aconteceu com a nossa regra? — a voz de Declan preencheu os corredores, congelando Roma na porta do quarto.

— Qual delas? Considerando nossa última conversa, acho que quebrei muitas regras desde então.

— Aconteça o que acontecer…

— Não morra no processo — Roma completou. — Eu não morri, mas acho que foi *quase*. Alguma ideia do que aconteceu?

Declan passou os dedos pelos fios de cabelo loiro, em dúvida.

— Existe a resposta cética e a resposta… crente? — Ele fez uma careta. Não era a palavra exata, mas servia. — Qual das duas você quer?

— Cética.

— Foi uma queda de pressão.

Roma encarou as próprias mãos machucadas.

— Crente?

— Sua ligação com o mundo dos mortos foi rompida por um pacto de amor verdadeiro.

Ela não entendeu exatamente o que ele queria dizer, mas não questionou. Perguntaria para Amélia assim que a encontrasse.

— E em qual você acredita?

Declan deu de ombros.

— Posso acreditar em fantasmas, mas não em amor verdadeiro. Queda de pressão, com certeza.

Roma fez uma careta para o pai, revirando os olhos.

— Acho que eu estava errado — disse ele, devagar. — Quando disse que éramos muito parecidos. Você não é tão amarga quanto eu. — Declan fez uma pausa. — Ainda bem.

— Isso significa que você vai me perdoar se eu quebrar a regra de não me envolver com a princesa da Inglaterra?

Declan deu uma risada, mas seus olhos tinham uma pontada de preocupação.

— Se eu disser que não…

— Não vai fazer diferença.

— Eu teria dito isso aos meus pais quando conheci a sua mãe. E nós terminamos sendo um caso de uma noite só, então…

— Vocês estão bem — Roma murmurou, em tom de discordância. — Uma terapeuta e um detetive do alto escalão da Scotland Yard. Não é porque um relacionamento deu errado que *sua vida* deu errado.

— Criei uma filha que recita frases de coaches de autoajuda, então acho que podemos dizer que, sim, minha vida deu errado em algum ponto — Declan zombou. — Vamos ver o que a rainha acha desse relacionamento antes de tomar decisões precipitadas, tá? Mas eu confio em você, desde que…

— Eu não morra no processo?

Ele riu.

— Isso.

— Posso fazer uma pergunta que vai te deixar irritado?

Declan revirou os olhos antes de assentir, um misto entre o bom e o péssimo humor que confirmava o que Roma tinha acabado de dizer.

— Como estão… as investigações sobre o professor Brown?

O detetive suspirou.

— Ainda não podemos dizer que ele foi mesmo responsável pela morte da Addie, mas as coisas pioraram depois que a notícia saiu nos jornais. Duas ex-alunas de Charterhouse e uma de outra escola na qual ele trabalhou antes apareceram com denúncias de assédio.

Roma mordeu a ponta de um dos dedos, desconfortável.

— Deve ser por isso que ele era contra ficar muito tempo trabalhando na mesma escola.

Declan assentiu.

— É. Mas essa foi a última vez que tocamos nesse assunto, certo? Agora é sério. Você esgotou sua cota de confusão por um ano.

Roma concordou e, pela primeira vez, não estava se sentindo contrariada. A situação toda com Addie havia feito a garota perceber que talvez não tivesse estômago para lidar com uma centena de Addies e Benjamins e Georges todos os dias.

— Tenho uma reunião agora às dez da manhã — Declan comentou. — A Coroa está organizando um baile para comemorar o fim do primeiro semestre do ano de formatura da princesa e vamos cuidar da segurança. Jantamos à noite?

— Clipstone, às nove. — Roma fez um sinal de "ok" com o polegar. — Mas só se você conseguir me arranjar um convite para o baile.

— Engraçadinha. A pessoa que vai te dar um convite está lá embaixo nos jardins.

Roma sorriu para o pai. Com um aceno, agradeceu a informação e caminhou pelos corredores em passos lentos pelo cansaço, encarando o próprio reflexo no corrimão dourado das escadas quando desceu. Como antes, ela ainda se esforçava para ser discreta, uma extensão das paredes que passaria despercebida. Era um esforço em vão, no entanto. Ela imaginava que o castelo já estava sabendo, ao menos em parte, dos acontecidos da noite anterior. Se Amélia não podia omitir, podia *manipular*.

Ao menos, era reconfortante saber que estava dentro do palácio, cercada de funcionários que precisariam trabalhar até o fim dos seus dias para pagar a multa por contar uma fofoca da Coroa aos jornais. Essa constatação fez o peito de Roma apertar. Amélia confiava tanto em Addie que nem sequer tinha pensado em fazê-la assinar um termo de confidencialidade.

Era injusto que tivessem terminado daquela forma.

Roma perdeu alguns minutos tentando se localizar no terreno avantajado do palácio de Buckingham. Quando finalmente encontrou a passagem para os jardins, seus olhos arderam por causa do sol. Demorou alguns segundos até que suas pupilas se acostumassem com a claridade repentina, um dia de milagroso céu aberto na chuvosa Londres.

Era como se a natureza *soubesse* que algo tinha acontecido. Como a Lindsay Lohan abrindo o tempo em *Sorte no amor* sempre que recuperava sua boa sorte.

Os olhos violeta de Roma encontraram Amélia deitada no chão, um tapete de cachos ruivos cobrindo a grama enquanto seus dedos giravam uma pequena flor amarela como se fosse um catavento. Ela estava usando uma blusa curta de manga bufante lilás com uma saia da mesma cor, pequenas pétalas brancas desenhadas nas duas peças.

Estava distraída. Seus olhos acompanhavam o cabo da flor em seus dedos como se não houvesse mais nada de importante acontecendo no mundo. Ela era mais bonita do que uma noite na London Eye.

Desavisada, Roma pisou em um dos canteiros de flores, espantando um grupo de pequenas abelhas. O zumbido dos insetos chamou atenção de Amélia, que olhou na direção da loira, curiosa. Quando a princesa se virou na grama, o corte na palma das mãos foi a primeira coisa que os olhos de Roma alcançaram.

Era aquilo?

Seu pacto de amor verdadeiro?

— Olha só quem acordou. — Amélia apoiou os joelhos no chão, pronta para se levantar. — Você deve estar exausta.

Roma assentiu. Era *meio* verdade.

Ela fez um sinal para que Amélia não se levantasse, e se ajoelhou ao lado dela.

— O que aconteceu ontem? — A grama incomodou sua pele, então ela se sentou no chão verde, os raios de sol esquentando o rosto.

— Você desmaiou no banheiro — Amélia explicou, sucinta. — E seu corpo começou a ficar mais e mais gelado. Pedi ajuda ao Benjamin pra levar você até a Alma. — Ela ergueu as duas mãos, com as palmas expostas, mostrando os cortes cheios de curativos. — E nós fizemos isso.

— Esse era o pacto de amor verdadeiro que meu pai estava falando?

Amélia fez que sim.

— Acho que ele não acreditou nessa história. O que é uma pena, porque eu estava falando a verdade pela primeira vez em muito tempo.

— E o que isso significa?

Amélia encarou os próprios cortes.

— Addie estava assombrando você desde o dia em que o professor Brown foi preso. A única forma de se livrar dela era contando a verdade... — Fez uma pausa dramática. — Ou cortando a sua ligação com o mundo dos mortos. Foi o que fizemos, mas essa é a parte simples da história.

— Cortaram a minha ligação? — Roma olhou ao seu redor, sem encontrar nada de estranho ou fantasmagórico. — Tipo, pra sempre? Sem mais fantasmas?

Amélia assentiu.

— Sem mais fantasmas.

— E eu sempre tive essa opção?

— Não. — Ela riu da indignação de Roma. — Era um ritual complicado. Segundo Alma, só podia ser feito como última alternativa. Você *quase* morreu. Se não fosse por uma princesa apaixonada, você teria... Como os brasileiros dizem? — Fez uma pequena pausa. — Ido de base.

— Então — Roma a encarou —, você me salvou. — Ela soltou uma risada incrédula. — Sério? Eu não acredito. Essa é a coisa mais filme de romance fofinho que passa na *Sessão da Tarde* que já aconteceu comigo.

— O que é *Sessão da Tarde*?

Roma moveu a cabeça em negativa.

— Não importa. Eu ainda estou impressionada.

— Isso quer dizer que me perdoa?

O comentário de Roma foi irônico:

— Considerando que você foi tóxica e salvou a minha vida pra eu ser obrigada a ter uma dívida eterna com a realeza britânica, acho que não tenho outra opção.

Amélia concordou:

— Não tem mesmo.

Roma ergueu o dedo médio na direção dela, sentindo uma pontadinha de dor ao redor dos cortes.

— Acho que vou procurar a Alma — murmurou. — Algumas coisas ainda não estão muito claras para mim.

Amélia passou a língua pelos lábios, então suspirou.

— Ela voltou pra New Orleans. Junto com a esposa, a Deva — Amélia contou. — Dá para acreditar? A dama de companhia da minha mãe e a sua guia espiritual, juntas.

— O quê? Mas...

A ruiva deu de ombros.

— Ela disse que o mundo dos mortos está uma bagunça, mas que você é nova demais pra ter que lidar com isso. Em outras palavras, disse que não é problema seu.

— Não é problema meu — Roma repetiu, em choque. — Essa coisa dos fantasmas... Tudo que eu sempre quis foi que não fosse problema meu. — Ela se deitou na grama, sentindo a superfície quente. Um suspiro aliviado escapou dos seus lábios quando a ficha finalmente caiu. — É isso. Não é mais problema meu.

— Não vai se arrepender de ter cortado a ligação? Admito que fiquei com medo quando a Alma disse que era definitivo.

Roma negou.

— É ótimo ser uma garota normal. Básica. Taylor Swift, filmes de romance, maquiagem e roupas novas, é tudo com o que vou me preocupar daqui pra frente. Estou ativando a minha persona de garota fútil.

— Ótimo — disse Amélia, sorrindo. — Porque vamos ter um baile neste fim de semana. Convenci Benjamin a ficar mais uns dias, então... vai ser a última noite dele aqui. É uma festa de fim do primeiro semestre, mas, na verdade, vai ser uma despedida. — Ela voltou a girar a pequena flor nas mãos. — Pode convidar a Chinara e o Jay, desde que você seja a minha acompanhante.

Uma resposta positiva estava na ponta da língua de Roma, mas ela se conteve. Seguiu o conselho do pai, talvez pela primeira vez naquele ano.

— O que a rainha acha disso?

Amélia abriu um sorriso maior ainda.

— Não importa. Vou abdicar dos deveres reais na noite do baile. Quero poder olhar para a bandeira do Reino Unido e pensar que não é mais problema meu. — Ela deixou a flor cair na grama. — Espero que minha avó não fique decepcionada. *Muito* decepcionada.

— Você não acha que é loucura?

— É loucura — Amélia assentiu. — Só por isso vou fazer. Nosso ano sabático está de pé? — Roma fez que sim. — Perfeito. Não faria sentido cometer uma loucura sem a garota por quem eu sou louca.

A loira fez uma expressão séria.

— Eu tenho uma pergunta importante.

— Qual?

— Ainda posso te chamar de princesa, se abdicar dos deveres reais?

Amélia revirou os olhos, moveu a cabeça em afirmativa.

— E de Alteza? — provocou. — Porque, particularmente, eu gosto muito desse.

Ainda com a expressão mal-humorada, ela confirmou:

— Pode.

— Ótimo. — Roma sorriu, passando uma das mãos pela cintura de Amélia. Ela se abaixou para tocar os lábios dela com os seus em um selinho breve. — Minha princesa.

## CAPÍTULO 46

## *Insira aqui o meme do cachorro com a bandeira LGBT e uma interrogação*

### *Amélia*

Amélia calçou luvas brilhantes para esconder os cortes em suas mãos. Estava dentro de um vestido de baile pomposo não pela primeira vez naquela semana, e não sabia se começava a gostar deles ou se só estava se acostumando. *Acostumar* era uma palavra forte para ela. Havia passado boa parte da infância achando que a vida deveria ser mais do que os portões cheios de grade de um palácio, mas tinha se acostumado a ficar ali. Aprendera que nenhuma situação era ruim a ponto de ser impossível de se acostumar, e era exatamente aí que morava o perigo sórdido. Você pode se acostumar com uma gaiola de ouro e então achar que liberdade nem é tão importante assim.

— Amélia — a voz rouca da rainha surgiu do lado de fora do quarto. — Posso entrar?

Amélia segurou o ímpeto de responder que o castelo era dela. Trataria coisas importantes naquela noite e tudo correria melhor se sua avó estivesse de bom humor, por mais que a princesa achasse que a notícia da renúncia deixaria seu cabelo branco em pé independentemente da quantidade de tato com que fosse contada. Nessas horas, ela gostaria de ter um irmão rebelde que faria suas decisões parecerem nem tão radicais assim.

Amélia abriu a porta, dando um meio sorriso para a avó.

— Eu trouxe sua coroa. — A rainha ergueu as mãos, a coroa repleta de brilhantes reluzindo na luz amarela do quarto. — Você disse que queria conversar comigo.

Amélia assentiu. Abaixou um pouco o corpo para que Olívia colocasse a coroa em sua cabeça, as hastes da joia prendendo em seu cabelo cacheado. Depois que estava firme, ela deu um passo para trás e deixou que a avó entrasse no quarto, fechando a porta.

— Precisa de ajuda para se arrumar?

A princesa arqueou uma sobrancelha.

— Normalmente são as criadas que me ajudam.

— Podemos fazer as coisas um pouco diferentes desta vez. — A rainha sorriu, rugas de expressão surgindo no canto dos olhos. — Eu costumava fazer a maquiagem da sua mãe.

— Pensei que vocês não se dessem muito bem.

— Nós tínhamos momentos. — Olívia deu de ombros, sentando-se à penteadeira de Amélia. Ela cruzou os braços ao perceber que a princesa não aceitaria a oferta de ajuda. — Mulheres de gênios difíceis, eu e ela. Spencer queria ser livre, eu queria que ela fosse uma princesa. Talvez se a mídia não a tivesse perseguido, as coisas não teriam sido tão drásticas.

Amélia fez que sim.

— Você disse que queria falar comigo.

— Vou ser direta. — Amélia caminhou até a penteadeira onde Olívia estava sentada, segurando uma das mãos da avó — Quero me afastar das obrigações reais. Abdicar do trono.

Olívia soltou um longo suspiro. Ela ficou um instante em silêncio, apenas respirando, observando o nervosismo correr pelos olhos de Amélia. A tensão do quarto poderia ser cortada a faca, aquela calmaria que antecede a tempestade, preenchendo cada espaço.

Amélia estava com medo que a mulher surtasse e cada segundo de silêncio abria espaço para um "e se" diferente. E se o relacionamento dela com Roma não desse certo? E se ela precisasse voltar com o rabo entre as pernas só para dizer à sua avó que estava terrivelmente errada e que a vida longe dos muros do castelo não era tão boa quanto ela imaginava? E se estivesse perdendo a chance de governar no futuro, de criar uma nação mais justa? E se...

Amélia se recusou a continuar pensando.

Mudar dava medo, mas ela tinha passado a vida inteira ansiando por mudanças. Não podia recuar logo agora.

— Acho que chegou a hora.

Ansiosa, Amélia questionou:

— Que hora?

— De você saber a verdade. — Olívia desviou os olhos dos dela. — Sobre o seu pai. Ele não te abandonou, nem enlouqueceu e foi embora. Nós fizemos um trato no seu aniversário de dez anos.

Amélia arqueou as sobrancelhas.

— Um trato?

— Você sabe como é importante para a Coroa ter herdeiros ao trono. — A princesa assentiu. — Só que seu pai não quis mais ter filhos depois da Spencer.

Ele sempre disse que nunca amaria outra mulher como a amou, então a responsabilidade do trono ficaria para ele e depois... para você.

Amélia riu da própria desgraça.

— Mas eu fui uma criança problemática e comecei a dar trabalho.

Olívia deu um sorrisinho.

— Em parte, querida. Depois que a Spencer morreu, seu pai começou a se culpar pela morte dela. Achou que ela não estava feliz, por isso estava bebendo muito antes da gravidez. Como se ela tivesse... você sabe... Numa espiral de comportamentos autodestrutivos.

Amélia assentiu. Falar sobre sua mãe e a percepção que as pessoas tinham dela era sempre um desafio. Ninguém nunca saberia a verdade sobre os meses antes da gravidez. Por que ela tinha bebido tanto, quais outras substâncias ilícitas estava usando, qual era o papel dos jornais de fofoca na degradação da sua saúde mental, todas essas eram perguntas que Spencer tinha levado consigo para o túmulo.

— Louis queria se afastar de Londres. Ele estava com uma depressão sazonal e não lidava muito bem com o luto pela Spencer, mas, ao mesmo tempo, ele tinha medo de que você não fosse feliz também. Ele não achava justo, entende? Que você fosse infeliz, depois da Spencer sacrificar o próprio corpo para você nascer. Foi aí que nosso trato entrou. — Olívia olhou para o nada, como se estivesse tendo uma conversa com o filho. — Ele tinha certeza de que, em algum momento, você escolheria renunciar. E, quando isso acontecesse, Louis voltaria para a posição de herdeiro.

Amélia demorou alguns segundos até absorver a mensagem.

— Eu fiquei aqui todos esses anos enquanto ele brincava de ser uma pessoa normal?

— Foi um trato ruim — a rainha assumiu. — Mas seu pai queria ter certeza de que você conheceria a vida na realeza antes de abdicar dela. Ele não podia decidir por você, entende?

— Entendo. — Amélia soltou o ar pela boca, ultrajada. — Só não concordo.

Olívia deu de ombros delicadamente.

— Bom, o que está feito está feito. Louis vive em um pequeno povoado na Alemanha. Acho que você deveria visitá-lo para conversarem pessoalmente.

Amélia hesitou. Não tinha certeza se conseguiria fazer o que a avó sugeria.

— Ele é como um estranho para mim — admitiu.

Olívia moveu a cabeça em assinto.

— Nunca foi minha intenção forçar você a fazer nada que não quisesse e não vai ser agora — disse. — Mas acredito que nunca é tarde para reconstruir laços que foram perdidos, não é? Vocês ainda têm o amor pela Spencer em comum.

Amélia não tinha certeza, mas não queria discordar da avó quando ela estava sendo gentil. Fez que sim e seguiu para a segunda parte da conversa, talvez pior do que a primeira.

— E falando nisso... — Sentiu-se receosa, mas se obrigou a continuar: — Segui o seu conselho. Convidei uma pessoa pro baile.

— Quem? — Os olhos de Olívia despertaram em curiosidade. — Um herdeiro? Príncipe? Filho de políticos ou...

Ela foi rápida, antes que desistisse de falar e sua avó desistisse de ouvir:

— Uma garota. *A* garota.

A expectativa da rainha murchou. Ela ficou em silêncio por um instante e Amélia pensou que tudo estivesse perdido. Que sua avó poderia aceitar uma neta que vira as costas para a Coroa, mas nunca uma neta gay.

Finalmente, Olívia disse algo:

— O mundo está mudando, não é? — Ela deu um sorriso complacente, o tom de voz meio nostálgico. — Queria ter dito algo assim aos meus pais uns quarenta anos atrás.

Amélia a encarou, espantada. Não sabia se tinha interpretado o comentário da rainha da forma certa.

— Está dizendo que...

— Segredinho nosso — Olívia cortou o assunto. — Ela vai ser bem-vinda, mas lembre-se de seguir as regras de forma apropriada pelo menos por mais uma noite, sim? É a última noite do conde Benjamin conosco. — Ela deu um suspiro. — Sinto que estou perdendo todos vocês.

A princesa sorriu.

— Pelo menos o seu filho vai voltar. — Ainda era muito cedo para chamá-lo de pai. — E Benjamin vai ficar bem — Amélia afirmou. — Não diga que te contei, mas talvez ele esteja planejando roubar seu cozinheiro — disse a princesa. Olívia franziu o cenho. — Ele gosta muito da comida do Kenji. — Ela deu de ombros, uma piada interna que só fazia sentido dentro da sua cabeça. — Mas, sobre as regras, eu queria te pedir um favor. E sei que já esgotei a minha cota por hoje, mas...

Olívia riu, concordando:

— Sim, diga.

— Bom — Amélia passou os dedos pela barra do vestido —, você precisa manter segredo até mais tarde.

# CAPÍTULO 47

## [AAAAAAAAAAAKJDKSFDKNJGFCGVJHKGJHNTKF]
## *Roma*

A verdade dolorosa sobre Addie era outra coisa que Roma tinha decidido não ser problema seu. Seria até um pouco satisfatório olhar no rosto das pessoas que a chamavam de "garota de ouro" e dizer: "Vocês sabiam que ela era a maior filha da puta que já pisou em Londres?", mas Roma tinha escolhido não se rebaixar ao nível dela. Tudo que as pessoas sabiam e que iam saber era que Addie Jones, a tão emblemática Addie Jones, estava chantageando o professor de literatura inglesa e acabara morta numa viela entre o palácio de Buckingham e a Constitution Hill.

Amélia também escolhera deixar as coisas como estavam. Ela tinha segredado a Roma sua vontade de fazer um exposed anônimo nas redes sociais, mas logo percebeu que era mais uma ação inútil que não mudaria as coisas. Addie fora morta por sua própria ganância e era melhor que tudo continuasse como estava. Em segredo. Em silêncio. Addie não fora capaz de guardar nenhuma das confidências de Amélia para si, mas, em um gesto de misericórdia, a princesa o faria.

Não tinham contado nem mesmo para Chinara e Jay, que pareciam impressionados com os esforços de Amélia em ser uma colega de classe mais acessível.

— Nunca achei que fosse colocar os meus pezinhos jamaicanos em Buckingham — Jay comentou, o tom de escárnio. Seu passatempo favorito ainda era zombar da realeza, por mais que agora simpatizasse um pouco mais com Amélia. — Muito menos como convidado.

Se Jay era mais fácil de convencer, Chinara era impassível:

— A princesa ainda pode mudar de ideia — disse, sem dar o braço a torcer. — Talvez tenha nos convidado só para ter o prazer de nos chutar.

Roma segurou uma risada maldosa. De onde estavam, nos jardins, ela conseguia ter um vislumbre do salão de baile do palácio, cheio de gente, mas vazio ao mesmo tempo. Parecia ainda mais bonito e decorado do que na noite do aniversário de Amélia. Os convidados estavam mais animados também, como se o pesar de um assassinato mal resolvido estivesse agora distante da música que os embalava.

Não tinha visto nenhum sinal de Amélia.

— Ela está tentando causar uma boa impressão — Roma defendeu, naquele tom divertido que não era uma defesa de fato. — Aquele festival de música foi meio...

— Caótico? Dramático? Horrível?

— Eu ia dizer confuso.

— "Confuso" não é a melhor palavra pra definir duas horas dentro de uma viatura policial. — Chinara moveu a cabeça em negativa. — Principalmente com um homem branco dirigindo. Aquele cara era estranho. Certeza de que tinha alguma tatuagem exaltando a moral e os bons costumes.

— Podia ter sido muito pior. — Jay deu de ombros. — Você deveria aproveitar a oportunidade, Chi. Não tem lugar melhor para conseguir um marido do que em Buckingham — zombou.

Chinara fez que sim.

— Estou pronta pra conquistar um príncipe velho e rico que vai morrer de causas misteriosas dois dias depois do nosso casamento — zombou. — Falando em casamento, você não estava saindo com alguém?

Jay arqueou as sobrancelhas.

— Por que acha que eu estava?

— Seu comportamento estranho — Roma pontuou. — Ficou no celular o tempo inteiro. E se isolava sempre que tinha oportunidade.

Ele soltou um longo suspiro, sem intenção de esconder que não gostava do assunto. Alguém havia pendurado um cordão de luzinhas nas árvores dos jardins de Buckingham, o que deixava a pele escura de Chinara e Jay reluzente.

— Sendo honesto, eu não queria ter que falar sobre isso.

— Sem essa. — Chinara deu um tapa em seu ombro. — Essa amizade aqui funciona de maneira tóxica e você vai ter que dividir seus segredos com a gente por mais macabros e vergonhosos que sejam. O que foi? Não pode ser mais vergonhoso do que namorar a princesa da Inglaterra, então...

Jay riu. Roma ergueu o dedo médio na direção de Chinara.

— Não estamos namorando.

— Olha — Jay começou —, eu vou falar de uma vez para a vergonha passar mais rápido. — Ele encarou as duas, fez um minutinho de silêncio. — Eu estava namorando. *Webnamorando.*

Chinara e Roma trocaram um olhar de deboche.

— Eu sei, tá? Por isso não falei pra ninguém.

Roma franziu o cenho.

— Se eu julgar, vão me cancelar na internet.

Jay revirou os olhos.

— Enfim. Deu errado. Era um *catfish*. Uma garota usando as fotos do irmão mais velho.

Chinara deu um sorriso complacente.

— Você devia dizer pra ela te apresentar ao verdadeiro dono das fotos. Duvido que ele recusaria um cara romântico que faz velas.

— Deixa pra lá. — Ele deu de ombros. — Imagina ser cunhado dessa maluca.

— Imagina webnamorar — Roma alfinetou, um sorrisinho atrevido nos lábios. Foi a vez de Jay erguer o dedo médio na direção dela.

Chinara passou as mãos pelos próprios ombros.

— A gente pode ir para dentro? — Ela apontou para o próprio corpo, vestindo um tubinho tomara que caia acompanhado de luvas de vinil brilhosas que fariam a rainha da Inglaterra ter uma síncope. Ao menos, era um vestido longo, como as diretrizes chatas de um baile pediam. — Esta roupa é linda, mas é fria.

— Pretty hurts — Roma zombou, oferecendo um dos braços para ela e o outro para Jay, uma caminhada de mais ou menos trinta passos dos jardins até o salão de baile.

Havia algo de diferente em estar ali de novo. No aniversário de Amélia, Roma se sentia tão nervosa quanto aos doze anos, quando ia para a escola e precisava apresentar trabalhos em grupo na frente da sala inteira. Agora, analisando as coisas com mais clareza, ela entendia que a real causa do seu nervosismo não era o palácio, mas Amélia, seus olhos azuis, seu cabelo cor de fogo vivo, sempre muito próximo da juba de um leão.

Estava nervosa porque estava se apaixonando por ela, e não havia nada que deixasse os nervos de uma pessoa mais atônitos que isso.

Mas essa era a parte em que o nervosismo vai embora e dá lugar à euforia.

A euforia é um sentimento mais agradável que o nervosismo, como se a primeira fosse a certeza e o segundo fosse a dúvida.

E Roma não sentia mais dúvida.

Seus pensamentos foram varridos para longe quando um dos garçons surgiu com uma bandeja de canapés de polvo. Roma recusou com um sorriso, pensando no que a princesa diria quando visse a escolha de cardápio.

No meio de conversas animadas entre líderes de Estado e de uma música clássica monótona, ela reconheceu a voz de Amélia pela primeira vez na noite, falando com Kenji ao lado da mesa do bufê.

— Você não está trabalhando hoje — ela brigou, quando ele tentou ajeitar uma flor feita com cascas de laranja no centro da mesa. — Se não aceitar essa folga, vou ter que expulsar você do baile. Você e o seu namorado.

Tinha algo de bonito em reconhecer a voz de alguém numa multidão de outras vozes e sentir seu corpo reagir ao timbre. Quando o mundo ao seu redor para por um segundo para que você possa confirmar o que realmente ouviu e você se dá conta de que nunca confundiria aquela voz porque cada centímetro do seu corpo sabe como ela é e como funciona. Era uma coisa bonita. *Simples.*

A música terminou, dando lugar a uma valsa. As rodas de conversa no centro do salão deram espaço para que casais pudessem se encontrar, a pista de dança se enchendo aos pouquinhos, visto que o palácio de Buckingham era grande o bastante para abrigar confortavelmente qualquer multidão, principalmente naquele cômodo. Por mais que a realeza não fosse sua coisa favorita no mundo, Roma ainda ficava encantada com os detalhes majestosos do lugar, um brilho especial roubado diretamente dos livros de fantasia.

Roma deu um pulinho quando o toque gelado da seda encostou em seus ombros. Ela se virou para ver Amélia com um sorriso singelo nos lábios.

— Que bom que vocês vieram. — A princesa cumprimentou com um aceno, os anéis que adornavam suas luvas chamando a atenção.

— Chinara está procurando um marido — Jay zombou, levando um tapa discreto da amiga. Até o final da noite ele estaria roxo.

— Festa legalzinha — disse Chi, então pareceu se lembrar da conversa com Holy em Jurassic Coast. Sua expressão se suavizou levemente. — Mais umas cinco dessas e eu deixo você sentar comigo no almoço — brincou.

— Cinco festas — Amélia respondeu. — Pode deixar. Eu vou roubar a amiga de vocês um segundinho. Está tocando valsa e seria um desrespeito não dançar.

Roma franziu o cenho.

— Na frente dessa gente toda?

"Na frente dessa gente toda" significava que a timidez de Roma estava prestes a atacar, mas "na frente dessa gente toda" também significava que não tinha certeza se estavam em um lugar seguro. Endoidecer uma corte homofóbica ou virar notícia negativa nas manchetes não estava nos seus planos daquela noite.

— Na frente dessa gente toda — respondeu Amélia, confiante. Ela pegou uma das mãos igualmente enluvadas de Roma e a puxou para o centro do salão, onde tranquilizou suas desconfianças. — Minha avó já sabe. E tudo bem — disse ela, e abaixou o tom de voz: — Até acho que ela é meio gay.

Roma arqueou uma das sobrancelhas loiras. Seu cabelo estava preso com duas trancinhas na frente, no estilo Sharon Tate.

— A rainha da Inglaterra, meio gay?

— Ela só soltou umas coisas meio suspeitas e depois não quis tocar no assunto. Soa suspeito. Suspeito gay.

Parecia um assunto pessoal, então Roma não fez mais perguntas.

Amélia recapitulou:

— Sabe dançar valsa?

— Essa é uma pergunta que você deveria ter feito antes de me arrastar pra pista de dança, não acha?

Ela deu de ombros.

— Aprendi pro meu aniversário de quinze anos — Roma explicou. — É um costume brasileiro. Não sei se lembro o bastante pra não passar vergonha na frente dessas pessoas, mas...

— Você está com uma princesa, nunca passaria vergonha — Amélia cortou, confiante. Uma de suas mãos desceu até a cintura de Roma e ela ergueu seus dedos entrelaçados ao mesmo tempo que Roma colocou a outra mão em seu ombro. Elas deram um passo para a frente, depois outro para trás, e era um pouco difícil acompanhar a dança quando vestidos bufantes limitavam o movimento das suas pernas. — Tem uma coisa que eu sempre achei meio romântica.

— O quê?

— Conversas durante uma valsa.

Roma achou graça.

— Por quê?

— Sei lá. Acho engraçado. E tipo... poético. Estamos em um salão cheio de gente, mas nossa conversa é só nossa. Eles nos observam, mas não nos ouvem. É como a Taylor Swift disse uma vez, o mundo inteiro é preto e branco, mas nós estamos cheios de cor.

— Para alguém que nunca tinha se apaixonado, até que você é bem romântica.

Amélia não perdeu a oportunidade de alfinetá-la de volta, os olhos brilhando com a sombra perolada:

— Para uma romântica, até que você é bem sem graça. — Elas se acostumaram com os vestidos, a dificuldade das saias sendo superada aos poucos. A princesa se sentiu muito bem ao perceber que ninguém no salão olhava de forma estranha para as duas, como se fossem só mais um casal comum numa noite de baile. — Preparei uma surpresa pra hoje.

Roma a encarou, curiosa.

— Qual surpresa?

Amélia girou o corpo de Roma no tempo exato da valsa. Quando estavam frente a frente de novo, ela aproximou o rosto do dela e tocou os lábios dela com os seus, num selinho breve.

— Está lá fora. — Seus olhos vagaram pelo salão, procurando por um relógio. Quando o encontrou, cerrou os olhos para enxergar. — Faltam cinco minutos pra começar.

Roma franziu o cenho. Como tinha feito segundos antes, Amélia a puxou em direção à porta dos fundos do salão. Os corredores de Buckingham estavam vazios e havia um quê de liberdade em correr pelo palácio junto com ela, enquanto tomavam todo o cuidado para que as saias dos seus vestidos não se emaranhassem. Nenhuma das duas queria terminar a noite com um dente ou um braço quebrado.

— Vamos assistir aos fogos de um lugar diferente — disse ela, quando passaram pelas portas da cozinha e caíram em um novo jardim, diferente do que Roma já conhecia.

Aquele era mais bonito.

Mais vivo.

Havia miosótis e rosas por todos os cantos, e o cheiro das flores era único, ainda não contaminado pela presença de perfumes humanos. Era uma explosão de vermelho, amarelo e lilás que reluzia na pequena lagoa artificial, pequenas carpas alaranjadas pulando de um lado para o outro. Parecia um jardim secreto.

— Pedi pra rainha me ajudar com isso. — Amélia apontou para outro extremo do jardim, onde uma equipe de pirotecnia soltava os primeiros fogos da noite. Os olhos violeta de Roma encararam o céu noturno, uma chuva de fogos rosa, brancos e laranja.

Roma piscou, incrédula.

— São as cores da minha bandeira?

Amélia assentiu.

Roma ainda não conseguia acreditar que ela tinha colocado as cores da bandeira lésbica num show de fogos no palácio de Buckingham.

A primeira leva de fogos terminou e, depois dela, os fogos que estouravam no céu deixaram de ser apenas fogos. Eram corações nos mais diversos formatos e tamanhos decorando o céu, lembrando um daqueles *wallpapers* automáticos, uma chuva de corações caindo por todos os lados.

— E a melhor parte da surpresa. — Amélia tirou um pequeno bilhete de dentro do decote, dobrado em vários pedacinhos. Ela leu e guardou novamente o papel, colocando-se na frente de Roma. — Eu te amo — disse, em um português embolado e esquisito. — Quer namorar comigo?

Roma deixou uma risada escapar, impressionada demais para dizer qualquer coisa que não fosse um "meu-deus-tem-uma-princesa-dizendo-que-me-ama" nervoso e desastrado.

— Aprendeu português só pra me pedir em namoro?

Amélia moveu a cabeça em negativa.

— Eu aprendi algumas palavras. É uma língua muito difícil pra aprender tão rápido — explicou, um tanto frustrada. — Na verdade, meu plano era pedir desculpas em português, mas, como você me perdoou antes do que eu esperava, achei que seria bonitinho dizer que te amo na sua língua materna.

Roma ficou em silêncio, absorvendo o momento, gravando cada instante na memória. Ela se sentia um pouco área, em choque, como se aquilo tudo fosse a cena de um dos seus filmes favoritos e ela estivesse de longe, só assistindo.

— E aí? — Amélia cutucou. — Vai aceitar ou não? É a primeira vez que eu faço uma coisa bonitinha assim pra alguém, e se você disser que não eu mesma assino os documentos pra deportar você.

Roma riu, o comentário a trazendo de volta para a terra. Ela pegou as mãos de Amélia e encarou seus olhos azuis, murmurando a resposta mais óbvia de todos os tempos:

— Por mais que eu quisesse dizer não pra uma pessoa da realeza, seria muita hipocrisia da minha parte. — Ela sorriu, tocando seu rosto. — Eu me apaixonei por você duas vezes e estou pronta pra me apaixonar uma terceira. Sim. *Yes. Sí. Ja. Oui.* Como é que sua mãe disse? Eu te amo mais do que um polvo poderia.

— Parece que princesas se apaixonam, no final das contas. — Amélia sorriu, selando os lábios nos dela mais uma vez. — E eu não poderia ter escolhido um primeiro amor melhor.

# EPÍLOGO

## 3 MESES DEPOIS

— Estou um pouco nervosa.

— Por quê?

— Sei lá. Nunca fiz isso antes.

— Você treina desde pequena.

— Eu sei, mas é diferente quando tem uma galera olhando.

— São os Jogos de Inverno de Charterhouse, não é a Olimpíada de Tóquio. E você vai se dar bem de qualquer jeito.

Amélia encarou o próprio rosto no espelho, o cabelo preso em um rabo de cavalo alto. Parte do seu arco aparecia no reflexo, e a torneira de um dos chuveiros do vestiário pingava em um ritmo capaz de deixar maluco qualquer um que passasse muito tempo ali. Três pingos, um silêncio mortal, mais três pingos. Sempre num intervalo de cinco ou seis segundos.

— Se ficar nervosa — Roma começou —, é só olhar para mim. Não foi isso que você me disse quando nós estávamos cantando no karaokê?

Amélia mordeu o lábio.

— É bem mais fácil quando preciso falar, e não fazer. Sou uma especialista em pensar no pior cenário possível. Tipo perder completamente a mira e não chegar nem perto de acertar o alvo.

— Vai acertar — Roma murmurou, confiante. — E vai dedicar seus pontos para mim.

Amélia fechou a cara, virando-se na direção dela. Encostou os quadris na pia do banheiro.

— Agora que você pediu não tem mais graça.

— Tem sim — ela se defendeu, colocando as mãos na cintura de Amélia e levantando seu corpo com cuidado, até que estivesse sentada na pia do banheiro. — A gente pode decidir o primeiro destino do nosso ano sabático usando seus pontos — sugeriu, dando um beijo breve em seus lábios antes de continuar. — Dez pontos, Alemanha. Cinco pontos, Brasil. Dois pontos — ela apoiou o queixo no ombro de Amélia, então ficou em silêncio —, sei lá... Austrália. Gosto da ideia dos cangurus, são lutadores de boxe de pelúcia em tamanho real.

Amélia fez uma careta.

— Eu não teria coragem de chegar perto de um canguru. Eles têm potencial para matar uma pessoa na base do soco. Tipo aquele elefante vingativo que pisoteou uma mulher e depois foi ao velório para pisotear o caixão.

— Tenho certeza de que ela fez alguma coisa muito ruim. — Roma deu de ombros. — Elefantes são rancorosos. E eu os entendo, porque também pisotearia o caixão de algumas pessoas.

— Uma pessoa cujo primeiro nome começava com A e o sobrenome começava com J.

— Eu estaria defendendo a sua honra. É *romântico*.

Amélia deu uma risadinha nervosa, os dentes prendendo seu lábio inferior.

— Benjamin foi o elefante africano da Addie.

— Se não fosse ele, seria o professor Brown. Você sabe, não é como se a Addie estivesse perambulado por Londres e sendo simpática com todo mundo. Só tenho um pouco de pena dos pais dela.

Amélia concordou.

— Deve ser uma situação de merda. — Mesmo depois de tanto tempo, ainda era engraçado ver a princesa falando como uma pessoa normal. — Eles sempre foram gentis com a Addie. Queriam garantir que ela não se sentisse mal por ser adotada. — Amélia deu um longo suspiro. — Pelo menos eles ainda têm uma boa memória dela. Garota de ouro. — As últimas três palavras soaram irônicas, amargas como fel.

— Preferia nunca ter descoberto?

A princesa fez que não.

— É complicado. Às vezes fico pensando que talvez fosse melhor ter uma imagem positiva dela pra guardar na lembrança, mas... eu só estaria me enganando, não é?

Roma formulava uma resposta para o comentário quando os alto-falantes de Charterhouse retumbaram pelo campo, a voz do treinador anunciando o início da prova de tiro com arco.

— Parece que deu sua hora — disse Roma, um aperto singelo em sua cintura. — Não se esqueça dos meus pontos.

Amélia tocou seu rosto, aproximando os lábios dos dela. Sua língua invadiu a boca de Roma e elas gastaram alguns segundos se beijando, uma competição silenciosa para ver quem perderia o fôlego primeiro. Roma perdeu, porque Amélia era uma ótima nadadora.

— Vou pensar no seu caso. — Amélia desceu da pia do banheiro e pegou seu arco antes de correr para fora, mandando um beijo para Roma da porta. A garota riu em resposta, saindo do vestiário com alguns metros de desvantagem.

O campo de Charterhouse estava lotado e alegre. Alunos de turmas diferentes interagiam, o time de lacrosse masculino comemorava a vitória da última sexta-feira, e os professores fofocavam sobre os alunos em uma rodinha discreta no canto do gramado, como se estivessem invisíveis só por estarem juntos. O ecossistema do colégio funcionava bem sem Addie e George Brown.

Londres funcionava.

*Ela* funcionava.

Pela primeira vez em muito tempo, Amélia não sentia que havia um problema em aberto arrepiando sua espinha e pesando em suas costas.

— Boa sorte! — o grito veio da arquibancada.

Amélia se virou para ver Benjamin sentado em uma das primeiras fileiras, ao lado de um Kenji sem muita habilidade para eventos sociais. Ele tinha voltado para Londres só para visitar o namorado – e o relacionamento deles ainda era muito estranho na cabeça de Amélia – e aproveitado para prestigiar os Jogos de Inverno de Charterhouse, porque ela estava competindo.

Amélia podia sentir a chateação de algumas alunas ao vê-lo acompanhado.

Roma chegou segundos depois e se sentou ao lado do casal, acenando para Amélia como se elas não estivessem se beijando no banheiro segundos antes.

Era engraçado, porque cada um de seus encontros parecia o *primeiro*.

Seus seguranças também estavam ali, no último degrau da arquibancada. A rainha tinha prometido que seriam menos hipervigilantes agora que seu pai tomaria o lugar de herdeiro do trono, mas eventos lotados ainda eram uma questão. Agora que estava em um relacionamento público com outra garota, a rainha Olívia tinha medo que alguém mal-intencionado planejasse um ataque. E, embora Amélia soubesse que o mundo era um lugar horrível e que isso não deixava de ser uma possibilidade, ela sentia que ao lado de Roma era o lugar mais seguro onde ela podia estar.

Porque Roma era capaz de destruir o mundo para ficarem juntas.

A sua vilã de livros de fantasia.

Amélia percebeu que estava divagando quando ouviu a voz do treinador Parker corrigir a posição das pernas de outra competidora. Ela deu um sorriso sem jeito para quem quer que pudesse estar vendo e se ajeitou do lado das outras três garotas que competiam por uma medalha de ouro – que na verdade era feita de metal dourado, porque Charterhouse não tinha tanto dinheiro assim.

Havia quatro alvos e três chances. Quem fizesse mais pontos depois de atirar três vezes seria a vencedora. A verdadeira competição de tiro com arco não era tão simples assim, mas o treinador Parker tinha feito questão de simplificá-la ao máximo a fim de que tivesse mais tempo para que os garotos do time de lacrosse brilhassem na festa de comemoração..

Amélia revirou os olhos diante do pensamento. *Patético.*

Parker começou a contagem regressiva para os tiros:

— Um...

Amélia ajeitou a luva na sua mão direita, levantando o arco. Fechou um dos olhos para enxergar melhor o alvo e puxou o elástico, esperando pela hora certa.

— Dois...

A garota de traços chineses ao lado de Amélia mal conseguia sustentar o próprio corpo e o arco ao mesmo tempo. Ela não sabia dizer se a garota era muito pequena ou se o arco era grande demais, mas a combinação parecia a receita pronta para um desastre.

— Três... — O treinador fez suspense. — Soltem as flechas!

A flecha de Amélia voou majestosamente até o centro vermelho do alvo, garantindo seus primeiros cinquenta pontos. As outras garotas não tinham tido a mesma sorte, marcando dez, vinte e dez, respectivamente. Ela deu um sorriso ao perceber que Roma tinha razão ao dizer que ela se daria bem.

 Segundos depois do acerto, uma das repórteres do clube de jornalismo do colégio entrou no campo, uma equipe amadora de câmeras correndo atrás dela.

 — E aqui nós temos um feito impressionante da nossa princesa Amélia Mountbatten Wales! É verdade que todo mundo da realeza tem essa habilidade?

 Amélia achou graça. Ela gostava de dar entrevistas para o jornal de Charterhouse, porque as perguntas eram bobas, e não questões que deveriam ser discutidas em reuniões sob segredo de Estado.

 — Modéstia à parte, eu sou a melhor do palácio nisso. E acho que desta escola também — ela brincou, causando risadinhas gerais.

 — Minha mãe costumava dizer que humildade é coisa de gente sem talento — a garota zombou. — Acho que já sei a resposta dessa pergunta — ela fez uma pausa dramática —, mas vamos lá, ela precisa ser feita. — Virou-se para a câmera, depois de volta para Amélia — Os seus primeiros cinquenta pontos são pra quem?

 Amélia se virou para a lente da câmera, então sorriu.

 — Para a minha namorada, Roma Wallen.

 E ela nunca tinha se sentido tão livre na vida.

★★★

## SEIS MESES DEPOIS

— Você tá pronta? — Amélia perguntou, passando os dedos pela tela do celular, aberto no GPS. — Vamos entrar em uma área sem regulamentação de velocidade em dez minutos.

 — Espera. — Roma enfiou os dedos na bolsa, tirando seu telefone. — Meu pai está ligando.

 — O tráfego é contínuo — zombou Amélia, como se fosse óbvio. — Eu perguntei por perguntar.

 Roma ergueu o dedo médio na direção dela.

 — Oi.

 A voz de Declan era rígida do outro lado:

 — Responsabilidade, hein? — foi a primeira coisa que disse. — Vi nos stories da Amélia que estão em *autobahn*.

 Autobahn eram como chamavam as autoestradas da Alemanha, com alguns trechos sem limite de velocidade. Amélia tinha descoberto havia algumas semanas em um vídeo do TikTok e definido que precisavam correr nelas.

Um ritual.

Uma homenagem à liberdade.

Roma achou graça que ela tivesse postado sobre o assunto.

— Uma vida inteira sem postar nada nas redes sociais e agora que ela pode ter um perfil quer dar uma de blogueirinha.

Amélia revirou os olhos para ela, ameaçando tirar as mãos do volante para lhe dar um empurrão.

Declan resmungou:

— É bem útil, considerando que você não dá notícias.

— Estou no meu ano sabático, pai. E eu mandei uma foto no Signal Iduna Park! — ela protestou. — Faz só dois dias. E estou indo pro Brasil daqui a três semanas, minha mãe pode me trancar em casa e vigiar todos os meus passos — disse, dramática.

Declan riu.

— Ah, ela está enlouquecendo.

— Uma terapeuta enlouquecendo?

— Não é todo dia que você recebe uma princesa como nora.

— Princesas precisam sofrer na vida. — Roma deu de ombros, levando um chute de Amélia. — Não tira o pé dos pedais, maluca — xingou. — Enfim, vou dizer pra Esmeralda ser bem pouco hospitaleira.

Pelo tom de voz, ela notou que Declan estava sorrindo do outro lado.

— Manda uma mensagem quando chegar no hotel.

Roma assentiu, ainda que ele não pudesse ver seu gesto.

— Pode deixar.

— Tem uma briga de bar na rua Sete. Vou ter que desligar.

A loira deu um meio sorriso, porque algumas coisas nunca mudavam.

— Aconteça o que acontecer...

— Não morra no processo — Declan completou, segundos antes de desligar, e Roma sabia que ele estava tendo um bom dia pela forma como suas palavras soavam.

— Quatro minutos — Amélia anunciou.

— Você realmente quer acelerar a mais de trezentos por hora numa estrada no meio do nada? Porque eu acho que a gente pode morrer.

Ela riu.

— Não tem uma música brasileira sobre isso?

— Sobre um casal morrendo junto? Sim — Roma divertiu-se. — Da Clarice Falcão. "Quando eu te vi fechar a porta, eu pensei em me atirar pela janela do oitavo andar" — ela cantarolou, em inglês, pulando algumas partes. — "Era bem o tempo de você chegar no 'T", olhar no espelho seu cabelo, falar com o seu Zé. E me ver caindo em cima de você, como uma bigorna cai em cima de um cartoon qualquer". — Parou de cantar. — A música é ótima, mas credo.

— A gente não vai morrer, porque sou uma ótima motorista. Dois minutos

Roma ajeitou o cinto de segurança no corpo, dando um sorriso irônico na direção da princesa.

— Não sei por que eu ainda te dou ouvidos.

— Porque eu abdiquei de governar o país pra governar *você*. Gente apaixonada funciona assim. — Amélia mostrou a língua para ela, conferindo o GPS mais uma vez. — Um minuto.

— Eu não quero voltar a ter contato com os mortos, ouviu?

Amélia riu. Segundos depois, elas passaram por uma placa anunciando que estavam em uma área sem limite de velocidade. A princesa pisou fundo no pedal do acelerador, criando o que, na cabeça de Roma, era a cena perfeita para o encerramento de um filme: os cachos de Amélia brilhavam em contraste com o céu alaranjado do pôr do sol, o vento batia no rosto das duas num toque que se intensificava conforme a velocidade do veículo. Não havia ninguém na frente delas, nem atrás, o que fazia parecer que aquele era o último carro do mundo.

Roma encarou a pele dourada de Amélia, quase brilhando diante do sol.

— O que foi? — ela questionou, sem tirar os olhos da estrada, acelerando um pouco mais.

— Nada. Só gosto de garotas que dirigem carros em alta velocidade. E praticam tiro com arco. E são ruivas e têm títulos de nobreza.

Amélia achou graça.

— Conheço uma garota que seria sua alma gêmea.

— Não *seria* — Roma corrigiu. — Tenho certeza que ela é.

Roma encarou a cicatriz que havia ficado em uma das suas mãos, apoiando a palma e os dedos na coxa de Amélia. Ela acelerou um pouco mais e continuaram naquele ritmo, a adrenalina correndo pelo corpo e uma euforia agradável preenchendo cada centímetro do carro.

Roma fechou os olhos, sentindo a brisa no rosto, o sol quente e a pele de Amélia embaixo da sua mão.

Ela sempre tinha desejado viver um romance digno dos filmes.

Só tinha descoberto que os da vida real eram muito melhores.

# AGRADECIMENTOS

Acho importante dizer que não sou boa nisso de escrever agradecimentos (nem textos de aniversário, a título de curiosidade), então nada de expectativas, combinado? Primeiro, quero agradecer à minha mãe, que sempre incentivou meu gosto pela leitura e pela escrita. Ainda lembro de quando eu era pequena, e a gente viajava pra praia no verão com uma mala extra, pesada e cheia de livros (a falta que fazia um Kindle!). Se esse livro existe, também é por causa dela. Quero agradecer também a meu namorado, que não é leitor, mas leu todos os meus livros. Obrigada por todo o apoio, nos bons e maus momentos.

Um imenso obrigada pra Luciene, a Lilly Truscott da minha Hannah Montana, meu "do terceirão pra vida". Você sabe que te admiro muito e agradeço por você estar sempre presente na minha vida, mesmo nos projetos mais doidos (e duvidosos). Preciso, também, agradecer a meus leitores beta maravilhosos, que fizeram essa história ser a melhor possível. Tai, Rafael, Liv: obrigada por sempre gastarem um tempinho pra transformar meu livro na versão ideal. Vocês são profissionais e amigos incríveis que eu considero muito e amo ter por perto.

Um agradecimento especial pra Andy e Tine, minhas espiãs demais. Vocês são meu grupo de suporte emocional para surtos relacionados à escrita, e, como eu disse antes, escrever com vocês por perto é muito mais feliz. Obrigada, Julie, não só por ter sido beta do livro, mas por me ajudar com a sinopse e por ser essa amiga incrível. Você (e o Rafael!) diz que esse é meu melhor livro e espero que o leitor que chegou até aqui também concorde. Obrigada, Vic Mendes, por todas as noites de sushi, surtos e fofocas (e pela luminária de Londres inspirada no livro, que está do meu lado enquanto escrevo isso). Até hoje não sabemos como a gente se conheceu (um mistério que vai ficar pra posteridade) mas, como diz um certo livro, nenhum encontro é por acaso e que bom que aconteceu.

Também tenho que agradecer a Marina, que me dá as melhores ideias de história e me ama mesmo eu sendo aquariana. Amiga, prometo que um dia o livro sáfico das Winxs vem (sujeito a análise). Obrigada, Maidy, que acreditou nesta história quando ela era só um rascunho, uma ideia que poderia ou não se tornar um livro. Obrigada por todos os surtos na "RaiMaidylândia": você é uma escritora incrível, e eu amo te acompanhar de pertinho.

Preciso separar um parágrafo pra agradecer a Elayne Baeta, não só por ter feito um endosso pra essa história, mas por mandar aquela mensagem muito tempo atrás, quando eu ainda estava escrevendo o meu primeiro livro, dizendo que admirava meu trabalho. Obrigada por todos os conselhos, fofocas, puxões de orelha e sequência de áudios de muitos minutos que poderiam dar num podcast. Já te disse isso e repito: sinto como se você fosse uma irmã mais velha (a gente tem a mesma idade) com sabedoria literária pra dar e vender. Espero que coloquem nossos livros juntinhos na livraria.

Obrigada, Vinicius, por ser um amigo que topa qualquer rolé e por tirar as fotos para a orelha do livro! Ficaram incríveis.

Obrigada, Felipe e Bernardo, meus editores, que trabalharam neste livro e acreditaram no potencial dele. Vocês são fantásticos e foi um prazer trabalharmos lado a lado. Obrigada também a todos os outros profissionais da Planeta que trabalharam aqui, de maneira direta ou indireta. Eu não tive contato com todos, mas cada um foi muito importante nesse processo.

Por último, mas não menos importante, agradeço aos meus leitores. Este é o meu primeiro livro que chegará às livrarias do Brasil inteiro, e nada disso seria possível sem vocês.

*Obrigada!*